À PROPOS DE L'AUTRICE

Laura Lee Guhrke a brillé dans des domaines aussi variés que la publicité, la restauration et le bâtiment, mais c'est dans l'écriture de romances qu'elle s'impose comme une figure incontournable. Confortée dans sa voie par de nombreux prix (dont le prestigieux RITA Award), elle se consacre aujourd'hui entièrement à l'écriture.

La plus arrogante des héritières

Collection : VICTORIA

Titre original :
HEIRESS GONE WILD

HARPERCOLLINS FRANCE
83-85, boulevard Vincent-Auriol, 75646 PARIS CEDEX 13
Service Lectrices — Tél. : 01 45 82 47 47

www.harlequin.fr

ISBN 978-2-2804-3711-0 — ISSN 2493-013X

LAURA LEE GUHRKE

La plus arrogante des héritières

Traduit de l'anglais (États-Unis) par
Juliette Fuhs

Victoria

HARLEQUIN

Chapitre 1

La Forsyte Academy, prestigieux établissement pour jeunes filles, était bien le dernier endroit sur terre où Jonathan Deverill aurait un jour imaginé se retrouver. Il avait pourtant passé les dix dernières années de sa vie sur le continent américain, mais dans l'Ouest, à la Frontière, parmi des gens qui ne se préoccupaient guère des bonnes manières qu'on enseignait dans cette école guindée de la côte Est.

Le bureau de la directrice était une pièce sans attrait aux murs gris. Quoique le décor soit nettement moins ostentatoire que les demeures de la haute bourgeoisie anglaise au sein de laquelle il avait grandi, les pastels sur les murs et le bouquet de lilas mauve dans un vase indiquaient clairement qu'il se trouvait face à une dame de goût. Or l'homme qu'il était devenu voilà dix ans rencontrait rarement des ladies.

— Mr Deverill. Vous êtes enfin arrivé.

La voix sévère de Mrs Forsyte le tira de ses réflexions. Apparemment, il l'avait d'ores et déjà mécontentée en ne se montrant pas plus tôt. Eh bien, ce ne serait pas la première fois qu'il provoquerait des déceptions…

— Mes excuses pour le retard, madame.

Avec ses cheveux gris et sa bouche ferme, la directrice avait toutes les apparences d'une femme autoritaire, mais elle accepta ses excuses d'un gracieux hochement de tête.

— J'imagine que vous souhaitez voir Miss McGann au plus tôt ?

— En effet.

En dépit de ses reproches, Mrs Forsyte ne semblait pas particulièrement pressée d'en finir avec l'affaire qui l'amenait, car elle lui désigna le siège placé en face de son bureau sans quitter le sien.

— Je lui ai fait part du décès de son père. Ce n'était certes pas une surprise pour moi qui avais été informée de la maladie et du séjour de Mr McGann dans un sanatorium du Colorado, voilà dix-huit mois. Miss McGann, en revanche, n'en a rien su, à la demande expresse de son père. Son choix était compréhensible, j'imagine. Mais le choc a été rude pour Miss McGann. La phtisie est une terrible maladie.

— Oui, fit-il.

Il n'avait aucune envie de repenser à ces derniers jours à Denver, où il avait dû regarder, impuissant, son meilleur ami passer de vie à trépas.

— Vous êtes désormais le tuteur légal de Miss McGann. Vous êtes bien plus jeune que je ne l'aurais cru, déclara Mrs Forsyte comme si c'était là une lourde faute de sa part.

Elle le jugeait apparemment incapable de prendre soin d'une enfant. Comment l'en blâmer, d'ailleurs ? Il n'était pas du tout sûr d'être taillé pour la tâche ! Il avait passé une bonne partie de sa vie en compagnie de Billy McGann à marchander l'argent des mines de l'Ouest. Il n'était effectivement pas la personne idéale pour prendre soin d'une fillette.

— Vous devez comprendre, Mr Deverill, que c'est moi qui ai, jusque-là, tenu le rôle qui vous revient à présent. Son père m'avait confié la responsabilité de Miss McGann en la plaçant ici.

— Bien sûr.

Les yeux de la directrice s'étrécirent et Jonathan comprit à quoi était due l'excellente réputation de cet établissement. Des yeux aussi perçants ne devaient pas manquer grand-chose.

— J'ai donc fait tout mon possible pour qu'elle soit préservée des vauriens et des hommes sans morale.

Malgré les circonstances tragiques qui l'avaient amené jusqu'ici, Jonathan ne put s'empêcher de sourire légèrement. Ce dragon était décidément terrible pour protéger une enfant d'hypothétiques agresseurs.

— Je comprends.

— Mr McGann était fortuné et la nouvelle de sa mort est parue dans tous les journaux. Comment puis-je être sûre que vous êtes bien celui que vous prétendez être ? Après tout, n'importe qui pourrait falsifier une carte d'identité pour prendre le nom de Jonathan Deverill.

— En effet, convint-il en sortant de sa poche la copie exacte du testament de Billy, qu'il avait déposé auprès d'un notaire un an et demi plus tôt. Est-ce que cela vous satisferait ?

Mrs Forsyte prit le document et le lut attentivement.

— Cela confirme effectivement votre identité et le récit de Mr Jessop, l'avocat de Miss McGann. Néanmoins, je vous avoue que je demeure perplexe face à ces dispositions. Stupéfaite, même.

Elle n'était pas la seule ! Jusqu'à il y a encore un mois, Jonathan n'imaginait même pas que son partenaire et ami depuis sept ans avait une fille, encore moins que Billy lui donnerait la responsabilité de cette enfant.

— Pas plus stupéfaite que je le suis, madame !

— Pardonnez ma franchise, mais un homme célibataire aussi jeune que vous l'êtes me paraît tout à fait inadapté à ce rôle de gardien. Sans compter qu'en l'occurrence la demoiselle me paraît avoir moins besoin d'un gardien que d'une présence féminine pour la chaperonner.

Son ton sec lui fit comprendre qu'elle se sentait blessée à l'idée que Mr McGann ait manqué de confiance dans son école. Elle pensait sans doute que Jonathan était là pour emmener la fillette, aussi se hâta-t-il de la détromper :

— Je ne doute pas un instant que Mr McGann avait toute confiance en votre établissement, tout comme moi, d'ailleurs. Ma visite aujourd'hui est purement formelle, en vérité, et…

— Formelle ? l'interrompit-elle en levant les sourcils.

— Je suis de passage avant un bref séjour à Londres auprès de mes sœurs, après quoi je dois me rendre à Johannesburg pour veiller sur les affaires de Mr McGann en Afrique du Sud.

— Je vois. Vous n'avez donc pas l'intention d'emmener Miss McGann avec vous ?

Il secoua la tête.

— Je ne suis qu'un étranger pour elle. La retirer du seul foyer qu'elle ait connu à la suite d'une unique rencontre serait traumatisant, et je me refuse à une telle cruauté. De toute façon, que pourrais-je bien faire d'elle ? Elle ne peut tout de même pas m'accompagner dans les mines d'Afrique du Sud.

— Certainement pas.

— En conséquence, je pense qu'il serait plus sage

de la laisser auprès de vous pour le moment. Qu'en pensez-vous ?

À son grand étonnement, la question sembla amuser Mrs Forsyte, car il crut voir l'ombre d'un sourire se dessiner sur son visage sévère.

— Je crains que cette option ne plaise guère à Miss McGann…

Il s'apprêtait à lui faire remarquer qu'une enfant n'avait pas son mot à dire sur ce sujet, mais déjà elle reprenait :

— Comme vous allez très vite le découvrir, Mr Deverill, votre devoir envers elle n'est pas une simple formalité.

— Bien entendu. Je voulais simplement dire que ma visite aujourd'hui n'a pas d'autre but que de m'assurer qu'elle est heureuse et bien installée. Pour l'heure, je ne vois pas ce que je pourrais faire de plus.

— Vraiment ? reprit-elle avec défiance. D'après le testament, Miss McGann a hérité d'une fortune considérable, sur laquelle vous devez veiller.

Jonathan aurait pu lui faire remarquer que sa fortune personnelle était tout aussi importante que celle de feu son partenaire, il n'avait donc aucune raison de convoiter l'héritage de sa pupille. Cependant, il suspectait que ses garanties ne l'impressionneraient guère.

— Comme vous le savez, l'argent est en lieu sûr. Personne ne peut toucher au capital, pas même moi. Bien que je doive désormais veiller au développement de ce capital, je ne peux faire grand-chose sans l'approbation de Mr Jessop, qui est lui aussi garant.

— Je ne pensais pas à l'argent en tant que tel, mais bien aux répercussions qu'une telle fortune pourrait avoir sur le caractère de Miss McGann.

Jonathan fronça les sourcils, perplexe. La directrice se pencha vers lui et reprit :

— Mr Deverill, je suis directrice de cet établissement depuis des années. Certaines demoiselles qui viennent ici sont habituées à vivre dans l'aisance. D'autres, en revanche, comme Miss McGann, n'ont pas connu une telle opulence. Elle n'est certes pas naïve, néanmoins, son père souhaitait la voir préservée autant que possible des tentations de ce monde. Elle a appris, voilà quelque temps, qu'elle hériterait d'une grande fortune, toutefois, son existence au sein de cette institution ne l'a pas préparée à devenir une riche héritière. Il lui faudra un guide pour qu'elle ne se laisse pas entraîner dans une existence frivole et futile.

— Je ne suis pas certain d'être davantage préparé au rôle de tuteur, madame, mais je ferai de mon mieux.

— Et vous aurez pour vous y aider l'assistance de vos sœurs, j'imagine ?

Jonathan voyait mal quelle aide ses sœurs pourraient lui apporter en la matière, toutefois, il jugea plus prudent de ne pas la contredire.

— Que savez-vous de mes sœurs, Mrs Forsyte ?

— Mr Jessop m'a informé que votre sœur aînée était duchesse, et la cadette, vicomtesse.

— C'est tout à fait vrai. Si cela peut vous rassurer, je discuterai de l'avenir de ma pupille avec elles. À présent, puis-je voir Miss McGann ?

L'air enfin satisfait, Mrs Forsyte se leva, et il fit de même.

— Si vous voulez bien attendre ici, dit-elle en sortant, je vous l'envoie.

Resté seul, Jonathan marcha jusqu'à la fenêtre. Des jeunes filles se promenaient dans les jardins par ce doux matin de mai, et il comprit pourquoi Billy avait sélectionné ce lieu pour son enfant. Avec ses hauts murs et sa directrice perspicace, l'endroit s'apparentait davantage à un couvent qu'à une école. Il fallait reconnaître que c'était le meilleur choix pour une enfant qui grandissait sans mère, bien mieux que tout ce que son père aurait pu lui offrir.

Ce qu'il comprenait moins, en revanche, c'était pourquoi Billy l'avait choisi, lui, comme tuteur. Au cours de leurs sept années de partenariat et d'amitié, ils avaient bu ensemble, parié, et connu une existence aventureuse et extrêmement dure. Aucun d'eux pourtant n'avait jamais émis le désir de s'installer dans un foyer confortable.

De toute évidence, Billy s'était essayé à la vie domestique avec sa défunte épouse et il y avait échoué. Quant à lui, il avait abandonné tout projet de ce type en quittant l'Angleterre. Sur la dernière décennie, les trois années qu'il avait passées dans l'Idaho étaient son plus long séjour. Pour le reste, il voyageait sans cesse.

Pour autant, cette vie d'aventure ne les avait pas empêchés de construire une relation de confiance mutuelle. Billy et lui étaient comme des frères. En vérité, ils n'avaient guère eu le choix. Lorsqu'ils étaient tombés sur le plus gros gisement d'argent depuis le Comstock Lode, ils avaient dû se serrer les coudes pour défendre leur propriété des voleurs et des gros conglomérats rapaces.

Ils avaient dû se faire confiance pour gérer les revenus colossaux de leur découverte. Comme Billy n'avait aucun sens des affaires, c'était Jonathan qui s'était chargé d'investir leurs profits. Il s'était plutôt bien débrouillé, en l'occurrence, ce qui justifiait sans doute en partie que son ami lui ait confié sa fille et, à travers elle, sa fortune.

Billy comptait également sur lui pour faire un jour bénéficier sa fille de ses connexions avec l'aristocratie anglaise. Mais que pouvaient-elles encore valoir aujourd'hui ? Il avait passé dix ans loin de l'Angleterre ! Sans compter qu'il n'avait jamais eu l'intention de retourner dans ce monde-là…

Jonathan regarda encore un moment les élèves et leurs professeures, soulagé de n'avoir pas à se charger de l'éducation de sa nouvelle pupille. Elle resterait dans l'établissement encore plusieurs années et il aurait tout le temps de faire des arrangements pour son avenir…

— Mr Deverill ?

Jonathan se retourna et cessa de respirer. Au lieu de la fillette qu'il s'attendait à découvrir, une jeune femme d'une vingtaine d'années se tenait devant lui. Une jeune femme d'une beauté si remarquable qu'il en perdit un instant l'usage de la parole.

Sa peau avait la qualité lumineuse de la perle et semblait aussi douce que la soie. Ses cheveux d'or rouge étaient relevés en un chignon bouclé et leur teinte illuminait la pièce, qu'il trouvait terne un instant auparavant. Ses yeux étaient immenses et sombres, leur forme en amande, mise en valeur par de longs cils noirs. Quant à sa bouche d'un rose soutenu, elle irradiait sensualité et générosité.

Dans ce bureau ascétique, cette jeune femme semblait intensément… vivante.

Elle portait pourtant une robe d'un noir sévère qui ne rendait pas hommage à sa beauté vibrante et, lorsqu'il aperçut le monogramme cousu sur son veston, il comprit qu'elle était sans doute enseignante.

Encore sous le choc, il chercha une enfant cachée derrière ses jupes. Personne.

— Mr Deverill ? répéta-t-elle d'une voix légèrement voilée qui provoqua en lui un frisson.

Il ramena son attention sur son visage magnifique et parvint enfin à articuler :

— Je suis Jonathan Deverill. Je crois qu'il y a une erreur. Je souhaitais rencontrer Miss Marjorie McGann.

— Vous l'avez en face de vous, lança-t-elle dans un rire. Me voilà !

Jonathan cligna plusieurs fois des paupières, médusé.

Chapitre 2

Mr Deverill n'était pas du tout tel qu'elle l'avait imaginé. Avec le peu d'informations qu'elle avait pu glaner au fil des ans, Marjorie s'était inventé deux images du partenaire anglais de son père – l'une en gentleman aux cheveux gris, vêtu de tweed, avec un menton un peu fuyant et un visage chevalin ; l'autre en montagnard robuste à la barbe grisonnante, habillé en chemise de flanelle et jean et jurant constamment comme le mineur qu'il était.

Or, l'homme qui se tenait devant elle n'avait rien de commun avec l'un ou l'autre de ces portraits…

Certes, il venait d'articuler un juron discret un instant plus tôt, néanmoins, son accent britannique faisait sonner avec élégance même les jurons aux oreilles profanes de Marjorie. Il était par ailleurs très grand, avec des épaules larges et un torse puissant qui aurait pu convenir au montagnard. Toutefois, il avait un corps délié et non râblé, de longues jambes et des hanches étroites. Il ne portait ni tweed ni flanelle, mais une veste de laine grise impeccablement taillée. Ses cheveux n'étaient pas le moins du monde grisonnants, mais d'un châtain soutenu, traversé de reflets dorés. Cet homme ne devait pas avoir plus de quelques années de plus qu'elle.

Son examen se concentra ensuite sur son visage. Un visage qui n'avait rien de chevalin. En vérité, ses traits ciselés, son nez aquilin et ses pommettes hautes le rendaient séduisant. Rasé de frais, son visage révélait une mâchoire carrée et un menton qui n'avait rien de fuyant.

Ce tuteur bien trop jeune et bien trop beau pouvait être un obstacle à la mise en place de son plan… Elle allait devoir se montrer prudente.

— Vous… Vous êtes la fille de Billy ?

Pourquoi semblait-il aussi stupéfait ?

— Oui, bien sûr. Pourquoi…, commença-t-elle en le voyant rire, de plus en plus perplexe.

— Vous n'êtes pas…, reprit-il en se passant la main sur le front avant de secouer la tête. Vous n'êtes pas du tout telle que je m'y attendais.

— Je pourrais dire la même chose à votre propos, répliqua-t-elle en toute sincérité.

— Je n'en doute pas, puisque je suis bien la dernière personne que votre père aurait dû choisir pour prendre soin de vous. Jonathan Deverill. Pardonnez-moi pour cette entrée en matière…

Cette fois, sa voix était grave et toute trace d'humour avait disparu de son regard. Avant de le rencontrer, Marjorie se serait opposée à un tel jugement : un tuteur qui avait ses entrées dans l'aristocratie anglaise correspondait parfaitement à ses plans. Cependant, maintenant qu'elle avait découvert Mr Deverill, elle craignait qu'il n'ait effectivement raison.

Devoir supporter un tuteur était déjà suffisamment ennuyeux comme cela, mais elle comptait au moins sur un homme facile à manœuvrer. Hélas, le regard assuré et les traits virils de Mr Deverill lui faisaient craindre qu'il ne soit guère plus manœuvrable qu'une mule.

— Je ne savais pas que des jeunes filles de votre âge étaient autorisées à rester dans cet établissement.

— Je ne suis pas une fille, je suis une femme, rectifia-t-elle d'un ton pincé en entrant dans le bureau.

— En effet, vous l'êtes, marmonna-il en baissant les yeux vers le sol. Malheureusement, personne n'a jugé bon de m'en informer.

— Oh ! je vois… Vous vous attendiez à trouver une fillette avec des nattes et un tablier d'écolière ?

— Quelque chose dans ce goût-là, oui. Pourquoi êtes-vous encore à l'école ? Les jeunes dames doivent-elles passer un diplôme ?

— En effet, j'ai obtenu mon diplôme. Il y a trois ans. Depuis lors, je suis enseignante entre ces murs.

— Un choix très pragmatique.

— Pragmatique, certes, admit-elle avec une pointe d'amertume. Un choix, pas vraiment, puisque je n'avais nulle part où aller. Mon père ne voulait pas m'avoir près de lui, voyez-vous…

— Je doute fort qu'il ait pensé à ce qu'il voulait, mais plutôt à ce qui était le mieux pour vous. La vie que menait votre père ne convenait pas à une jeune fille.

Dans ses rares lettres, son père lui avait donné la même excuse, et, pendant plus d'une décennie, elle y avait cru, certaine que dès qu'elle aurait atteint l'âge adulte il la ferait venir auprès de lui. Elle avait tant espéré qu'ils formeraient enfin une famille !

Au lieu de quoi, au lendemain de l'obtention de son diplôme, il avait encore une fois avancé la même excuse, quoique avec un léger changement : la vie qu'il menait n'était plus inappropriée pour une jeune fille mais pour une jeune femme. Avec cette nouvelle qualification, Marjorie avait brutalement pris conscience de la vérité – son père ne voulait pas d'elle, il ne voudrait jamais d'elle et tous ses discours sur leurs futures retrouvailles n'avaient été qu'un pieux mensonge.

Le cœur brisé, Marjorie avait alors compris que ses rêves de famille ne verraient jamais le jour et qu'elle allait devoir se construire une vie à elle, sans son père.

Elle avait donc accepté dans un premier temps la suggestion de Mrs Forsyte de rester dans l'école en tant qu'enseignante. Mais bientôt les lettres de ses anciennes camarades lui avaient apporté une perspective bien plus enthousiasmante : la possibilité d'obtenir la famille et le foyer dont elle avait toujours rêvé, sans rien demander d'autre à son père indifférent qu'une dot.

Comme elle, de nombreuses élèves de Forsyte étaient les filles de nouveaux millionnaires. Tenues à l'écart de la haute société new-yorkaise et désespérées de trouver leur place, certaines parmi ses anciennes camarades étaient parties en Angleterre pour épouser des hommes titrés et commencer une nouvelle vie. Inspirée par leurs descriptions de la vie, Marjorie avait décidé de suivre leur exemple, sans jamais imaginer que la mort de son père et son choix d'un tuteur lui donneraient les moyens d'y parvenir plus aisément.

— Peut-être avez-vous raison, murmura-t-elle afin de clore le débat sur les intentions de son père. Que suis-je supposée faire, maintenant ? Avant de m'envoyer à votre rencontre, Mrs Forsyte m'a informée que vous vous rendiez à Londres…

Il acquiesça et Marjorie contint un soupir de soulagement.

— Parfait, c'est ce que j'espérais.

Sa bouche s'étira d'un côté en un sourire sardonique.

— Impatiente d'être débarrassée de votre nouveau tuteur ? Eh bien, je ne peux guère vous blâmer.

— Me débarrasser de vous ? Je vois mal comment, puisque je viens avec vous.

Il la fixa une interminable seconde comme si elle avait perdu la raison.

— C'est impossible…

Devant son air effaré, Marjorie sentit une sourde angoisse monter en elle. Qu'avait-il l'intention de faire d'elle, exactement ?

— Pardon ? Je ne comprends pas. Lorsque Mr Jessop m'a appris que vous arriviez, je pensais que c'était dans l'intention de m'emmener à Londres avec vous.

Mr Deverill poussa un lourd soupir.

— Il est évident que nous sommes tous les deux parvenus à de mauvaises conclusions. Je ne reste à Londres que pour un bref séjour, le temps de saluer mes sœurs, après quoi je pars pour l'Afrique du Sud.

— L'Afrique du Sud ? s'exclama-t-elle, interdite.

— Une partie de vos fonds sont investis là-bas, or il y a des rumeurs de plus en plus insistantes sur un conflit imminent entre les Anglais et les Boers. Si une guerre éclatait, l'argent investi en Afrique du Sud pourrait perdre toute valeur. Je dois me rendre sur place pour évaluer les risques et décider quoi faire de ces investissements.

Marjorie crispa les mâchoires. Hors de question de laisser des brouilles internationales mettre ses plans en péril ! L'Angleterre était le lieu qui convenait aux jeunes filles dans sa situation – dotées d'une fortune colossale et sans position sociale. De plus, elle savait par Mrs Forsyte que Mr Deverill avait des sœurs bien introduites dans la haute société anglaise. Le fait que son tuteur se retrouve sur un autre continent pendant qu'elle mettrait son plan à exécution était en vérité une merveilleuse surprise !

— Si vous tenez à vous rendre là-bas pendant que je resterai à Londres, je n'y vois pas d'inconvénient, assura-t-elle, munie de son plus charmant sourire.

— Comme je vous l'ai dit, vous ne pouvez pas m'accompagner. Vous devez rester ici le temps nécessaire.

— Ici ? répéta-t-elle, soudain dégrisée. Vous plaisantez, n'est-ce pas ?

— Je crains que non. Un homme célibataire et une jeune femme ne peuvent voyager ensemble, or, mon navire part dès ce soir, je n'ai donc pas le temps de vous trouver un chaperon convenable. D'ailleurs, je ne vais pas pouvoir m'attarder…

Sur ces mots, il se leva en ouvrant sa montre.

— Je dois y aller si je ne veux pas manquer mon train.

— Vous partez ? Déjà ?

Non ! C'était impossible !

— Il le faut. Je dois encore voir Mr Jessop à propos de la gestion de votre fortune avant mon départ. Je vous ai rapporté les affaires de votre père, il n'avait pas beaucoup d'effets personnels, néanmoins…

— Je ne veux rien.

Son ton coupant la surprit elle-même, aussi reprit-elle d'une voix plus mesurée.

— Je n'en aurai pas l'utilité.

— Très bien. Je vais les laisser ici, pour le cas où vous changeriez d'avis.

Cela n'arriverait pas.

Cependant, elle était trop préoccupée par de vrais soucis pour argumenter sur des broutilles. Jamais elle n'avait envisagé que son tuteur puisse la laisser ici !

— Je vous écrirai, bien entendu, poursuivait-il alors qu'elle cherchait une solution à toute vitesse. Si vous avez besoin de quoi que ce soit pendant mon absence, contactez Mr Jessop. Et ne vous inquiétez pas, nous prendrons les dispositions nécessaires concernant votre avenir dès mon retour. C'était un plaisir de vous rencontrer, Miss McGann.

— Attendez ! s'écria-t-elle comme il lui tournait déjà le dos après s'être incliné. Vous ne pouvez pas partir !

— Je le dois, hélas. Mais ce n'est que temporaire. Dès cet après-midi, Mr Jessop et moi-même discuterons des meilleures dispositions à prendre vous concernant. Je vous tiendrai informée de nos décisions dans ma première lettre.

— Je sais déjà quelles dispositions sont les meilleures ! Ce n'est pas parce que vous êtes arrivé en pensant rencontrer une enfant que vous devez continuer à me traiter comme telle.

Il se tourna enfin vers elle, l'air soudain gêné.

— Pardonnez-moi, Marjorie. Puis-je vous appeler Marjorie ? En vérité, je n'avais jamais entendu parler de votre existence jusqu'à il y a un mois. Et, d'après ce que votre père m'a dit, j'ai supposé que vous étiez encore écolière. Le fait que vous soyez une jeune femme complique la situation. Il nous faut établir des arrangements différents et cela prendra nécessairement du temps.

Marjorie n'avait aucune expérience concernant le sexe opposé, en revanche, elle en avait suffisamment avec les manigances enfantines pour les reconnaître quand elle en voyait une.

— Comme c'est aimable à vous d'avoir bien voulu me consacrer une demi-heure de votre précieux temps avant de traverser la moitié du globe..., dit-elle suavement. Mais, puisque vous aviez l'intention de me laisser ici, je me demande bien pourquoi vous avez pris cette peine. Vous auriez aussi bien pu m'envoyer les affaires de mon père et une lettre. N'aurait-ce pas été largement suffisant ?

— Cela aurait sans aucun doute été bien plus pratique, répliqua-t-il en ignorant délibérément son ton sarcastique. Toutefois, cela n'aurait pas convenu à mes responsabilités.

— C'est fort amusant de vous entendre évoquer vos responsabilités alors que vous vous empressez de les fuir.

Ses paroles durent l'agacer car il se raidit.

— Je ne peux faire autrement, Marjorie. Je pensais venir simplement faire la connaissance d'une enfant, rencontrer la directrice et m'assurer que votre situation vous convenait pour l'heure.

— Ce qui n'est pas le cas !

— Vraiment ? Êtes-vous maltraitée entre ces murs ?

Marjorie soutint son regard malgré le vertige qui la saisissait. Aucun argument ne le convaincrait. Elle le lisait dans ses traits décidés. Un tuteur ne considérerait jamais que vivre en réclusion comme une nonne relevait du mauvais traitement. Il penserait sans doute même l'inverse !

Allons, elle devait réfléchir au lieu de se morfondre. Et vite ! Comment le convaincre de l'emmener ?

— Mrs Forsyte s'est toujours montrée très bonne avec moi, là n'est pas le problème. Seulement, j'ai vingt ans. Il est temps que je commence ma vie, ne croyez-vous pas ?

— Absolument. Et, comme je vous l'ai dit, j'ai l'intention d'en discuter aujourd'hui même avec Mr Jessop. Je prendrai en compte ses conseils avant de décider ce qu'il convient de faire de vous.

Marjorie prit une profonde inspiration pour tenter de maîtriser sa déception et son agacement de se voir ainsi traitée comme une enfant qui n'avait pas voix au chapitre.

— Combien de temps serez-vous parti ?

— Huit mois, sans doute. C'est difficile à dire, étant donné l'instabilité de la situation politique et…

— Huit mois ? Huit mois ?

Marjorie sentit son souffle se bloquer dans sa gorge. Son interlocuteur sembla un instant effaré par son éclat avant de reprendre contenance.

— Eh bien, j'aimerais pouvoir être plus précis, seulement, je ne peux rien prédire sans avoir vu l'état de la crise de mes propres yeux. Je peux vous promettre, en tout cas, de revenir aussi vite que possible.

Marjorie retint à grand-peine un gémissement de désespoir. Huit mois de plus entre ces murs où elle avait passé les deux tiers de son existence lui semblaient une éternité ! Elle aimait enseigner, toutefois, ce n'était pas la vie dont elle rêvait !

Elle voulait la même existence que ses amies ! Faire son entrée dans le monde, assister à des bals et des réceptions, rencontrer des jeunes gens. Elle voulait vivre une romance, être courtisée, puis mariée à un homme qui l'aimerait et lui donnerait des enfants bien à elle. Elle voulait une maison, une famille, un lieu auquel appartenir. Elle voulait… Seigneur ! Elle voulait être désirée, aimée.

Désespérée, elle tenta encore :

— Pourquoi ne puis-je pas simplement venir à

Londres avec vous dès maintenant ? Je pourrais faire mes débuts dans la haute société, profiter de la Saison – oh, pourquoi non ? s'exclama-t-elle en le voyant secouer inexorablement la tête.

— Marjorie, je comprends que vous souhaitiez découvrir les plaisirs de la haute société et je vous promets que vous les aurez. Mais, pour l'heure, il faut vous armer de patience.

— La Saison commence tout juste à Londres ! C'est le moment parfait pour sortir dans le monde et rencontrer mon futur mari. Je pourrais connaître le même destin que mes amies et rencontrer un homme titré et…

Son grognement écœuré interrompit sa douce rêverie.

— Qu'y a-t-il de si excitant dans les titres de noblesse pour que vous, Américains, soyez à ce point émoustillés ? Ils ne signifient rien.

— Bien sûr que si ! Un époux titré peut offrir à une demoiselle comme moi une position dans la société, ce que je ne pourrai jamais avoir ici, à New York, peu importe l'étendue de la fortune que mon père m'aura laissée.

— Il est néanmoins beaucoup trop tôt pour discuter de cela. Vous êtes en deuil et il n'est pas question de profiter de la Saison londonienne dans de telles circonstances. Le deuil est précisément une période d'exclusion sociale pour se recueillir et soigner son chagrin.

Marjorie faillit lui répliquer qu'elle avait eu largement assez d'exclusion sociale pour toute une vie. Elle aurait également pu ajouter qu'elle n'avait aucunement l'intention d'éprouver le moindre chagrin pour la mort d'un père qu'elle n'avait pas revu depuis treize ans après qu'il l'eut abandonnée sans beaucoup de considération pour ce qu'elle devenait. Cependant, comme son nouveau tuteur semblait fort pressé de partir, elle se contint. L'essentiel était qu'il ne la laisse pas à son tour.

— Je peux tout aussi bien faire mon deuil à Londres qu'ici, reprit-elle en tentant d'avoir l'air raisonnable. Je pourrais rester auprès de vos sœurs. Une duchesse et une vicomtesse sont sans aucun doute des chaperons exemplaires.

— Chaperonner une jeune fille, même en deuil, est une lourde responsabilité. Mes sœurs devraient avoir le droit de décider si elles l'acceptent, en particulier pour une jeune fille qu'elles n'ont jamais rencontrée, qui plus est une Américaine qui ne connaît rien de l'Angleterre. Avec votre fortune, vous êtes une proie toute désignée pour les chasseurs de dots. Par ailleurs, je n'ai pas revu mes sœurs depuis dix ans et je n'ai aucune intention de leur imposer le fardeau de votre garde après une si longue absence, du moins pas sans avoir obtenu leur accord.

Marjorie serra les poings sous la violence du coup. Elle était un fardeau... Évidemment. L'indifférence de son père le lui avait fait comprendre voilà bien longtemps, pourtant, son cœur ne souffrait pas moins de ce coup de poignard.

Les yeux brûlants de larmes contenues, elle détourna le regard.

— Rien n'a changé..., murmura-t-elle. Je suis toujours coincée dans ces limbes, à regarder la vie passer pendant que je deviens vieille.

— Inutile d'être aussi mélodramatique, voyons. Huit mois, ce n'est pas si long, et le temps passera bien plus rapidement pour vous ici, à la Forsyte Academy, où vous avez une activité. Croyez-moi, à vingt ans, vous avez la vie devant vous.

— J'ai presque vingt et un ans. D'ici un an, je serai quasiment vieille fille !

Pour une raison incompréhensible, cela le fit sourire.

— Vous n'aurez aucune peine à trouver un mari quand le temps sera venu. Tout particulièrement un mari titré. Faites-moi confiance, les aristocrates anglais trouveront votre dot conséquente tout aussi désirable la prochaine Saison que celle-ci.

Marjorie n'avait aucune envie d'être épousée seulement pour son argent. Elle voulait connaître l'amour et elle s'apprêtait à en informer vertement son nouveau tuteur quand il reprit :

— Naturellement, une héritière comme vous doit obtenir une position respectable dans la société, et cette période de deuil nous offre justement le temps d'en créer une. Si Mr Jessop et moi-même décidons qu'une Saison londonienne est appropriée et que mes sœurs acceptent de vous prendre sous leur aile, vous ferez vos débuts l'an prochain. Nous pourrons en discuter plus en détail quand je reviendrai vous voir.

« Quand je reviendrai »… Les mots firent douloureusement écho dans sa mémoire. Son père lui avait dit ces mêmes mots des années plus tôt, alors qu'elle n'avait que sept ans. Les derniers qu'il lui ait dits en personne.

Il n'était jamais revenu. Et désormais il ne reviendrait jamais plus.

La douleur familière lui tordit le cœur, aussitôt suivie d'une colère brûlante. Elle serra les bras autour de ses côtes pour apaiser ces émotions trop connues.

Non ! Elle ne verserait pas une larme pour un homme qui lui avait à peine accordé une pensée en treize ans.

Elle ne se laisserait plus abandonner de la sorte, à vivre stupidement sur des espoirs qui ne se réaliseraient jamais.

— Je comprends votre déception, reprit-il face à son silence, sans voir que sa gentillesse ne faisait que verser du sel sur ses plaies. Croyez-le ou non, je sais ce qu'on éprouve quand un rêve semble nous être arraché. Je vous promets que je ne laisserai pas une telle chose arriver. Je m'assurerai que vous soyez convenablement installée dans la vie. Vous devez simplement patienter un peu, le temps que je trouve ce qui est le mieux pour vous.

Et laisser une fois encore un homme décider ce qu'il y avait de mieux pour elle ? Hors de question ! Encore moins alors que cet homme semblait déterminé à ignorer son opinion sur le sujet. Cependant, elle voyait bien que son avis était définitif et qu'argumenter ne servirait à rien. Aussi poussa-t-elle un soupir de résignation feinte tout en réfléchissant à un nouvel angle d'attaque.

— J'imagine que vous avez raison. Vous feriez mieux d'y aller, si vous ne voulez pas rater votre train.

— Avez-vous besoin de quoi que ce soit avant que je parte ? Avez-vous de l'argent ?

— Mr Jessop m'envoie dix dollars par mois.

— C'est tout ? s'exclama-t-il, stupéfait.

Marjorie se garda bien de lui dire que c'était plus que suffisant. De fait, elle avait à peine dépensé un centime de la pension qui lui était versée depuis des années, car dans quoi aurait-elle bien pu dépenser son argent ?

— Je le crains, dit-elle toutefois.

— Je vais voir cela avec Mr Jessop. Vous recevrez très vite une pension plus importante.

Marjorie le gratifia d'un regard éperdu de reconnaissance.

— Merci infiniment.

— Mais non, voyons. C'est le moins que je puisse faire.

— Vous écrirez, n'est-ce pas ? demanda-t-elle en joignant les mains.

— Tous les mois. Et, si vous avez besoin de me contacter, écrivez à Mr Jessop. Il saura où me trouver.

— Votre navire part ce soir, c'est cela ? Je vous souhaite un bon voyage, Mr Deverill. Faites-vous la traversée avec la compagnie White Star ? J'ai entendu dire qu'ils étaient très bien.

— En fait, je voyage à bord d'un navire de la Cunard, le *Neptune*, me semble-t-il. À présent, je dois vraiment partir.

Elle lui tendit la main, s'attendant qu'il la serre brièvement, au lieu de quoi il s'inclina avant de la porter à ses lèvres. En dépit de son aversion pour ce nouveau tuteur aussi entêté qu'autoritaire, Marjorie sentit un frémissement la traverser lorsque sa bouche effleura la jointure de ses doigts.

Un simple baisemain devait paraître tout à fait trivial pour la plupart des jeunes filles de son âge, seulement, c'était le premier geste vaguement romantique qu'on avait pour elle. Voilà pourquoi elle ne comptait pas attendre un instant de plus avant de commencer à vivre réellement !

— Au revoir, Miss McGann... Marjorie, corrigea-t-il en se redressant. Nous nous reverrons bientôt.

Sur ces mots, il quitta la pièce.

— Et plus vite que vous ne le pensez, Mr Deverill, souffla-t-elle tout bas.

Jonathan... Puisqu'il l'appelait Marjorie, elle pouvait bien, elle aussi, utiliser son prénom.

Un lent sourire s'épanouit sur ses lèvres quand elle songea à la surprise qu'elle préparait à son cher tuteur.

Chapitre 3

— Vous imaginez quelle surprise cela a été pour moi.

— En effet, confirma Arthur Jessop en lui tendant un verre de whisky. Mr McGann a eu tort de vous désigner comme le tuteur de sa fille sans même vous avoir informé de la situation de cette jeune dame. Nous lui avions bien entendu conseillé de vous prévenir, et je croyais qu'il l'avait fait.

— Eh bien, non. Billy n'a même jamais mentionné avoir une fille jusqu'à ses derniers instants. Et, de ce qu'il a dit alors, j'ai conclu qu'il s'agissait d'une enfant. Découvrir qu'elle était en fait une jeune femme…

Il s'interrompit en revoyant en pensée la silhouette sensuelle et le visage magnifique de Marjorie. Pour effacer la vision, il avala une rasade de whisky.

— … ce fut un sacré choc, acheva-t-il.

— Son âge change évidemment la perception que vous avez de votre responsabilité vis-à-vis d'elle, c'est cela ?

Jonathan lui lança un regard sombre.

— Vous avez l'impression que c'est une trop lourde responsabilité, traduisit son interlocuteur, fort perspicace.

Bon sang, oui !

Il s'abstint toutefois de prononcer ces mots à voix

haute. Aussi tentante que soit la perspective de laisser la responsabilité de la jeune femme à l'avocat, il ne pouvait ignorer sa loyauté à l'égard de son vieil ami. Il avait fait une promesse à Billy et il n'était pas question de la briser.

— Billy McGann était comme un frère pour moi. Je ferai tout ce qui est en mon pouvoir pour sa fille. Cependant…

— Cependant… ?

— Je m'interroge tout de même sur ma mission dans cette histoire. Même Mrs Forsyte a émis des réserves sur mon rôle de tuteur.

— Je vois, je vois, marmonna l'avocat.

Décidément, ce type n'avait-il aucun conseil plus utile ?

— Elle voulait m'accompagner à Londres. Dès ce soir.

Cette annonce provoqua enfin une réaction chez l'imperturbable Mr Jessop.

— Ce serait pour le moins précipité. Pour ne pas dire inapproprié. Miss McGann est en deuil.

— Elle ne semble pas préoccupée outre mesure par son deuil. Elle aimerait participer à la Saison et trouver un mari. Un avec un titre, si possible, poursuivit-il sans chercher à masquer son ironie.

— Il vous faudrait alors vérifier les motivations de chacun de ses prétendants avec grande attention, Mr Deverill. Sans vouloir vous offenser, je trouve que la plupart de ces gentlemans anglais qui épousent nos héritières américaines ne sont motivés que par l'argent.

— Je suis loin de me sentir offensé, puisque je partage pleinement votre opinion. Je ne me fais aucune illusion sur l'aristocratie, croyez-moi.

L'avocat sembla se détendre.

— Je suis soulagé de vous l'entendre dire, quoique

cela me surprenne, venant de vous. J'ai cru comprendre que votre mère était fille de vicomte.

— Elle l'était, en effet. Elle s'est mariée en dessous de sa condition et sa famille l'a déshéritée.

Jonathan ne chercha pas un instant à cacher le dédain qu'il éprouvait pour le snobisme des classes supérieures.

— En fait, notre famille était dans la presse. Deverill Publishing a longtemps souffert de la mauvaise gestion de mon père, qui a bien failli mettre la compagnie en banqueroute. Le regard porté sur les nôtres n'a commencé à changer que très récemment, il y a six ans, environ.

— En raison de votre acquisition de la mine d'argent ou grâce au mariage de votre sœur aînée ?

— Les deux, sans aucun doute. Il n'y a rien de mieux que les millions pour vous élever dans l'échelle sociale. Sans compter que mon autre sœur a également fait un mariage dans le ton.

— Vos sœurs apprécient-elles cette existence ?

— S'il faut en croire leurs lettres, oui, bien que je ne comprenne pas ce qu'elles peuvent trouver de plaisant dans la société britannique étriquée. Néanmoins, elles méritent un peu de bonheur. Notre père, que Dieu ait son âme, était un homme extrêmement compliqué. Lui vous aurait dit que c'était moi qui étais intenable. Toujours est-il que lorsque j'ai eu dix-huit ans il m'a mis à la porte, m'a déshérité et m'a dit de me débrouiller.

— Ce que vous avez fait… magistralement.

Jonathan secoua la tête.

— En vérité, c'est Billy qui a découvert cette mine. Je l'ai simplement aidé à l'exploiter.

— Vous ne vous donnez pas assez de crédit, Mr Deverill. Mr McGann, quoique excellent ingénieur des mines, n'avait aucun instinct pour les affaires. Il a été assez sage pour vous laisser gérer les bénéfices, heureusement. Les investissements que vous avez faits vous ont donné à tous deux une fortune bien plus immense que la seule mine n'aurait pu le faire.

— Je dois admettre que j'apprécie le défi des affaires. Faire fructifier de l'argent ne me déplaît pas.

— Et le dépenser ?

— Une occupation beaucoup moins intéressante à mon goût.

Jessop rit de bon cœur.

— Vous parlez comme un véritable entrepreneur. Si je comprends bien, vous n'avez de toute évidence aucune envie de vous installer dans une vie de loisir : acheter un domaine, épouser une dame, devenir le seigneur d'un de ces petits villages d'Angleterre…

— Par pitié ! Je ne suis pas du tout fait pour ce genre d'existence. J'ai cru l'être, autrefois…

Il s'interrompit et avala une rasade de whisky avant de conclure :

— Plus maintenant…

Un souvenir remonta à sa mémoire. Il entendit résonner dans sa tête la voix de son grand-père, un homme exceptionnel qui était parvenu à transformer un petit journal en vaste empire.

« Un jour, tu prendras la tête de Deverill Publishing, tu accroîtras encore notre fortune. C'est toi qui poursuivras mon rêve. »

Jonathan avait effectivement caressé ce rêve. Jusqu'à ce que la mort de son grand-père y mette un terme abrupt. Son père avait déclaré que la compagnie était à lui désormais et que, s'il avait besoin de son avis, il le lui ferait savoir.

Jonathan s'efforça d'effacer ces souvenirs amers.

— Je crains d'être destiné à errer sans jamais m'installer, comme la pierre qui roule du proverbe.

Jessop lui sourit.

— C'est ainsi que se voient tous les célibataires, jusqu'à ce que la flèche de Cupidon les rattrape.

Il retint un ricanement. D'après son expérience, Cupidon se moquait bien des hommes. Il repensa à l'amour de sa jeunesse : une jeune fille follement amoureuse de lui quand il était l'héritier de son grand-père, dont l'amour s'était éteint à la seconde où son père l'avait déshérité.

Sa propre mère n'avait guère été plus comblée par l'angelot. Rejetée par sa famille et ses amis en raison de son amour pour un homme du commun, elle avait découvert au cours de son mariage que les faiblesses de l'homme qu'elle avait choisi n'avaient fait qu'empirer avec le temps.

Non, Jonathan ne se faisait aucune illusion sur l'amour et le mariage.

— Cupidon ne m'inquiète pas beaucoup, ricana-t-il, j'ai le cœur recouvert d'une solide armure.

Il remarqua le sourire amusé de son interlocuteur mais, avant que le très installé Mr Jessop ne puisse émettre une opinion sur le sort réservé aux célibataires, il changea de sujet.

— Concernant les investissements de Billy, je m'inquiète de ceux d'Afrique du Sud. Cette histoire avec les Boers commence à devenir inquiétante.

— Oui, vous faites bien d'enquêter dès maintenant, avant que la situation n'empire. Pour l'heure, ces investissements demeurent lucratifs mais, si les choses dégénèrent, la valeur des actions risque de s'effondrer rapidement.

— Je vous enverrai un câble au plus tôt pour vous dire ce qu'il convient de faire. Il y a également quelques conglomérats de mines en Afrique de l'Est sur lesquels j'aimerais enquêter. Et concernant les autres investissements de Billy ? Votre opinion ?

— Je vous l'ai dit, vous avez été fort avisé. Je pense que tous continueront de prospérer. Avez-vous des plans pour sa fille ?

— Mon plan, répondit-il avec brusquerie, était qu'elle reste dans cette école pour les douze prochaines années.

— Et maintenant ?

— Maintenant, elle devra y rester jusqu'à mon retour d'Afrique. D'ici là, j'aurai pu prendre des dispositions pour elle. Elle sera très bien à la Forsyte Academy entretemps, je pense ?

— Tout à fait. Mrs Forsyte est une excellente femme et un chaperon plus que capable. Que pense la demoiselle de ces nouvelles dispositions ? J'imagine qu'elle a dû être déçue de ne pouvoir vous accompagner à Londres. L'a-t-elle bien pris ?

— Suffisamment bien, affirma-t-il en ressentant un étrange malaise – de la culpabilité ou du doute ? Il n'aurait su le dire. Sa vie ne doit guère être amusante là-bas. Veillez régulièrement sur elle quand je serai parti. Amenez-la en ville, à l'opéra, à des réceptions dès que la première période de deuil sera terminée.

— Bien entendu. Ma femme et moi nous sommes bien souvent occupés d'elle par le passé, nous continuerons avec plaisir.

— Doublez également sa pension. Cela pourrait lui faciliter l'attente.

— Que ferez-vous d'elle à votre retour ?

Jonathan réfléchit un instant.

— Elle n'a aucune famille ?

— Sa mère vient d'Afrique du Sud, et elle a donc quelques très lointains membres de sa famille là-bas. Quant à son père, il était orphelin.

— Ce qui signifie que la haute société new-yorkaise, les Knickerbockers, ne l'acceptera jamais, peu importent ses millions. Dans ce cas, il me semble que les plans qu'elle a tracés pour son futur en Angleterre sont une bonne option.

— C'est possible. Mais Mr McGann aurait-il approuvé ?

— Je suis sûr que oui. Peu avant sa mort, quand il m'a appris qu'il m'avait désigné comme tuteur de sa fille, il a admis que l'une de ses motivations pour ce choix était mes entrées dans la bonne société britannique. Sa fille aura besoin de dames pour la guider et la chaperonner, et j'espère que mes sœurs accepteront de la prendre sous leur aile. Je n'ai cependant nul droit de les impliquer dans cette mission avant de leur avoir parlé. Néanmoins, une héritière riche à millions ne peut être indéfiniment gardée à distance de la haute société. Épouser un pair du royaume lui donnerait une position dans la société.

— En effet, du moment que nous la protégeons des coureurs de dot. Son argent demeurera dans la compagnie jusqu'à son mariage, ou jusqu'à ses trente ans. La presse a déjà eu vent de la mort de son père et de l'ampleur de sa fortune. Il nous faut faire au mieux pour protéger la pauvre enfant de toute intention malveillante.

— Je ne doute pas que votre cabinet soit parfaitement capable d'annuler un mariage, si cela devait se produire.

Mr Jessop sourit en hochant la tête.

— Nous pouvons protéger l'argent, ne vous faites pas de souci.

Satisfait, Jonathan jeta un œil à l'horloge et reposa son verre.

— Si nous n'avons pas d'autre sujet à aborder, je vais prendre congé.

— Une dernière chose… Que devons-nous faire de ses bijoux ?

Jonathan fronça les sourcils.

— Vous voulez parler de la Rose de Shoshone ? Je croyais que son père l'avait fait tailler par Charles Tiffany. Ne se trouve-t-elle pas dans le coffre de Tiffany ?

— Si, si, bien sûr, s'empressa de lui répondre l'avocat. Ainsi qu'une quantité importante de pierres non taillées. Mr McGann a acquis de nombreuses gemmes au fil des ans.

— La mine d'argent l'a rendu riche, mais les pierres précieuses ont toujours été sa passion. C'est pour cela qu'il était parti en Afrique du Sud, puis dans l'Idaho, d'ailleurs. Pour revenir à votre question, que devrions-nous faire à propos de ces pierres, d'après vous ?

— Vous avez l'intention de rester en Afrique pour les huit prochains mois, c'est cela ?

— Oui. Et donc ?

— La jeune demoiselle doit recevoir les bijoux pour ses vingt et un ans, qu'elle fêtera le 13 août prochain. À cette date, les bijoux cesseront de faire partie du trust et nous serons tenus de les lui confier.

— Est-elle informée de l'existence de ces gemmes ? Quiconque l'est-il ?

— Pas à ma connaissance. Cependant, dès que le testament aura été vérifié, son contenu deviendra public. Croyez-moi, l'existence d'un collier doté d'un saphir rose de trente-deux carats sans le moindre défaut ne restera pas longtemps secrète. C'est le genre de nouvelles que la presse relaiera.

— Ne peut-on au moins laisser les bijoux dans le coffre de Tiffany jusqu'à mon retour ?

L'avocat se raidit, l'air offusqué.

— En tant qu'exécuteur testamentaire de Mr McGann, je me dois d'accomplir les volontés exprimées dans son testament. Même si la loi ne l'exigeait pas expressément de moi, mon éthique m'y contraindrait !

Jonathan était sur le point de faire remarquer qu'éthique et avocat ne pouvaient être, selon lui, associés dans une même phrase, mais il se retint. Mr Jessop n'apprécierait sûrement pas la plaisanterie.

— Pourquoi les voudrait-elle, de toute façon ? Son deuil ne l'autorise pas à porter la moindre parure avant avril.

— Pas en public, certes, mais croyez-vous qu'elle sera contente de laisser une telle merveille dans un coffre jusqu'en avril ?

— Sans doute pas, concéda-t-il avec un soupir. Elle voudra sûrement avoir le collier près d'elle, pour pouvoir l'essayer et le montrer à ses amies.

— Exactement. Nous pouvons protéger son héritage bien plus facilement que ses bijoux. Ils sont assurés, bien entendu, mais il ne faudrait pas qu'un tel trésor soit dérobé !

— Je comprends. J'imagine que vous avez une suggestion ?

— Ses bijoux appartiennent au trust jusqu'au 13 août, et nous pouvons les placer où nous jugeons qu'ils seront le mieux protégés... Peut-être, si vous les emmeniez à Londres avec vous, pourriez-vous les placer dans le coffre de votre beau-frère, le duc de Torquil ?

Jonathan émit un rire sans joie.

— Donc je dois non seulement décider de l'avenir d'une jeune et belle héritière, mais il me faut en plus embarquer avec des millions de dollars en bijoux pour traverser l'Atlantique sans que personne ne le sache.

— Vous pourriez éventuellement les remettre à un homme de confiance pour les emmener à votre place, proposa Jessop sans paraître convaincu.

Il aurait pu. Cependant, il n'avait jamais été homme à se fier aux autres et, puisque Billy et lui étaient parvenus à préserver quatre mines des voleurs, il doutait fort qu'aucun homme de confiance puisse mieux que lui s'acquitter de cette mission.

— Tiffany me remettra les bijoux si je lui présente les certificats adéquats ?

— Bien entendu.

Avec un soupir, Jonathan rassembla les documents éparpillés sur la table avant de se lever.

— Si je dois me rendre chez Tiffany avant mon départ, il me faut vraiment partir, à présent.

— Pourrez-vous m'envoyer un câble dès que les bijoux seront en sécurité à Londres ?

— Je le ferai. Nous nous reverrons cet hiver, quand je reviendrai la chercher. D'ici là, je laisse Miss McGann sous votre bonne garde.

— Mrs Forsyte et moi-même continuerons à veiller

sur elle comme nous l'avons toujours fait, promit l'avocat en lui serrant la main.

— Il n'y a pas que les coureurs de dot anglais qui représentent un danger, lui rappela Jonathan tandis qu'ils marchaient vers la porte.

— Mrs Forsyte me semble parfaitement capable de gérer tout type de prédateur. Les hommes ne se risqueront pas près de Miss McGann tant qu'elle sera là-bas. Je vais également m'assurer que le contrat de mariage prénuptial soit connu de tous pour éviter que des prétendants indélicats ne s'imaginent pouvoir faire main basse sur sa fortune. Je peux vous assurer que votre pupille ne risque pas de s'enfuir vers les chutes du Niagara avec le premier gredin venu pendant votre absence, Mr Deverill.

Un peu plus tard dans la journée, en se laissant glisser dans l'eau, Jonathan ne put retenir un grognement de satisfaction. Ces dix dernières années, la vie ne lui avait que très rarement octroyé le délice d'un bain chaud. Aussi savourait-il intensément l'eau fumante et le savon parfumé mis à disposition par la Cunard.

Le *Neptune* était un navire flambant neuf, le meilleur de ce que la Cunard Line pouvait offrir. La cabine de Jonathan était une véritable suite, dotée d'une pièce de réception munie de grandes baies vitrées qui donnaient sur la promenade. Le matelas était incroyablement moelleux, et les draps, d'une douceur exceptionnelle. Néanmoins, le luxe qu'il apprécia par-dessus tous les autres restait cette salle de bains privée équipée d'une large baignoire.

Les yeux clos, il laissa enfin la tension de la journée le quitter.

Marjorie… Ce nom et l'image de la jeune femme

revenaient sans cesse à son esprit. À sa grande honte, son corps réagit à l'évocation de sa trop belle pupille.

Jonathan se redressa brusquement dans la baignoire et tendit la main vers une épaisse serviette avant de se raviser. Ce n'était qu'une réaction incontrôlée après les émotions de la journée. Désormais, les bijoux de sa pupille étaient à l'abri dans le coffre du *Neptune* et il avait une semaine devant lui, sans rien d'autre à faire que se prélasser dans des bains, lire des livres et boire du porto dans le fumoir du navire. Avec un soupir de bien-être, il se laissa retomber dans le bain, et bientôt ses yeux se fermèrent.

Jonathan se réveilla brusquement en cherchant par réflexe son colt avant de prendre conscience qu'il n'en avait plus besoin. Il n'était pas dans des montagnes hostiles où un assaillant aurait pu l'attaquer, pas plus que dans l'eau tiède de la baignoire d'un saloon où une balle pouvait à tout moment traverser le plafond pourri. Non, il était dans la luxueuse salle de bains d'un paquebot qui le ramenait à la maison.

La maison…

La notion lui semblait étrangère après une décennie passée loin de chez lui, dans cette Angleterre où il avait laissé les éclats épars de son rêve, de son cœur et de son avenir. Depuis lors, ce qui s'était le plus approché d'un foyer pour lui avait été l'une des deux cabanes que lui et Billy avaient construites de leurs mains dans le nord de la Silver Valley, dans l'Idaho. Il n'y rentrait qu'à la nuit tombée, après que lui et Billy avaient passé la journée à travailler la roche pour en extraire l'argent.

Ils avaient quitté ces cabanes de pin toutes simples deux ans et demi plus tôt, quand Billy avait déclaré une mauvaise toux qui n'avait fait qu'empirer. Inquiet, Jonathan avait incité son ami à voir un médecin, sans succès. Ce n'est qu'au bout d'un an que Billy avait finalement consulté, quand il s'était mis à tousser du sang. Jonathan ne lui avait de toute façon pas laissé le choix. Il avait traîné son ami jusque dans le meilleur sanatorium du Colorado, hélas, les médecins n'avaient pu faire beaucoup. La phtisie pulmonaire était toujours fatale.

La douleur familière lui serra brutalement la poitrine, comme à chaque fois qu'il songeait à son ami décédé. Pourtant, quand il ferma les paupières en respirant lentement, ce ne fut pas la silhouette émaciée et affaiblie de Billy qui s'imposa à son esprit mais celle de la flamboyante chevelure de sa fille.

Un mois plus tôt, quand il avait promis à Billy de prendre soin de Marjorie, la promesse lui avait paru facile à tenir. Ce n'était qu'à présent qu'il avait découvert qu'il s'agissait d'une jeune femme épanouie au corps de déesse qu'il prenait pleinement conscience du poids de ses nouvelles responsabilités.

Un coup frappé à la porte d'entrée de sa suite le tira de ses pensées. Voilà ce qui avait dû le réveiller un instant plus tôt. Il entendit la porte s'ouvrir et une voix joviale lancer :

— Votre thé, Mr Deverill. Je vous dépose également les sandwichs et les cakes que vous avez commandés.

— Je vous remercie, répondit-il au jeune serveur à travers la porte. Prenez votre pourboire sur la table.

— Merci beaucoup, sir !

Le ton enjoué du garçon lui indiqua que la somme qu'il avait un peu plus tôt tirée de ses poches devait être conséquente.

— Puis-je faire autre chose pour votre service, sir ?

Jonathan sortit de la baignoire, dont l'eau avait tiédi, et noua une serviette à sa taille.

— Non, merci, je sonnerai si j'ai besoin de quoi que ce soit d'autre.

— Très bien, Mr Deverill, merci encore.

La porte d'entrée cliqueta de nouveau et le silence retomba dans la suite. Jonathan fit couler l'eau chaude et s'empara de son nécessaire de rasage. Puis il décida de profiter de son thé tant qu'il était encore chaud et passa sa robe de chambre pour rejoindre le salon. Il poussa la porte d'un coup d'épaule et s'arrêta net devant le spectacle qui s'offrait à lui.

Sur le petit sofa élégant, occupée à boire son thé et à grignoter ses gâteaux, se tenait Marjorie McGann, sa chevelure de feu brillant à la lueur de la lampe.

Chapitre 4

— Que diable faites-vous ici ? gronda-t-il d'une voix rendue basse par la stupeur et le choc.

Son regard affolé se porta aussitôt sur les portes-fenêtres qui donnaient sur la promenade, dont les rideaux étaient heureusement parfaitement tirés. Un intense soulagement l'envahit, aussitôt balayé par une révélation atroce : ils étaient sur un navire lancé dans l'océan Atlantique, sans aucun moyen de revenir en arrière !

— Je… Je vous avais laissée à White Plains, balbutia-t-il, toujours estomaqué.

La jeune femme porta tranquillement une bouchée de sandwich au concombre à sa bouche et tendit la main vers un petit scone avant de se renfoncer sur le canapé, l'air incroyablement contente d'elle-même.

— Par chance, je sais faire du vélo, acheter un ticket de train et héler un fiacre. Et comme vous m'aviez fort aimablement donné le nom du navire sur lequel vous deviez embarquer… me voilà.

— Comment êtes-vous entrée dans ma cabine ?

— Je suis arrivée avec le serveur, tout simplement. Je crains qu'il ne nous trouve terriblement dépravés.

Elle ajouta ce commentaire avec un regard d'excuse

affecté qui ne l'empêcha cependant pas d'avaler son sandwich avec un plaisir manifeste.

— Dieu du ciel, marmonna Jonathan en se passant les mains sur le visage. Mrs Forsyte sait-elle que vous êtes partie ?

— Elle doit le savoir, à présent. Je lui ai laissé une lettre lui expliquant que je partais avec vous.

— Et que suis-je censé faire de vous, pour l'amour du ciel ? explosa-t-il, exaspéré.

— Ce que vous auriez dû faire en premier lieu, répliqua-t-elle calmement en prenant une autre bouchée de sandwich comme si la situation ne l'inquiétait pas le moins du monde. Être mon tuteur, comme le voulait mon père.

— C'est précisément ce que je croyais faire. Je me suis assuré que vous étiez en sécurité, comme l'aurait fait n'importe quel tuteur.

Son claquement de langue dédaigneux exprimait clairement ce qu'elle pensait de son attention.

— Nous avons visiblement des points de vue très différents sur les tâches d'un tuteur, Mr Deverill. Le mien, comme je vous l'ai dit, implique que vous me conduisiez jusqu'à Londres, me laissiez y faire une Saison et m'aidiez à trouver un mari.

— Je vous l'ai dit, vous ne pouvez pas assister à la Saison, pas pour le moment ! Ce serait terriblement inapproprié, si tôt après le décès de votre père. Quant au reste, je suis votre tuteur, et certainement pas une marieuse !

— Très bien.

Elle prit la dernière bouchée de son sandwich et essuya les miettes sur ses doigts avant de poursuivre :

— Je trouverai mon futur époux sans votre aide, dans ce cas.

— Cela ne devrait pas être trop difficile, rétorqua-t-il férocement. Vous aurez probablement une demi-douzaine de candidats avant même que nous ayons débarqué. À l'instant où l'on apprendra que la fille du richissime William McGann est à bord, vous aurez une ribambelle de vauriens aussi séduisants que désargentés à vos trousses.

Tandis qu'il parlait, Jonathan prenait peu à peu conscience que la tâche qu'il avait espéré reporter à quelques mois plus tard s'était imposée à lui plus tôt que prévu. Étant donné la beauté ravageuse de la jeune femme et sa fortune colossale, la protéger risquait de se révéler bien plus hasardeux que de préserver des mines d'argent.

— Et, quand ils découvriront que vous n'avez pas même de chaperon, ils ne se gêneront pas pour vous poursuivre d'un bout à l'autre du navire !

— Croyez-vous ? demanda-t-elle avec un immense sourire. Comme ce serait délicieux !

Malgré lui, Jonathan fut brusquement envahi par des images toutes plus inconvenantes les unes que les autres en songeant aux choses délicieuses qu'il pourrait lui faire. Partagé entre le désir et la honte, il mit plusieurs secondes à retrouver l'usage de la parole.

— J'en doute. Sauf si vous appréciez de vous retrouver compromise dans une quelconque romance à bord et forcée au mariage. Est-ce ce que vous voulez ? Vous retrouver piégée pour le restant de vos jours avec un coureur de dot ?

Elle haussa les épaules comme si une telle perspective n'était pas bien dramatique.

— N'importe quel homme qui épouserait une

héritière comme moi s'attendrait à recevoir une fortune substantielle. Je ne peux tout de même pas condamner mon futur époux parce qu'il veut dépenser ma fortune, alors que c'est exactement ce que je compte faire.

— Je vois. Et comment pensez-vous vous y prendre exactement ?

— Oh ! rien de très original, répondit-elle avec un geste vague de la main. Des vêtements, des bijoux, des fourrures, des voitures, refaire la décoration de ma maison de campagne…

— Vous n'avez pas de maison de campagne.

— Pas encore, mais j'en aurai une.

Elle se servit un petit éclair sur le plateau de pâtisseries avant de lui sourire, la tête légèrement penchée de côté.

— Je pense que j'achèterai également un yacht. Et peut-être quelques chevaux de course ? Ce serait excitant, non ? Et je donnerai des fêtes, aussi. Des réceptions fabuleuses et extravagantes qui feraient pâlir d'envie les Knickerbockers de New York.

Elle poussa un soupir rêveur avant de croquer à pleines dents dans son éclair.

— Vous avez donc la ferme intention de dilapider la fortune de votre père dans des frivolités ?

— Et pourquoi pas ? Que devrais-je faire d'autre ? La voir prospérer à la banque pendant que je deviens vieille ? Où serait l'amusement ? De plus, il faudrait que je sois une dépensière hors norme pour en venir à bout. Il semble que j'aie littéralement des montagnes d'argent – du moins, si ce qui est écrit là-dedans est juste.

Elle désigna de la tête le rapport financier qu'il avait revu avec Jessop. Il avait déposé l'ensemble des documents en une pile nette sur son bureau, avec l'intention d'y jeter un nouveau coup d'œil le lendemain. À présent, ils étaient éparpillés sans soin sur le bureau en bois de rose.

— Qu'est-ce que la Rose de Shoshone ? demanda-t-elle, le rappelant brusquement à la réalité.

— C'est moi qui vais poser les questions, si vous permettez.

Son ton autoritaire lui fit lever les yeux au ciel.

— Vous êtes tellement susceptible… Vous devriez prendre un éclair… Le chocolat, ajouta-t-elle en levant ce qui restait de sa pâtisserie en l'air, élève l'esprit.

Jonathan n'était pas d'humeur à s'élever l'esprit, aussi répliqua-t-il vertement :

— Pour commencer, vous quittez la protection de Mrs Forsyte et vous vous faufilez à bord de ce navire, puis vous entrez par effraction dans ma chambre et lisez ma correspondance privée ? Décidément, pour une jeune fille censée avoir reçu la meilleure éducation, vous êtes d'une audace impayable !

— Ce que j'ai lu n'était pas privé, rectifia-t-elle sans paraître le moins du monde affectée par le portrait qu'il venait de dresser. Après tout, le testament de mon père et les rapports sur sa fortune sont des documents qui me regardent en premier lieu. J'ai tous les droits de les lire, d'autant plus que mon tuteur n'a pas jugé utile de m'informer des conditions de mon héritage avant de prendre congé.

— Je n'avais pas le temps. J'avais un train à prendre. Et…

— Oh ! je vous en prie ! l'interrompit-elle avant qu'il ait pu ajouter que Mr Jessop était parfaitement en mesure de lui apprendre tout ce qu'il y avait à savoir sur son héritage. N'essayez pas de vous justifier. Vous avez purement et simplement pris la fuite.

— C'est complètement absurde.

Malgré son affirmation péremptoire, Jonathan sentit sa conscience se cabrer.

— Par ailleurs, je ne me suis pas « faufilée » à bord. J'ai acheté mon billet, comme tous les autres passagers. Certes, je n'ai pas une suite comme la vôtre... Avec mes économies, je n'ai pu me payer qu'une cabine modeste, mais tout de même en première classe.

Elle avala sa dernière bouchée d'éclair avant de s'emparer de la théière.

— Un peu de thé ? proposa-t-elle.

— Je ne veux pas de thé, bon sang !

Sans se départir de son calme imperturbable, elle reposa la théière.

— Vous avez raison. Vous avez plutôt l'air de quelqu'un qui a grand besoin d'un verre d'alcool. Fort. Et éventuellement de quelques vêtements, ajouta-t-elle en le détaillant sans façon.

Jonathan suivit son regard et prit conscience avec horreur qu'il ne portait rien d'autre qu'une robe de chambre qui lui arrivait aux genoux. Il était à demi dénudé ! Devant sa pupille ! La fille de Billy !

— Bon sang !

Il marcha à grands pas jusqu'à elle, la saisit par le coude avec la ferme intention de la mettre à la porte. Hélas, il comprit son erreur au moment où son corps se pressa contre le sien sous l'impulsion de sa poigne. Ses seins ronds frôlèrent son torse et il serra brutalement les mâchoires. Non seulement sa pupille était une femme à la silhouette bien trop attirante, mais en outre il n'avait pas eu de femme dans son lit depuis fort longtemps.

Désespéré de sentir son corps réagir ainsi, il recula vivement sans pour autant la lâcher.

— Vous devez partir d'ici. Tout de suite.

— Je n'ai même pas fini mon thé !

Sans la lâcher, il posa la main sur la poignée.

— Si, vous l'avez terminé.

— Vous voulez vraiment que je parte ?

— Oui, dit-il fermement en ouvrant la porte.

Après avoir vérifié en passant la tête qu'il n'y avait personne dans les alentours, il la poussa dans le couloir.

— En êtes-vous vraiment sûr ? insista-t-elle en posant la paume sur le battant qu'il s'apprêtait à refermer sur elle. Vous voulez me laisser errer sur ce navire sans aucun chaperon, au milieu de tous ces coureurs de dot et de ces vauriens aux intentions condamnables ?

Avec un juron, Jonathan la ramena brusquement à l'intérieur et claqua la porte. Il la libéra aussitôt et ferma les yeux en prenant une longue inspiration. Il devait réfléchir, ce qui était loin d'être aisé alors qu'il pouvait encore sentir contre sa poitrine la douceur de ses seins, et que la promesse faite à Billy de protéger sa petite fille résonnait à ses oreilles.

— Asseyez-vous, ordonna-t-il avant de marcher jusqu'à la chambre à coucher. N'allez nulle part et ne touchez à rien. Et, si vous tenez à votre petite personne, ne vous approchez plus de mes papiers !

Pour faire bonne mesure, il claqua la porte de la chambre avant de s'adosser au battant avec un grognement. Qu'allait-il faire d'elle, pour l'amour du ciel ? Qu'est-ce qu'un homme était supposé faire d'une magnifique pupille désobéissante ?

Se jeter par-dessus bord lui semblait brusquement une perspective intéressante. Seigneur, s'il envisageait une solution aussi drastique après une heure passée avec elle, dans quel état allait-il être en accostant à Southampton d'ici une semaine ?

Mieux valait ne pas y penser.

La porte de la chambre s'était à peine refermée que Marjorie éclata de rire. Elle pressa en hâte son visage dans les coussins pour étouffer le bruit.

Le choc qui s'était affiché sur le visage de Jonathan en la découvrant tranquillement assise avait été un spectacle exceptionnel ! Et, quand elle avait déblatéré sur la façon dont elle voulait dilapider la fortune paternelle, il avait eu l'air horrifié. Elle ne parvenait toujours pas à comprendre comment elle avait trouvé la force de conserver un visage parfaitement neutre. Et quand elle lui avait sobrement fait remarquer qu'il était à moitié nu… Ce souvenir la fit repartir dans un éclat de rire.

Dire qu'elle avait pensé qu'avoir un tuteur se révélerait une corvée ennuyeuse ! C'était au contraire un divertissement incomparable ! Elle n'aurait sans doute pas dû prendre tant de plaisir à torturer ce pauvre homme, néanmoins, il le méritait après l'avoir abandonnée sans un instant d'hésitation !

Après un bon moment passé à rire aux dépens du très sévère Mr Deverill, Marjorie prit une longue inspiration et se redressa. Sur un dernier petit gloussement, elle songea qu'il devait la prendre pour une petite écervelée.

En vérité, elle ne comptait pas dépenser sa fortune en

chevaux de course… De même, elle ne l'avait pas attendu pour deviner que les coureurs de dot fondraient sur elle comme des mouches, merci bien. Aussi, en dépit des craintes de son tuteur, elle n'avait nulle intention d'être compromise et forcée à épouser un homme que seul son argent intéressait.

Elle ne pouvait certes pas le blâmer de s'en inquiéter, puisqu'il ignorait qu'elle avait déjà pris ses dispositions pour éviter de telles mésaventures. Tout en avalant un autre sandwich au concombre, elle décida qu'il serait sage de lui éviter l'apoplexie en l'informant rapidement des précautions qu'elle avait prises.

Au même instant, il apparut, correctement vêtu, cette fois. Comme il se concentrait sur le contenu du plateau de thé, elle l'étudia avec attention. Il semblait s'être remis de sa surprise, mais la sévérité de son visage lui confirma sa première impression. Jonathan Deverill n'était pas homme à plaisanter, et elle avait bien fait de ne pas se montrer avant que le *Neptune* soit en mer.

Rassurée qu'il ne puisse plus la renvoyer à la Forsyte Academy, elle prit la parole :

— Alors, que va-t-il se passer, à présent ?

Il se servit une tasse de thé, ajouta du lait et deux cuillerées de sucre avant de répondre :

— Pour vous ? Rien du tout.

— Que voulez-vous dire ?

— Quand nous aurons fini cette discussion, vous retournerez dans votre cabine, où vous demeurerez pendant le reste du voyage.

Marjorie sentit les derniers vestiges de son amusement disparaître.

— Vous plaisantez.

Il lui sourit ; pourtant, la dureté de son regard la fit frémir.

— Je vais demander qu'on vous apporte vos repas dans votre cabine et je vous ferai envoyer des livres. De la sorte, vous aurez de quoi vous occuper l'esprit plus utilement qu'en tentant de me rendre fou de rage.

— Mais c'est mon premier voyage en mer ! Je n'ai jamais pu voyager où que ce soit auparavant. Vous ne pouvez pas…

— Si vous aviez fait preuve d'un minimum de patience, comme je vous le recommandais, le temps que je prenne des dispositions pour vous, votre premier voyage en mer aurait été bien plus agréable.

— Il aurait surtout été reporté de huit mois !

Il haussa les épaules avec une indifférence outrageante.

— Quoi qu'il en soit, quand vous désobéissez à mes ordres, vous saurez désormais qu'il y a des conséquences.

— Je dois donc rester enfermée dans ma cabine comme une enfant récalcitrante ? Devrai-je également aller au lit sans manger ?

— En me suivant sur ce navire, vous vous êtes mise en danger ! Je suis peut-être votre tuteur, mais je ne suis pas un membre de votre famille, et en tant qu'homme je ne peux veiller sur vous sans provoquer les qu'en-dira-t-on.

— Nous sommes sur un navire plein de monde. Quels dangers me guettent, selon vous ?

— Je ne m'inquiète pas pour votre intégrité physique mais plutôt pour votre réputation, même si vous ne vous en souciez pas !

Marjorie s'efforça de rester calme, car c'était la stratégie la plus sensée.

— Si vous craignez que l'un de ces coureurs de dot

ne me compromette, vous n'avez pas à vous en inquiéter, je me suis déjà arran…

— Les gentlemans ne sont pas mon unique préoccupation. Si vous êtes vue vous promenant seule, la curiosité des passagers sera éveillée. Il ne leur faudra pas longtemps pour apprendre qui vous êtes et, si l'on vous voit dîner ou errer seule, je ne donne pas cher de votre réputation.

— Certes, mais je ne serai pas seule, je…

— Si, vous le serez car, comme je vous l'ai déjà expliqué, je ne peux pas vous escorter ! Nous ne sommes mariés ni l'un ni l'autre et, si l'on nous voit voyager ensemble sans chaperon, les gens imagineront le pire.

De plus en plus agacée de ne pas même pouvoir achever une phrase, Marjorie tenta encore une fois de s'expliquer :

— Oui, mais je…

— Nous n'aurons même pas parcouru la moitié du trajet que tous les passagers de ce fichu navire nous auront jugés et condamnés.

Exaspérée, Marjorie abandonna toute tentative d'explication. Elle n'était pas complètement idiote et elle avait bien entendu pris ses précautions contre de tels dangers.

— Je vous avais prévenu que vos plans mettaient ma vie en suspens bien trop longtemps, répliqua-t-elle avec fermeté.

— Et vous croyez que me suivre jusqu'à Londres changera quoi que ce soit à la situation ? Les onze prochains mois ne seront pas différents pour vous simplement parce que vous aurez traversé l'Atlantique !

Marjorie se raidit, soudain inquiète de la menace contenue dans son ton.

— Que voulez-vous dire ?

— Vous êtes en deuil, Marjorie ! En Angleterre

comme aux États-Unis, vous êtes astreinte à au moins six mois d'isolement social.

— J'ai vécu en isolement la majeure partie de ma vie. Je n'ai aucune intention de m'enfermer plus longtemps.

— Ne croyez-vous pas que vous exagérez un peu ?

— Vraiment ? J'ai vu toutes mes amies quitter la Forsyte Academy et commencer à vivre leur vie pendant que je restais seule. Elles ont vécu la Saison, elles ont dansé avec des ducs, dîné avec des princes… La plupart d'entre elles sont tombées amoureuses, se sont mariées, elles vivent des existences palpitantes. Tandis que, moi, je ne suis allée nulle part, je n'ai rien vécu. Je suis une héritière, moi aussi, mais, pour le bien que cela m'a apporté, j'aurais préféré être pauvre. Pourquoi croyez-vous que j'ai économisé chaque penny de mon salaire d'enseignante et de ma pension ? Bien avant que mon père ne meure, j'avais déjà la ferme intention de m'enfuir. Je m'organisais pour pouvoir quitter la Forsyte Academy dès mes vingt et un ans.

— Et pour aller où ?

Marjorie croisa son regard empli de confusion et elle ne baissa pas les yeux.

— Eh bien, pas chez mon père, puisque j'ignorais même où il pouvait se trouver.

C'est lui qui détourna les yeux le premier, preuve que ses paroles l'avaient mis mal à l'aise.

— Quand vous avez tous les deux quitté l'Idaho, personne ne s'est soucié de me dire où vous étiez partis. Mrs Forsyte a déclaré qu'elle l'ignorait, Mr Jessop a tout simplement refusé de me le dire. D'après lui, mon père se déplaçait souvent et n'était pas facilement joignable – un mensonge qui n'aurait pas convaincu un enfant.

— Ce n'était pas un mensonge… pas vraiment, assura-t-il en réponse à son expression sceptique. Du moins, avant qu'il n'entre dans un sanatorium.

— Une autre information que personne n'a jugé bon de partager avec moi.

Marjorie sentit sa voix faiblir sous l'émotion. Ces gens qui pensaient la protéger, savaient-ils à quel point ils lui avaient fait du mal en la gardant constamment dans l'ignorance ? Quand elle fut certaine d'avoir repris contenance, elle poursuivit d'un ton raffermi :

— Quoi qu'il en soit, je suis restée en communication avec mes amies parties à Londres. La plupart sont mariées, désormais, et je savais qu'au moins l'une d'entre elles pourrait me chaperonner.

— Et comment comptiez-vous gagner votre vie en vous enfuyant de la sorte ?

— Eh bien, je comptais sur le fait que même mon père ne me destituerait pas pour avoir changé de pays. Une fois que j'aurais été installée à Londres, j'imagine qu'il n'aurait eu d'autre choix que de demander à Mr Jessop d'augmenter ma pension. Et puis il est mort, alors même que j'ignorais tout de sa maladie…

Marjorie s'interrompit, stupéfaite d'entendre sa voix se briser. Quelle idiote elle était de révéler ses sentiments pour un père qui ne lui avait jamais témoigné le moindre intérêt !

— Maintenant que j'ai enfin la chance de vivre ma vie, croyiez-vous vraiment que j'allais encore vouloir attendre ?

— Ce que je croyais, c'est que vous auriez au moins le bon sens de patienter le temps que je prenne des dispositions pour vous.

— Autrement dit, vous vous imaginiez que j'obéirais sans discuter et ferais ce que vous – un parfait étranger – aviez décidé pour moi.

— Précisément parce que c'est exactement la mission dont m'a chargée votre père ! Je ne trahirai pas la promesse que je lui ai faite simplement parce que vous avez une envie déraisonnable de me défier, moi, ainsi que le simple bon sens.

Marjorie aurait pu répliquer qu'elle n'avait pas encore commencé à le défier, mais elle choisit la prudence.

— Donc me garder ainsi cachée et enfermée est votre façon de me soumettre ? Que ferez-vous quand nous atteindrons Londres ? Vous m'enfermerez dans un grenier ?

— J'espère que vous ne rendrez pas une telle mesure nécessaire.

Marjorie le fixa, stupéfaite de le découvrir parfaitement sérieux.

— Vous avez réellement l'intention de me garder enfermée ? Jusqu'en août ? Vous n'oseriez pas !

— Je vous conseille de ne pas tester ce dont je suis capable, Marjorie. Et je ne suis pas sûr de bien comprendre ce que vous pensez qu'il va se passer en août…

— Eh bien, c'est en août que j'atteindrai mes vingt et un ans.

— Tout à fait. Et ?

— Une femme obtient la majorité à vingt et un ans.

— Légalement, certes. Néanmoins, votre père a notifié dans son testament que votre héritage resterait à l'abri au sein du trust jusqu'à ce que vous vous mariiez, ou bien que vous atteigniez l'âge de trente ans.

— Trente ans ? s'exclama Marjorie avec horreur. Mais je serai vieille fille alors !

Il lui adressa un sourire insupportablement arrogant avant de reprendre.

— Jusqu'à ce que vous ayez trente ans ou que vous soyez mariée, c'est moi qui déciderai le montant de votre pension. Vous semblez légèrement surprise, je me trompe ? Je suppose que vous n'êtes pas allée au bout de la lecture de ces documents…, ajouta-t-il avec un mouvement de tête vers le bureau.

Marjorie redressa le menton.

— Vous avez donc l'intention d'utiliser mon argent pour me contrôler.

— J'utiliserai ce qui fonctionnera, confirma-t-il. À quel point pensez-vous vous amuser à Londres avec dix dollars par mois ?

— Vous m'obligeriez à conserver la même pension que j'ai depuis mes sept ans, alors que j'ai une véritable fortune à la banque ? s'exclama-t-elle, outrée.

— Vous êtes en deuil, de toute façon. Même si je vous donnais plus, vous n'auriez guère l'occasion de le dépenser. Et, quel que soit le montant, il ne suffira pas à acheter des yachts ou des chevaux de course.

Marjorie maudit intérieurement son propre sens de l'humour.

— Est-ce que ce sera au moins suffisant pour que je porte des vêtements décents ? Je ne peux tout de même pas continuer à porter mon uniforme de professeure et je ne possède rien d'autre.

— Je vois. Quand nous serons arrivés, je demanderai à mes sœurs de vous emmener chez Jay.

Soulagée de le voir revenu à un peu de raison, elle esquissa un sourire.

— Est-ce une modiste ?

— Tout à fait. Ils font des vêtements de deuil.

Marjorie émit un grognement exaspéré fort peu féminin. Elle était certes prête à faire quelques compromis tant que cet homme dirigeait sa fortune mais, ne porter que du noir, c'était tout simplement trop !

— Non, je refuse de rester en vêtements de deuil.

— Vous n'avez pas le choix. C'est une obligation sociale après la mort d'un parent.

Elle reconnut dans sa voix l'accent d'une volonté de fer. Seulement, Jonathan Deverill semblait ignorer qu'elle était également dotée d'une force de volonté peu commune.

— Je ne porterai pas le deuil, répéta-t-elle en articulant chaque syllabe. Et je vois mal pourquoi j'y serais tenue.

— Parce que votre père vient de mourir, Miss McGann, répondit-il, le visage traversé d'une fugace expression de douleur. Ce que vous semblez oublier constamment. En vérité, vous semblez même prendre un malin plaisir à marquer votre indifférence à l'égard de cette perte. Votre absence de chagrin ou même de gratitude n'est pas à porter à votre crédit.

Cette accusation enflamma brutalement la colère de Marjorie.

— De la gratitude ? Du chagrin ? répéta-t-elle avec fureur. Est-ce là ce que je suis censée ressentir, selon vous ?

— Eh bien, oui.

— Alors vous ne comprenez rien à rien ! La dernière fois que j'ai vu mon père, je n'avais pas plus de sept ans et ma mère venait juste de mourir. Elle n'était pas en terre depuis une semaine qu'il m'a emmenée à la Forsyte

Academy pour me confier à Mrs Forsyte, que je n'avais jamais vue de ma vie. Il m'a embrassée, m'a dit de bien me comporter, et puis… il est parti.

Elle le défiait de son regard sombre et il serra brièvement les lèvres avant de répondre :

— Il pensait sans doute que c'était ce qu'il y avait de mieux à faire. Étant donné sa profession, il savait qu'il serait absent la plupart du temps. De nombreux veufs…

— Il a promis de revenir, coupa-t-elle pour leur épargner à tous deux les pitoyables excuses que la société inventait pour justifier comment des pères abandonnaient leurs enfants. Il ne l'a jamais fait.

— Je suis certain qu'il avait l'intention de le faire.

— Oh oui, exactement comme vous aviez l'intention de revenir quand vous êtes parti en me laissant derrière vous ce matin.

Il prit une brève inspiration et garda le silence un moment.

— Marjorie, reprit-il enfin, il est évident que vous avez sincèrement cru que je comptais vous abandonner. Je vous assure pourtant que ça n'a jamais été dans mes intentions. Quant à votre père, je sais qu'il est parti afin de pouvoir vous mettre à l'abri du besoin. Il est ainsi parvenu à amasser une véritable fortune pour vous – au prix de nombreux sacrifices, je peux en témoigner. Grâce à lui, vous pourrez vivre dans le luxe pour le restant de vos jours.

— J'aurais préféré avoir un père, rétorqua-t-elle froidement. Quelqu'un qui vienne me rendre visite à l'occasion, ou qui soit au moins capable de m'envoyer plus d'une ou deux lettres par an.

— Billy n'a jamais été très doué pour les lettres, je

l'admets, mais je doute que l'absence de ses visites soit due à de la négligence, bien que tout laisse à le penser. Il ne voulait sans doute pas que vous le voyiez malade.

— À présent, je ne le verrai plus du tout ! s'écria-t-elle, la gorge serrée par une violente émotion.

Ses yeux la piquaient et elle comprit avec horreur qu'elle risquait véritablement de pleurer la mort de ce père qui ne s'était jamais comporté comme tel. Elle baissa le visage avant que son tuteur ne puisse la voir. Quand elle eut repris suffisamment contenance, elle poursuivit :

— Il aurait pu me prévenir, me faire appeler auprès de lui. Je serais venue.

Jonathan se déplaça pour venir devant elle.

— La consomption est une maladie brutale, ce n'est pas quelque chose que l'on veut infliger à ses proches.

La douceur et la compassion dans sa voix ne firent qu'entretenir la rage qui brûlait dans son cœur.

— Et que faites-vous de toute l'époque qui a précédé ? le défia-t-elle. Mon père a eu des années pour venir me rendre visite. Il ne l'a pas fait. Pas une seule fois.

— Je suis certain que votre père avait beaucoup d'affection pour vous.

Cependant, même lui sembla prendre conscience que ces mots sonnaient étrangement faux, car ses traits se figèrent.

— Vraiment ? lança-t-elle avec un rire forcé. J'ai du mal à voir comment ce serait possible puisqu'il ne vous avait même pas dit à vous, son meilleur ami, que j'existais, avant d'être à l'agonie.

Cette fois, il ne fit pas mine de répondre. Qu'y avait-il à dire à cela, de toute façon ?

— Je n'ai pas gardé beaucoup de souvenirs de mon

père, Mr Deverill, parce qu'avant même de partir dans l'Ouest il était très souvent absent. Je me souviens bien mieux de ma mère. Cela reste vague, bien sûr, mais certains moments resteront gravés dans ma mémoire : je l'entends encore supplier mon père de ne pas partir à nouveau, et je vois son regard hanté quand nous le regardions emballer ses affaires et quitter la maison. Je me rappelle encore ses sanglots déchirants quand elle pleurait dans son lit jusqu'à l'épuisement.

Il ouvrait déjà la bouche, mais elle ne voulait plus entendre ses excuses pathétiques.

— Vous parlez des sacrifices que mon père a faits pour moi, mais la vérité c'est que pour lui ce n'était pas un sacrifice. Il a toujours fait ce qu'il voulait et a vécu comme il l'entendait. Lettre après lettre, je l'ai supplié de revenir me voir ou au moins de me dire où je pouvais le rejoindre, je n'ai jamais obtenu rien d'autre que de vagues promesses.

Ses mains tremblaient, et la fierté lui fit serrer les poings pour que son tuteur ne remarque pas son émotion.

— Dans les rares réponses qu'il a pris la peine de m'écrire, il répétait toujours la même chose. Qu'il m'enverrait chercher, que nous aurions plein de temps ensemble dès que j'aurais suffisamment grandi… « Bientôt », voilà ce qu'il écrivait, « bientôt, nous serons réunis » …

La gorge trop serrée pour poursuivre, elle dut prendre une profonde inspiration avant de conclure :

— Avant de juger mon comportement, avez-vous réfléchi à ce qu'avait été ma vie ? Mrs Forsyte est une femme bonne, mais elle n'a jamais été une mère pour moi. Mon père était la seule famille qui me restait, et en dépit de toutes ses promesses il est évident qu'il ne voulait pas de moi dans sa vie. Savez-vous ce que cela fait de vivre année après année sur des promesses ?

— Eh bien, croyez-le ou non, je le sais, oui...

Sa réponse d'une sincérité évidente la prit de court, mais elle ne se laissa pas déstabiliser pour autant.

— Pouvez-vous dans ce cas comprendre ce que j'ai ressenti quand j'ai enfin compris que toutes ses promesses n'étaient que mensonges ? Que, quand il est mort, son « bientôt » serait pour toujours un « jamais » ?

— Oui, Marjorie, je peux le comprendre.

Ses quelques mots provoquèrent en elle une vague de souffrance plus violente encore, comme si elle se laissait enfin le droit d'avoir mal. Alors elle laissa les mots sortir en un flot précipité :

— Dans ce cas, pardonnez-moi, Mr Deverill, si la mort de mon père ne me cause que peu de chagrin et si la façon dont il s'est occupé de moi ne m'inspire guère de gratitude. Je vois bien que, pour vous, son décès est une perte douloureuse, seulement, pour ma part, ce que j'éprouve pour l'heure, c'est un intense sentiment de libération, comme si je venais de sortir de prison. Maintenant que je suis libre, je n'ai pas l'intention de retourner dans une nouvelle cage. Je refuse de porter le deuil et d'agir comme une hypocrite en prétendant pleurer un homme que je connaissais à peine et qui n'a jamais été un véritable père pour moi.

— Même si la société vous juge sévèrement pour ce choix ?

— Oui. Je veux rire et danser et porter les couleurs que je veux. Je vais faire une Saison, rencontrer des jeunes gens, tomber amoureuse et me marier. Et je suis prête à parier avec vous que l'homme que j'épouserai sera un meilleur mari et un meilleur père que ne l'a jamais été Billy McGann. J'ai l'intention de construire un véritable foyer, une famille unie et une existence qui mérite d'être vécue. Alors je me moque bien de transgresser au passage n'importe quelle maudite règle de la bonne société et d'offenser votre personne.

Sur ce, elle tourna les talons et sortit de sa suite en claquant la porte. Le bruit lui procura un intense sentiment de satisfaction.

Chapitre 5

Jonathan resta un long moment figé devant la porte fermée, parfaitement conscient qu'il s'en sortait plus que médiocrement dans son nouveau rôle de tuteur. Un autre aurait-il fait mieux en pareilles circonstances ? Il en doutait.

Cela dit, ce n'était pas la question. Il avait désormais la responsabilité du bien-être, de la réputation et de l'avenir de cette jeune femme. Si quoi que ce soit ternissait son honneur – ce qui risquait fort d'arriver, et très vite, s'il devait se fier à son attitude rebelle –, il serait à blâmer. En dépit de ses discours fiers, elle n'était encore qu'une jeune fille innocente.

Or, Jonathan connaissait le monde. Il savait que son nom pourrait être sali par le moindre incident. Hélas, Marjorie ne semblait pas avoir le moindre instinct de survie. Pas plus qu'elle n'avait de chagrin pour la perte de son père.

Il repensa à ce qu'elle avait dit, notamment que pour Billy cette vie loin des siens ne représentait pas un sacrifice. Bien sûr, son ami n'était pas un saint, mais la condamnation de sa fille n'en avait pas été moins douloureuse à entendre. D'autant plus qu'en dépit de sa désobéissance force était de reconnaître qu'elle avait de bonnes raisons d'en vouloir à son père.

Elle voulait désormais être libre et agir comme bon lui semblait... Seulement, elle ne mesurait pas les conséquences de son attitude rebelle. Elle ne pouvait pas se permettre de jeter à la figure de ceux qui avaient créé les règles de bienséance son insolence et espérer qu'ils l'accueillent tout de même parmi eux. Lui savait qu'elle ne serait jamais acceptée dans ces conditions. C'était son rôle de veiller à ce qu'elle se soumette aux règles de la bonne société.

Dès qu'ils accosteraient à Londres, il s'en remettrait à la bonté de ses sœurs en espérant qu'elles acceptent de prendre la jeune femme sous leur garde pendant son séjour en Afrique. D'ici là, il était seul à pouvoir la protéger. Or, le plus sûr moyen d'éviter toute rumeur désobligeante était de la contraindre à rester dans sa cabine, malheureusement, il ne voyait pas comment s'assurer qu'elle le fasse. Le lui ordonner serait sans doute aussi efficace que de la laisser de l'autre côté de l'Atlantique. L'enfermer était hors de question, parce qu'elle risquait de créer plus de trouble, et qu'elle trouverait sans nul doute un moyen de s'échapper.

Apparemment, employer la persuasion et la raison serait bien plus efficace que recourir à l'autorité et à la force. Dès qu'elle serait un peu apaisée, il pourrait lui démontrer que respecter les codes était le meilleur moyen d'obtenir ce qu'elle voulait. Il lui ferait miroiter les merveilles qu'elle pourrait découvrir dès avril si elle se comportait sagement d'ici là.

Pour qu'une telle stratégie fonctionne, il allait devoir combler le fossé qui s'était creusé entre eux, en commençant par lui présenter ses excuses ; et lui assurer qu'il ne l'abandonnerait pas comme son père l'avait fait serait un bon début.

Satisfait d'avoir ainsi élaboré un plan d'action, Jonathan s'habilla pour le dîner et quitta sa cabine. Quelques dollars et une brève explication lui permirent d'obtenir le numéro de cabine de Marjorie auprès d'un membre d'équipage.

Un instant plus tard, il toquait à sa porte en priant pour qu'elle soit restée sagement à l'intérieur. Par chance, le verrou cliqueta et la porte s'ouvrit. Son soulagement ne fut cependant que de courte durée. Elle avait quitté son uniforme sévère de professeure pour une robe du soir en velours. Mis à part sa couleur noire, absolument rien dans cette tenue ne convenait à un deuil : le décolleté révélait bien trop de sa peau crémeuse et la coupe moulait ses courbes jusqu'aux genoux avant de s'évaser.

Un tel spectacle raffermit sa résolution de lui parler mais accrut également son appréhension. De toute façon, commencer leur conversation sur ce qu'elle pouvait ou ne pouvait pas porter ne le mènerait nulle part, aussi se contenta-t-il de s'incliner cérémonieusement.

— Miss McGann, pouvez-vous m'accorder un peu de votre temps ?

— Êtes-vous sûr que votre présence ici soit convenable, Mr Deverill ? Seigneur, que diraient les gens s'ils découvraient que vous tournez ainsi autour de ma cabine ?

— Ne soyez pas impudente. Il est terriblement impoli de sermonner un homme venu vous présenter ses excuses.

— Oh ! c'est pour cela que vous êtes ici ? Pour vous excuser ?

Jonathan ravala son exaspération et confirma.

— En effet.

— Très bien, dans ce cas…

Elle se tut mais ne bougea pas pour autant du seuil, apparemment décidée à le faire s'excuser dans le couloir. Cependant, il n'avait aucune intention de se plier à son caprice, car, comme elle l'avait fort justement fait remarquer, quelqu'un pouvait à tout moment les voir et en tirer des conclusions erronées.

— Puis-je entrer ?

— Dans ma cabine ? s'exclama-t-elle en ouvrant les yeux démesurément. Mais enfin, Mr Deverill, quelle suggestion inap…

— Assez ! la coupa-t-il en jetant un regard inquiet de part et d'autre du corridor. Si vous voulez écouter mes excuses, vous feriez mieux de me laisser entrer rapidement.

Avec un petit sourire en coin, elle s'écarta pour le laisser passer et referma la porte. Elle alla ensuite s'asseoir à une minuscule table assortie de deux chaises. Elle se percha sur l'une d'elles car sa robe serrée à la taille ne lui permettait visiblement pas de s'installer confortablement.

— Suite à notre discussion, commença-t-il après s'être assis sur la seconde chaise, qu'elle lui désignait, j'ai compris que je n'avais pas mené cet entretien aussi bien que j'aurais pu le faire.

Comme elle ne semblait pas s'émouvoir un instant de sa déclaration, il persévéra :

— Je ne peux que vous redire le choc que cela a été de découvrir que vous n'étiez pas une enfant, puis de vous découvrir à bord, dans ma cabine, où vous n'aviez aucune raison de…

— Vous ne vous excusez pas très souvent, je me trompe ?

Jonathan cligna des paupières, surpris par sa question abrupte.

— Eh bien… Non, je suppose que non.

— Apparemment pas, en effet, s'il faut en croire votre maladresse.

— Je n'ai que rarement besoin de présenter mes excuses, répliqua-t-il sèchement avant de se rappeler qu'il était venu dans un esprit de conciliation et d'apaisement.

Après une longue inspiration, il reprit d'un ton plus mesuré :

— Marjorie…

Un coup frappé à la porte l'interrompit.

— Ah, ce doit être la baronne, s'écria la jeune femme en se levant.

— Qui ?

— La baronne Vasiliev, lança-t-elle par-dessus son épaule. Ma dame de compagnie et chaperon.

— Chaperon ? De quoi parlez-vous ?

— La baronne Vasiliev, répéta-t-elle avec un large sourire comme si ce titre était supposé tout lui expliquer. J'ai hâte de vous la présenter.

Sans autre formalité, elle ouvrit la porte et Jonathan découvrit une belle femme d'environ quarante ans à la silhouette sculpturale. Vêtue d'une robe de brocart rouge écarlate, ornée de larges diamants qui ressemblaient à de la verroterie, la « baronne » le fit davantage penser à une actrice qu'à une authentique aristocrate.

— Marjorie, ma chérie, la salua-t-elle avec une familiarité excessive en lançant l'extrémité de son boa sur son épaule rebondie. Vous êtes absolument magnifique ! Cette robe vous va très bien.

Trop bien, aurait-il voulu corriger.

— J'espère que vous êtes prête à rejoindre la salle de réception, car je suis assoiffée.

— Je ne suis pas encore tout à fait prête, mais je vous en prie, entrez, Baronne.

Alors que la jeune femme ouvrait grand la porte, la soi-disant baronne remarqua sa présence. Son visage se figea aussitôt en une expression sévère, elle empoigna sa paire de lunettes d'opéra qui pendait à son cou et lui administra un regard de haut en bas tellement parfait que Jonathan fut tenté d'applaudir sa performance.

— Baronne, puis-je vous présenter mon tuteur, Mr Jonathan Deverill ? Mr Deverill, voici la baronne Vasiliev.

Il répondit à cette introduction d'une légère inclinaison du buste.

— Madame.

La saluer en omettant son titre aurait dû l'offusquer, mais la baronne laissa retomber ses lunettes sur sa poitrine généreuse et son visage désapprobateur s'éclaira d'un large sourire qui la faisait encore plus ressembler à une actrice en pleine performance.

— Mr Deverill ! Vous êtes tellement bon de m'avoir confié la responsabilité de votre jeune pupille, et je tiens à vous assurer que vous n'aurez pas à le regretter. Je serai un chaperon intraitable, c'est d'ailleurs la raison pour laquelle je suis au regret de devoir vous demander de quitter sa cabine dans l'instant.

Jonathan retint un ricanement moqueur devant cet élan de convenance excessif.

— Votre vigilance est tout à votre honneur, déclara-t-il en s'efforçant de ne pas rire, néanmoins, je crains d'avoir à discuter avec Miss McGann.

— Mon cher monsieur, je suis au regret de ne pouvoir le permettre, répliqua-t-elle avec emphase. Ici ? Dans sa cabine ? Non, c'est impossible.

Exaspéré, Jonathan détourna le regard de la baronne de pacotille pour regarder Marjorie, qui était restée près de la porte. Son regard devait assez exprimer son degré d'agacement car elle baissa les yeux d'un air contrit, mais il ne put manquer l'ombre de sourire sur sa bouche. La petite peste devait être bien plus proche du fou rire que de la réserve qu'elle affectait.

— Quelle sorte de chaperon serais-je si j'accordais à n'importe quel homme, y compris son tuteur, un entretien privé ? Non, je dois pouvoir assurer à la duchesse lors de notre prochaine rencontre que la jeune demoiselle a été correctement gardée.

Un instant diverti par le visage faussement angélique de Marjorie, Jonathan fronça les sourcils.

— La duchesse ? Voulez-vous parler de ma sœur, la duchesse de Torquil ?

— Bien évidemment ! Quand Marjorie m'a été présentée la première fois…

— Présentée ? Par qui, grand Dieu ?

La femme rit, sans paraître le moins du monde dérangée par son ton incisif.

— En vérité, nous nous sommes plus ou moins présentées toutes seules, dit-elle en riant, n'est-ce pas, Marjorie ?

— Dois-je comprendre, reprit-il avant que la jeune femme puisse répondre, que vous connaissez ma sœur ?

— Tout à fait ! Nous nous sommes rencontrées à Paris il y a quatre ans. Elle était en voyage de noces avec le duc. Ce cher Torquil… Quel homme magnifique ! Si séduisant.

Avec un sourire satisfait, Jonathan reprit d'un ton plaisant :

— Que c'est étrange, que vous ayez rencontré ma sœur pendant son voyage de noces il y a quatre ans alors qu'elle s'est mariée il y a six ans.

La prétendue baronne ne cligna même pas des paupières.

— Tant que cela ? Comme le temps passe vite ! Comme je le disais, la duchesse n'aura rien à me reprocher, reprit-elle avec un vague geste de la main.

À bout de patience, Jonathan interrompit la nouvelle tirade de la comédienne :

— Malheureusement, mon désir de m'entretenir avec ma pupille demeure. Voyez-vous, Miss McGann et moi-même devons discuter de questions financières, en particulier de l'investissement de son argent.

Il croisa le regard de l'imposante baronne. Aussi intraitable soit-elle en matière de chaperonnage, elle avait encore assez de sens commun pour se rappeler qui lui paierait son salaire de dame de compagnie.

— Bien entendu, dit-elle aimablement.

Elle s'arrêta néanmoins à la porte et leur jeta à tous deux un regard d'avertissement.

— Je vous attends dans le couloir, Marjorie.

— Avec une oreille collée au trou de la serrure, marmonna Jonathan quand elle eut refermé la porte.

— Ce que ferait tout bon chaperon en pareille situation, commenta joyeusement Marjorie.

— Non, un bon chaperon n'autoriserait jamais la demoiselle placée sous sa garde à porter une robe pareille, répliqua-t-il vertement.

Marjorie jeta un œil à sa silhouette.

— Qu'est-ce qui ne va pas avec cette robe ? demanda-t-elle en lissant le velours sur ses hanches magnifiques. La baronne m'a indiqué que c'était la dernière mode venue de Paris. Et elle me va enfin, après une heure de torture avec la couturière pour reprendre les côtés.

— Ils ont été un petit peu trop repris…

Alertée par son ton acide, Marjorie l'observa d'un air perplexe :

— Qu'ai-je encore fait ? Je porte du noir. Je pensais que vous seriez content de me voir faire un compromis.

Jonathan était parfaitement conscient que si elle avait été n'importe quelle autre femme – pas sa pupille, pas la fille de son meilleur ami – il aurait été plus que content de bénéficier d'un aussi ravissant spectacle. Avec un soupir, il demanda :

— Dites-moi juste qui est cette femme.

— Je vous l'ai dit : la baronne Vasiliev. Elle vient de Russie. Elle a perdu toute sa famille dans une épidémie de grippe il y a des années, y compris son jeune fils. Une tragédie…

— Tragique, en effet, commenta-t-il en se retenant de lever les yeux au ciel. De quelle partie de la Russie ?

— L'Ukraine, il me semble. À moins que ce ne soit la Géorgie ? Quelle importance, après tout, puisqu'elle vit désormais à Paris la majeure partie de l'année.

— À Paris ? J'aurais plutôt pensé Londres, pas très loin des théâtres de Drury Lane, par exemple…

Marjorie pencha adorablement le visage en l'étudiant.

— Vous semblez à nouveau en colère et j'avoue ne pas en comprendre la raison. J'avais besoin d'un chaperon et j'en ai trouvé un.

Cette situation absurde était en train de virer à la farce…

— Vous ne pouvez pas simplement vous dégoter un chaperon ! Ce n'est pas comme cela que les choses se passent !

— N'est-ce pas inutile de me dire que je ne peux pas faire ce que j'ai déjà fait ? C'est une baronne, aussi vous ne pouvez affirmer qu'elle n'est pas un chaperon acceptable. Et je peux tout de même me permettre cette dépense.

Dépense qu'elle aurait dû lui faire approuver avant d'engager sa dame de compagnie, mais il suspectait qu'il était parfaitement inutile de le lui faire remarquer.

— Une baronne aurait besoin d'être payée pour servir de chaperon ? C'est inhabituel, vous en conviendrez…

— C'est moi qui le lui ai proposé. Elle a perdu toute sa fortune dans de mauvais investissements. Vous savez comment sont les aristocrates… Aucun sens des affaires.

— Aristocrate ? Cette femme ? jeta-t-il avec un claquement de langue méprisant qu'elle ne sembla pas remarquer.

— La location de leurs terres ne leur rapporte plus rien, de nos jours, en raison de cette terrible dépression qui parcourt le monde agricole en Europe.

— Vous m'avez l'air bien au fait de l'économie mondiale…

— Il est de notoriété publique que l'aristocratie est ruinée. Pourquoi pensez-vous qu'autant de nobles anglais veulent épouser de riches héritières américaines comme moi ? La baronne m'a expliqué que, lorsque son mari et son fils sont décédés, leurs terres sont allées à un lointain cousin qui a refusé de lui offrir un logis. Cette pauvre femme est presque sans ressources.

— Et elle vous a servi cette tragique histoire alors que

vous n'étiez qu'une inconnue pour elle ? Quelle chance elle a eue de trouver une oreille aussi compatissante… et riche.

— Je ne vois pas ce que vous trouvez à redire à tout cela. Vous vouliez que j'aie un chaperon, non ?

— Ce que je voulais, c'est que vous restiez tranquillement à la Forsyte Academy le temps que je prenne des dispositions convenables pour vous !

— Je ne vois rien d'inconvenant dans les dispositions que j'ai prises moi-même !

— Seigneur ! Entre le train, le bateau et Dieu sait quel autre moyen de transport vous avez dû emprunter pour vous retrouver ici, je ne comprends même pas quand vous avez eu le temps de rencontrer cette femme !

— Nous nous sommes rencontrées dans le salon de lecture des dames juste après l'embarquement. Nous avons discuté une bonne heure et sommes parvenues à un accord qui nous satisfait toutes deux. Nous allons emménager dans des cabines adjacentes dès demain. Ce serait bien plus pratique si nous pouvions nous installer dans une suite, bien sûr…

Elle s'interrompit, le regard plein d'espoir.

— Non. Pas de suite partagée ! Pas plus que des cabines adjacentes ! Donner accès à votre cabine à une femme que vous venez tout juste de rencontrer ? C'est hors de question.

— Que voulez-vous qu'elle fasse ? Me voler mes bijoux ?

— C'est en effet une possibilité.

Dieu merci, la Rose de Shoshone était bien à l'abri dans le coffre du navire.

— Absolument pas, puisque je ne possède aucun bijou, sinon un camée et une bague en grenat qui appartenait à ma mère. Aucun des deux ne mérite qu'on le vole. En revanche, il serait tout à fait logique que la baronne s'installe près de ma chambre.

— Si cette femme est baronne, je suis moi-même prince ! Mais, sa lignée mise à part, aucune femme qui se teint les cheveux comme elle le fait de toute évidence ne pourrait être un bon chaperon pour vous.

Marjorie le couva d'un regard de pitié.

— Vous êtes resté trop longtemps éloigné de la civilisation. De nombreuses femmes de son âge se teignent les cheveux, de nos jours. C'est même très à la mode. Je crois bien qu'Oscar Wilde en parle dans l'une de ses dernières pièces.

— Oscar Wilde a fait un séjour en prison. Je ne me sens pas franchement rassuré…

— Oh ! pour l'amour du ciel ! À vous entendre, on dirait que j'ai trouvé la première venue ! Cette femme connaît votre sœur et votre beau-frère.

— Vraiment ? Dites-moi, a-t-elle mentionné cette connaissance avant ou après que vous lui avez révélé que vous étiez la fille de William McGann et que moi, votre tuteur, j'étais le frère d'une duchesse ?

— Je n'ai pas parlé de mon père, ni de vous, répondit-elle avec dignité.

— Vous n'en aviez sans doute pas besoin. Il est fort probable qu'elle ait déjà tout su de vous. Je suis certain qu'elle lit les journaux de New York, comme le ferait tout bon escroc.

— Vous semblez en connaître beaucoup sur les escrocs et leurs habitudes, répliqua-t-elle avec acidité. Je me demande comment…

Il préféra l'ignorer et poursuivit sa leçon de morale :

— D'après moi, elle a dû vous voir assise seule dans le salon de lecture, elle a alors demandé à un membre d'équipage qui vous étiez et a reconnu votre nom après l'avoir croisé dans la presse. Elle a saisi sa chance et s'est approchée en faisant un commentaire aimable, et vous, comme un agneau, vous l'avez invitée à s'asseoir, n'est-ce pas ?

Marjorie redressa le nez mais refusa de croiser son regard et il sut qu'il était sur la bonne piste.

— Puis, en discutant, elle a découvert que vous n'aviez pas de chaperon et elle a feint d'être choquée par la situation. Elle vous a ensuite délectée de son histoire tragique en insistant sur la cruauté de ce monde où les âmes nobles se retrouvent à la merci d'une époque sans pitié.

Cette fois, elle raidit les épaules, confirmant une nouvelle fois son hypothèse.

— Vous êtes ridicule, maugréa-t-elle.

— Honnêtement, pouvez-vous me dire ce que vous savez vraiment de cette femme ?

Comme elle ne répondait pas, il poussa son avantage.

— Après plus d'une heure d'échange, vous ne pouvez rien me dire à part ce qu'elle vous a raconté sur sa famille ? Elle prétend connaître ma sœur, toutefois, nous n'avons pour l'heure aucune preuve que ce soit le cas. Vous devez comprendre, Marjorie, que de nombreuses personnes tenteront d'entrer dans votre cercle intime à cause de votre nom et de votre fortune et qu'elles n'auront pas toutes de bonnes intentions.

— Je le sais déjà…

— Vous le savez peut-être, mais vous ne l'avez pas réellement compris. Vous n'avez pas encore suffisamment d'expérience pour voir toutes les manières dont les gens chercheront à tirer avantage de vous, ni pour savoir comment vous préserver de ces tentatives. Ma mission, en tant que tuteur, est de veiller à ce que vous puissiez découvrir le monde peu à peu, en rencontrant les bonnes personnes au bon moment.

— Si vous pensez que la baronne a de mauvaises intentions, vous auriez pu l'interroger vous-même, répliqua Marjorie en attachant une rose de soie dans ses cheveux. Au lieu de quoi vous avez préféré jouer les tuteurs protecteurs et l'avez envoyée dans le couloir.

— Je ne l'ai « envoyée » nulle part et je vous confirme que je n'ai pas l'intention de cesser d'être protecteur à votre égard.

Avec un haussement d'épaules incroyablement gracieux, elle ajouta d'un ton las :

— Puisque son passé vous intéresse autant, je suppose que vous pourrez lui soutirer des informations pendant le dîner.

— Le dîner ? Vous voulez dire que nous allons dîner avec cette femme ?

— Nous sommes tous invités à la table du capitaine, j'ai accepté son invitation.

À court de mots, Jonathan étudia son délicat visage. Désormais dotée d'un soi-disant chaperon, d'une robe de deuil qui la faisait ressembler à la dernière confiserie parisienne à la mode et d'une invitation à la table du capitaine, la charmante et insupportable Miss McGann avait littéralement anéanti son plan de la tenir à l'écart dans sa cabine.

— Et comment avons-nous mérité une invitation à sa table ? Qu'avez-vous fait ?

— Rien, assura-t-elle.

Mais, sous la pression de son regard, elle finit par avouer :

— À présent que vous le mentionnez, il se peut que je l'aie croisé sur la promenade un peu plus tôt.

— Quelle étonnante coïncidence !

Ignorant le sarcasme, elle renchérit :

— N'est-ce pas ? Il était ravi de pouvoir m'apprendre tous les amusements disponibles à bord pour les dames : jeu de palet, piquet et d'autres encore. Il m'a même offert de visiter le navire et de me montrer des endroits secrets où les passagers ne sont pas autorisés à aller.

— J'étais prêt à le parier, grogna Jonathan.

Marjorie émit un soupir rêveur, sa main gantée pressée contre son cœur.

— Les hommes de mer sont merveilleux, n'est-ce pas ? Si attentionnés envers les dames.

Cette fois, l'exaspération fit place à la peur.

— Marjorie…

— Mais il est devenu encore plus aimable et attentionné quand il a découvert que la sœur de mon tuteur était duchesse. Après cela, il m'a assuré que tout était à ma disposition à bord.

— Vous avez mentionné ma sœur au capitaine ?

— Juste en passant, précisa-t-elle en posant ses grands yeux sur lui.

Tandis qu'il plongeait le regard dans ses iris verts exagérément innocents, Jonathan se sentit pris d'un doute. Il avait supposé un peu rapidement que la baronne Vasiliev avait manipulé la jeune femme à son avantage mais, étant donné sa petite stratégie avec le capitaine, il se demandait à présent qui s'était réellement fait piéger dans ce salon de lecture.

— J'imagine que l'invitation à dîner a rapidement suivi cette mention « en passant » de ma sœur.

— Tout à fait ! N'est-ce-pas adorable ? s'exclama-t-elle avec un large sourire ravi. L'invitation s'étendait à vous et j'ai accepté en votre nom. La baronne se joindra également à nous.

— Comment le capitaine savait-il qu'elle était votre chaperon ?

— Il l'ignorait. En fait, elle avait déjà reçu sa propre invitation. Ainsi, vous voyez, vos préoccupations étaient sans fondement. Si elle est assez distinguée pour dîner à la table du capitaine, elle le sera aussi pour me servir de chaperon. En parlant de dîner, les apéritifs sont servis à 19 h 30, et le dîner, à 20 heures. Nous ferions mieux de nous hâter.

Et, sans attendre sa réponse, elle se drapa dans un châle rouge, prit un réticule noir et marcha jusqu'à la porte.

— Je suppose que nous n'avons pas le choix, en effet, puisque vous avez déjà accepté cette invitation, soupira-t-il en la suivant.

Après tout, une baronne comédienne était toujours mieux que pas de chaperon du tout.

— J'ai toutefois encore du mal à croire que vous ayez ainsi utilisé le rang de ma sœur pour obtenir des faveurs à bord.

La main sur la poignée, elle se tourna vers lui et l'étudia un instant.

— Vous savez… Comme vous étiez le meilleur ami de mon père, je vous imaginais en homme aventureux et intrépide.

— Ce que j'étais… avant de vous rencontrer.

— Vous ressemblez davantage à un pasteur qu'à un aventurier, avec vos airs rigides et vieux jeu.

Jonathan se hérissa en entendant cette description qui lui donnait la sensation d'avoir déjà un pied dans la tombe.

— Je ne suis pas rigide ! J'ai simplement une bien meilleure appréciation que vous de ce qui est ou non convenable !

Alors même qu'il parlait, il prit conscience que ses propos étaient exactement ceux d'un vieux pasteur revêche et sec comme une trique.

Complètement dépassé par ce petit bout de femme qui lui faisait perdre tout sens commun, il suivit Marjorie dans le couloir sans pouvoir quitter des yeux le balancement de ses hanches moulées dans le velours sombre.

Voilà ce que cela faisait d'être le tuteur d'une beauté rousse au corps de déesse, cela transformait n'importe quel homme à peu près doué de raison en idiot.

Chapitre 6

En tant qu'élève puis professeure, Marjorie avait évolué à la périphérie du New York des Knickerbockers. Elle avait pu avoir des aperçus de la haute société sans jamais être autorisée à y entrer. Désormais, elle n'était plus seulement une spectatrice impuissante et, tandis qu'elle sirotait son champagne en compagnie des autres passagers de première classe avant le dîner, elle sentit avec une joie délicieuse qu'elle appartenait à cet univers.

— *Ach*, voilà Lady Stansbury, murmura la baronne tout près d'elle. Une véritable peau de vache, celle-là, si je puis me permettre.

Marjorie suivit son regard jusqu'à une femme aux cheveux gris sanglée dans une sévère robe noire. Quoique âgée et de constitution frêle, elle donnait une impression de force peu commune, alors qu'elle s'appuyait sur une canne.

— Qu'est-ce qui vous fait dire cela ? La connaissez-vous ?

La baronne avala son champagne d'une traite, reposa la coupe sur un plateau et s'en servit aussitôt une nouvelle.

— J'ai des amis, des aristocrates russes tout comme moi, qui souhaitaient lever des fonds pour aider des émigrés à fuir la famine qui sévit le long de la Volga. Beaucoup sont déjà morts de faim. Ceux qui survivent parviennent jusqu'en Angleterre, mais ils n'ont ni argent, ni nourriture, ni lieu où vivre. Aussi mes amis ont-ils décidé d'organiser un bal de charité pour obtenir des fonds. L'un d'eux vend aux riches patrons des… *Ach*, quel est le mot ?

— Billets ? proposa Marjorie.

— *Da, da*, des billets, oui. Donc mes amis ont loué la salle, vendu les billets, invité les fortunes… Tout était parfait jusqu'à ce que…

La baronne s'interrompit pour lancer un regard noir à la sévère dame anglaise.

— Jusqu'à ce que cette maudite Lady Stansbury arrive et ruine tous nos efforts. Le bal devait avoir lieu la même nuit que celui qu'elle donnait pour sa petite-fille et elle ne l'a pas accepté. Aussi a-t-elle dit des mensonges à propos de mes amis pour que les invités refusent de venir à notre bal de charité. Elle a fait courir le bruit que nous voulions garder l'argent récolté pour nous plutôt que d'aider réellement ces pauvres émigrés.

Marjorie ouvrit des yeux horrifiés.

— Simplement parce que son bal avait lieu le même soir que le vôtre ? C'est affreux !

— Sa petite-fille devait faire ses débuts dans le monde. Vous n'imaginez pas les vilenies qu'elle a répandues pour convaincre les invités de ne pas se rendre à notre soirée.

— Voilà les mœurs de la haute société que vous voulez rejoindre, souffla une voix grave à son oreille.

Marjorie sentit un léger frisson remonter le long de sa colonne vertébrale. Son tuteur se tenait juste derrière elle et sa présence la troubla sans qu'elle comprenne pourquoi.

Déjà, il poursuivait :

— Ils sont sans scrupules. Si vous voulez vivre parmi eux, vous devez vous y préparer.

Marjorie s'apprêtait à lui répondre quand la baronne reprit :

— Oh ! Des connaissances viennent juste d'arriver, ma chère. La Contessa de la Rosa et son fils. Regardez, près du pilier en bas des grands escaliers ! Le comte est un bel homme, ne trouvez-vous pas ?

Marjorie observa les nouveaux arrivants qui saluaient le capitaine. Une élégante dame d'un certain âge était accompagnée d'un homme de haute taille souriant et effectivement fort séduisant avec sa moustache parfaitement taillée et son élégant costume de soirée.

— Très bel homme, confirma-t-elle en appréciant les attraits physiques du brun ténébreux.

— Il est également charmant. Peut-être souhaitez-vous faire sa connaissance ?

Heureuse de faire de nouvelles rencontres, Marjorie acquiesça.

— J'en serais enchantée.

— Alors je vais m'enquérir auprès d'eux s'ils acceptent que vous leur soyez présentée.

— Comme si leur réponse faisait le moindre doute, grommela Jonathan juste à côté d'elle. Ce charmant comte ne sera que trop heureux d'être présenté à une héritière. Dès qu'il…

— Je vois, le coupa Marjorie en lui faisant face. Il est tellement impossible qu'un homme ait envie de faire ma connaissance pour moi. Inimaginable qu'il regarde à travers la salle et me trouve attirante. Non, c'est simplement parce que je suis une riche héritière.

Le regard de Jonathan était si sombre, si intense quand il le posa sur elle qu'elle frémit à nouveau.

— Dès qu'il aura posé les yeux sur vous, ma chère, il se croira au nirvana. Et, quoique vous sembliez prendre plaisir à penser le pire de moi, peut-être devriez-vous attendre que je finisse mes phrases avant de tirer des conclusions erronées.

— Oh… Pardon, dit-elle, trop consciente qu'elle réagissait avec impétuosité dès qu'il était concerné.

— J'accepte vos excuses. Il n'empêche que nous savons tous deux que la plupart des membres de l'aristocratie sont ruinés. Il ne me paraît pas aberrant de s'interroger sur leurs motivations.

Le mépris était clairement audible dans sa voix.

— Vous les haïssez… Pourquoi ?

— Je ne les hais pas, corrigea-t-il en avalant une gorgée de champagne. J'ai juste peu d'estime pour leur façon de vivre.

— Vous venez pourtant de cette haute société.

— Ma mère était aristocrate, pas mon père. Lui était le fils d'un imprimeur de presse de basse extraction. Je n'ai jamais évolué dans les cercles les plus fermés de la noblesse, parce que ma mère a été rejetée par sa famille pour sa mésalliance.

— Et vos sœurs ? Ne se sont-elles pas mariées dans la haute société ?

— Et elles y semblent heureuses, pour autant, je n'ai aucune envie de les rejoindre dans cette sphère.

— Pourquoi ?

— Parce que je m'y ennuierais mortellement, pour commencer. Je ne sais pas rester dans l'inaction. J'ai passé mes trois premières années aux États-Unis à travailler à travers tout le pays. Avant de rencontrer votre père dans l'Idaho, j'avais déjà été écailleur d'huîtres, capitaine d'un bateau de pêche, éleveur de bétail, journaliste, secrétaire d'un magnat du chemin de fer et enfin manager d'une maison de jeux. Pendant quelque temps, j'ai même été chasseur de primes, ce qui m'a bien servi par la suite.

Abasourdie par son récit, Marjorie balbutia :

— C'est-à-dire ?

— Eh bien, quand nous avons découvert notre fameuse mine, Billy et moi, nous avons vite compris qu'il nous faudrait défendre notre propriété contre les magnats de la mine et les cavaliers solitaires.

— Je vois que j'ai eu tort de vous dire austère… Vous semblez avoir eu une vie pleine d'aventures, souffla-t-elle. Vous devez aimer les défis.

— Les aimer ? Pas vraiment, dit-il en lui adressant un véritable sourire de pirate. Je les adore !

Marjorie ne put s'empêcher de rire de bon cœur devant son enthousiasme.

— Je suppose que la vie anglaise doit en effet vous paraître bien fade, après tout ce que vous avez vécu.

— J'en ai plus fait en dix ans de vie aux États-Unis que la plupart des gentlemans britanniques n'en font en toute une vie. Les Anglais ne vont en général pas plus loin que l'Écosse ou Paris, tandis que j'ai voyagé à travers des plaines si vastes que l'Écosse y tiendrait. J'ai vu des sommets si sublimes que le spectacle vous couperait le souffle.

Même si l'existence qu'il décrivait n'était pas celle qu'elle planifiait pour elle, Marjorie se rendit compte que son corps était traversé d'un délicieux frisson.

— Le seul endroit remarquable que j'ai vu, ce sont

les chutes du Niagara, admit-elle tandis qu'une sourde mélancolie montait en elle. Je ne suis allée nulle part. Je n'ai rien fait, pas vraiment.

— Jusqu'à maintenant…

— C'est vrai. Je suis en route vers un tout nouveau monde.

— J'espère que vous l'apprécierez plus que moi.

— Donc… rien de tout cela n'est agréable à vos yeux ? demanda-t-elle avec un geste de la main pour englober le décor.

— Je ne dirais pas ça…

Son expression changea alors qu'il posait son regard sur elle pour la parcourir lentement. Sous son examen, Marjorie sentit une chaleur inconnue naître au creux de ses reins ; cela la figea sur place, lui coupant le souffle.

— Contempler une belle femme, dit-il doucement, est toujours un plaisir.

Ainsi, il la trouvait belle. Son cœur se mit à battre trop vite dans sa poitrine et d'étranges frissons parcoururent tout son corps. Jamais elle n'avait éprouvé de telles choses, mais, avant lui, aucun homme ne l'avait jamais vraiment regardée. Les seuls hommes célibataires qu'elle avait eu l'occasion de rencontrer étaient les pères veufs qui rendaient visite à ses élèves à Forsyte Academy. Et ils se faisaient bien rares. De toute façon, ils étaient bien trop préoccupés par l'éducation de leur fille pour la voir autrement que comme une enseignante.

Oui, c'était la toute première fois qu'on la regardait comme une femme. La sensation était à la fois vertigineuse et un peu affolante, mais surtout délicieuse.

— Savourer de la bonne nourriture, boire du champagne, avoir des conversations érudites… J'apprécie tous ces plaisirs. Mais au bout d'un moment je me lasse de l'étroitesse d'esprit, des rumeurs, du snobisme, de l'inaction, et je me languis des grands espaces et de l'aventure. Cela ne me dérange pas de revenir dans la haute société de temps à autre, mais je n'ai aucun désir d'y vivre constamment.

À ces mots, le frisson romantique qui l'avait envahie disparut aussitôt. Tout ce qu'il venait de dire confirmait ce qu'elle suspectait. Il était exactement comme son père : toujours prêt à partir vers la prochaine aventure en laissant derrière lui ceux qui l'aimaient, sans regret. Cela faisait de lui le dernier homme qui aurait dû inspirer des pensées romantiques à une jeune femme.

Quand Marjorie s'installerait, ce serait avec un homme qui voudrait construire un foyer et une famille, pas avec une personne qui cherchait constamment un nouvel horizon.

— Je ne m'étonne plus que vous et mon père ayez été si bons amis. Il ne semblait pas non plus apprécier de demeurer très longtemps au même endroit. Sincèrement, je suis même étonnée que vous soyez tous deux parvenus à tenir aussi longtemps pour exploiter votre mine. Cela dit, je ne le connaissais pas assez, bien sûr, pour comprendre ses motivations.

Jonathan posa sur elle un regard intense, comme s'il cherchait à voir clair en elle.

— Est-ce que… Est-ce qu'il y a quoi que ce soit que vous aimeriez savoir sur lui ? Comment il était, ou bien…

— Non.

Consciente de son ton coupant, elle reprit en hâte :

— Je n'ai pas envie de parler de lui, ni même de penser à lui, en fait. Vous devez trouver ma réaction horrible…

— En vérité, non, soupira-t-il. Vous aviez raison tout à l'heure.

Interdite, Marjorie le regarda droit dans les yeux.

— Vraiment ?

— J'ai eu tort de vous juger aussi durement pour ne pas pleurer la mort d'un homme que vous ne connaissiez pas, même s'il était votre père.

Marjorie sentit son cœur se gonfler d'un peu d'espoir.

— Alors vous ne m'obligerez pas à porter le deuil ?

Un instant démuni, il éclata de rire.

— Vous êtes extrêmement persévérante, je dois bien vous l'accorder. Néanmoins, vous devrez vous conformer à la bienséance.

Avec un grognement, Marjorie capitula.

— Alors, dites-moi, si vous avez sans cesse besoin de courir le monde, pourquoi êtes-vous resté dans cette mine ?

— Eh bien, quand vous tombez sur un gigantesque filon d'argent qui vaut des millions de dollars, partir est bien plus difficile.

— Donc vous êtes tous les deux restés pour l'argent ?

Il tapota un instant sa coupe du bout du doigt avant de répondre :

— Je ne peux pas parler pour votre père. Quant à moi, disons que j'avais des choses à prouver.

— Comment cela ?

— J'ai commencé sans un sou en poche, je ne voulais pas finir de la même façon.

— Mr Jessop m'a dit que votre famille avait une entreprise dans la presse, ce n'est pas rien. N'étiez-vous pas le seul fils ?

— Cela n'a pas contribué à améliorer les rapports avec mon père. Nous ne nous sommes jamais entendus.

Lorsque j'ai eu dix-huit ans, il m'a coupé les vivres et totalement déshérité.

— Mon Dieu ! souffla Marjorie, troublée par cet aveu. Qu'avez-vous fait ?

Il partit d'un rire qui la prit de court.

— Vous avez décidément une bien piètre opinion de moi pour supposer d'emblée que j'avais mérité d'être déshérité !

— Non ! Ce n'est pas ce que je voulais dire ! Je demandais ce que vous aviez fait après cela.

— Eh bien, sans rien d'autre que les seize livres sterling que j'avais sur mon compte bancaire, je n'avais guère d'option. J'ai embarqué pour les États-Unis.

— Vous êtes parti ? Comme cela ? À dix-huit ans, sans un sou et seul ?

Son sourire s'évanouit et son expression se durcit, pourtant, quand il parla, sa voix était légère :

— J'ai demandé à ma fiancée de m'accompagner, mais étrangement elle ne se voyait pas mariée à un homme qui n'avait plus aucune perspective financière et partait pour une terre étrangère. L'amour est une chose. Le confort matériel en est une autre. Voilà à peu près ce qu'elle m'a dit.

Marjorie retint un mouvement instinctif pour lui serrer le bras.

— Je suis désolée.

— Ne le soyez pas. C'était il y a bien longtemps. Honnêtement, je ne suis pas certain que nous aurions été heureux ensemble. Nous nous serions sûrement installés dans un petit appartement de Brooklyn et j'aurais passé les dix dernières années dans un bureau à Manhattan, une vie que nous aurions l'un et l'autre détestée. Elle a une position confortable, aujourd'hui, d'après ce que j'ai entendu dire. Elle a épousé un riche banquier et vit dans une villa luxueuse à Grosvenor Square.

Marjorie se sentit honteuse – elle comprenait soudain beaucoup mieux pourquoi son petit discours sur son amour des fourrures de luxe, des voitures à moteur et des fêtes sans fin l'avait exaspéré.

— Son époux est-il plus riche que vous ?

— J'en doute…

— Tant mieux, conclut-elle avec un sourire satisfait qui le fit rire.

— Vous êtes décidément une jeune fille bien espiègle, Marjorie.

— Absolument pas ! protesta-t-elle. Ne vous méprenez pas, j'apprécierai tout à fait sa position. Une femme doit savoir que ses enfants auront un foyer stable et chaleureux, or un petit appartement à Brooklyn ne me paraît pas le plus adéquat pour cela. Toutefois, je vois également les choses de votre point de vue. Elle ne vous a pas fait confiance pour prendre soin d'elle, et cela, ajouté à ce que vous a fait votre père, a dû être une trahison terriblement douloureuse. J'imagine parfaitement combien il a dû être satisfaisant de savoir que vous avez fini par être plus riche que celui qu'elle a épousé.

— Peut-être, admit-il à voix basse. Mais ce n'était pas en premier lieu face à elle que je voulais faire mes preuves. Plutôt face à mon père. Aussi, même si j'apprécie de gagner de l'argent pour le défi des affaires, les considérations matérielles qui l'accompagnent ne m'importent pas vraiment. J'ai fini par le comprendre une fois ma richesse amassée.

— Qu'est-ce qui compte pour vous, dans ce cas ? Qu'attendez-vous de la vie ?

Marjorie était sincèrement curieuse et elle découvrait avec surprise que, quand son tuteur ne cherchait pas à lui dicter comment se comporter, elle appréciait sa compagnie.

Il but son champagne sans la quitter du regard.

— C'est une question intéressante. Il y a dix ans, j'étais sûr de connaître la réponse, mais…

— Mais… ?

Il baissa les yeux sur sa coupe, comme absorbé dans la contemplation des bulles minuscules. Il garda le silence si longtemps qu'elle crut qu'il n'ajouterait rien.

Enfin, il demanda à voix basse :

— Vous rappelez-vous, lors de notre conversation, ce matin ? Je vous ai dit que je savais ce que nous ressentions lorsque tous nos rêves étaient anéantis ?

— Oui.

— Mon grand-père était un homme d'affaires accompli. Il avait hérité de deux journaux de son père et il est parvenu à transformer la modeste Deverill Publishing en un véritable empire. Au sommet de sa gloire, il avait douze quotidiens, cinq hebdomadaires et plusieurs magazines spécialisés.

Marjorie entendit clairement la note de fierté dans sa voix.

— Ainsi, poursuivre l'affaire familiale était votre rêve ?

— Plus encore, j'étais persuadé que c'était mon destin. Mon grand-père le croyait également. Il disait souvent que je lui ressemblais : que de l'encre coulait dans mes veines plutôt que du sang et que je saurais poursuivre ce qu'il avait bâti en faisant prospérer Deverill Publishing dans le nouveau siècle qui s'annonçait. Malheureusement, il n'a pas eu l'occasion de mettre cela par écrit.

— Que voulez-vous dire ?

— Il n'a jamais établi de testament.

— Vraiment ? Avec sa fortune ? Comment est-ce possible ?

— Ses avocats ont affirmé qu'il remettait sans cesse l'échéance à plus tard. D'après eux, c'est une attitude très courante. Toujours est-il que, quand il est mort, tout est revenu à mon père, qui s'est révélé sans surprise être un très mauvais gestionnaire de l'empire dans lequel j'avais placé ma destinée. Le temps que j'atteigne mes dix-huit ans, la compagnie était au bord de la faillite. J'ai tenté de prévenir le désastre, mais mon père n'était pas homme à écouter les conseils de son jeune fils. Nous avons eu une dispute – pas la première – et il a décrété que, puisque j'estimais être un meilleur homme d'affaires que lui, je n'avais qu'à faire mes preuves en la matière.

— C'est pour cette raison qu'il vous a déshérité et abandonné sans ressources ? Parce que vous avez essayé de l'aider ?

— Pour être parfaitement honnête, je lui ai dit qu'il n'était qu'un imbécile incompétent et indigne du nom de Deverill. C'était stupide de ma part. Mon père et moi avons toujours été comme le feu et la poudre, même lorsque j'étais enfant.

— Ne pouviez-vous faire amende honorable après votre querelle ? Vous excuser ?

— De quoi ? D'avoir raison ?

Il sourit, pourtant, Marjorie voyait bien la lueur de défiance qui brillait dans ses yeux, une expression que son père avait dû y lire bien souvent.

— Et puis, vous l'avez dit, je ne suis pas bon en excuses.

— Ni en compromis, confirma-t-elle avec un sourire entendu.

— C'est ironique, venant de vous. Néanmoins, dit-il avant qu'elle ait pu répliquer, je ne pense pas qu'aucun compromis aurait pu fonctionner avec mon père. C'était un homme faible, superficiel et égoïste. Déjà, à la mort de ma mère, il a commencé à perdre tout sens des réalités. Puis, quand mon grand-père est mort à son tour et qu'il a hérité de tout, sans l'appui et le bon sens de ma mère, il a complètement perdu pied. Seules mes sœurs parvenaient encore à le raisonner, mais même elles ne pouvaient le sauver de sa propre incompétence. Après mon départ pour les États-Unis, il n'a pas tardé à conduire la compagnie à la banqueroute. J'ai envoyé de l'argent dès que j'ai pu, hélas, je ne pouvais pas faire beaucoup plus.

— Et vos sœurs ? N'auraient-elles pu arrondir les angles entre vous ?

— Elles ont bien essayé, seulement, mon père n'en avait aucun désir. En fait, les deux premières années, sans que ni elles ni moi ne le sachions, il détruisait les lettres que je leur envoyais.

— C'est terrible. Qu'est-il arrivé à l'entreprise ? A-t-elle disparu ?

— Irene, ma sœur aînée, est parvenue à la sauver. Du moins, elle a sauvé l'un des titres en créant une nouvelle rubrique appelée « Chère Lady Truelove » qui est devenue extrêmement populaire. Cela a permis de rembourser nos créditeurs, et elle a dirigé ce journal pendant plusieurs années. Elle a laissé le nom de mon père figurer comme rédacteur en chef et a fait mine de le consulter de temps à autre pour préserver son orgueil, mais c'est elle seule qui a obtenu ce succès. Puis ma sœur Clara a pris le relais.

Marjorie lui sourit gentiment.

— Vous n'êtes donc pas le seul de votre famille à avoir de l'encre dans les veines.

— Oh ! non, mes deux sœurs ont prouvé qu'elles étaient les héritières de mon grand-père tout autant que je le suis. Tenez, voilà votre baronne qui revient et, au vu de sa mine de chat devant un bol de crème, je peux d'ores et déjà vous dire que le comte et sa mère ont accepté de vous rencontrer.

Marjorie le défia du regard :

— Leur désir de m'être présentés ne valide pas pour autant votre opinion sur les intentions du comte.

— Peut-être pas. Pourtant, je sens que cet homme est une fripouille, il a des airs de prédateur. En tant que tuteur, je tiens à lui faire comprendre que, s'il espère quoi que ce soit d'autre qu'une introduction formelle, il va être déçu.

Marjorie émit une plainte de protestation face à tant de sévérité.

— Je n'ai évidemment pas mon mot à dire sur le sujet ?

Son rire répondit à sa question avant même qu'il ne l'appuie d'un « non » définitif.

— Mais, enfin, comment pourriez-vous connaître le caractère de cet homme ? L'avez-vous déjà rencontré ?

— Jamais. Mais il met mon instinct en alerte.

— Qu'est-ce que votre instinct vient faire dans cette histoire ? s'agaça Marjorie.

— Croyez-le ou non, à chaque fois que je regarde dans sa direction, je suis pris d'une irrépressible envie de lui envoyer un coup de pied qui le fera passer par-dessus bord.

— Comme cela risquerait de gâcher la soirée de tout le monde, je vous demanderais de refréner cette irrépressible envie, marmonna-t-elle avant de plaquer un sourire de circonstance sur ses lèvres à l'adresse de la baronne, qui les rejoignait.

— Ma chère, commença cette dernière en lui prenant le bras, la *condesa* sera heureuse de vous rencontrer et je dois vous amener à elle. Avec votre permission, Mr Deverill ?

— Comme c'est aimable à vous de prendre en compte mes souhaits, madame.

La baronne ne sembla pas s'émouvoir du sarcasme.

— Le comte vient d'Espagne, poursuivit-elle en entraînant Marjorie à travers la pièce. Son anglais est cependant excellent, et ses manières, impeccables. Vous le trouverez très agréable.

Dans son dos, Marjorie crut entendre son tuteur émettre un grognement de mépris. Pour sa part, elle était décidée à se montrer ouverte à toute nouvelle rencontre.

— Étant comte, il a des terres, j'imagine ?

— Oh ! oui, de vastes terres.

— Où cela ?

— Quelque part dans le centre de l'Espagne, il me semble. Cadix, peut-être ?

Cadix ? Cette ville ne se trouvait absolument pas au centre du pays… La baronne était visiblement peu informée et déjà, ils arrivaient devant la *condesa* et son fils.

— *Condesa*, dit la baronne en la saluant, puis-je vous présenter mon amie, Miss Marjorie McGann ? Marjorie, voici Sa Grâce la *condesa* de la Rosa.

Grâce à sa formation d'excellence sous la houlette de Mrs Forsyte, Marjorie s'inclina dans une révérence impeccable quoique peu profonde en raison de l'étroitesse de sa robe.

— Miss McGann. Voici mon fils, le comte de la Rosa.

Le comte fit un pas en avant.

— Je suis enchanté de faire votre connaissance, Miss McGann, déclara-t-il d'une voix langoureuse qui semblait irradier toute la chaleur de son pays.

Il s'inclina sur sa main et, quand sa bouche effleura sa peau, Marjorie sentit le frisson délicieux dû aux attentions masculines. Quand il se redressa, elle vit avec ravissement qu'il la couvait d'un regard appréciateur.

Son tuteur dut également le remarquer, car il s'interposa fort peu subtilement.

Elle aurait pu lui dire que jouer les gardiens surprotecteurs était vain. Elle avait l'impression de vivre, de vivre réellement pour la première fois de sa vie, et elle ne laisserait rien ni personne lui retirer cela.

Voilà ce qui lui avait tant manqué ! Voilà ce qu'elle attendait depuis tant d'années ! Elle se sentait s'épanouir sous l'admiration du comte comme une fleur au soleil. Enfin, elle était vue, appréciée, désirée.

Jamais elle ne retournerait à l'enfermement qu'avait été sa vie, et Jonathan avait intérêt à se le tenir pour dit.

Chapitre 7

Jonathan avait vécu sur la Frontière américaine dans des contrées où il était bien rare de croiser des femmes en quête de romance – du moins quand la romance n'était pas rétribuée en monnaie sonnante et trébuchante. Néanmoins, il avait lui-même suscité les convoitises féminines assez souvent pour reconnaître l'intérêt dans le regard d'une femme. Or, c'était précisément ce qu'il voyait en cet instant sur le visage de Marjorie tandis qu'elle regardait le comte de la Rosa.

Il contempla l'innocente beauté qu'il avait promis de protéger et, devant son sourire radieux, il sentit ses poings se serrer instinctivement. Lorsque ses joues rosirent délicatement et qu'elle posa furtivement sa main gantée sur son cou en un geste typiquement féminin, Jonathan saisit parfaitement la situation. Les attentions du comte étaient à son goût, quoiqu'il ne comprît pas du tout ce qu'elle pouvait bien lui trouver.

Comment une femme sensée pouvait-elle tomber sous son charme ? En cet instant, le vaniteux Espagnol répondait au sourire timide et lumineux de Marjorie par un sourire engageant. Jonathan pouvait lire dans ses pensées et il brûlait d'envie de massacrer l'imbécile.

Malgré lui, un grondement sourd monta de sa gorge, presque un grognement primal. Hélas, Marjorie et son bellâtre semblaient trop fascinés l'un par l'autre pour l'entendre. Raison de plus pour mettre un terme à ce petit tête-à-tête avant qu'il ne tourne à la romance.

La baronne le présenta ensuite à Jonathan, obligeant de la Rosa à détourner son attention de Marjorie un bref instant. Quand ils s'inclinèrent l'un devant l'autre, Jonathan songea qu'ils ressemblaient très certainement à deux duellistes prêts à engager le fer.

— Comte, dit-il sèchement en s'inclinant juste ce que la politesse demandait.

À sa grande satisfaction, le comte sembla sentir la menace et il baissa les yeux le premier. Au même instant, la cloche sonna, invitant les convives à s'installer pour le dîner.

— Le dîner ! s'exclama Jonathan avec une jovialité qu'il était loin de ressentir. Nous ferions mieux d'y aller. C'était un plaisir de faire votre connaissance, comtesse, comte. Marjorie ?

Il offrit son bras à la jeune femme, qui le prit en dépit du regard d'avertissement qu'elle lui jeta afin de bien lui faire comprendre qu'elle avait parfaitement senti sa tension.

Lorsqu'ils prirent place à la longue table centrale réservée au capitaine et à ses invités, Jonathan découvrit hélas que Marjorie avait été placée entre la baronne et le comte ; lui-même se trouvant de l'autre côté de la table et trop loin pour pouvoir saisir leur conversation. Comme si cela ne suffisait pas, il tombait sur le visage flagorneur de cet imbécile de comte à chaque fois qu'il levait les yeux de son assiette.

Cet homme était un prédateur prêt à bondir sur

Marjorie dès qu'il aurait le dos tourné. Le galant lui donnerait sans doute des rendez-vous secrets pour la voir seule et il n'hésiterait pas à la compromettre. Dire que, très bientôt, il y en aurait de nouveaux qui tourneraient autour d'elle comme des requins. Or la jeune femme ne semblait pas avoir le moindre désir de les maintenir à distance. Quant à la baronne, il ne pouvait évidemment pas se fier à elle pour la surveiller.

Quitte à embaucher elle-même son chaperon, Marjorie n'aurait-elle pas pu au moins porter son choix sur un chaperon compétent ? Cette petite rusée avait sûrement agi en toute connaissance de cause afin de s'assurer qu'aucun obstacle ne se mette sur son chemin. Elle voulait danser, rire et s'amuser… Voilà ce qu'elle avait déclaré. Elle se moquait bien de transgresser au passage les règles de bonne conduite de la haute société.

En repensant à ses paroles pleines d'audace, Jonathan regarda un à un les convives attablés dans l'espoir de découvrir un soutien, en vain. Tous ces gens étaient des inconnus. Il avait désespérément besoin d'alliés à bord, mais où en trouver ?

— Mr Deverill ? Jonathan Deverill ?

Il se retourna en entendant son nom et découvrit la fameuse dame dont la baronne et Marjorie avaient discuté un peu plus tôt, celle qui avait soi-disant ruiné le bal de charité des amis russes de la baronne Vasiliev. Il se leva aussitôt.

— Je suis Lady Stansbury, annonça-t-elle. Cela ne se fait pas, de se présenter soi-même, seulement… Il semble que nous soyons placés côte à côte, aussi j'espère que vous n'en prendrez pas ombrage.

— Pas du tout, comtesse, répondit-il, véritablement soulagé d'avoir une distraction à ses tourments.

— En vérité, je connais bien votre famille, notamment la duchesse. Nous sommes voisines. Chalton, le domaine de mon époux, ne se trouve pas très loin du domaine ducal de Torquil, Ravenwood.

— Vraiment ? s'amusa Jonathan en observant la bouche sévère et le regard impérieux de la comtesse.

Une idée se formait dans son esprit. Brusquement, il sut que cette femme était la solution à tous ses problèmes.

Marjorie eut le plaisir de découvrir que le comte était aussi charmant que l'avait annoncé la baronne. Il mettait un point d'honneur à veiller à ce que son verre soit toujours rempli et il avait même pris la peine d'essuyer avec sa serviette les quelques gouttes que le serveur avait fait tomber sur ses doigts.

Comme elle avait été privée de la compagnie des hommes toute sa vie, elle ne pouvait s'empêcher de se sentir flattée par ses attentions. D'autant plus qu'il était un compagnon de table très divertissant.

Il lui parla des vignes que possédait sa famille en Espagne, non pas près de Cadix mais près de Cordou et elle l'écouta, fascinée. Tandis qu'il lui narrait des histoires de sa vie sur le continent, tellement plus passionnante que la sienne, elle buvait chaque mot.

En dépit du peu d'estime que son tuteur avait exprimé pour le comte, elle le trouvait pour sa part tout à fait courtois et par ailleurs extrêmement agréable à regarder, avec ses yeux sombres et son sourire éclatant.

Malheureusement, son plaisir ne dura que jusqu'au dessert ; après quoi les hommes commencèrent à quitter la salle pour rejoindre le fumoir. Marjorie découvrit alors Jonathan, qui l'avait rejointe, et la vue de celle qui lui tenait compagnie obscurcit aussitôt son humeur.

— Miss McGann, commença-t-il, Lady Stansbury a émis le souhait que vous lui soyez présentée.

— Lady Stansbury, salua-t-elle poliment. J'ignorais que vous connaissiez mon tuteur, Mr Deverill.

— En fait, ce n'est pas le cas, expliqua la comtesse, en revanche, nous avons des connaissances communes. Le duc et la duchesse de Torquil sont mes voisins dans le Hampshire. Je connais également l'autre sœur de Mr Deverill, Lady Galbraith, ainsi que leur grand-mère. Ainsi, Mr Deverill et moi-même avons pu partager une conversation fort agréable au cours du dîner. Baronne, ajouta froidement la comtesse en la saluant. De la Rosa, je vous pensais toujours sur la Riviera.

Cette fois, son ton avait encore baissé de quelques degrés.

— J'ai eu la brusque envie de découvrir New York, Lady Stansbury. Et à présent je rejoins Londres.

— Vraiment ? Comme c'est charmant.

Et, sur cette remarque glaciale qui mettait clairement un terme à leur échange, Lady Stansbury reporta son attention sur elle.

— Miss McGann, permettez-moi de vous offrir ma sympathie pour la perte de votre père.

Sans qu'elle s'y attende, la gorge de Marjorie se serra brusquement. Troublée par ce soudain accès d'émotion, elle se força à parler.

— Merci infiniment, Lady Stansbury.

— J'ai été très attristée d'apprendre votre situation.

— Ma situation ?

— Eh bien, oui. Perdre ainsi votre seul parent, vivre un deuil si jeune..., poursuivit-elle en levant imperceptiblement un sourcil devant la robe de Marjorie. Ce doit être un moment difficile pour vous. Un moment où il ne fait pas bon se retrouver sans aide ni guide.

La seule difficulté de son existence, selon Marjorie, était un tuteur un peu trop intrusif, mais elle garda pour elle cette opinion.

— Merci, madame.

— En tout cas, sachez que vous n'êtes pas seule en ces temps difficiles.

— Bien sûr, qu'elle n'est pas seule ! Miss McGann m'a à ses côtés pour veiller sur elle, intervint la baronne Vasiliev.

— En effet, rétorqua la comtesse sans masquer son scepticisme. Il n'en reste pas moins que Mr Deverill a également sollicité mon aide.

Marjorie se raidit aussitôt, sur ses gardes.

— Vraiment ?

— Tout à fait. J'ai beaucoup d'amies à bord, voyez-vous, ainsi, vous serez toujours bien entourée. Le temps que la traversée s'achève, nous serons devenues très bonnes amies.

Oh ! cet homme était impossible !

Marjorie aurait voulu hurler sa frustration, au lieu de quoi elle afficha un sourire de circonstance.

— Comme c'est gentil à vous, comtesse.

Elle envoya discrètement un regard incendiaire à Jonathan par-dessus l'épaule de son nouveau geôlier. Bien entendu, il garda le regard fixé sur Lady Stansbury, mais elle vit clairement les coins de sa bouche se relever en un sourire narquois.

— Pardonnez-moi, mesdames, dit-il, je laisse Marjorie entre vos mains compétentes et pars rejoindre les autres gentlemans. Comte ? Vous vous joignez à moi ?

De la Rosa secoua la tête.

— Je vous remercie, mais je ne suis pas amateur d'alcools forts, je préfère rester en compagnie des dames.

— Évidemment, lâcha Jonathan.

Décidément, les Anglais étaient incroyablement doués pour transformer un mot absolument banal en insulte. Un sourire inquiétant aux lèvres, Jonathan s'inclina et quitta la pièce. Elle le suivit du regard, les yeux étrécis. Avec un peu de chance, l'un de ses regards meurtriers l'atteindrait en plein cœur, mais elle en doutait – les dagues ne parvenaient pas à percer les cœurs de granite.

Tout compte fait, Jonathan était plutôt satisfait de l'arrangement qu'il avait pris. Lady Stansbury avait tout de suite éprouvé de la compassion pour Marjorie et elle s'était offusquée d'apprendre qu'elle était chaperonnée par la baronne Vasiliev, dont elle déplorait, tout comme lui, le manque de compétence en la matière.

Au cours du dîner, elle avait mentionné le fameux bal de charité de la baronne :

— Un bal de charité ? Quelle honte ! Ses amis et elle avaient l'intention d'empocher la plupart de cet argent pour eux-mêmes, Mr Deverill, je n'en démordrai pas !

Jonathan, qui était déjà parvenu à la même conclusion, avait manifesté avec force son sentiment d'horreur en faisant mine de découvrir les dangers que courait sa pupille et avait exprimé sa grande honte d'avoir ainsi failli à sa tâche. Lady Stansbury lui avait aussitôt pardonné ses errements de tuteur en affirmant qu'il n'était pas de taille à veiller sur une jeune dame, encore moins une qui avait été exposée aux dangereuses notions des bonnes manières de la société américaine.

Le dîner s'était conclu sur ces bonnes paroles et, à présent que Marjorie était sous l'œil vigilant de la comtesse, il pouvait enfin savourer un excellent porto et oublier ses soucis.

À l'instant même où cette pensée traversait son esprit, il vit un éclat rouge écarlate passer devant la porte du fumoir. Il reconnut la baronne Vasiliev qui longeait rapidement le pont de la promenade.

Désormais, il se moquait qu'elle délaisse ainsi ses devoirs de chaperon, néanmoins, il était curieux de découvrir où la baronne se hâtait d'un si bon pas. Comme en réponse à son interrogation, le comte de la Rosa passa à son tour et s'évanouit dans l'ombre à la suite de la baronne. Étaient-ils tous les deux engagés dans une romance ?

Son instinct lui soufflait que non, que leur complicité impliquait une alliance bien plus néfaste. Sa pupille était sans doute concernée. Peut-être était-il trop suspicieux de nature, pourtant, il s'excusa auprès de ses voisins avant d'emboîter le pas au comte. Comme celui-ci n'était nulle part en vue, Jonathan avança le long du pont en ouvrant toutes les portes qu'il croisait. Personne dans la salle de billard ou de lecture, ni dans le salon d'observation. Mais, quand il parvint au bout de la promenade, des voix familières lui parvinrent.

Les deux acolytes échangeaient à voix basse, dans le renfoncement de l'escalier qui menait au pont supérieur, et il dut s'arrêter pour tendre l'oreille. En vain. Il s'approcha tout doucement sans se préoccuper de morale car il sentait que quelque chose de louche se tramait.

— Je t'ai présenté à une héritière, exactement comme tu le voulais ! Je me suis même débrouillée pour qu'elle soit placée à côté de toi au dîner !

— Un exploit impressionnant, Katya, je me demande comment tu t'y es prise !

— Je me suis faufilée dans la salle de réception tout à l'heure quand elle était vide et j'ai changé les cartons, expliqua la baronne en riant doucement. Tu as vu comme j'ai réussi à placer son dangereux gardien à l'autre bout de la table ?

— Tu es une femme d'exception.

— La flatterie est plaisante, mais ce n'est pas ce que tu m'as promis.

— C'est vrai.

Il y eut un bref silence au cours duquel de l'argent dut changer de main, puis la baronne reprit :

— J'espère que tu as fait de ton mieux pour pousser ton avantage.

— Ces choses prennent toujours du temps, mais oui, je crois que la jeune dame est charmée.

Ces paroles ainsi que le ton suffisant de l'homme firent grincer Jonathan des dents.

— Si tu as l'intention d'obtenir la main de cette jeune femme, tu as du chemin à parcourir. Elle est peut-être innocente, mais elle est loin d'être idiote.

— Ma chère Katya, je ne pense pas avoir besoin de tes conseils pour savoir comment séduire les femmes, répliqua l'autre d'un ton amusé.

— Certes, mais en l'occurrence ce n'est pas elle ton principal problème. Tu dois surtout t'inquiéter de son tuteur et de Lady Stansbury.

— Ils ne peuvent pas la surveiller à chaque instant,

je pourrai facilement persuader la fille de s'échapper si je le veux.

Pas tant qu'il aurait encore un souffle d'air dans les poumons !

— Tu te montres trop arrogant, le mit en garde la baronne. Cette enfant est plus intelligente que tu ne l'imagines. Quant à son tuteur, tu le sous-estimes, à tes risques et périls.

Jonathan décida qu'il en avait assez entendu, aussi avança-t-il jusqu'à eux en lançant d'une voix forte :

— En effet, baronne.

Avec un plaisir délectable, il vit les yeux de l'autre s'arrondir de peur.

Chapitre 8

Les deux complices le fixèrent avec des yeux ronds plusieurs secondes. Ce fut le comte qui reprit contenance le premier.

— Il me semble qu'écouter les conversations privées n'est pas une activité digne d'un gentleman, britannique, de surcroît.

— Tout à fait, répondit-il avec une bonne humeur qu'il était très loin de ressentir. Cependant, je n'ai jamais été homme à me plier à l'étiquette.

— Cela ne me surprend pas.

— Non ? fit Jonathan dans un sourire, eh bien, nous sommes apparemment aussi prévisibles l'un que l'autre.

Son interlocuteur eut le culot de mimer l'étonnement.

— Je ne vois pas ce que vous voulez dire.

— Cher comte, vos intentions déshonorantes à l'égard de ma pupille sont claires comme du cristal.

— Moi ? De mauvaises intentions à l'égard d'une dame ? Vous me jugez fort mal, sir.

— Vraiment ?

Le comte prit un air de dignité offensée.

— Je vous enverrai mes seconds, Mr Deverill, si c'est là votre désir.

Jonathan éclata de rire.

— Nul besoin d'en arriver à une telle mise en scène, comte. Les duels sont passés de mode, quoique vous deviez régaler les dames de vos exploits imaginaires pendant les dîners mondains.

— Je suis parfaitement sincère, sir.

— J'en doute. Mais peu importe, vous ne méritez pas que je prenne la peine de vous combattre en duel, bien que, je le confesse, l'idée de vous donner une raclée me tente énormément.

Jonathan se rapprocha jusqu'à dominer l'homme de toute sa hauteur.

— Si je vous revois à proximité de Miss McGann une seule fois, je vous jure devant Dieu que je vous donnerai ce que vous méritez. Et maintenant disparaissez avant que j'oublie mes manières de gentleman.

— Vous Anglais êtes de véritables sauvages, répliqua le comte, hautain.

Jonathan s'approcha encore, presque jusqu'à le toucher, et l'autre prit une attitude nettement plus humble.

— Baronne, pardonnez-moi, mais je crains de devoir vous quitter.

En quelques enjambées, il prit la fuite. Jonathan le regarda partir en regrettant de ne pas pouvoir mettre ses menaces à exécution. Puis il reporta son attention sur la comploteuse et s'assombrit davantage quand il vit qu'elle essayait elle aussi de s'enfuir.

— Un pas de plus, prévint-t-il d'un ton glacial, et j'informerai le commissaire de bord des libertés que vous avez prises avec son plan de table.

La femme s'arrêta, poussa un lourd soupir et se retourna enfin.

— Vous avez perdu l'esprit, tenta-t-elle avec un air de dignité aristocratique assez convaincant, je n'ai aucune idée de ce dont vous m'accusez.

— Épargnez-moi vos protestations d'innocence, madame. Elles sont aussi futiles qu'inutiles.

Sous ses yeux, il sortit une liasse de billets de la poche intérieure de sa veste et se mit à les compter rapidement du doigt.

— Combien le comte vous a-t-il donné ?

— Je… je… Mille dollars, lâcha-t-elle en abandonnant toute tentative de dissimulation.

Jonathan leva les yeux sur elle, impressionné par la prodigalité du comte.

— Eh bien, je suppose que le jeu en valait la chandelle. Et combien vous a-t-il promis pour organiser un rendez-vous avec ma pupille devant témoins ?

La baronne émit une protestation outragée qui le fit ricaner.

— Vraiment, madame, je croyais avoir été clair, inutile de continuer les faux-semblants entre nous.

— Je ne prétends rien ! Laisser un homme compromettre une jeune dame pour ruiner sa réputation ? Je ne ferais jamais une chose pareille ! Jamais !

— Vos scrupules vous honorent, se moqua Jonathan.

— Je vous dis que je n'agirais jamais de la sorte. Arranger quelques cartons de table, pourquoi pas. Encourager une jeune fille à voir favorablement un prétendant, peut-être. Mais la condamner au scandale et à la honte ? Certainement pas !

Elle était si véhémente dans ses protestations que Jonathan fut impressionné par son talent.

— Vous êtes bien meilleure actrice que je le pensais.

Inutile de discuter, cependant. Mieux vaut que vous placiez vos intérêts sur moi plutôt que sur de la Rosa. L'investissement sera plus lucratif.

Il rassembla la liasse qu'il venait de décompter et la lui tendit.

— Voici cinq cents dollars. Je vous en donnerai mille de plus demain. Vous en aurez encore mille autres à notre arrivée à Londres si vous faites ce que je vous demande. Trahissez-moi et non seulement vous ne toucherez aucun supplément mais je vous ruinerai et vous destituerai de la position que vous êtes parvenue à obtenir dans la bonne société. Est-ce clair ?

— Parfaitement clair, confirma-t-elle en lui prenant les billets. Que puis-je faire pour vous, sir ?

La conversation de Lady Stansbury, hélas, était bien moins divertissante que celle de la baronne Vasiliev. Celle-ci s'était rapidement éloignée pour rejoindre les commodités, puis le comte s'était à son tour éclipsé. Marjorie avait tenté de trouver un peu de consolation dans le long regard de regret qu'il lui avait jeté par-dessus son épaule en partant.

Après quoi, plusieurs amies de la comtesse les avaient rejointes. Une fois le sujet des fox-terriers longuement abordé, elles discoururent de la morale laxiste des jeunes gens. La discussion était régulièrement entrecoupée de regards appuyés sur le décolleté plongeant de Marjorie, et elle devait lutter de toutes ses forces pour garder la tête haute. D'autant qu'elle commençait à ressentir l'effet de ses trois verres de vin. Aussi, quand la conversation dériva sur le sujet des haies de jardin, elle laissa son esprit vagabonder. Lorsque la baronne revint dans la pièce, elle fut si soulagée qu'elle aurait pu la serrer dans ses bras.

Dans l'espoir de s'éviter une remarque de plus sur les alstroemères ou les verbascums, elle se leva en prétextant un besoin d'air frais. Elle suggéra que la baronne l'accompagne pour une petite promenade avant de rejoindre sa chambre, mais celle-ci refusa.

— Pardonnez-moi, très chère, mais je ne me sens pas très bien. Je vais rejoindre ma cabine. Lady Stansbury, seriez-vous assez aimable pour escorter Marjorie jusqu'à la sienne quand vous vous retirerez ?

Stupéfaite de cette fin de non-recevoir, Marjorie s'inquiéta aussitôt :

— Quel est le problème ?

— J'ai dû manger quelque chose qui ne me convenait pas, n'ayez pas d'inquiétude, ma chère.

— D'accord, murmura-t-elle. Si vous voulez bien m'excuser, mesdames, j'aimerais tout de même ramener la baronne jusqu'à sa cabine pour m'assurer qu'elle va bien. Après quoi je me retirerai dans ma propre cabine.

— Si vous comptez l'accompagner, vous devriez vous dépêcher, lança Lady Stansbury en regardant par-dessus son épaule.

Marjorie fit volte-face pour découvrir que la baronne avait déjà atteint les grands escaliers. Elle s'empressa de prendre congé et la suivit tant bien que mal, car se hâter dans des escaliers avec une robe terriblement moulante n'était pas chose aisée. Le temps qu'elle parvienne en haut des marches, la baronne avait déjà tourné vers le couloir qui menait aux cabines de première classe. Elle était à mi-chemin quand elle entendit une voix l'interpeller et découvrit Jonathan qui venait vers elle en passant par les portes qui ouvraient sur la promenade.

— Bonsoir, que faites-vous là, Marjorie ? Je vous croyais avec les dames.

— En effet, mais la baronne semble être tombée malade et je voulais m'assurer que ce n'était rien de sérieux.

Ils tournèrent côte à côte près du corridor, juste à temps pour voir la baronne sur le point d'entrer dans sa cabine.

— Baronne ? l'appela Marjorie. Allez-vous bien ?

— J'irai bientôt mieux, assura-t-elle avec un sourire distrait.

— Est-ce une migraine ? s'enquit Marjorie. Si c'est le cas, une poche de glace et du sel sur les tempes, cela fonctionne à merveille. Dois-je appeler une femme de chambre ?

— Non, non. C'est très aimable à vous, j'ai simplement besoin de sommeil.

— Dans ce cas, nous ne vous retardons pas, intervint poliment Jonathan. Bonne nuit.

Avec un hochement de tête, la baronne disparut.

— Son malaise était si soudain, j'espère que ce n'est rien de grave.

— Elle est simplement fatiguée, sans doute. Ne l'êtes-vous pas également ?

— En fait, je pensais rejoindre ma cabine.

— Déjà ? Ne préférez-vous pas rejoindre les dames un moment ?

— Croyez-vous que j'en aie envie ? répliqua-t-elle d'un ton désabusé. Si vous comptiez lâcher des chiens de garde sur moi, vous auriez au moins pu vous assurer qu'ils soient de bonne compagnie.

— Je ne vois pas de quoi vous parlez, répondit-il avec un sourire qui démentait son ton innocent.

— Bien sûr que si, vous voyez parfaitement.

— Bon, très bien, concéda-t-il, je vois peut-être.

Tout en discutant, ils avaient marché jusqu'à sa cabine. Lorsqu'ils furent parvenus devant la porte, Marjorie ouvrit son réticule à la recherche de sa clé et il reprit :

— Puisque nous en arrivons au sujet de vos fréquentations, je dois vous dire quelque chose.

Il semblait soudain si grave qu'elle le regarda.

— À propos de la baronne ?

— Oui, indirectement, mais je veux surtout parler de ce scélérat de de la Rosa.

— Encore ? s'écria-t-elle, exaspérée, en ouvrant sa porte. Votre mauvais a priori sur lui ne prouve en rien qu'il soit un scélérat.

— Non. En revanche, l'échange dont j'ai été témoin ce soir, beaucoup plus.

Avec un soupir excédé, Marjorie remit la clé dans son sac.

— Et que l'avez-vous vu faire, exactement ? Boire trop de vin au dîner ? Perdre trop d'argent à une table de jeu ?

— Je l'ai vu payer la baronne pour vous avoir présentée à lui puis avoir changé les placements pour vous asseoir à côté de lui.

— Vraiment ? s'exclama Marjorie en riant. C'était intelligent de sa part ! Et c'est flatteur pour moi.

Jonathan cligna des paupières comme si sa réaction le déconcertait.

— Vous trouvez que ses agissements sont un compliment à votre égard ?

— Bien sûr ! D'après ce que vous me dites, il s'est

donné beaucoup de mal. N'importe quelle femme trouverait cela flatteur !

— Ses intentions étaient bien plus néfastes que de dîner à côté de vous.

— Vous n'en savez rien. Au fait, comment avez-vous découvert tout cela ? Et même que la baronne était impliquée ?

— Après le dîner, je l'ai vue s'éloigner tandis qu'elle passait devant le fumoir. Le comte la suivait de près. J'étais curieux, alors je les ai suivis. Ils discutaient…

— Nous pouvons donc ajouter l'indiscrétion à la liste de vos défauts.

— C'était nécessaire pour vous éviter une mauvaise compagnie, alors oui, je n'hésiterai pas à me montrer indiscret à l'avenir. Le comte est en quête d'une héritière, exactement comme je le suspectais. On ne peut se fier à aucun d'eux, mais le comte est un véritable danger. Il a l'intention d'obtenir votre main coûte que coûte, peu importe si cela implique de vous déshonorer.

— Vous semblez certain de ses intentions. Quant à moi, batailler pour obtenir une présentation et réarranger un plan de table ne me semblent pas des preuves suffisantes pour condamner entièrement cet homme.

— Un véritable gentleman n'aurait pas besoin de machiner et de verser des pots-de-vin.

— Tout comme je ne doute pas qu'une véritable lady se sentirait offensée par de tels agissements. Cependant, comme aucun homme n'a jamais témoigné du moindre intérêt à mon égard, déshonorant ou non, je suis apparemment incapable de trouver en moi suffisamment de bonne éducation pour le condamner. J'apprécie votre mise en garde, néanmoins je préfère réserver mon jugement, pour l'heure.

— Veillez au moins à ne jamais vous retrouver seul à seule avec lui.

— Je n'en ai pas l'intention ! se défendit-elle avec dignité. C'est exactement pour cela que j'ai engagé un chaperon en premier lieu.

— Un chaperon qui semble malade et incapable de remplir ses devoirs.

— La baronne ira mieux dès demain, coupa-t-elle en entrant dans sa cabine. Bonne nuit, Jonathan.

Sans attendre sa réponse, elle referma la porte. Il ne lui restait plus qu'à prier pour que la baronne ne soit pas longtemps indisposée, car demeurer enfermée dans sa cabine pendant les six prochains jours n'était tout simplement pas envisageable. Pas plus que de subir les conversations mortellement ennuyeuses de Lady Stansbury et de ses insupportables amies.

Le lendemain matin, hélas, Marjorie découvrit que son espoir d'un prompt rétablissement n'était pas près d'être comblé.

— Le mal de mer ? répéta-t-elle. La baronne a le mal de mer ?

— Je le crains, lui répondit à nouveau Lady Stansbury en hochant la tête. Si elle avait mangé quelques biscuits secs et rien d'autre en arrivant à bord, elle se serait portée comme un charme, mais à présent il est trop tard. Elle va devoir rester allongée jusqu'à ce que cela lui passe.

— Quelle horreur ! Sera-t-elle malade longtemps, selon vous ?

— Qui peut le dire ? Certains s'en remettent au bout

d'un jour ou deux, pour d'autres, cela perdure tout le voyage. Quoi qu'il en soit, pour l'heure, cette pauvre femme a besoin de repos.

— Je vois… Bien, merci, ma lady. C'était très prévenant à vous de m'avertir.

Marjorie était désireuse de mettre un terme à la conversation, hélas, la comtesse ne sembla pas saisir l'allusion.

— Ne vous inquiétez pas, ma chère. Votre tuteur et moi avons discuté ce matin même et nous avons pris tous les arrangements nécessaires.

— Des arrangements ? demanda Marjorie en se sentant blêmir.

— La baronne étant indisponible, Mr Deverill m'a demandé de veiller sur vous.

Marjorie sentit son ventre se serrer d'appréhension.

— Vous allez être mon chaperon jusqu'au rétablissement de la baronne ?

— Tout à fait. N'est-ce-pas merveilleux ?

— Merveilleux…, répéta-t-elle, encore que ce fût loin d'être son sentiment. C'est tellement aimable à vous. Seulement…

— Je suis heureuse de pouvoir vous aider. J'ai éduqué mes quatre filles, aussi je sais à quel point il est crucial pour une jeune femme d'avoir une solide orientation et un soutien sans faille pour faire son entrée dans le monde.

Alors que Marjorie se désespérait de découvrir à quel point le soutien en question serait rigide, la comtesse reprit :

— J'ai déjà parlé avec la gouvernante du navire, et ils vont faire transférer vos affaires dans ma suite pour le déjeuner.

Marjorie se maudit intérieurement d'avoir ouvert sa porte un peu plus tôt.

— Oh ! ce n'est pas nécessaire. Je suis parfaitement à mon aise ici.

Lady Stansbury répondit à ses protestations d'un rire qui coupait court à toute discussion.

— Vous ne pouvez rester seule dans votre cabine, ma chère, c'est tout bonnement inenvisageable. Je n'imagine pas que la baronne ait pu vous permettre un tel arrangement.

Marjorie lui expliqua qu'elles étaient supposées emménager dans des cabines adjacentes après une simple erreur dans les réservations.

— Bien, cela explique la situation, je suppose, répondit Lady Stansbury sans cacher son expression dubitative. Quoi qu'il en soit, il a été décidé que, puisque la baronne est malade, vous viendriez vous installer dans ma suite pour le reste de la traversée.

Inutile de demander qui avait pris la décision, songea Marjorie en maudissant son tuteur.

— J'ai également cru comprendre que vous n'aviez pas amené de femme de chambre avec vous ? poursuivit la comtesse. Ce n'est rien, la mienne pourra vous aider à faire votre toilette.

— Oh ! mais je ne voudrais pas être un dérangement.

— Bien sûr que non ! Comment pourriez-vous l'être ? Vous êtes en deuil, vous n'aurez pas à vous changer plusieurs fois par jour. En fait, je ne pense pas que vous pourrez vous adonner à beaucoup d'activités à bord. Avez-vous apporté vos travaux d'aiguille ?

Désespérée, Marjorie secoua la tête. Elle détestait les travaux d'aiguille !

— Dans ce cas, mes amies et moi en aurons pour vous tenir occupée. Il n'y a pas de main inactive dans notre groupe, s'amusa-t-elle de son petit rire sec. Nous avons formé une sorte de club pour le voyage. De la broderie, du tricot, un peu de bavardage… Nous avons passé l'âge du criquet et, comme vous ne pouvez pas non plus en faire, tout est au mieux. Vous verrez, vous pourrez vous rendre utile de différentes manières – nous faire la lecture, refaire les pelotes, faire nos menues commissions…

— Merveilleux.

La comtesse ne parut pas remarquer son manque d'enthousiasme. Avec un sourire rassurant, elle déclara :

— Il est très important, dans le deuil, de se tenir occupée. Alors, vous voyez, vous ne serez pas du tout un fardeau, ma chère.

Avec un pauvre sourire, Marjorie se promit qu'elle serait en tout cas un fardeau particulièrement encombrant pour son tuteur.

À présent que Marjorie était entre de bonnes mains et que la baronne était consignée dans sa chambre, Jonathan pouvait enfin profiter du voyage.

Le matin, il dégusta un savoureux petit déjeuner avant de rendre visite au barbier pour se faire couper les cheveux et raser, des plaisirs civilisés qu'il n'avait pas eu beaucoup l'opportunité d'apprécier ces dernières années.

Puis il partit en quête du commandant de bord, pour demander à faire la visite du navire. Aussitôt, le commandant se proposa comme guide – sans aucun doute parce que Marjorie avait déjà fait mention de sa parenté avec une duchesse.

Ainsi, les heures qui suivirent passèrent en un clin d'œil. Jonathan trouva l'organisation et les différents métiers exercés sur un paquebot de cette taille absolument fascinants. Il manqua d'ailleurs le premier service du déjeuner et ne vit ni Marjorie ni ses compagnes au cours du second service. Ce n'est qu'en fin d'après-midi qu'il la découvrit dans un coin du pont supérieur, convenablement vêtue de sa jupe d'uniforme et d'un chemisier noir boutonné jusqu'au menton. Elle était en train de tenir des écheveaux de laine pour que sa voisine puisse reconstituer sa pelote.

— Mesdames, les salua-t-il en ôtant son chapeau.

Marjorie lui rendit son sourire poliment, mais il ne s'y laissa pas prendre, car il sentit parfaitement son regard noir lui transpercer le dos tandis qu'il s'éloignait.

En vérité, il se sentait plutôt navré pour elle. La pauvre se retrouvait entourée de femmes d'au moins quarante ans de plus qu'elle. Néanmoins, il ne pouvait se permettre d'adoucir sa surveillance, car elle en tirerait aussitôt avantage.

Comme il lui restait encore deux heures avant le dîner, il retourna à sa cabine pour travailler un peu. Bientôt, il fut immergé dans les rapports financiers, et le coup frappé à sa porte le surprit.

— Entrez, lança-t-il en s'attendant à voir apparaître un membre du personnel.

Cependant, ce fut Marjorie qui entra sans hésiter, vêtue pour le dîner de la scandaleuse robe de velours noir que lui avait prêtée la baronne.

— Il faut que nous parlions. Tout de suite.

Jonathan se laissa retomber contre le dossier de son fauteuil avec un soupir. Au revoir, paix et tranquillité.

Chapitre 9

Un seul regard à sa pupille suffit pour lui faire comprendre que son interlude paisible était bel et bien terminé.

— Dites-moi, commença-t-il en posant son stylo, envahir ainsi ma cabine va-t-il devenir une habitude ?

— Vous m'avez dit d'entrer, lui rappela-t-elle en refermant la porte.

— Admettons. Qu'avez-vous fait de Lady Stansbury ?

— Je l'ai jetée par-dessus bord, répliqua-t-elle d'un ton dégagé.

Aussitôt, l'image de ce scénario se forma dans l'esprit de Jonathan, et il retint de justesse un sourire amusé. Au lieu de quoi il la gratifia seulement d'un regard sceptique.

— Oh ! cela arrivera, je vous l'assure, si vous ne mettez pas un terme à cette situation intolérable !

— Avoir envie de jeter certaines personnes par-dessus bord est une tentation que je commence à connaître…

— Pauvre de vous ! se moqua-t-elle en commençant à faire les cent pas. Quel calvaire de devoir ainsi vous occuper de moi ! Seulement, vous n'avez aucune idée de ce que j'ai dû subir de mon côté !

— Si je ne me trompe pas, vous allez bientôt me

l'apprendre… Mais, en supposant que vous n'ayez pas encore jeté Lady Stansbury par-dessus bord, puis-je savoir où elle se trouve ?

— Ses amies et elle sont toujours attablées pour le thé et dégustent des biscuits accompagnés de ragots scandaleux. Vous devriez les entendre. Elles tirent des conclusions odieuses du moindre comportement et font courir des rumeurs sans la moindre preuve !

— Échanger des potins est l'activité favorite des matrones anglaises, alors vous feriez bien de vous y habituer. Si elles prennent le thé, pourquoi n'êtes-vous pas avec elles ? Vous ne devriez certainement pas vous trouver ici.

Comme il étudiait ses courbes sublimes, il se força à ajouter, peut-être plus pour lui que pour elle :

— Où la comtesse pense-t-elle que vous êtes ?

Elle cessa brusquement de faire les cent pas et émit un soupir en portant la main à son front.

— Oh ! j'ai une telle migraine, je dois m'allonger un moment, gémit-elle.

Alarmé, Jonathan avança vers elle avant de comprendre qu'il avait une fois de plus été pris au piège de l'une de ses ruses.

— Étiez-vous déjà une menteuse accomplie à la Forsyte Academy ? demanda-t-il comme elle reprenait ses va-et-vient après son petit numéro théâtral. Ou bien est-ce la baronne qui vous a prodigué quelques leçons ?

— Elle n'aurait pas été en mesure de le faire, puisque, comme vous le savez, elle a le mal de mer.

— J'ai en effet entendu parler de cela, pauvre femme ! dit-il en s'efforçant de ne pas rire.

Toutefois, en dépit de ses efforts, sa satisfaction dut

transparaître dans son expression, parce qu'elle s'arrêta une nouvelle fois avant de l'examiner avec suspicion.

— Qu'avez-vous fait ? Payer le serveur pour qu'il dépose un vomitif dans son verre ?

Jonathan leva les yeux au ciel.

— Je n'ai pas payé le serveur !

— Vous avez directement payé la baronne pour qu'elle feigne la maladie ! C'est cela ? Oh… Vous n'êtes qu'un diabolique…

Elle s'interrompit en poussant un petit cri de rage avant de reprendre sa course folle.

— J'aurais dû savoir que vous monteriez une telle machination.

— Ce n'est pas ma faute si vous avez choisi un chaperon qui puisse être acheté aussi facilement. Quant à la baronne, c'est une femme à l'esprit pragmatique aussi bien qu'à la bourse vide, aussi a-t-elle apprécié que je puisse lui fournir des rentrées d'argent plus conséquentes que les vôtres. Croyez-moi, Lady Stansbury est un chaperon bien plus adéquat que la baronne Vasiliev.

Comme elle émettait un ricanement de dérision, il la mit en garde :

— Vous feriez bien de rester dans ses bonnes grâces. Elle vit très près de chez ma sœur et, si vous avez l'intention de rester avec Irene une fois à Londres, vous croiserez très souvent Lady Stansbury.

— Quelle chance ! marmonna Marjorie. Cette femme est un dragon !

— N'est-ce pas ? confirma-t-il avec un sourire de satisfaction.

Avec la comtesse dans les parages, de la Rosa n'oserait pas se risquer près de la jeune femme.

— Elle m'a fait déménager dans sa suite ! Elle a défait toutes mes affaires sans même me demander la permission ! Elle a vérifié un à un tous mes habits ! Pour l'amour du ciel, elle a même regardé mes dessous !

Involontairement, le regard de Jonathan s'attarda sur sa silhouette tandis qu'il imaginait à quoi pouvaient ressembler ses dessous. Heureusement, elle ne remarqua rien, trop occupée à s'émouvoir de l'injustice dont elle s'estimait victime.

— Imaginez-vous à quel point c'est embarrassant qu'une femme qui m'est totalement inconnue étudie mes vêtements en émettant un claquement de langue réprobateur dès qu'elle aperçoit le moindre ruban ou la plus minuscule dentelle ?

Combien de dentelle ? Et de quelle couleur étaient ces rubans ? ne put-il s'empêcher de se demander en voyant le balancement sensuel de ses hanches.

— Elle a décrété que toutes les « fariboles », comme elle les appelle, devraient être retirées. Qui se soucie de savoir s'il y a des rubans sur mes jupons ? Personne ne les verra, de toute façon ! C'est ridicule !

Tandis que la voix de Marjorie, scandalisée, montait dans les aigus, Jonathan laissa son esprit vagabonder là où il n'aurait jamais dû le laisser aller. En vérité, il ne pouvait pas lui donner tort. Pour autant, il n'était qu'un homme et, bien qu'il possédât quelques connaissances fort utiles sur la lingerie féminine, il n'avait aucune idée de ce à quoi des dessous de deuil devaient ressembler. Avant qu'il trouve quoi répondre, Marjorie avait déjà repris ses récriminations.

— Ensuite, elle a fait emballer tous les vêtements

qu'elle n'estimait pas convenables et les a rangés dans un coffre en déclarant que je ne pourrais plus les porter.

— Même les dessous ? ne put-il s'empêcher de demander.

Elle lui répondit d'un regard noir, appréciant visiblement peu son trait d'humour.

— Ceux-là, elle les a donnés à sa femme de chambre, c'est-à-dire tous à l'exception de ceux que je porte en ce moment même, avec ordre de retirer tout ce qui pourrait être considéré comme ornemental.

— C'est effectivement fort regrettable, commenta-t-il avec une sincérité tout à fait déplacée pour un tuteur.

— Et savez-vous ce qu'elle a fait ensuite ? Elle a ordonné au commandant de bord de mettre dans la réserve le coffre contenant tous mes effets « inappropriés ». Cette femme est d'une arrogance ! Comment s'étonner que je rêve de la jeter par-dessus bord ?

— Consolez-vous. Au moins, elle n'a pas emballé votre robe de soirée.

— Oh ! elle a bien essayé ! s'exclama Marjorie avec un sourire triomphal. Mais je lui ai expliqué qu'elle appartenait à la baronne. Elle la lui a bien évidemment immédiatement retournée, puis, quand je me suis retirée en prétextant une migraine, je suis allée la récupérer chez elle.

— Bien sûr, que c'est ce que vous avez fait, soupira-t-il.

— Je ne connais même pas cette lady Stansbury ! Qui est-elle pour me dire ce que je peux ou ne peux pas porter ? Ou pour ordonner de faire modifier ma lingerie ?

— Eh bien, c'est une femme d'une grande influence dans la société et, quand le temps viendra, elle sera un appui solide pour vous. Je sais qu'elle a élevé plusieurs filles, aussi doit-elle savoir ce qu'elle fait. Je vous conseille de vous en remettre à son jugement.

— Vraiment ? C'est là votre conseil ? s'écria-t-elle en lui faisant face. J'ai également reçu l'ordre de rester dans ma chambre pour le reste de la journée, le saviez-vous ? Je ne suis même pas autorisée à monter dîner dans la grande salle.

— J'imagine que vous n'avez aucune intention de suivre cet ordre…

— Et pourquoi le ferais-je ? C'est tout bonnement absurde. Elle prétend que je peux seulement manger dans sa suite. Tout ce que je possède d'un tant soit peu joli, je ne suis pas autorisée à le porter. Je ne peux pas jouer au cricket, ni aux cartes, ni à aucun jeu, d'ailleurs. J'ai certes le droit de lire – tout sauf des romans ! À condition, bien entendu, que ni elle ni ses amies n'aient besoin de moi pour autre chose. Comme sa femme de chambre est occupée à défigurer ma lingerie, je suis supposée la remplacer sans même un merci en retour. Depuis quand suis-je devenue la seconde femme de chambre de Lady Stansbury ?

— J'imagine que les tâches qu'elle vous donne sont censées vous occuper pendant le voyage. Je doute qu'elle vous prenne pour une femme de chambre.

— Eh bien, permettez-moi de ne pas lui accorder le bénéfice du doute, en l'occurrence.

Conscient que la jeune femme était à bout, Jonathan essaya encore :

— Marjorie, je comprends que Lady Stansbury puisse vous paraître excessivement sévère, et elle n'a sans doute pas pris en charge sa tâche de chaperon de la manière la plus… euh… diplomate. Et, je vous l'accorde, elle et ses amies sont d'une compagnie un peu terne…

— Terne ? Terne n'est pas le bon mot ! Vous me pensez difficile et entêtée, mais je vous jure que je prie le ciel de n'être jamais terne !

— Je vous rassure, je ne crois pas être un jour en mesure de vous qualifier de « terne ».

— Si ces femmes avaient au moins des sujets de conversation intéressants, j'aurais peut-être envie de rester des heures assise à tenir des écheveaux de laine. Mais elles ne parlent que de leur jardin, de la nourriture qu'il convient de donner à leur chien et des derniers scandales.

— Dont j'aimerais que vous ne fassiez pas partie.

— Je le comprends bien, mais… Il doit bien y avoir un juste milieu ! s'exclama-t-elle en levant les bras au ciel.

— Hélas, non. Même l'événement le plus trivial risque d'endommager votre réputation, et je refuse de laisser une telle chose se produire. Une semaine de supervision un peu monotone ne va pas vous tuer.

Elle lui adressa un regard exagérément horrifié avant de déclarer :

— Si qui que ce soit meurt d'ici notre arrivée, ce sera Lady Stansbury, pas moi.

Avec un sourire, Jonathan étudia son petit visage volontaire. Il sentait que, poussée à bout, elle pourrait se rebeller sans plus se préoccuper des conséquences. Il allait devoir lui donner une motivation, lui montrer tout ce qui l'attendait de positif si elle se comportait parfaitement.

— Attendez-moi ici, lança-t-il en suivant une brusque impulsion.

— Où allez-vous ?

Il enfila sa veste et marcha jusqu'à la porte.

— Verrouillez derrière moi et ne laissez personne entrer. Je serai de retour dans un instant.

Il revint dix minutes plus tard et annonça :

— Je veux vous montrer quelque chose. Suivez-moi, dit-il en l'entraînant vers la chambre à coucher. Asseyez-vous ici.

Elle s'installa comme il le lui ordonnait dans le fauteuil qui faisait face à sa table de toilette.

— Pour quelqu'un qui adore me rappeler l'étiquette à la moindre occasion, je trouve extrêmement inconvenant de me faire entrer dans votre chambre, fit-elle remarquer, pince-sans-rire.

C'était en effet scandaleux, mais il ne comptait pas le lui confirmer.

— Ce sera notre secret, de toute façon, cela ne prendra pas longtemps. Fermez les yeux.

— Bon, très bien.

Avec l'air indulgent d'une professeure qui accorderait une demande à un élève, elle obéit.

Jonathan s'arrêta juste derrière elle et orienta le miroir de telle sorte qu'elle tombe aussitôt sur son propre reflet quand elle ouvrirait les yeux. Puis il sortit une boîte étroite de la poche de sa veste et l'ouvrit.

— Ne trichez pas ! ordonna-t-il en soulevant le collier de son coussin de velours avant de le passer au-dessus de sa tête.

Il le mit juste devant son cou sans laisser le bijou toucher sa peau.

— Gardez les yeux fermés.

— Ils sont fermés ! Mais vous pourriez vous dépêcher un peu, marmonna-t-elle en s'agitant sur son siège.

Il aurait dû, seulement, tandis qu'il contemplait son image, il ne pouvait faire autrement que prendre tout son temps pour admirer ses longs cils qui se dessinaient sur ses pommettes, et ses cheveux de feu qui luisaient doucement.

— Vous savez que je vous ai promis une Saison quand vous aurez achevé votre deuil ?

— Oui. Dans un an, soupira-t-elle.

Elle semblait tellement désespérée qu'il sourit.

— Je sais que cela vous semble une éternité, murmura-t-il en se penchant jusqu'à ce que son visage soit à côté du sien.

Une boucle échappée de son chignon caressa sa joue et son parfum délicat lui emplit les narines.

— La patience est une vertu, Marjorie.

Elle émit un petit soupir mais garda les yeux fermés.

— Je me suis exercée à la patience la majeure partie de mon existence, vertu qui, en l'occurrence, est très éloignée de ma nature. Je peux donc vous le dire avec suffisamment de recul : c'est une vertu largement surestimée.

— Eh bien, je compte vous prouver le contraire.

Sans la quitter du regard, il se pencha encore un peu pour humer son parfum et la senteur plus chaude de sa peau.

— Croyez-le ou non, murmura-t-il, certaines choses valent la peine que l'on patiente pour elles. Par exemple, ceci…

Il recula doucement les mains jusqu'à ce que le collier se pose sur sa peau.

— Ouvrez les yeux.

Elle avait à peine entrouvert les paupières qu'elle poussa un petit cri de stupeur. Ses yeux semblaient presque noirs à la lumière tamisée de la chambre et ils s'écarquillèrent lorsqu'elle découvrit son reflet. Ses lèvres, de la même teinte rose que les saphirs qui ornaient son cou, s'entrouvrirent sous l'effet de la surprise.

En vérité, elle n'était pas la seule stupéfaite par le spectacle. Pour Jonathan, les bijoux n'avaient jamais été plus que du métal et des pierres colorées assemblés ensemble. Mais, serti autour du cou délicat de Marjorie, l'ensemble faisait merveilleusement ressortir l'éclat de sa peau, et il sentit son ventre se serrer.

Les saphirs roses et les diamants se terminaient au bas du collier par des gouttes plus longues qui soulignaient ses clavicules gracieuses. Enfin, juste à la naissance des seins, reposait la Rose de Shoshone dans toute sa gloire.

— Oh ! qu'est-ce que c'est ? Un rubis ?

Elle avait parlé tout bas, d'une voix légèrement rauque qui enflamma ses sens. En dépit de sa culpabilité, Jonathan imagina l'entendre murmurer de cette voix merveilleusement féminine des mots sans suite dans la langueur de l'amour. Mal à l'aise, il se ressaisit :

— Un saphir rose, en vérité. La teinte est plus claire que celle du rubis. Vous vous souvenez m'avoir demandé hier ce qu'était la Rose de Shoshone ? La voici.

— Dieu du ciel. Et cette merveille est à moi ?

— Dès que vous aurez vingt et un ans, elle vous appartiendra. Vous l'aimez ?

— C'est…

Elle rit tout bas, comme dépassée par ses émotions, avant de demander :

— D'où vient-elle ?

— Votre père l'a trouvée, ainsi que toutes les autres pierres de ce collier, bien avant que je le rencontre. Il a acquis les diamants en Afrique du Sud, les saphirs, dans l'Idaho. Quant au métal, il cherchait de l'or dans la Payette…

Jonathan dut s'interrompre en reconnaissant sur son beau visage quelque chose qu'il n'y avait encore jamais vu. Ses yeux assombris, ses lèvres entrouvertes sur son souffle court… Elle était enivrée par la découverte de sa féminité. Incapable de détourner le regard, il la vit prendre conscience de son pouvoir de séduction, et son cœur battit plus vite. Marjorie innocente l'enfiévrait déjà, mais une Marjorie séductrice… Malgré lui, son corps répondit aussitôt à la sensualité qui s'éveillait en elle, et il comprit qu'il allait au-devant de sérieux problèmes.

Bon sang ! Elle était la fille de son meilleur ami ! La petite fille de Billy, qu'il avait juré de protéger. Or, en cet instant, il se sentait aussi protecteur envers elle qu'un loup face à un agneau.

Il devait s'éloigner ! Mais alors elle se mit à rire, un rire profond et féminin qui le fit violemment frissonner. Au lieu de s'apaiser, son désir s'enflamma et il ne put rien faire d'autre que la contempler dans sa glorieuse beauté. Ramener ce bijou avait été une énorme erreur, il le comprenait hélas trop tard.

Il avait voulu lui donner une bonne raison d'attendre pour la soumettre à son autorité. Mais ses propres motivations étaient égoïstes et, comme pour la plupart des actes égoïstes, il en payait à présent le prix.

Jonathan aurait dû reculer, mais son corps ne lui appartenait plus. Ses sens étaient bien trop conscients de chaque détail – le métal chaud du collier qui lui brûlait les doigts, les boucles folles de son chignon qui lui caressaient les mains, son odeur de femme qui l'enivrait.

Il ne pouvait détacher le regard du saphir magnifique posé entre ses seins et, quand ses doigts effleurèrent la peau incroyablement douce de sa nuque, il remercia le ciel que le dossier de la chaise cache son émoi.

Dans un coin du miroir, il voyait le lit juste derrière eux. La distance qui les séparait de la courtepointe de brocart était tout ce qui restait entre l'innocence de la jeune femme et sa ruine. Il se força à regarder le lit plutôt qu'elle, tandis qu'en lui se livrait une rude bataille entre le désir et l'honneur. Seulement, cette vision ne l'aidait pas, aussi détourna-t-il le regard. Quand celui-ci revint se poser sur elle, Jonathan sentit son cœur faire un bond dans sa poitrine.

Marjorie ne riait plus. Elle ne regardait plus le collier sur sa peau lumineuse, elle le regardait, lui, les pupilles élargies et les joues rosies.

Elle le fixait d'une façon toute nouvelle, comme une femme regarde un homme qu'elle désire. Jonathan n'était heureusement pas assez immoral pour oublier qu'elle était encore innocente et qu'elle ne comprenait pas le pouvoir qu'elle exerçait sur lui avec ses longs cils, ses lèvres sensuelles et son corps sublime. Ce qui ne l'empêchait pourtant pas de sentir la fièvre du désir enflammer tous ses sens, lui serrant la gorge presque douloureusement.

Bon sang ! Il n'était qu'un animal !

Écœuré par sa propre réaction, il parvint enfin à s'écarter et retira le collier de son cou.

— Vous ferez vos débuts au printemps, lança-t-il d'une voix trop dure à ses propres oreilles. Vous profiterez de tous les délices de la Saison londonienne, vous aurez votre propre bal et vous pourrez porter ce bijou… À la condition que vous ne deveniez pas un objet de scandale.

Dans le miroir, il vit le désir et la sensualité s'évanouir de son visage comme s'ils n'avaient jamais existé.

— Je vois, dit-elle en se relevant pour lui faire face. Vous ne m'avez montré ce collier que pour m'inciter à suivre vos souhaits. Vous le mettez sous mon nez et l'agitez comme un jouet devant un enfant.

Sa voix d'une froideur métallique le prit de court.

— Ce n'était pas…

— « Sois sage, petite fille, et un jour tu obtiendras de jolies choses. » Est-ce là la leçon que je dois retenir ?

Jonathan se raidit. Il y avait un fond de vérité dans ce qu'elle affirmait. Dans sa voix, il entendit la colère et aussi la douleur. Il l'avait blessée. Cependant, elle aurait été bien davantage blessée s'il n'avait pas rempli ses devoirs de tuteur.

— Je n'ai jamais eu l'intention de vous manipuler ou de vous cajoler. Je voulais simplement vous montrer ce qui était en jeu. Si vous voulez évoluer dans la société, vous devez en respecter les règles. C'est aussi simple que ça.

Elle ne bougea pas. Son expression, si délicieusement languide un instant plus tôt, était à présent dure.

— Pour vos débuts, je pourrai faire donner le plus grand bal que Londres ait jamais vu, avec la meilleure nourriture et le champagne le plus fin. Vous pourrez commander une robe chez la plus célèbre modiste de Paris et ma sœur enverra des invitations aux familles huppées de toute l'Angleterre. Cependant, si vous faites quoi que ce soit que la haute société désapprouve, tout cela ne servira à rien, car personne ne viendra.

Marjorie se raidit, toutefois, la colère laissa le pas à l'incertitude sur ses traits. Elle détourna le regard en se mordant la lèvre. Dans l'espoir qu'elle comprenne enfin qu'il n'agissait que dans son intérêt, Jonathan poursuivit :

— Je sais que c'est difficile, mais il n'y a aucune autre voie possible. Vous devez observer une période de deuil, agir scrupuleusement selon les codes de bonne conduite et choisir vos compagnons avec prudence. Il est vital que vous suiviez les conseils de personnes qui connaissent mieux que vous les mœurs de la bonne société anglaise et ses dangers.

Enfin, elle laissa échapper un soupir et ses épaules tendues retombèrent en même temps que son visage prenait une expression résignée.

Il avait finalement eu raison de lui dévoiler la Rose de Shoshone…

— Ce n'est que jusqu'à notre arrivée à Londres. Après quoi j'espère que mes sœurs pourront s'occuper de vous et je suis certain que vous les trouverez bien plus agréables que Lady Stansbury.

— Si vos sœurs ne veulent pas me servir de chaperons, je vous l'ai dit, j'ai quelques amies mariées qui pourront s'en charger.

— Peu importe. L'essentiel est que d'incroyables aventures vous attendent si vous faites preuve d'un peu de patience. Faites-moi confiance…

Au moment où ces mots passaient ses lèvres, Jonathan rougit de sa propre hypocrisie. Comment osait-il lui demander sa confiance alors qu'un désir sauvage continuait de pulser dans ses veines ?

Seulement, les enjeux étaient trop élevés pour elle, et si un peu d'hypocrisie était nécessaire, eh bien, il n'hésiterait pas.

— Néanmoins, si vous préférez voir votre réputation

entachée et risquer l'avenir qui vous attend pour un peu d'excitation passagère, c'est votre choix…

Un long silence suivit et, comme souvent avec Marjorie, il n'avait aucune idée de ce qui allait se produire ensuite. Finalement, elle acquiesça.

— Très bien. Nous ferons cela à votre manière. Je ne veux pas… Je ne veux pas être entachée, murmura-t-elle après une courte pause.

Jonathan se sentit à la fois soulagé et étrangement déçu par sa réponse. D'une certaine manière, une Marjorie obéissante était trop… terne, en comparaison de la jeune femme rebelle et vibrante qui mettait ses sens et sa raison sens dessus dessous.

Agacé par sa propre ambivalence, Jonathan rangea le collier et remit la boîte dans sa veste.

— Bien. Je vais aller replacer cela dans le coffre du navire et je vous demanderais de rentrer dans votre cabine pour retirer cette robe…

Sa voix mourut comme il imaginait le spectacle envoûtant de Marjorie se déshabillant. Il lui fallut quelques secondes avant de reprendre :

— Si vous pouviez trouver quelque chose de plus adapté au deuil, je dirais à Lady Stansbury que vous pouvez venir dîner avec tout le monde dans la grande salle. Concernant les autres restrictions, hélas, je vous suggère de vous plier à ses conseils en tentant de penser à votre futur.

Soudain pressé de s'éloigner d'elle et du trouble dans lequel elle le plongeait, il avança jusqu'à la porte avant de se rappeler une dernière chose. Le corps en ébullition, il s'arrêta et s'obligea à affronter son éclatante beauté.

— Marjorie ? Je sais que vous n'êtes pas une enfant, j'en suis parfaitement conscient, croyez-moi.

Il quitta aussitôt sa suite en s'évertuant à reprendre le contrôle. Le temps qu'il atteigne le coffre, il avait remis un peu d'ordre dans ses pensées. Une fois la Rose de Shoshone en sécurité, il rejoignit le bar.

Contrôle ou pas, il avait grandement besoin d'un verre.

Chapitre 10

Grâce à Jonathan, Marjorie pensait désormais savoir ce que cela faisait de recevoir un seau d'eau glacé en plein visage. Un instant, elle avait des bijoux scintillants autour du cou et le regard brûlant de Jonathan sur elle, l'instant suivant, il l'avait brutalement ramenée à la réalité.

Sous son regard, elle avait oublié qu'elle était une professeure de la Forsyte Academy ou une héritière en route vers sa nouvelle existence. Elle s'était métamorphosée en une nouvelle personne – séduisante, tentatrice, une sirène comme celles qui piégeaient les pauvres marins. Le ventre brûlant, elle s'était sentie belle, sauvage et puissante sous son regard. Elle aurait voulu l'entraîner avec elle dans un univers mystérieux et inconnu. Oui, Jonathan lui avait fait vivre le plus extraordinaire moment de toute son existence.

Et puis… Il avait brisé le sortilège en quelques mots. Il n'aurait pas pu gâcher le moment plus efficacement. En quelques secondes, elle était passée du rôle de sirène irrésistible celui d'enfant désobéissante et elle s'était sentie parfaitement idiote.

Pour ne rien arranger, au cours des cinq jours qui avaient suivi ces instants merveilleux dans sa suite, il l'avait consciencieusement ignorée, au point qu'elle en arrivait à se demander si elle n'avait pas rêvé.

Il venait certes tous les après-midi s'enquérir du petit groupe de la comtesse, mais pas une seule fois il ne s'était attardé pour prendre le thé en sa compagnie. Il n'était pas apparu dans la grande salle pour les déjeuners ou les dîners. En fait, les seules fois où elle l'avait aperçu, c'était en passant devant le fumoir ou la salle de billard lors de sa promenade quotidienne avec Lady Stansbury.

Comment un homme pouvait-il agir de la sorte ? Comment pouvait-il lui donner l'impression d'être la reine de l'univers, la bouleverser complètement, et ensuite agir comme si de rien n'était ? C'était l'expérience la plus mortifiante qu'elle ait jamais vécue.

Marjorie leva les yeux de sa tasse de thé, en quête d'une distraction. Hélas, tout ce qu'elle voyait ne faisait qu'aggraver son malheur. À sa gauche, un groupe de jeunes femmes jouaient au cricket. À sa droite, d'autres personnes étaient rassemblées par quatre pour jouer au bridge. Deux activités apparemment interdites à une jeune femme en deuil.

Le regard perdu vers l'immense étendue bleue, Marjorie songea une fois de plus aux sirènes et aux marins envoûtés, puis aux instants magiques dans la chambre de Jonathan. Elle ne se sentait plus tellement dans la peau d'une séductrice mythologique, plutôt dans celle d'une princesse de conte de fées maudite, décida-t-elle dans un reniflement.

— Vraiment, ma chère, intervint Lady Stansbury en la ramenant au présent, si quelqu'un doit absolument émettre un bruit indélicat, il faut l'étouffer dans son mouchoir.

Marjorie afficha aussitôt le sourire de circonstance qui ne la quittait plus et s'efforça de ne pas serrer les mâchoires.

— Bien sûr, madame, toutes mes excuses.

Lady Stansbury lui accorda son pardon miséricordieux d'un hochement de tête avant de reporter son attention sur son panier de broderie.

— J'avais acheté tous ces nouveaux fils à broder à New York… Où Bates les a-t-elle donc mis ?

— Êtes-vous certaine qu'ils n'y sont pas, Abigail ? demanda l'amie de la comtesse, Mrs Anstruthur, en posant son ouvrage pour vérifier son panier.

— Oooh, voilà Lady Mary Pomeroy avec son père, murmura Mrs Fulton-Smythe, ils doivent rentrer vers leurs cabines.

— Trente-trois ans et toujours pas mariée, lança Mrs Anstruthur avec un toussotement entendu. Pauvre fille.

— On pouvait difficilement s'attendre à autre chose… Après le scandale.

C'est reparti, songea Marjorie en remerciant le ciel qu'ils atteignent Southampton dès le lendemain. Plus qu'un jour. Vingt-quatre petites heures et elle n'aurait plus jamais à broder ou à écouter les médisances mesquines de ces femmes.

— Sir Henry était hors de lui, commenta Lady Osgoode. Il l'a emmenée à New York pour qu'elle reste avec ses grands-parents juste après, mais quitter la ville n'a évidemment pas suffi après un tel scandale.

Surtout si des langues de vipère insistaient pour ne parler que de cela…

— Néanmoins, cela fait trois ans ! On pourrait penser qu'ils auraient trouvé quelqu'un pour l'épouser, à présent. Même un Américain, cela aurait été mieux qu'aucun mari du tout.

Avec une volonté peu commune, Marjorie serra les mâchoires pour garder le silence en continuant à aligner des petits points précis.

— Même les Américains ont un minimum de normes sociales, je suppose, conclut Mrs Fulton-Smythe. Vouloir épouser un clerc dans le cabinet d'avocats de son père ! Mais à quoi pensait-elle donc ? Sir Henry y a mis un terme, bien entendu, hélas, il était déjà trop tard. Sa réputation est définitivement entachée.

Cette fois, Marjorie ne put en supporter davantage. Elle demanda d'un ton parfaitement calme :

— S'ils voulaient se marier, n'est-ce pas plutôt son père qui est responsable du scandale pour avoir mis un terme à leur idylle ?

Cinq visages se tournèrent vers elle d'un seul coup et un long silence s'installa. Apparemment, son point de vue ne leur avait jamais traversé l'esprit.

— Je crains que ce ne soit pas aussi simple que cela, ma chère, dit Lady Stansbury en lui tapotant le bras. On ne peut blâmer Sir Henry. Après tout, le jeune homme était un *clerc*.

Comme si c'était là une explication suffisante, la comtesse reprit la fouille de son panier tandis que l'esprit bassement américain de Marjorie tentait de comprendre comment le mariage avec un clerc pouvait être pire que la ruine de toute perspective maritale pour une jeune femme.

— Je ne comprends pas ce que Bates a fait de ces fils, soupira Lady Stansbury, je ne peux même pas le lui demander, car elle est encore une fois partie parler au chef. Elle est déjà allée le voir six fois pour lui expliquer comment faire un pudding correct, et il semble toujours incapable d'y parvenir !

Un chorus de sympathie lui répondit, auquel Marjorie ne se joignit pas. D'après elle, un chef cuisinier pouvait n'être pas ravi de se voir dire comment faire son métier par la femme de chambre d'une lady. Il était évidemment inutile de partager cette opinion puisqu'elle devait faire scrupuleusement attention à sa conduite et à ses réflexions.

Pour la millième fois en cinq jours, Marjorie se répéta les conseils de Jonathan. Elle devait faire confiance à celles qui connaissaient mieux qu'elle la bonne société anglaise. Elle devait lui faire confiance, à lui. Dès lors, il ne lui restait plus qu'à espérer que ses sœurs se montreraient moins rigides que Lady Stansbury et ses amies.

— Ils ne sont clairement pas là-dedans, se plaignit Lady Stansbury. Ils doivent être dans mon autre panier.

Saisissant l'occasion, Marjorie proposa :

— Dois-je aller vous le chercher ?

Comme la comtesse acquiesçait, Marjorie partit en un éclair.

— Ne courez pas, ma chère, la sermonna la vieille dame. Et ramenez-moi mon châle. Celui en mohair, pas en soie. Il est dans…

La fin de sa phrase fut emportée par le vent et Marjorie ralentit à peine le pas, trop heureuse que la recherche du châle lui donne quelques minutes de liberté inespérées.

En entrant dans la suite, elle trouva presque tout de suite l'autre panier de broderie, mais nulle trace du châle en mohair, en revanche. Elle fouilla dans chaque coffre et chaque valise qu'elle put trouver, avant de décider qu'elle avait assez usé de son précieux répit.

Elle ouvrait la porte de la suite pour en sortir lorsqu'elle songea qu'elle n'avait pas regardé dans le coffre qui se trouvait sous le lit de la comtesse. Tout en avançant d'un pas dans le couloir, elle tourna la tête vers l'intérieur de la suite. C'est alors qu'elle entra en collision avec quelqu'un qui passait dans le couloir.

Elle vacilla sous la force de l'impact, mais des mains fortes la saisirent aux poignets pour l'empêcher de tomber. Le panier à broderie répandit toutefois son contenu par terre.

— Oh ! Je vous demande pardon. Quel maladroit je fais ! s'écria l'homme sans la relâcher.

Encore étourdie, Marjorie leva les yeux et découvrit le visage séduisant du comte de la Rosa.

— Bonjour, dit-elle, agréablement surprise de cette rencontre inopinée.

— Miss McGann ! Quel plaisir de vous revoir. Je ne vous ai pas fait mal, j'espère ?

— Pas du tout. Quelle coïncidence, vraiment !

— Une coïncidence délicieuse, en ce qui me concerne. Moins pour vous, sans doute, dit-il en grimaçant devant le chaos répandu à leurs pieds. Laissez-moi vous aider.

Se rappelant la mise en garde de Jonathan, elle protesta, mais de la Rosa s'était déjà agenouillé et avait commencé à remettre les éléments dans le panier. Comme elle ne voyait pas quel mal il pouvait y avoir à le laisser faire, elle ne protesta plus.

— Je ne savais pas que vos appartements se trouvaient dans ce couloir, dit-elle en se baissant à son tour pour l'aider.

— Ce n'est pas le cas. J'explorais le navire et je me suis trompé à un virage. Une erreur bénéfique puisque je vous ai croisée.

Flattée, elle rit. Enfin quelqu'un qui semblait heureux de la voir... À côté de l'attitude de Jonathan, qui la traitait comme une pestiférée, le plaisir évident du comte était comme un baume sur sa fierté féminine blessée.

Il jeta un regard par-dessus son épaule à l'intérieur de la suite.

— Est-ce là que vous résidez ? demanda-t-il en se penchant en avant, toujours à genoux, pour jeter un œil. Je ne savais pas que les salons des suites étaient aussi grands.

— Vous n'avez pas de suite ?

— Hélas, non. Je ne pouvais pas me le permettre. Je dois me montrer pragmatique, ces derniers temps. Je dois – comment dites-vous cela aux États-Unis ? – *faire des économies*.

— Oui, la plupart des gens doivent en effet s'y astreindre, en ces temps difficiles.

— D'autant que nous ne sommes pas malheureux. Les revenus de mes domaines me rapportent assez pour payer un logement dans Paris où ma mère et moi vivons confortablement. Nous voyageons, nous profitons de beaux hôtels, de bonne chère et de bon vin... De quoi d'autre pourrait-on avoir besoin ?

— Vous vivez à Paris ? Je pensais que vos domaines se trouvaient en Espagne.

— C'est le cas, mais je loue la maison familiale. La famille d'un riche Américain occupe ma villa. Elle profite de la beauté de mes vignes.

— Cela ne doit pas être facile de voir des étrangers installés dans votre demeure ancestrale.

— C'est tragique, en effet, mais que faire ? Entre les locations et la production de vin, je touche suffisamment pour couvrir nos besoins. La vie à Paris n'est heureusement pas excessivement chère.

— Est-ce à Paris que vous avez rencontré la baronne Vasiliev ?

— En effet. Nous ne nous connaissons pas très bien, en vérité, car elle passe la plupart de son temps en Angleterre. Parfois, nous nous croisons l'hiver sur la Côte d'Azur – Juan-les-Pins, Nice, Cannes… Les lieux habituels.

Aux yeux de Marjorie, aucun de ces lieux n'était « habituel ». La vie cosmopolite du comte lui paraissait au contraire merveilleusement exotique et bien plus proche de la vie aristocratique dont elle avait rêvé que le cercle de broderie de Lady Stansbury.

— Je ne suis jamais allée sur la Riviera, souffla-t-elle.

— Pas même à Nice ? Quelle tragédie ! Vous adoreriez ! Vous pourriez dépenser une fortune aux tables de jeu du casino.

Elle répondit à son sourire éclatant par un petit rire attristé.

— Je ne suis jamais entrée dans un casino non plus.

Son cœur se serra alors qu'elle prononçait ces mots. Elle avait tant à voir, tant à découvrir, et pourtant elle était contrainte de regarder tout cela de loin. Elle n'avait toujours pas recouvré sa liberté.

— Je ne crois pas que je serais une joueuse très douée. Je ne connais que le jeu du piquet. Mais j'adorerais voir Nice.

— Vous seriez sous le charme. Les mimosas, le soleil, la mer… C'est splendide.

Il la couvait du regard tout en parlant, si bien qu'elle rougit en comprenant que le compliment s'adressait davantage à elle qu'à la ville. Cet homme lui offrait le frisson de romance qu'elle désirait tant. C'était là, à portée de main, cependant, tandis qu'elle contemplait le beau visage du comte, d'autres traits, plus durs et sauvages, se superposèrent aux siens – des yeux noisette traversés d'éclats d'or, une mâchoire carrée, une bouche au trait dur et sensuel…

Seigneur ! Quelle idiote elle était ! Occupée à parler avec l'un des plus beaux hommes qu'elle eût rencontrés, un homme qui manifestait franchement l'admiration et l'intérêt qu'il avait pour elle, voilà qu'elle pensait à un autre ! Un autre qui la gardait à distance, lui faisait des promesses sans rien lui donner, pour le moment. Elle était tellement lasse des hommes qui promettaient des jours meilleurs…

Marjorie se força à sortir Jonathan de son esprit pour reporter son attention sur le comte.

— Une fois que vous aurez passé du temps sur la Côte d'Azur, disait-il en terminant de ranger le panier, vous ne voudrez plus vivre en Angleterre.

Sa grimace de dégoût disait assez les sentiments qu'il portait à l'Angleterre. Comme il se relevait et lui tendait la main pour l'aider, elle demanda :

— Pourquoi vous rendre dans cette Angleterre que vous semblez si peu apprécier ?

— Tout le monde se rend à Londres pour la Saison, n'est-ce pas ? Je le confesse, l'Angleterre n'a pas fait grande impression sur moi. Il y fait tout le temps froid, et cette pluie constante… Néanmoins, ajouta-t-il sans lâcher sa main comme elle tentait de la reprendre, maintenant que vous y allez y être, je suis certain de changer d'opinion. Vous feriez briller le soleil n'importe où.

Cette fois-ci, son compliment ne lui fit pas le même effet que la première fois, sans doute parce que son emprise sur sa main la mettait légèrement mal à l'aise.

— Vous me flattez, murmura-t-elle en retirant fermement ses doigts.

Heureusement, il la laissa faire avant de jeter un nouveau coup d'œil dans son dos.

— Ces salons sont décidément très luxueux.

Il semblait bien curieux, nota-t-elle avec amusement. C'était la seconde fois qu'il revenait sur le sujet, et elle ne comprenait pas ce qu'il trouvait de tellement fascinant à cette suite.

Elle n'eut cependant pas le temps de lui poser la question. Brusquement, le comte fut projeté loin du seuil, et elle découvrit Jonathan qui l'agrippait furieusement par le dos de son habit.

— Que faites-vous ? s'exclama-t-elle, stupéfaite.

— Déguerpissez, gronda Jonathan d'une voix basse terrifiante. Si je vous revois, vous allez prendre mon poing dans la figure.

Le comte n'eut pas besoin d'un second avertissement.

— Adieu, *querida*, lança-t-il à son adresse en s'éloignant dans le couloir. Je crains que nous ne puissions nous revoir à Londres, finalement.

Sur un dernier regard de regret, il disparut à l'angle. Encore sous le choc, Marjorie se tourna vers Jonathan.

— Au nom du ciel, qu'est-ce qui ne va pas chez vous ?

— Chez moi ? répéta-t-il, visiblement pris de court. Rien du tout. Ce qui n'est pas le cas de ce type !

Elle secoua la tête, ébahie par la fureur qu'elle lisait sur son visage.

— Vous êtes devenu fou.

— C'est bien possible, en effet, répliqua-t-il en lui jetant un regard lourd de reproches qu'elle ne méritait absolument pas.

— Dois-je conclure que votre brusque arrivée signifie que vous avez enfin décidé de cesser de m'ignorer ?

— Mon comportement n'est pas le problème ! Bon sang, Marjorie ! Je vous avais dit de rester à distance de cet homme.

— Oh ! par pitié, le coupa-t-elle. Je vous ai à peine vu ces cinq derniers jours, vous ne m'avez pas adressé le moindre mot civilisé. J'ai essayé de vous parler, vous m'avez snobée ! J'ai passé des heures à me torturer en me demandant ce que j'avais bien pu faire pour mériter une telle animosité. Mais, au vu de votre comportement de fou furieux, je me demande maintenant pourquoi je m'en suis préoccupée !

— Je ne suis pas celui qui mérite d'être réprimandé !

— Serait-ce moi ? Non que ce soit tellement surprenant de votre part, puisqu'il semble que je fasse systématiquement quelque chose de répréhensible à vos yeux.

Elle vit son regard s'adoucir.

— Je ne parlais pas de vous, grommela-t-il. Je suis parfaitement conscient que de la Rosa est le seul coupable.

— Bien sûr. Et je devrais vous remercier de surgir ainsi pour me sauver de la ruine, après des jours sans m'adresser un mot, n'est-ce pas ? Que pensiez-vous faire, à l'instant, de toute façon ?

— Je vous défendais.

Elle leva les bras au ciel, excédée.

— Et de quoi ?

— Cet imbécile était dans votre chambre ! Votre

chambre, pour l'amour du ciel ! explosa-t-il en pointant un doigt accusateur vers l'intérieur de la pièce.

— Absolument pas. Il était dans le couloir.

— Il bloquait le seuil !

— Il m'aidait ! Lady Stansbury m'avait envoyée chercher son panier, dit-elle en le levant jusque sous son nez, et comme je sortais de la suite le comte passait dans le couloir. Nous nous sommes bousculés accidentellement, tout le contenu du panier s'est éparpillé et il a été assez aimable pour m'aider à tout rassembler…

— Pardonnez-moi de ne pas souscrire à la thèse de l'accident, grinça-t-il entre ses dents.

— Est-ce que vous vous entendez ? tempêta Marjorie. Vous avez pris cet homme en grippe depuis le premier instant et à présent vous vous plaisez à lui attribuer les pires vices.

— S'il faut en croire ses actes, je dirai que ma première impression était tout à fait juste.

— Pourquoi ? Parce qu'il a demandé à la baronne d'arranger le plan de table et m'a aidée à ramasser des cerceaux de broderie ?

Elle vit les mâchoires de Jonathan se serrer en cette ligne têtue qu'elle commençait à bien connaître.

— Je vous avais prévenue qu'il essaierait de vous isoler.

— Il ne m'a pas isolée, j'étais seule ! rectifia-t-elle. Rien ne s'est passé. Il ne m'a fait aucune avance, contrairement à ce que vous craigniez. Il s'est comporté en parfait gentleman, or je ne peux pas en dire autant de vous. Dites-moi, est-ce le genre de comportement primaire que je dois m'attendre à vous voir adopter devant chaque prétendant ?

— Prétendant ? De la Rosa n'est pas un prétendant. Vous faire la cour est bien la dernière chose qu'il a à l'esprit !

— Il veut obtenir ma main. Du moins, c'est ce que vous l'avez entendu dire à la baronne l'autre nuit, non ?

— Je vous ai également prévenue qu'il n'avait pas l'intention de l'obtenir de façon honorable, ce que ses actes d'aujourd'hui confirment.

— Pour l'amour du ciel, nous ne faisions que parl…

Elle s'interrompit en entendant une autre porte s'ouvrir dans le couloir. Il n'était pas avisé du tout de poursuivre cette dispute à la vue de n'importe quel passant. Elle se pencha brusquement en avant, saisit Jonathan par sa cravate et le tira à l'intérieur avant même qu'il ait pu réagir.

— Qu'est-ce…, marmonna-t-il tandis qu'elle refermait la porte sur eux. Que fabriquez-vous ?

— C'est moi qui vous posais la question. Et vous n'y avez toujours pas répondu ! Est-ce qu'écouter les conversations, rôder dans les couloirs, m'espionner et agresser mes amis vont devenir des habitudes chez vous ? Si c'est le cas, je serais enchantée de vous voir embarquer pour l'Afrique du Sud.

— Cet homme n'est pas votre ami. Et je ne rôdais pas, ni ne vous espionnais ! Je prenais le thé à l'autre bout de la promenade et travaillais tranquillement quand je vous ai vue passer. Un instant plus tard, le comte arrivait à son tour, et j'ai su qu'il tramait quelque chose.

— Vous ne pouvez pas être certain qu'il me suivait !

— Bien sûr que si ! Il n'avait rien à faire dans ce couloir. Sa cabine est à l'autre bout du pont A.

— Comment diable le savez-vous ?

— Je me suis renseigné.

Marjorie leva les yeux au ciel, pas le moins du monde surprise.

— Il explorait le navire et s'est perdu, voilà ce qu'il m'a dit et je n'y vois rien de suspect.

— Perdu, bien sûr ! Il cherchait une occasion de se retrouver seul avec vous. Si je n'étais pas intervenu, qui sait ce qui aurait pu se passer ? Qu'auriez-vous fait s'il avait décidé d'entrer ?

— Entrer ? Dans ma cabine ?

— Oui, dans votre cabine, petite innocente.

En vérité, une telle possibilité ne lui avait jamais traversé l'esprit et il lui paraissait de toute façon impossible qu'un homme de prestige comme le comte, qui pouvait avoir n'importe quelle femme, s'abaisse à un tel comportement. Mis à part le fait qu'il lui avait tenu la main un peu trop longtemps, son comportement avait été irréprochable.

— Pensez-y, Marjorie. Il aurait été si facile pour lui de vous persuader de le faire entrer ou même de vous y forcer après avoir demandé à la baronne de venir le chercher au bon moment.

— La baronne n'aurait jamais coopéré à une si vile action. Et puis je croyais qu'elle était de votre côté, désormais.

— La loyauté de cette femme va là où on la paie le mieux. Le comte peut très bien avoir renchéri pour obtenir ses services. Quand bien même vous ne la pensez pas capable de s'allier avec lui, songez à sa mère. La *condesa* ne serait certes pas la première à forcer un peu le destin en exigeant que son fils honore son devoir en épousant la fille qu'il aurait compromise.

— En attendant, le seul qui ait eu un comportement compromettant, c'est vous.

— Et même, s'il vous avait retardée encore davantage, il est tout à fait possible que Lady Stansbury soit venue à votre recherche et qu'elle vous ait trouvée avec lui dans sa suite. Quel qu'ait été son plan, le résultat aurait été le même : un énorme scandale et, pour vous, l'obligation d'épouser ce vaurien.

— Vous êtes ridicule.

— En tant que tuteur, c'est mon devoir de veiller à ce que vous soyez constamment protégée. J'ai promis à votre père…

— Oh ! pour ça ! Au vu de la façon dont vous venez d'agir, n'importe qui aurait cru que vous étiez effectivement mon père !

— Pardon ?

Il la fixa un instant avant d'éclater de rire, sans qu'elle comprenne ce qu'il pouvait bien trouver de si amusant. Offusquée devant son hilarité, elle mit les mains sur ses hanches en s'exclamant :

— Quand j'étais encore petite fille, j'imaginais souvent à quel point ce serait merveilleux de retrouver mon père. Maintenant, j'en arrive à me demander ce qui a bien pu me prendre de vouloir un père. S'il faut se fier à votre comportement, cela revient à se retrouver roulée dans un cocon étouffant en attendant la mort.

— Vous me voyez comme un père ? balbutia-t-il en se passant la paume sur le visage avant de repartir d'un nouvel éclat de rire. Mon Dieu, c'est comique.

— Je vois que je suis au moins parvenue à vous faire rire, dit-elle vertement, de plus en plus agacée. J'imagine qu'être moquée est toujours mieux que d'être ignorée ou de recevoir des leçons de morale et des mises en garde sur ma vertu. C'est en tout cas bien mieux que de vous voir agresser mes prétendants dans les couloirs. Je suis ravie d'être un tel divertissement.

Jonathan reprit son sérieux dans l'instant et son expression féroce la surprit.

— Croyez-moi, Marjorie, je ne suis pas du tout amusé.

Il avança d'un pas et elle sentit un frisson lui parcourir la colonne vertébrale en voyant sa haute silhouette juste devant elle – de l'appréhension et quelque chose d'autre, le même frémissement qu'elle avait ressenti lorsqu'il lui avait posé le collier autour du cou avant de la contempler.

Il se tenait tout près, cette fois encore, si près qu'elle découvrait de nouveaux détails sur son visage à la beauté brute. Ses yeux noisette semblaient receler une infinité de nuances – pas seulement du brun et du doré, mais aussi du vert, du bleu et même du violet. Ses cils étaient plus longs qu'elle ne l'aurait cru car, noirs à la base, ils s'éclaircissaient vers les pointes. Il avait une petite cicatrice en forme de Z à la tempe droite et elle devinait l'ombre de sa barbe sur ses joues rasées.

Marjorie aurait voulu se raccrocher à sa colère, mais elle la sentit s'évanouir sous son regard intense, en même temps que l'atmosphère se chargeait d'une tension nouvelle. Lui aussi dut sentir le changement, car il se raidit avant de s'approcher encore, au point que son torse effleura sa poitrine. Le souffle court, Marjorie plaqua son dos contre la porte qu'elle venait de refermer et se força à poursuivre la conversation.

— Je ne vous comprends pas, souffla-t-elle d'une voix étrangement rauque. Si vous n'êtes pas amusé, pourquoi riez-vous ?

— Je ne ris pas de vous, Marjorie. Mais de moi-même.

En même temps qu'il parlait, son regard descendit

sur sa bouche, et son cœur s'emballa furieusement dans sa poitrine.

— Pour… Pourquoi ?

— Je ris de mon orgueil. D'avoir imaginé des choses si éloignées de la réalité.

Trop troublée pour parvenir à penser rationnellement, elle fronça les sourcils.

— À propos du comte ?

— Non.

Sa voix n'était plus qu'un murmure quand il leva la main vers son visage. Lorsque ses doigts se posèrent sur son cou et que son pouce vint caresser sa joue, Marjorie émit un léger hoquet. Aucun homme ne l'avait touchée aussi intimement auparavant et ce contact provoqua d'étranges réactions au creux de son ventre. Une chaleur inconnue montait en elle et elle avait soudain l'impression que ses os fondaient comme du miel.

— Je veux parler de vous, précisa-t-il.

Marjorie respirait à peine, le corps douloureux et languissant.

— Je ne comprends pas… Quelles choses ?

— Je n'ai jamais songé que vous me voyiez comme un père de substitution.

Elle parvint à rassembler assez de volonté pour sauver le peu qui lui restait de fierté :

— Non ? Pourtant, la comparaison ne me semble pas déraisonnable, étant donné la froideur et l'indifférence avec lesquelles vous m'avez traitée.

— C'est une comparaison totalement déraisonnable, rétorqua-t-il en laissant son pouce glisser sur son menton, parce que les pensées que je nourris à votre égard n'ont rien de paternel.

— Vraiment ?

— Seigneur, non.

Alors, avec une brusquerie qui lui coupa le souffle, il enroula son bras autour de sa taille et l'attira contre lui. Quand le panier à ouvrage tomba au sol, ses lèvres s'emparèrent des siennes.

Chapitre 11

Jusqu'à cet instant, Marjorie n'avait pu qu'imaginer ce que cela ferait d'être embrassée. Elle avait de vagues notions d'un effleurement léger des lèvres. Cependant, le baiser de Jonathan n'avait rien à voir avec la représentation que son imagination de jeune fille avait produite. Il n'était ni doux ni délicat. Non, c'était un baiser exigeant, brûlant et absolument bouleversant.

Instinctivement, elle posa les mains sur son torse, non pas pour l'écarter, mais pour le retenir. D'elle-même, elle ferma les yeux, et ses autres sens s'éveillèrent. Son parfum – un mélange de savon frais, de rhum et d'une senteur plus intime et virile – l'enivra. Sa bouche avait un goût de thé et de confiture de fraises. Il n'avait pas retiré ses doigts et sa peau la brûlait partout où il la touchait à la base du cou.

Pressée contre son torse, elle sentait ses muscles durs et son cœur qui battait aussi vite que le sien. L'idée qu'il éprouvait la même euphorie qu'elle la transporta.

Exactement comme lorsqu'il avait passé le collier à son cou, Marjorie connut cette intense sensation de puissance qui se répandait dans ses veines. Elle comprit brusquement ce que c'était : elle découvrait le pouvoir d'être femme et de gouverner les sens d'un homme.

Jonathan entrouvrit les lèvres contre sa bouche et elle suivit son invite. Quand sa langue caressa la sienne, le choc la fit se raidir. Il interrompit son baiser, la bouche à quelques centimètres de la sienne, leurs souffles courts mêlés l'un à l'autre.

Il voulut s'écarter mais la perspective de voir ces instants merveilleux prendre fin incita Marjorie à passer les bras autour de son cou. Guidée par son instinct, elle se hissa sur la pointe des pieds et l'embrassa.

Il émit un grondement sourd et, comme s'il capitulait, son bras se resserra autour d'elle. Il enfouit son autre main dans ses cheveux et leurs langues se mêlèrent enfin.

Des vagues brûlantes traversaient le corps de Marjorie tandis qu'il la goûtait. Aussi, quand il voulut mettre un terme à leur baiser, elle ne le laissa pas faire, le savourant à son tour. Le plaisir montait en elle, de plus en plus fort, la faisant vibrer.

Qui aurait pu penser qu'un baiser puisse provoquer de telles sensations ? C'était l'expérience la plus intime, la plus choquante, la plus merveilleuse qu'elle ait connue. Et elle en voulait davantage.

Elle se pressa contre lui en caressant les cheveux de sa nuque. Dans son dos, les bras de Jonathan la tenaient comme s'il ne voulait plus jamais la laisser partir. Son corps, tellement plus fort et dur que le sien, l'attirait comme un aimant.

Toujours sur la pointe des pieds, elle s'étira comme une chatte contre ses hanches dures qui se pressaient sur son bassin. Un mouvement infime mais qui provoqua entre ses cuisses une sensation de brûlure si intense qu'elle poussa un cri de surprise et de délice.

Sans aucun avertissement, il abandonna ses lèvres et relâcha son étreinte. Ses mains se refermèrent autour de ses poignets pour ôter ses bras de son cou, la forçant à rouvrir brutalement les paupières.

— J'espère qu'après cela vous ne songerez plus à me comparer à votre père, gronda-t-il.

Il n'attendit pas sa réponse. Il l'écarta fermement sur le côté, ouvrit la porte et la laissa stupéfaite, en proie à un tumulte indescriptible.

Le corps en feu et l'esprit à la dérive, Jonathan reprit le couloir, impatient de parvenir au pont extérieur. Non pas la promenade de première classe où déambulaient des passagers endimanchés, mais le pont avant, qui donnait sur l'océan et dont l'air marin pourrait l'aider à retrouver la raison.

Un seul regard aux grands yeux de velours de Marjorie, à son corps aux courbes de rêve avait suffi à provoquer une étincelle. Étincelle qui s'était enflammée lorsqu'il s'était retrouvé dans l'intimité de sa chambre avec elle et lui avait passé ce maudit collier au cou, cinq jours plus tôt. Après le baiser fou qu'ils venaient de partager, il était clair qu'il avait lamentablement échoué à garder le contrôle. Son désir le consumerait bien avant qu'il atteigne l'Afrique du Sud.

Dire qu'elle l'avait considéré comme un père !

Quand il y réfléchissait, cela n'avait, en soi, rien d'étonnant. Quoi de plus naturel dans la relation qui devait unir un tuteur à sa pupille ? Il aurait dû être heureux et soulagé qu'elle le voie ainsi.

Heureux ? Soulagé ?

Il avait surtout été frustré et stupéfait par la comparaison. Quand un homme brûlait de fièvre pour une femme, la dernière chose qu'il voulait entendre, c'était qu'il était comme un père pour elle. À ces paroles, comment aurait-il pu résister à la tentation de lui prouver qu'il n'avait rien d'un père ? N'importe quel homme n'aurait-il pas succombé ?

Sauf qu'il n'était pas n'importe quel homme. Il était son tuteur, pour l'amour du ciel ! Il ne savait pas s'il devait rire de lui-même ou se détester pour avoir trahi la confiance de Billy.

Jonathan posa les mains sur la rambarde et inspira profondément la brise marine en se forçant à reprendre le contrôle de son corps.

Après toutes les leçons de morale qu'il lui avait imposées sur son comportement et toutes celles qu'il s'était infligées à lui-même pour se rappeler son devoir, il venait de provoquer exactement la catastrophe dont il avait tenté de la protéger.

Lorsqu'il avait vu de la Rosa quasiment dans sa chambre, une rage protectrice d'une violence inouïe était montée en lui. Puis elle avait attiré Jonathanà l'intérieur et il n'avait pas seulement songé à l'arrêter. Savoir qu'elle le considérait comme un père avait froissé sa fierté masculine et, dès qu'il l'avait tenue dans ses bras, toutes ses promesses à son meilleur ami avaient été oubliées.

Le regard perdu dans l'immensité de l'océan, il s'efforça de sortir Marjorie de son esprit en repensant à sa dernière visite au sanatorium de Denver, six semaines plus tôt, quand son meilleur ami lui avait révélé l'existence de sa fille.

Tandis qu'il replongeait dans ses souvenirs, l'odeur de l'océan s'évanouit, remplacée par l'air sec des montagnes du Colorado. Les vagues à perte de vue furent remplacées par des corps émaciés, dont celui de Billy, le visage pâle et tiré, un mouchoir rouge de sang serré dans la main.

Les médecins l'avaient déjà informé que la fin approchait. En revanche, rien ne l'avait préparé à l'annonce de son ami.

Dans un aveu précipité, Billy lui avait appris que la mère de Marjorie faisait partie de la fine fleur de la bonne société de Johannesburg.

C'était à l'entendre la plus jolie femme qui soit…

« Elle avait des prétendants à ne plus savoir qu'en faire et des lords anglais à ses pieds, pourtant c'est moi qu'elle a choisi. Ils l'ont rejetée pour cela. Sa famille. »

Billy savait que la mère de Jonathan avait connu un destin similaire et qu'il comprendrait l'injustice d'un tel sort.

« Marjorie doit terminer sa formation dans une institution sur la côte Est. Seulement, savoir se comporter en lady ne lui sera d'aucune utilité sans les bonnes connexions. Tu les as. Je veux que ma fille ait ce qu'il y a de mieux, tout ce que je n'aurais jamais pu lui offrir, tout ce que sa mère a dû abandonner en m'épousant – des bals, de belles toilettes… Comme toutes les jeunes filles, Marjorie en rêve. Promets-moi que tu les lui donneras. »

Jonathan serra les doigts sur la balustrade, le cœur douloureux et les yeux piquants. Il ne voulait pas repenser à tout cela. Il avait passé ces dernières semaines à tenter de rejeter les souvenirs dans le fond de sa mémoire. En cet instant, pourtant, il se força à les affronter car il devait les avoir bien présents à l'esprit pour tenir sa promesse.

« Je veux qu'elle épouse un vrai gentleman. Un homme issu de la classe sociale de sa mère, pas moins. Et pas un coureur de dot. Pas plus qu'un type à la poursuite de ses rêves comme toi ou moi. Tu vois de quoi je parle… »

Il voyait, oui. Le corps coupé en deux par la douleur, Jonathan appuya son front contre la rambarde et serra les mâchoires en entendant les derniers mots de son ami résonner en lui.

« Marjorie n'a personne d'autre. Alors je t'ai désigné comme tuteur. Jessop s'est occupé de tout. Quand je serai parti, tu devras veiller sur ma petite fille, gérer sa fortune comme tu as géré la mienne et garder les vauriens à bonne distance pour qu'elle soit correctement installée dans la vie. Promets-le-moi. »

Il avait promis. Sans aucune hésitation. Et pourtant, après avoir connu ladite fille depuis moins d'une semaine, il avait rompu cette promesse. Par concupiscence.

Lentement, Jonathan se redressa et s'écarta de la rambarde. Il avait déjà failli envers sa famille autrefois, il ne pouvait se permettre de reproduire ses erreurs. Il avait donné sa parole à Billy, et il allait tout faire pour la garder.

Même si cela devait avoir raison de lui.

Marjorie se sentait atrocement déçue. Si elle avait véritablement été une princesse de conte de fées maudite, son premier baiser aurait dû la libérer, la métamorphoser… changer quelque chose, n'importe quoi !

Hélas, dans la vraie vie, cela ne se passait pas comme dans les contes. Ce baiser merveilleux, tout comme l'épisode du collier, lui avait peut-être apporté un sentiment de puissance enivrant mais, dans les faits, rien n'avait pour autant changé.

Le soir qui suivit, Jonathan continua de l'éviter soigneusement, Lady Stansbury continua d'être insupportable, la baronne Vasiliev continua de souffrir de son soi-disant mal de mer enfermée dans sa cabine et le premier voyage en mer de Marjorie recommença à être atrocement terne et ennuyeux.

Le lendemain matin, aucun passager n'aurait pu être plus heureux qu'elle de voir enfin la côte irlandaise se dessiner à l'horizon.

Sa première vision de l'Angleterre, en revanche, ne fut pas du tout une vision, car le *Neptune* entra dans le canal du Solent au beau milieu d'une tempête de printemps. La pluie tomba à seaux tout le temps qu'ils longèrent l'île de Wight. Quand ils parvinrent aux portes de Southampton, ce n'était plus qu'une bruine, mais le brouillard était si épais qu'elle voyait à peine les manutentionnaires décharger les malles sur le quai.

Le temps maussade tempéra quelque peu l'enthousiasme de Marjorie à l'idée de découvrir ce nouveau pays, mais à la gare Lady Stansbury eut la bonne idée d'éclaircir son humeur grâce à une excellente nouvelle :

— C'est ici que je vous quitte, ma chère.

— Vous n'allez pas jusqu'à Londres ? s'enquit Marjorie en faisant de son mieux pour paraître attristée plutôt que soulagée.

— Je suis bien trop âgée pour tout ce remue-ménage, je rentre à Chalton. C'est à moins de vingt miles d'ici, tout près du domaine de Torquil. Quel dommage, d'ailleurs, que le duc et la duchesse ne soient pas là-bas. S'ils étaient allés à Ravenwood, Mr Deverill et vous seriez venus avec moi.

— Quel dommage, en effet, murmura Marjorie dans un soupir de soulagement.

— Quand la duchesse vous emmènera dans le Hampshire, venez me rendre visite à Chalton, nous prendrons le thé.

Marjorie préférait encore qu'on lui arrache une dent, pourtant, elle répondit aimablement :

— Vous êtes trop aimable, madame, merci infiniment.

— Pas du tout, ma chère, pas du tout. Vous êtes une douce enfant, pour une Américaine. Ah, voilà Bates qui revient avec mes tickets et un porteur pour nos bagages. Pas de cette façon-là, jeune homme, le tança-t-elle aussitôt en levant sa canne.

Comme Lady Stansbury et sa femme de chambre s'éloignaient, elle entendit rire dans son dos. Marjorie fit volte-face et découvrit Jonathan, leurs billets à la main et un porteur avec leurs bagages derrière lui.

— Qu'y a-t-il de si drôle ? s'enquit-elle.

— Entendre Lady Stansbury vous appeler « douce enfant ».

Elle lui répondit d'une grimace en tirant la langue avant de prendre le billet qu'il lui tendait pour le ranger dans son sac à main.

— Je n'ai jamais été aussi heureuse d'être débarrassée de quelqu'un. Cette femme est parvenue à aspirer le moindre moment de joie de ma vie.

— Eh bien, vous avez à nouveau votre baronne, du moins, d'ici jusqu'à Londres.

— Inutile d'avoir l'air aussi peu ravi à cette idée. Si

vous appreniez à la connaître, vous apprécieriez autant que moi sa compagnie.

Il lui renvoya un regard sceptique mais n'eut pas l'occasion de répondre, car la baronne arriva au même moment en leur proposant de rejoindre leur train, qui devait partir dans la demi-heure.

Le train en question était bondé et, comme ils étaient arrivés tard sur le quai, il ne leur restait qu'un choix limité de places malgré leurs billets de première classe. Ils parvinrent néanmoins à trouver trois sièges libres dans un compartiment, dont les trois autres étaient déjà occupés – notamment par un vieux colonel grincheux qui regardait de travers la baronne par-dessus son journal et émettait un toussotement agacé à chaque fois que sa voix s'élevait au-delà du murmure.

Jonathan ouvrit lui aussi un journal et la baronne abandonna rapidement toute tentative de conversation, prit un livre et en proposa un à Marjorie. Elle accepta avec gratitude, heureuse que la comtesse ne soit pas là pour lui rappeler que les femmes en deuil n'étaient pas autorisées à lire des romans.

Malheureusement, même un roman ne suffit pas à accaparer toute son attention alors que Jonathan était assis juste en face d'elle et que le souvenir de leur baiser était toujours vivace.

Chaque fois qu'elle levait les yeux, le voir tout proche la faisait frémir, chaque fibre de son être revivant en pensée ces moments brûlants qu'ils avaient partagés. Même la présence des autres passagers ne pouvait l'empêcher de sentir à nouveau ses bras forts autour d'elle et sa bouche sur la sienne. Comme elle se sentit rougir, elle se cacha derrière la couverture de son livre pour mieux savourer ces souvenirs délicieux.

Par chance, le temps se découvrit tandis qu'ils s'éloignaient de la côte, et elle put enfin découvrir l'Angleterre. Dans l'espoir que s'abîmer dans la contemplation du paysage la distrairait plus efficacement de l'homme qui lui faisait face, elle tenta d'imaginer quelle allait être cette nouvelle vie dont elle rêvait depuis trois ans.

Elle avait quatorze ans quand son père avait fait fortune, toutefois, elle ne se voyait pas à l'époque comme une héritière, puisque son rêve le plus cher était de le rejoindre dans l'Ouest. Elle écoutait avec intérêt ses amies parler de leur avenir en Angleterre et de leurs rêves de mariage avec des aristocrates, mais elle ne s'imaginait pas alors à leurs côtés.

Puis la trahison de son père était devenue manifeste, quand elle avait obtenu son diplôme et qu'il n'était pas venu la chercher. Les discussions de ses amies sur la société anglaise l'avaient alors aidée à former un plan. Leurs descriptions de la campagne anglaise, avec ses jolis manoirs et ses traditions ancestrales, s'étaient profondément enracinées en elle, qui n'avait pas eu de véritable foyer depuis ses sept ans. Les récits que ses amies lui avaient faits des bals londoniens avaient par ailleurs éveillé sa fibre romantique.

Elle lança un nouveau regard en biais à Jonathan et cessa de respirer en découvrant qu'il la fixait par-dessus son journal. Son expression était impénétrable mais, comme ses yeux glissaient vers sa bouche, elle se demanda si lui aussi songeait à ce baiser. Un instant plus tard, il avait reporté son attention sur sa lecture, et elle revint au paysage en se répétant que nourrir des idées romantiques à son égard était vain.

La vie qu'elle voulait et vers laquelle le train l'emmenait l'entraînerait au sein d'une société qu'il méprisait. De toute façon, dans moins de deux semaines, il serait reparti pour une existence qu'elle n'avait aucune envie de partager. D'ici peu, elle rencontrerait de beaux jeunes hommes, certains l'embrasseraient – du moins, elle l'espérait – et elle finirait par en aimer un qui souhaiterait vivre auprès d'elle une existence sereine, partagée entre leur domaine à la campagne et les Saisons londoniennes.

Jonathan détestait ce genre de vie alors qu'elle lui apparaissait comme un paradis désormais accessible. Pourtant, comme ses yeux revenaient d'instinct sur Jonathan, Marjorie eut le pressentiment affolant qu'aucun homme ne l'embrasserait comme il l'avait fait.

La baronne Vasiliev demeurait à l'hôtel Thomas, qui se trouvait sur leur route, non loin de la demeure des Torquil, aussi accepta-t-elle la proposition de Jonathan de partager leur voiture depuis Victoria Station. Lorsqu'ils furent parvenus à l'hôtel, Jonathan sonna un porteur pour faire transporter les bagages de la baronne tandis que Marjorie lui faisait ses adieux.

— Je suis navrée de n'avoir pu être une meilleure compagnie pour vous au cours de la traversée, lui dit la baronne. Le mal de mer ne m'a pas quittée un seul instant !

Elle se pressa la main sur le ventre en feignant un haut-le-cœur, et Marjorie retint un sourire. Pas étonnant que Jonathan prenne la pauvre femme pour un escroc. Elle n'était décidément pas si bonne actrice que cela.

— Je comprends, baronne, dit-elle gravement, ce

doit être horrible à vivre. Je suis certaine que nous nous reverrons dans de meilleures conditions en ville. Après tout, vous connaissez la duchesse.

Elle observa attentivement la réaction de la baronne, qui ne montra pas la moindre gêne.

— Bien sûr, que nous nous reverrons ! Vous ferez la Saison, n'est-ce pas ?

— Apparemment pas, soupira-t-elle. Je suis supposée observer le deuil.

— Mais vous connaissiez à peine votre père ! La duchesse ne se montrera pas si rigide, je pense.

— Peut-être pas, malheureusement, elle n'est pas la seule à prendre en considération.

La baronne éclata de rire en comprenant son allusion.

— Votre tuteur est un homme, ma chère petite. Je doute qu'il aille contre l'avis de sa sœur en la matière. Et même s'il le faisait… Il sera bientôt parti, n'est-ce pas ? dit-elle avec un air de conspiratrice. Allons, nous nous reverrons très bientôt, ma jeune amie.

Comme Jonathan revenait près d'elles, elle lui demanda :

— Vous me rendrez visite demain, Mr Deverill, n'est-ce pas ?

— J'en serai enchanté. 15 heures vous conviendrait ?

Marjorie comprit parfaitement le but de cette visite et, quand ils reprirent place en voiture, elle ne put s'empêcher de se moquer gentiment :

— La payer pour feindre le mal de mer était cruel à mon encontre, l'accusa-t-elle.

— Vous avez survécu.

— Ainsi que Lady Stansbury. Mais de justesse.

Sa remarque le fit sourire mais, alors que la voiture s'engageait dans le trafic, il reprit un air grave sans la quitter du regard. Brusquement, le souvenir de leur baiser se ranima entre eux. Les yeux dans les siens, Marjorie revivait presque les sensations magiques de son étreinte. Son sang s'échauffait, la faisant rougir, et elle détourna brusquement le regard en bégayant la première chose qui lui vint à l'esprit :

— Les rues sont tellement bondées. C'est encore pire qu'à Manhattan. Nous avançons à peine.

— Le trafic londonien est toujours un cauchemar. J'en sais quelque chose, pour avoir grandi ici.

Marjorie reprit son souffle, soulagée de pouvoir aborder un sujet plus intéressant que les embouteillages.

— Qu'est-ce que cela vous fait, d'être de retour ?

— C'est étrange, admit-il.

— Forcément, après dix ans…

— Oui… Tout me semble familier, confortable, un peu comme remettre son vêtement favori après un moment. Et cependant… Toute cette foule, ces gens, cette vie… Je m'en sens étranger, comme si je venais d'atterrir dans l'univers d'un roman de Jules Verne.

— Pour ma part, j'ai l'impression d'avoir atterri dans un conte de fées.

— Peut-être est-ce le cas…

Les éclats d'or de ses iris brillèrent d'un feu soudain et Marjorie sentit son ventre se serrer de nervosité.

— Parlez-moi de vos sœurs. Comme je vais rencontrer au moins l'une d'elles dans très peu de temps, j'aimerais en savoir davantage. Comment sont-elles ?

Comme il hésitait visiblement, elle rit.

— Est-ce une question si difficile ?

— En vérité, oui. Comme vous le savez, je ne les ai pas vues puis dix ans et, même avant cela, j'étais absent la plupart du temps à cause du collège. Je suis certain qu'elles ont énormément changé. Elles sont mariées, à présent, et elles ont des enfants. Lady Stansbury ne vous a-t-elle rien dit à leur propos ?

— Fort peu. Lorsque j'ai posé une question sur la duchesse, tout le groupe d'amies s'est tu en se lançant des regards comme si elles ne savaient pas quoi me répondre. Finalement, l'une d'elles a marmonné que la duchesse avait des points de vue très modernes et l'esprit politique avant qu'une autre ne lui envoie un coup de pied discret pour la faire taire. La première a eu l'air très embarrassé. Quant à Lady Stansbury, elle m'a jeté un regard noir en déclarant qu'elle espérait que je n'avais aucune velléité de m'intéresser à la politique et puis elle a changé de sujet.

À son grand étonnement, Jonathan éclata de rire à la fin de son récit.

— Irene a toujours eu un tempérament indépendant, c'est un fait. Cela ne m'étonne pas, que sa liberté de ton ait agacé Lady Stansbury et ses amies. Voyez-vous, ma sœur est une fervente suffragette.

— Vraiment ? s'exclama Marjorie avec enthousiasme. Je pense que je l'aime déjà !

L'amusement de Jonathan s'éteignit aussitôt.

— J'aimerais que vous ne la suiviez pas sur ce terrain-là, s'il vous plaît.

— Oh ? Et pourquoi cela ? Vous pensez que les femmes ne devraient pas avoir le droit de vote ?

— Les femmes ont le droit de vote dans l'Idaho et dans d'autres États du Sud depuis plusieurs années et, contrairement aux prédictions alarmistes de ces messieurs, le monde n'a pas cessé de tourner. Alors, oui, je suis pour le droit de vote des femmes. Ce que je voulais dire, c'est que j'aimerais autant que vous ne vous fassiez pas arrêter.

Marjorie cligna des paupières, stupéfaite.

— La duchesse a été arrêtée ?

— C'était avant qu'elle devienne duchesse, en l'occurrence et, non, elle n'a pas réellement été arrêtée. Mais elle n'est pas passée loin. Elle participait à une sorte de marche pour le droit de vote, et ses amies et elle ont été ennuyées par un agent. Cela n'arriverait plus aujourd'hui, bien entendu.

— J'imagine mal en effet qu'un agent se permette de jeter une duchesse en prison. De toute façon, elle ne doit plus avoir besoin de manifester dans la rue. Une duchesse doit avoir des moyens bien plus efficaces de faire changer l'opinion publique, non ?

— Tout à fait. Si je dois en croire ce qu'elle me dit dans ses lettres, elle a harcelé ce pauvre Jamie et ses pairs sans merci.

— Jamie ?

— Le beau-frère de Torquil, le mari de sa sœur Patricia. Il est au Parlement. Il était à la Chambre des communes, où il a perdu son siège après une session. Quelques années plus tard, quand son père est mort, il a pris son siège à la Chambre des lords, raison pour laquelle Irene le harcèle à la moindre occasion sur le sujet du vote des femmes.

— A-t-il perdu son poste à la Chambre des communes en raison des activités suffragistes de la duchesse ?

— Non, je crois que c'est parce qu'il a épousé la gouvernante de ses enfants. Je veux parler de sa seconde femme, bien sûr, pas de la défunte sœur du duc. Quoi qu'il en soit, le nom d'Amanda était rattaché à un scandale.

— Par pitié, ne me parlez plus de scandale ! geignit-elle. J'en ai assez entendu pour toute une vie, ces derniers jours. Parlez-moi plutôt de votre autre sœur.

— Clara ? Clara est de nature un peu sauvage. Elle est calme, réservée, et a la capacité d'un sphinx pour cacher ce qu'elle ressent. Dieu seul sait ce qu'elle pense de moi aujourd'hui.

— Que voulez-vous dire ?

Son visage avait pris une expression pensive un peu tendue et il garda le silence un long moment.

— Vous rappelez-vous cette première soirée sur le bateau, quand je vous ai parlé de mon père ?

— Bien sûr.

— Ce n'est pas toute l'histoire. Lorsque votre père et moi avons trouvé cette mine d'argent, j'ai su que j'avais là l'occasion de prouver à mon père qu'il avait eu tort d'affirmer que je ne serais jamais rien. Je ne pouvais laisser passer cette chance. Seulement, juste avant de découvrir la mine, j'avais dit à mes sœurs que je rentrais en Angleterre. Irene allait se marier et elle ne voulait plus s'occuper du journal une fois devenue duchesse. Quant à Clara, elle ne s'y intéressait pas du tout à l'époque. Elle rêvait de Saisons et de prétendants, tout comme vous. Pour elles, j'avais donc accepté de rentrer et de prendre la direction de Deverill Publishing. Mais en vérité je n'en avais aucune envie.

— Vraiment ? Je pensais que c'était votre rêve ! N'étiez-vous pas content de le voir enfin se réaliser ?

Il émit un rire bref et détourna le regard.

— Cela aurait été logique, n'est-ce pas ? Seulement, quand on vous a arraché un rêve, il est très difficile de lui donner une seconde chance.

Marjorie comprenait parfaitement ce dont il parlait.

— Oui, vous ne vouliez pas risquer d'être déçu une nouvelle fois.

— Exactement.

— Mais pourquoi penser que cela risquait d'arriver ?

— Parce que, même si Irene dirigeait le journal, mon père en restait l'unique propriétaire et je savais qu'il me combattrait bec et ongles. Bien sûr, Irene m'a assuré qu'elle ferait tout pour que cela n'arrive pas, qu'elle s'opposerait à lui à mes côtés s'il le fallait, et Clara aussi. Cependant, si même cela échouait – ce qui était plus que probable, à mon avis –, il m'aurait une nouvelle fois jeté hors de l'entreprise sans qu'aucun de nous n'y puissions rien. De surcroît…

Comme il s'interrompait, le regard perdu par la fenêtre, elle insista doucement :

— De surcroît ?

Il tourna le visage vers elle et elle lut sur ses traits la même méfiance que la première fois qu'il avait parlé de son père.

— Eh bien, pour être honnête, après quatre années aux États-Unis, je n'avais pas envie de supporter l'autorité de mon père. Ma fierté s'y refusait. Tomber sur cette mine d'argent avec Billy, c'était un peu la réponse à mes prières.

— Vous avez donc laissé vos sœurs dans une situation délicate, comprit-elle.

Il poussa un lourd soupir avant d'admettre :

— En effet. Clara, en particulier. Elle s'est retrouvée seule pour gérer le journal. Comme je vous le disais, elle a toujours été timide, et devoir diriger une telle entreprise a dû lui paraître terrifiant.

— Aussi vous craignez qu'elle ne vous en tienne rigueur ?

— Je ne sais pas, avoua-t-il. Elle m'écrit, elle affirme que tout cela appartient au passé. Elle dirige à présent la compagnie et semble apprécier ce poste, finalement. Elle s'est également mariée au vicomte de Galbraith, qu'elle aime follement, donc…

— Donc tout est bien qui finit bien, conclut Marjorie en l'observant avec précaution. N'est-ce-pas ?

— Je n'en sais rien, en fait. Je lui ai fait une promesse que je n'ai pas tenue. Je n'aime pas rompre des promesses.

Il prit une profonde inspiration avant de reposer les yeux sur elle.

— Ce qui nous amène à vous.

— Moi ?

— Oui. Je dois vous parler de quelque chose et, comme nous arrivons bientôt, autant que je le fasse rapidement, tant que nous sommes seuls. Je n'aurai sans doute pas d'autre occasion. Hier, vous avez dit que j'étais comme un père à vos yeux.

— Pitié ! Oubliez que j'ai dit cela, s'exclama-t-elle, mortifiée en repensant à leur baiser.

— Je ne peux pas. C'était une comparaison justifiée puisque j'ai les mêmes responsabilités à votre égard. Et pourtant… Mon point de vue était différent à ce moment-là.

Son expression s'était adoucie tandis qu'il la contemplait, et Marjorie sentit son cœur battre plus vite en devinant une lueur passionnée dans ses iris.

— Vraiment ?

— Non, en fait, je me suis senti plutôt insulté. Et le résultat en a été impardonnable.

Marjorie se raidit en l'entendant renier ainsi leur baiser.

— Je ne dirais pas cela.

— Moi, oui. J'ai donné ma parole à votre père de veiller sur vous et j'ai fait l'exact opposé. Pour mes actions déraisonnables, je vous présente mes excuses.

Comme elle ouvrait la bouche, il se hâta de reprendre :

— Je sais que vous en voulez à votre père et vous avez de bonnes raisons pour cela, or nous savons tous deux que je ne suis pas tellement différent de lui.

— Je ne sais rien de tel, protesta-t-elle faiblement en se rappelant qu'elle s'était tenu exactement le même discours dans le train.

Elle savait. Elle savait depuis le début.

— Bien sûr que si, dit-il d'une voix douce qui lui fit mal. Nous savons l'un comme l'autre quel genre d'homme je suis. Je n'ai jamais prétendu être différent.

— Mais n'avez-vous jamais le désir de construire un foyer ? s'écria-t-elle douloureusement. Ne voulez-vous pas vous installer, vous marier, avoir des enfants ?

Son visage s'assombrit.

— Je l'ai voulu, autrefois. Aujourd'hui…

Il marqua une pause, les traits tendus.

— Un jour, peut-être.

Marjorie sentit l'amertume lui nouer la gorge. « Un jour », comme elle détestait ces mots mensongers.

— Je ne comprends pas. Vous avez véritablement l'intention de passer le reste de votre vie à parcourir le globe ? Est-ce là la vie que vous voulez ?

Il eut un sourire triste à peine esquissé.

— Vous m'avez posé la même question ce premier soir, à bord.

— Et vous n'y avez pas répondu.

— Alors laissez-moi le faire à présent.

Il se pencha vers elle, jusqu'à se trouver si près que ses genoux effleurèrent les siens.

— Je ne sais pas ce que je veux, Marjorie. Voilà la vérité. Quand j'étais enfant, j'avais une vision claire de mon avenir. À dix-huit ans, j'étais prêt à me marier. Tout comme vous, j'étais certain de savoir quelle était ma place dans ce monde et ce que je désirais. Je n'avais ni doute ni peur. Et puis tout s'est effondré. En un après-midi, j'ai perdu tout ce qui comptait à mes yeux. Je ne crois pas… Je ne crois pas que quoi que ce soit puisse remplacer cette perte.

— Pourquoi faudrait-il la remplacer ? Vous êtes riche, vous pourriez vivre dans le loisir…

— Être l'un de ces riches oisifs ? Ce n'est pas dans ma nature, répliqua-t-il en secouant la tête. Comme je vous l'ai dit, l'argent a peu d'importance en tant que tel. Certes, je suis heureux d'avoir pu prouver ma valeur contre l'avis de mon père et d'avoir aidé mes sœurs à sauver l'entreprise familiale. Seulement, je ne pourrais pas supporter longtemps l'oisiveté d'une vie riche. Je n'arrive pas à imaginer ce qui pourrait m'inciter à poser mes bagages quelque part. J'ai besoin de défis…

— Alors c'est que vous n'êtes pas du tout comme mon père ! s'écria Marjorie d'une voix pleine de frustration. Parce que lui n'a jamais rien fait d'autre que fuir devant les défis ! Peu importe ce que vous dites, je sais que vous êtes bien meilleur que lui.

— Marjorie, Marjorie ! Vous vous laissez emporter par votre esprit romantique, ma douce.

Sa voix était si tendre qu'elle en eut mal. Elle détourna les yeux, parce qu'il avait raison. Malgré tous les discours rationnels qu'elle s'était tenus, elle avait commencé à entretenir des idées romantiques à son égard sans même en avoir conscience. Elle n'était qu'une idiote ! Pour elle, c'était son tout premier baiser, mais Jonathan avait dû embrasser des dizaines de femmes sans qu'elles aillent aussitôt s'imaginer des choses folles.

Les gens ne changeaient pas. Elle était bien placée pour le savoir, grâce à son père. Si Jonathan avait l'esprit nomade, il n'abandonnerait pas son errance, pas même par amour. Marjorie se rappelait encore le chagrin de sa mère.

Comme elle gardait le silence, il s'avança encore davantage et, tapotant du doigt sur la vitre, il articula lentement :

— C'est la vie que vous désirez. Je l'ai quittée il y a dix ans et elle ne m'a pas manqué un seul instant.

La gorge serrée, elle contempla les maisons cossues qui s'alignaient le long de Park Lane tandis que le goût de passion de son premier baiser se transformait en cendres.

— Vous dites que vous en voulez à votre père pour ne s'être jamais installé ? Alors il faut me faire le même reproche.

— Mais je ne peux pas ! Pas après… Après…

Elle s'interrompit et rougit brutalement.

— Je ne peux pas vous en vouloir, admit-elle dans un murmure.

— J'aimerais que vous le puissiez. Parce que sinon… Que Dieu nous vienne en aide.

Et, sans lui laisser le temps de répondre, il ouvrit la portière comme le véhicule s'immobilisait et descendit.

Chapitre 12

Lorsqu'elle pénétra dans le hall de Torquil House, la splendeur des lieux lui coupa le souffle. Marjorie avait certes déjà visité l'entrée monumentale de la demeure de Cornelius Vanderbilt sur la Cinquième Avenue, mais elle n'était pas suffisamment habituée au luxe pour se montrer blasée.

Autour d'elle, des colonnes corinthiennes soutenaient des arches gothiques qui formaient une entrée ouverte. Devant elle s'élevait un grand escalier qui menait en une courbe gracieuse à l'étage supérieur. Des niches creusées dans les murs accueillaient des sculptures et des poteries d'un luxe raffiné tandis que des peintures à l'huile décoraient ce qu'il restait de surface disponible.

— Grandiose, n'est-ce pas ? souffla Jonathan juste derrière elle.

— Plutôt, confirma-t-elle dans un murmure tandis qu'ils regardaient l'impeccable majordome s'éloigner pour prévenir la duchesse de leur arrivée. Est-ce ici que nous allons rester ?

— Vous, en tout cas.

Surprise, elle se tourna vers lui.

— Pas vous ?

— Eh bien, je devais. Seulement, à présent que je vais vous confier à Irene sans même l'en avoir avertie, je me demande si je ne vais pas devoir réserver une chambre à l'hôtel.

— Bien sûr que non, dit-elle en balayant de la main ce qu'elle pensait être une plaisanterie.

C'est alors qu'elle remarqua ses doigts qui s'agitaient sur sa cuisse.

— Vous êtes réellement nerveux ?

— Après dix ans, ne le seriez-vous pas ?

— Où est passé le brave qui a travaillé comme chasseur de primes et a combattu courageusement les voleurs pour protéger sa mine ?

Il n'eut pas le temps de répondre car une petite voix les interrompit :

— Vous devez être oncle Jonathan.

Ils se tournèrent d'un même mouvement pour découvrir une paire de garçonnets aux cheveux sombres et aux yeux gris. Le plus grand devait avoir cinq ans, le cadet, trois ans.

— Et vous devez être mes neveux, confirma Jonathan.

— Lord Mountmorres, se présenta l'aîné avec une révérence parfaite. Pour vous servir.

— Comment allez-vous, Lord Mountmorres ? répondit gravement Jonathan avec l'inclination de buste requise pour la situation.

— *Mama* a dit que vous pouviez m'appeler Henry. Voici Lord Christopher. Nous l'appelons Kit.

— Je suis enchanté de faire votre connaissance à tous les deux. Puis-je vous présenter Miss McGann ?

— Miss McGann, la saluèrent-ils à l'unisson.

Marjorie serra les lèvres pour ne pas sourire devant ces deux adorables bambins.

— Maître Henry ? Où êtes-vous ? lança une voix des profondeurs de la maison.

Henry poussa un soupir à fendre l'âme.

— Notre nounou, les informa-t-il sans enthousiasme.

— Maître Henry ? Maître Kit est-il avec vous ?

Soudain, une femme corpulente apparut en haut des marches, vêtue d'une sévère robe noire et d'un tablier blanc.

— Vous voilà ! s'exclama-t-elle avec un soupir de soulagement. Je vous ai cherchés partout. Vous n'êtes pas supposés aller où que ce soit sans moi. Que faisiez-vous donc ?

— Nous avons salué oncle Jonathan, expliqua Henry tandis que la gouvernante les rejoignait.

— Mr Deverill, dit-elle en pliant le genou. Mrs Eliot. J'espère que les garçons ne vous ont pas dérangé… ?

— Pas du tout.

— J'en suis ravie, sir. Venez, vous deux, dit-elle en les prenant par la main.

— Mais je voulais montrer à oncle Jonathan le petit train que j'ai eu pour mon anniversaire, protesta Henry tandis qu'ils traversaient le hall.

— Vous aurez largement le temps pour cela plus tard. Allons d'abord aux cuisines voir ce que Mrs Mason vous a préparé pour le thé.

Ils venaient de disparaître par une porte lorsqu'une autre voix s'éleva.

— Jonathan ?

Cette fois-ci, Marjorie vit apparaître dans les escaliers une mince jeune femme blonde vêtue d'une robe d'après-midi bleue, suivie du majordome et de deux servantes.

Un regard lui suffit pour savoir que c'était l'une des sœurs de Jonathan. Elle avait la même beauté dorée, ses yeux noisette et un sourire aussi éclatant que celui de son frère.

— Oh ! Jonathan ! Tu es enfin rentré !

Elle descendit les marches à vive allure et, au lieu de la révérence protocolaire, elle se jeta sans façon dans les bras de son frère. Il lui rendit son étreinte et Marjorie eut la sensation que son corps se délestait d'une partie de sa tension. Lorsque sa sœur planta deux bises affectueuses sur ses joues, elle surprit sur le visage de Jonathan un profond soulagement et une intense affection.

— *Irenie*, murmura-t-il en pressant ses lèvres dans ses cheveux.

Elle rit de plaisir.

— C'est toi. C'est vraiment toi. Il n'y a que toi qui m'appelles ainsi.

Elle s'écarta pour le contempler sans le lâcher.

— Eh bien, regarde-toi !

— Non, toi ! Votre Grâce…

Par jeu, il retira son chapeau pour la saluer.

— Oh ! arrête ! lui ordonna-t-elle avec un sourire de dérision.

Elle jeta un coup d'œil aux servantes qui patientaient à distance respectueuse et murmura :

— Je ne me suis toujours pas habituée à ce titre, même après six ans, à chaque fois que je l'entends, je me retourne en m'attendant à trouver la mère du duc. De toute façon, tu es mon frère, tu n'as pas à m'appeler ainsi.

— Je suis restée éloigné si longtemps, je ne suis plus familier avec le protocole… Duchesse.

Avec un grognement fort peu ducal, elle tourna son attention vers Marjorie.

— Il a toujours été moqueur. Vous devez être Miss McGann. Comment allez-vous ? Pardonnez-moi pour cet accueil.

— C'est bien naturel, Votre Grâce, répondit-elle en faisant la révérence.

La duchesse eut à nouveau le même sourire que son frère.

— Ne viens-je pas de dire que je ne m'habitue pas à ce titre ? Votre père était comme un frère pour Jonathan, ce qui signifie que vous faites pratiquement partie de la famille. Vous devez m'appeler Irene.

— Comme il vous plaira. Mais j'espère que vous m'appellerez Marjorie.

— J'en serais enchantée. Et, maintenant que nous sommes débarrassés des formalités, venons-en aux questions pratiques. Le télégramme que Jonathan m'a envoyé hier m'informait que vous n'aviez pas de femme de chambre ?

Comme elle hochait la tête, la duchesse poursuivit :

— Bien, nous pouvons facilement remédier à ce problème. Vous avez déjà rencontré Boothby, notre majordome ? Il pourra s'occuper de toi, Jonathan, puisque tu n'as pas de valet.

— C'est inutile, Irene, je n'ai jamais eu de valet de ma vie, aussi suis-je habitué à m'habiller tout seul. Je suis certain que Boothby a bien d'autres tâches à gérer.

— Très bien. Dans ce cas, dit Irene en faisant signe à la plus âgée des domestiques, voici l'une de nos gouvernantes, Mrs Jaspar.

Après avoir salué, cette dernière s'éloigna pour donner des ordres aux valets concernant leurs bagages.

— Et voici Eileen, qui la seconde. Elle s'occupera de vous, Marjorie, jusqu'à ce que nous trouvions la femme de chambre qui convient. À présent, voudriez-vous prendre quelques rafraîchissements ? Ou bien préférez-vous monter dans votre chambre pour vous changer avant le dîner ?

Marjorie hésita. Elle était affamée après leur long voyage et également extrêmement curieuse de rencontrer l'autre sœur de Jonathan, seulement, elle ne pouvait se permettre de gêner ainsi les premiers moments de cette réunion familiale.

— Je pense que je vais monter me changer, si cela ne vous ennuie pas.

— Pas du tout. Eileen va vous accompagner jusqu'à votre chambre et nous nous reverrons ce soir. Nous dînons à 20 heures, mais la famille se rassemble généralement dans le petit salon à 19 h 30. Joignez-vous à nous.

Elle les salua d'un hochement de tête et s'apprêtait à s'éloigner quand la porte d'entrée s'ouvrit sur une élégante jeune femme en costume beige qui entra en lançant à l'homme blond qui la suivait :

— Je ne comprends pas pourquoi les éditeurs ont sans cesse besoin de faire un tel tapage. C'est à croire que je lui avais dit d'aller au diable…

L'homme rit.

— Tu as fait bien pire, Clara. Tu lui as dit qu'il était difficile.

— Ce n'est pas ce que j'ai dit. Mais il est tellement vieux jeu ! Nous devons rester en phase avec l'époque, ce qui implique d'ajouter des photographies dans nos publications. De plus…

Elle s'interrompit en tournant enfin la tête pour regarder devant elle. Elle se pétrifia en les découvrant dans le hall.

Cette fois, pas d'accueil d'enthousiaste. Pas non plus de sourire. Marjorie sentit la tension de Jonathan revenir et elle entendit son souffle se bloquer dans sa gorge.

— Ainsi, le fils prodigue est de retour, murmura lentement la femme en touchant instinctivement son chapeau.

— Mieux vaut six ans en retard que jamais, j'imagine.

— Bonjour, Clara.

Marjorie sentit son cœur se serrer en voyant qu'elle ne répondait rien. Irene émit une toux nerveuse et intervint :

— Clara, voici Miss Marjorie McGann. Marjorie, ma sœur, Lady Galbraith.

— Miss McGann.

Les traits de la femme s'adoucirent en une expression plus amicale tandis qu'elle avançait jusqu'à elle. Elle lui sourit mais n'adressa pas un regard à Jonathan.

— Irene m'a téléphoné au journal hier pour m'annoncer que vous veniez finalement avec notre frère. Bienvenue en Angleterre.

— Merci, Lady Galbraith.

— Clara, je vous en prie. Et voici mon époux, Rex.

Lord Galbraith s'inclina devant elle avant de tendre la main à Jonathan.

— Bienvenue à la maison, déclara-t-il, témoignant ainsi qu'il ne partageait pas la froideur de sa femme.

— Merci, répondit Jonathan.

Un autre silence, plus court, suivit et la duchesse reprit la parole.

— J'allais justement envoyer Boothby servir le thé dans la bibliothèque, il est certes un peu tard, mais une tasse de thé est toujours la bienvenue.

Sa voix était enjouée, comme si la tension dans la pièce était négligeable.

— Miss McGann allait se changer, mais Jonathan… Jonathan se joint à moi, conclut-elle en lançant un regard de soutien à son frère.

— Comme c'est charmant, répliqua la vicomtesse d'un ton qui démentait entièrement cette assertion.

— Pas de thé pour moi, intervint Lord Galbraith. Je monte également. Il est déjà 18 heures, et, après que Clara aura fini de réduire son pauvre frère en bouillie pour être parti si longtemps, je suspecte qu'il aura besoin de quelque chose d'un peu plus fort que du thé.

Il accompagna sa déclaration d'un clin d'œil appuyé à Jonathan par-dessus la tête de sa femme.

— Je n'ai aucune intention de le réduire en… en bouillie, protesta sa femme, même s'il le mérite.

— C'est bon de te revoir, Clara, dit Jonathan d'une voix douce sans pour autant s'approcher d'elle.

Elle tourna brusquement son petit visage rond vers lui et toute froideur sembla disparaître en un instant de ses traits.

— Oh ! Jonathan !

En un instant, il avait couvert la distance qui les séparait, et Marjorie poussa un soupir de soulagement en voyant le chapeau de la vicomtesse tomber à terre tandis qu'elle entourait les épaules de son frère dans un sanglot.

Elle savoura le spectacle un instant avant de s'éclipser discrètement à la suite de sa nouvelle femme de chambre.

*
* *

Le salon de Torquil House était tout aussi majestueux que son hall d'entrée, avec ses tapisseries ivoire et vert pâle et ses chandeliers en cristal. À un bout de la pièce, d'immenses portes avaient été ouvertes pour révéler une pièce beaucoup plus petite et chaleureuse. Des étagères de livres s'alignaient sur les murs, les lampes électriques avaient été allumées et un feu flambait dans l'âtre.

Irene s'assit sur l'un des deux canapés qui se faisaient face, Clara à côté d'elle. Jonathan s'installa donc en face.

— Maintenant, Jonathan, tu dois tout nous dire, attaqua Irene. Ta lettre du mois dernier disait que Miss McGann était une écolière !

— C'est en effet ce à quoi je m'attendais. Je n'ai appris la vérité qu'en la rencontrant.

— Et ne pouvais-tu nous écrire pour nous prévenir que c'était une jeune femme ?

— Je l'ai fait. Par télégramme.

— Un télégramme peu édifiant, s'exclama Irene en sortant un bout de papier de sa poche qu'elle se mit à lire :

« Miss McGann plus âgée que prévu. Besoin chambre et servante pour elle. Expliquerai tout bientôt. Arrivée pour l'heure du thé. Jonathan. »

Elle remit le télégramme dans sa poche en levant les yeux au ciel.

— Tu aurais dû t'attendre à nous voir demander un peu plus de détails que cela.

— Et je vous en aurais donné si j'en avais eu l'opportunité. Mais je m'exécute…

Sur ce, il se mit en devoir de leur raconter l'histoire en détail. Il avait à peine commencé le récit de l'arrivée inattendue de Marjorie sur le navire que ses sœurs éclataient de rire. Loin d'être aussi amusé qu'elle, il déclara d'un ton plein de dignité :

— Je vois mal ce qui vous fait rire.

— C'était bien mérité après que tu l'as abandonnée là-bas !

— Eh bien, je ne voyais pas quoi faire d'autre, marmonna-t-il. Cela ne semblait pas correct de…

— Marjorie a été bien avisée ! l'interrompit Clara. Elle t'a forcé à prendre tes responsabilités pour changer.

— C'est injuste, commença-t-il avant de voir le regard impérieux de sa sœur.

Il ne pouvait pas combattre sur ce terrain-là. Pas avec Clara.

— Clara, je suis infiniment désolé de t'avoir laissé tomber voilà six ans.

— Tu l'as déjà dit dans ta lettre d'excuses. Pas besoin de recommencer.

— Je crois que si, au contraire, si je me fie à ton expression.

Il se pencha pour prendre sa main dans la sienne.

— Tant que papa possédait la compagnie, revenir et prendre la direction du journal n'aurait jamais fonctionné.

— Tu n'en sais rien.

— Si, je le sais. Et toi aussi. Il ne m'aurait jamais donné l'autonomie qu'il vous a laissée, à toi et à Irene. Il m'aurait combattu sur le moindre sujet. Tôt ou tard, nous aurions eu une nouvelle dispute et il m'aurait à nouveau renvoyé.

— Je suppose que tu as raison, soupira-t-elle en serrant fort sa main. Mais tu nous as tellement manqué ! Cela m'a fait mal quand tu n'es pas rentré ! Vraiment mal !

— Je sais. Et si je te promets de ne plus rester absent

aussi longtemps la prochaine fois ? Est-ce que tu serais satisfaite, *Petal* ?

Au surnom de leur enfance, les lèvres de Carla s'ourlèrent en un léger sourire.

— Cela pourrait convenir... Diablotin.

Jonathan rit à son propre surnom, que ses sœurs lui avaient donné parce qu'il ne pouvait pas rester en place lorsqu'il était enfant, exactement comme un petit diable à ressorts. Irene se joignit à eux.

— Je suis heureuse de voir que vous êtes enfin réconciliés, tous les deux. Maintenant, peut-être que nous pourrions revenir au sujet de Miss McGann ?

— Avec plaisir, dit Jonathan en lâchant la main de Clara. Comme je le disais, Marjorie a mis à mal mon plan de la laisser dans son école jusqu'à la fin de son deuil. La question est donc de savoir ce qu'il convient de faire d'elle à présent. Elle souhaite construire sa vie en Angleterre – faire ses débuts, la Saison, trouver un mari, ce genre de choses. Je ne voudrais pas vous imposer quoi que ce soit, mais...

Il s'interrompit lorsque le majordome entra avec le plateau de thé.

— Merci, Boothby, vous pouvez disposer.

L'homme arrivait à la porte quand Irene le rappela :

— Boothby, pouvez-vous envoyer Mrs Mason avec une tasse de thé et des gâteaux pour Miss McGann ? La pauvre enfant doit être affamée, car le train n'a pas de voiture-restaurant.

Une fois le majordome parti, elle reprit :

— Tout d'abord, écartons l'idée que tu nous imposes quoi que ce soit. Nous sommes une famille, ce qui signifie que tes obligations sont les nôtres. Quant à Marjorie, il n'y a qu'une seule chose à faire.

Elle s'interrompit le temps de leur verser à tous une tasse d'eau bouillante puis reprit :

— Nous allons la présenter à la haute société et lui faire une place, bien sûr.

Clara acquiesça aussitôt et Jonathan émit un soupir de soulagement.

— Merci. Je suis heureux de pouvoir compter sur vous pendant mon voyage en Afrique.

— En Afrique ? lancèrent-elles en même temps.

Son bref soulagement disparut aussitôt.

— Tu n'imagines pas partir maintenant, n'est-ce pas ? commença Irene en riant. Clara et moi ne sommes que des étrangères pour cette jeune femme.

— Tout comme moi, il y a encore une semaine.

— Ce qui fait toujours une semaine de plus que nous. Plus important encore, aucune de nous n'est la tutrice légale de Marjorie.

— Cela n'a aucune importance pour l'heure…

— Bien au contraire, le coupa-t-elle. Cela m'importe beaucoup, à moi.

— Je serai de retour en janvier. Peut-être même pour Noël. Entre-temps, vous êtes bien plus capables que moi de veiller sur elle.

— Peut-être, mais ce n'est pas nous qui avons promis de le faire, répliqua Irene. *Tu* as promis.

Jonathan se tendit. Une promesse qu'il aurait toutes les peines du monde à respecter s'il restait. Il revoyait encore Marjorie dans la voiture, un moment plus tôt, les yeux brillants d'un désir similaire au sien. Il savait, contrairement à elle, où menait un tel désir, et s'il restait près d'elle il risquait fort de rompre sa promesse.

Il était humiliant d'admettre à quel point il était vulnérable dès qu'elle était près de lui. Il ne la connaissait pas une semaine plus tôt, et pourtant cette jeune femme éveillait en lui une passion si violente qu'il ne parvenait pas à la maîtriser.

— Je ferai tout ce que je pourrai pour elle, Irene, mais je serais inutile ici. Le mieux que je puisse faire est de la laisser sous votre garde pendant que je veille sur ses intérêts financiers.

— Je me moque de ses intérêts financiers, rétorqua Irene avec sa franchise habituelle. Je ne te laisserai pas abandonner cette pauvre enfant au beau milieu d'étrangers pour partir encore une fois à l'aventure. Elle n'est pas une simple valise et je ne suis pas gardienne de consigne à King's Cross.

— Je le sais bien, Irene, pour l'amour du ciel ! Je ne peux rien faire pour elle ici. Elle doit être introduite, présentée et, sur ce sujet, je serai à peu près aussi utile qu'une théière !

— Tu seras bien plus utile que tu le crois. Un bel homme célibataire, fortuné et ayant de bonnes connexions dans l'aristocratie est à peu près l'équivalent du Saint Graal, mon cher frère. Tu attireras immanquablement toutes les jeunes femmes, ce qui permettra à Marjorie de se faire rapidement des amies de son âge.

— Quelles bonnes amies, si leur unique motivation pour la fréquenter est de se rapprocher d'un célibataire fortuné !

Irene se contenta d'ignorer cette remarque de bon sens.

— Un homme comme toi sera un excellent atout

pendant la Saison. Tu sauras divertir nos hôtes et tu équilibreras avantageusement le nombre d'invités.

Jonathan se raidit à cette perspective.

— Tu n'es pas sérieuse.

Clara décida que c'était le moment idéal pour donner son opinion.

— Je suis certaine que nos amies adoreront entendre le récit de ta vie dans l'Ouest et tu seras un partenaire de danse pour elles. Tu pourras également présenter des camarades du collège à Marjorie.

— Absolument pas ! s'emporta-t-il brusquement. Si mes amis de Winchester ou Oxford sont aussi intenables qu'à l'époque, je n'en laisserai aucun s'approcher d'elle à moins de cinquante pas. Et vous ne le leur permettriez pas non plus si vous saviez le quart de ce que nous faisions ! Quant au reste, elle ne pourra pas vraiment participer aux réceptions, je vous rappelle qu'elle est en période de deuil.

— Elle ne pourra pas se rendre aux bals, c'est vrai, répondit Irene, mais elle pourra tout à fait danser ici. Beaucoup de nos amies jouent du piano, alors il n'est pas rare que nous dansions un peu après le dîner. Je n'ai aucune intention de dire à cette pauvre Marjorie d'aller s'asseoir dans un coin. Clara a raison, tu seras un excellent partenaire de danse pour nos amies… et pour Marjorie, d'ailleurs.

Aussitôt, Jonathan revit en pensée le saphir rose entre les seins délicats de la jeune femme et son regard brûlant de sensualité. Il l'imagina tournoyant dans ses bras, la bouche toute proche de la sienne, le corps cambré contre le sien. Bon sang, ces pensées le faisaient entrer dans l'Enfer de Dante.

— Pendant combien de temps suis-je supposé jouer les célibataires fortunés utiles ?

Irene réfléchit en faisant tourner élégamment sa cuillère dans sa tasse de thé.

— Si je m'écoutais, je dirais jusqu'à ce qu'elle soit mariée, mais te connaissant…

— Irene, sois raisonnable ! s'exclama-t-il.

— Tu ne me penses pas raisonnable ? répliqua-t-elle en levant un sourcil impérieux.

Jonathan connaissait assez sa sœur pour savoir qu'il avait tout intérêt à changer de tactique.

— Son fonds d'investissement a des parts dans des compagnies d'Afrique du Sud. Si la guerre contre les Boers est déclarée, elle pourrait perdre 10 à 15 % de la valeur de son héritage. Quel tuteur serais-je si je laissais une telle catastrophe se produire ?

— Je ne changerai pas d'avis, répondit dignement Irene.

— C'est ridicule, marmonna-t-il en ignorant le rire amusé de Clara. Ne pouvons-nous pas parvenir à un compromis ?

— Si je me souviens bien, les trois quarts des disputes que tu as eues avec papa venaient du fait que tu étais aussi incapable que lui d'accepter le compromis.

— Tu es injuste et tu le sais.

— C'est possible. Quoi qu'il en soit, je pense à cette jeune fille et non à ce qui est juste.

Exaspéré, Jonathan ne trouva rien à répondre.

— Dans combien de temps Marjorie sera-t-elle majeure ?

— Elle aura vingt et un ans le 13 août.

— Très bien. Voilà mon offre : je l'introduirai auprès des personnes qui comptent, je l'aiderai à se faire des amis.

Clara fera de même. Pendant ce temps, tu décaleras ton voyage jusqu'à son anniversaire et au cours des deux mois à venir tu te mettras à notre disposition pour nous aider.

— Et que devrai-je faire entre deux réceptions ? Me tourner les pouces ?

Et me torturer sans relâche.

— Connaissant ta nature active, je te suggère de te trouver une occupation productive. En tant que tuteur, tu auras de toute façon la tâche de t'assurer qu'elle est bien installée dans sa nouvelle vie. C'est tout aussi important que de veiller sur ses investissements.

Avec un soupir, Jonathan se laissa aller contre le dossier de son siège.

— Et quand elle aura vingt et un ans ? Que se passera-t-il ?

— Elle sera prête à prendre ses propres décisions et tu pourras donc faire des arrangements en accord avec sa volonté. Si elle se sent suffisamment à l'aise pour rester ici avec nous pendant que tu pars en Afrique, alors tu seras libre d'y aller. Si non, tu devras rester jusqu'à ce qu'elle soit bien installée dans sa nouvelle vie. Dans un cas comme dans l'autre, si elle veut faire ses débuts dans le monde, je serai heureuse de l'aider, et je compte sur toi pour l'accompagner. Nous sommes bien d'accord ? Parfait, conclut-elle sans même attendre sa réponse. Un peu de sucre ?

— Non, merci, grogna-t-il. Pas de thé pour moi. Après avoir été écrasé par vous deux, j'ai absolument besoin de ce verre que Galbraith m'a offert.

— Mon époux est un homme d'une étonnante perspicacité, commenta Clara avec un grand sourire.

Chapitre 13

Après avoir englouti les sandwichs qu'Irene lui avait fait porter, Marjorie se sentit beaucoup mieux. Sa faim apaisée, elle profita d'un long bain délassant pris dans une salle de bains au luxe moderne avant de revêtir une robe du soir avec l'aide d'Eileen.

Comme la robe moulante de la baronne risquait de ne pas convenir, elle n'eut d'autre choix que d'enfiler sa seconde tenue de soirée. Un ensemble de velours mauve terne qu'elle avait reçu pour ses seize ans quand Mr Jessop et sa femme l'avaient emmenée au théâtre. Le décolleté en était très modeste et puisque la femme de chambre de Lady Stansbury avait remplacé les quelques dentelles écrues par du tissu noir, elle ne voyait vraiment pas ce qu'on aurait pu trouver de scandaleux à ce vieux modèle passé de mode.

Elle comprit cependant qu'elle avait eu tort à l'instant où elle rencontra la femme de Lord David, frère du duc. La belle-sœur du duc, une élégante dame vêtue de soie grise, leva un sourcil délicat en étudiant sa toilette.

— Je vois que vous avez choisi de porter le demi-deuil, Miss McGann, dit-elle à peine les salutations terminées. Un choix audacieux, si tôt après votre perte.

Marjorie se retint de lever les yeux au ciel en songeant à la tenue réellement audacieuse qu'elle avait portée sur le navire. Quelle aurait été la réaction de la dame devant l'impossible robe de velours de la baronne ?

— Est-ce trop audacieux ? demanda-t-elle d'un ton ingénu en jetant en regard sur la robe incriminée.

— Pas du tout, la défendit Irene. Si je comprends bien, Marjorie, vous connaissiez à peine votre père ?

— Je ne l'avais pas vu depuis mes sept ans.

— Tout s'explique, alors. Ah, voilà enfin nos maris, Carlotta ! s'exclama-t-elle en regardant derrière l'épouse de Lord David les deux hommes qui arrivaient. Vous êtes d'ordinaire les deux premiers arrivés, nous commencions à nous demander si vous alliez seulement descendre. Laissez-moi vous présenter à notre nouvelle invitée.

Carlotta eut l'amabilité d'abandonner le sujet de la robe et Irene reprit avec bonne humeur :

— Henry, David, voici la pupille de Jonathan, Miss Marjorie McGann. Marjorie, voici mon époux, Henry, duc de Torquil.

Le duc, un homme grand et brun aux yeux gris perçants, s'inclina devant elle.

— Et voici son frère, Lord David, continua-t-elle en désignant le second homme, plus clair de cheveux et plus petit, mais doté des mêmes yeux gris.

Elle présenta ensuite Jonathan et, après que tous eurent échangé une poignée de main, le duc servit un sherry aux dames avant de s'éloigner vers le cabinet d'alcools forts avec Jonathan et Lord David.

Ce qui laissa hélas toute latitude à la femme de ce dernier pour reprendre la conversation interrompue.

— Je suppose que chacun peut décider de prendre

le deuil complet ou non, mais est-il sage de s'affranchir ainsi des conventions ?

Sa remarque lui valut un soupir agacé de la part d'Irene, qui déclara avec autorité :

— Dans le cas de Marjorie, le deuil complet est optionnel, Carlotta. Bien sûr, si elle tient à ne rien porter d'autre que du noir pendant toute une année…

Elle s'interrompit pour se mordre la lèvre et ne pas sourire en voyant le regard suppliant de Marjorie.

— Comme je suis désormais son chaperon, je pense qu'il est tout à fait convenable qu'elle se contente d'un demi-deuil. Qu'en penses-tu, Clara ?

— Je suis tout à fait d'accord, affirma celle-ci. À mon avis, dès le mois d'août, quand nous nous retirerons à la campagne, elle pourra abandonner entièrement le deuil.

— Vous risquez d'avoir du mal à convaincre votre frère d'accepter cela, la prévint Marjorie. Il entendait que je reste enfermée pendant toute une année, cachée sous une tonne de crêpe noire, à sangloter abondamment.

— Vraiment ? s'exclama Irene. Oh ! Jonathan, tu n'as pas dit une chose pareille ! Pour un père qu'elle ne connaissait même pas !

Pris en faute par ses sœurs, Jonathan adopta la réaction typique de l'homme attaqué.

— Comment puis-je entendre quoi que ce soit à tout cela ? marmonna-t-il en leur apportant des coupes de champagne. Irene, si tu veux raccourcir la période de deuil de Marjorie, fais comme tu l'entends. Pour ma part, j'ai préféré rester prudent.

— Prudent ? fit Clara en s'esclaffant. C'est une façon de présenter les choses, en effet.

— Si vous saviez… Il a été bien plus difficile que vous

ne l'imaginez, renchérit Marjorie, heureuse de pouvoir à son tour se moquer gentiment de Jonathan après qu'il lui avait imposé une semaine de couture. Au cours du trajet, il m'a mise sous la garde de Lady Stansbury.

Un concert d'exclamations consternées suivit cette annonce, à l'exception notable de Jonathan.

— Et je maintiens que c'était la bonne décision, dit-il en servant Clara et Lady David à leur tour. Mieux valait cette femme que la baronne Vasiliev !

— La baronne Vasiliev ? s'exclama Irene. Elle était aussi à bord ?

Jonathan émit un ricanement moqueur.

— Cette femme n'est pas plus baronne que moi !

— Oh ! mais si, elle l'est ! Henry et moi l'avons rencontrée à Paris pendant notre lune de miel et Henry a prétendu qu'elle ne pouvait pas être une vraie baronne…

— Exactement ce que j'ai dit ! lança Jonathan en se tournant vers Torquil. Je suis content de voir qu'au moins une personne partage mon opinion sur cette femme !

— Malheureusement, il semble que j'avais tort, répondit ce dernier. J'ai vérifié dans l'almanach du gotha et elle y était bien inscrite.

— Ha ha ! s'écria Marjorie dans un cri de victoire. Et vous qui disiez qu'elle était tellement mauvaise actrice !

— On pourrait difficilement me blâmer, cette femme est excessivement théâtrale. Et comment savoir que le titre trouvé dans l'almanach lui appartient bien ?

— Oh ! pour l'amour du ciel ! gémit Marjorie en roulant des yeux. Vous voyez ce que j'ai dû supporter ? demanda-t-elle en prenant ses sœurs à témoin.

Elles acquiescèrent vivement et, devant le nombre, Jonathan capitula.

— Très bien, très bien, j'ai peut-être eu tort à son propos. Néanmoins, j'avais raison concernant le comte de la Rosa.

— De la Rosa, répéta David avec un grognement écœuré. Ce vaurien ? Était-il aussi du voyage ?

— En effet. Et que je sois pendu si lui se trouve dans l'almanach !

— Il n'y est pas, déclara David. Notre valet de pied a plus de sang aristocratique dans les veines que cette canaille.

— Mais il est tout de même très bel homme… et plein de charme, tempéra Lady David avec un petit soupir songeur. Et il donne de fabuleuses réceptions. Nous sommes allés dans l'une d'elles il y a sept ou huit ans, dans sa villa près de Cannes… Tu t'en souviens, David ?

— Je doute qu'il donne encore de telles soirées, j'ai entendu dire qu'il était criblé de dettes.

— Cela n'a rien de surprenant, intervint Rex. Personne ne pourra défendre son caractère. Il est pourri jusqu'à la moelle, même si ces dames ne semblent jamais le remarquer.

À la lumière de ce qu'elle apprenait, Marjorie repensa à ces instants où de la Rosa lui avait serré la main trop fort et trop longtemps, à son insistance devant sa chambre. Elle avait ri sans se rendre compte alors que Jonathan lui avait sans doute épargné la disgrâce sociale ou même pire.

Instinctivement, elle le chercha du regard et sentit son souffle se couper en croisant le sien.

— Bien au contraire, Rex, lança-t-il d'un ton léger. Certaines femmes ne sont pas du tout sensibles à son charme. Lady Stansbury ne l'était certainement pas.

— Ah, je comprends mieux pourquoi tu lui as demandé de chaperonner cette pauvre Marjorie, s'amusa Irene.

— Exactement. Moque-toi si tu veux, mais…

— Mais nous le faisons, nous le faisons, s'écria Clara. Marjorie, mon frère a été bien cruel de vous laisser à la merci de cette femme insupportable. Je suppose qu'elle vous a fait tricoter… ?

Marjorie secoua la tête d'un air douloureux.

— Broder, annonça-t-elle solennellement, ce qui lui valut des regards d'empathie de toutes les autres, y compris Lady David.

— Elle est toujours après nous pour que l'on tricote, brode ou couse une chose et une autre pour ses bonnes œuvres, gémit Clara. Vous savez que Torquil et Irene sont ses voisins ?

— Ce qui ne l'enchante guère ! s'exclama gaiement Irene. Enfin, elle adore Torquil, mais elle désapprouve clairement mon comportement, comme Marjorie a déjà dû s'en rendre compte.

— J'ai cru comprendre que vous n'étiez pas dans ses petits papiers, admit-elle dans un rire. Apparemment, Lady Stansbury n'apprécie pas que les femmes aient des opinions politiques.

— Oh ! c'est bien pire encore, selon elle, les femmes ne devraient pas avoir d'opinion du tout ! Du moins, pas tant qu'elles ne sont pas mariées, date à partir de laquelle notre mari peut nous dire quoi penser. J'ai obtenu sa désapprobation parce que je n'ai pas attendu mon époux pour avoir mon propre avis et, plus grave encore, je n'ai pas jugé bon d'en changer après l'avoir rencontré !

— Pour mon plus grand chagrin, déplora comiquement le duc. Voyez-vous, Miss McGann, ma femme est heureuse de pouvoir contredire la moindre de mes opinions dès que l'opportunité se présente. J'en arrive à croire qu'elle le fait parfois pour le seul plaisir du jeu.

— Il faut bien que quelqu'un te tienne tête, Henry, rétorqua Irene. Tu serais un tyran impossible, sans cela. Tes sœurs seraient entièrement d'accord avec moi si elles étaient là.

— Heureusement qu'elles ne sont pas là, s'exclama David. J'ai l'impression que cette maison ressemble un peu moins à un asile depuis que Sarah et Angela ont leur propre maison et que les garçons de Jamie sont rentrés à Harrow pour l'été.

— Nous leur rendrons visite demain, suggéra Clara. Elles adoreraient rencontrer Marjorie et je sais qu'elles meurent d'envie de faire la connaissance de Jonathan. Tu devrais venir avec nous, nous aurons des visites tout l'après-midi.

— Je ne peux pas, merci. Je serai trop occupé pour faire des visites.

— Occupé avec quoi ?

— Je vais y réfléchir, marmonna-t-il.

Tout le monde éclata de rire devant son air dépité.

— J'aimerais venir à votre secours, lui dit Torquil, mais je dois me rendre à la Chambre des lords pour un vote important demain.

— Un vote ? Dans ce cas, Jamie sera en ville demain, commenta Carlotta. J'espère vraiment qu'il ne sera pas accompagné de cette femme.

Son visage s'était brusquement tendu, comme si elle venait de manger un citron.

— Elle s'appelle Amanda, reprit Irene d'une voix

dure. Après cinq ans dans la famille, on pourrait penser que vous le sauriez.

— Je le sais, ce qui ne signifie pas que je sois tenue de l'utiliser.

La tension entre les deux femmes flamba brusquement et Marjorie reconnut dans les yeux noisette d'Irene la même lueur combative que dans ceux de son frère. Heureusement, Clara intervint :

— Donc, Irene, que pourrions-nous faire qui soit permis pendant le deuil de Marjorie ? Pas de bals, bien sûr, ni de grandes réceptions. Le théâtre ou l'opéra pourraient convenir, mais nous devons trouver plus amusant que ça.

— Et une journée au bord de l'eau ? suggéra Torquil. Nous pourrions emmener le *Mary Louisa* sur la Tamise et faire un pique-nique à Kew.

— Le *Mary Louisa* est un bateau, je suppose ?

— Mon second yacht, en effet.

— Vous en avez plus d'un ?

— Le *Mary Louisa* est une embarcation plus petite et légère destinée à être utilisée sur les rivières. L'*Endeavor* est un grand vaisseau pour faire du commerce de l'autre côté de la Manche.

— Deux yachts, répéta rêveusement Marjorie en jetant un regard en coin à Jonathan. Avez-vous également des chevaux de course et des voitures à moteur ?

Elle se retint de sourire devant l'expression exaspérée de Jonathan.

— Je crains que non. Irene et moi avons réfléchi à l'achat d'un véhicule à moteur mais, tant que nous n'aurons pas de meilleures routes et du pétrole à un prix abordable, nous n'en voyons pas l'utilité. Je ne suis pas vraiment un homme de courses. Pourquoi cette question, Miss McGann ?

— C'est une plaisanterie de Marjorie, intervint Jonathan. Faites-vous souvent des parties de campagne sur la rivière, duc ?

— Nous en avons déjà accueilli deux cette saison.

— Nous en ferions chaque semaine si nous écoutions Henry, s'amusa Irene. Il saute sur la moindre occasion d'être sur l'eau. Je vais effectivement planifier une journée sur le bateau pour Marjorie, fin juin ou début juillet, peut-être. Cela nous donnera un peu de temps pour vous présenter à notre famille et à nos amis. D'ici là, nous nous rendrons au théâtre, à l'opéra, nous ferons des visites à nos connaissances et nous prévoirons quelques après-midi de réception à la maison.

— Tout cela me semble merveilleux, s'enthousiasma Marjorie. J'ai également quelques amies d'école qui vivent en Angleterre. Si elles résident actuellement à Londres, j'aimerais beaucoup leur rendre visite, si c'est possible. Mais avant toute chose… Je souhaiterais rendre visite à une modiste et me faire faire une véritable garde-robe, expliqua-t-elle avec un sourire navré à l'adresse de ces dames. Je n'ai rien d'autre que mes uniformes de professeure et cette robe du soir.

— C'est tout ? s'écria Carlotta d'un air effaré. Oh ! ma chère, c'est en effet une visite de première nécessité ! Irene, nous devons l'emmener chez Jay avant tout autre chose.

— Bien sûr. Sarah et Angela attendront. Nous irons chez Jay demain et commanderons quelques tenues en gris, mauve et blanc. Seulement de quoi tenir jusqu'à août. Puis, avant que nous partions pour la campagne, notre modiste vous confectionnera une garde-robe complète pour l'automne et l'hiver, quand votre deuil sera fini.

— Merci, soupira Marjorie avec soulagement. Merci infiniment d'alléger les règles strictes de ce deuil, Irene, j'espère... J'espère que les gens n'iront pas s'imaginer que je suis sans cœur à cause de cela.

— Pas sans cœur, répondit Carlotta avec une note de désapprobation évidente, mais peut-être un peu cavalière.

Comme elle s'éloignait pour s'approcher du cercle des hommes, Irene se pencha vers elle pour chuchoter :

— Ne vous préoccupez pas d'elle, Marjorie. Elle est terrifiée que quoi que ce soit vienne ternir le nom de la famille. Et elle est légèrement snob. La première fois qu'elle m'a rencontrée, elle a regardé la robe que je portais exactement comme la vôtre ce soir.

Marjorie observa la sublime robe de soie bleu saphir qu'arborait la duchesse et murmura :

— Je n'imagine pas qu'aucune de vos tenues puisse être jugée inconvenante.

— Vraiment ? Sachez que quand j'ai rencontré Henry je n'avais aucun goût en matière de mode. Je dirigeais notre journal, Clara était ma secrétaire et nous ne portions que des costumes pratiques et simples – jupes unies, blouses blanches et cravates. Quand nous sommes venues vivre dans cette demeure, nous avons dû nous arrêter en chemin dans les grands magasins. Carlotta a été horrifiée de découvrir nos robes de prêt-à-porter ! Tu te souviens, Carla ?

— Oh ! oui ! C'est parce qu'elle est toujours extrêmement préoccupée par ce que pensent les gens. Elle est vraiment plus gentille qu'il n'y paraît.

Clara rit devant le silence poli de Marjorie, avant de reprendre :

— Quand Irene était partie pour sa lune de miel, c'est elle qui m'a chaperonnée, et j'ai eu l'occasion de comprendre qu'elle souhaite simplement ce qu'il y a de mieux pour notre nom. Dès qu'il s'agit de mode, elle a un goût excellent. Elle m'a beaucoup appris.

— Ainsi qu'à moi, confirma Irene. Je n'aurais jamais choisi une telle robe il y a six ans. Fiez-vous à elle. Nous devons aussi vous trouver rapidement une femme de chambre. Eileen est une fille adorable et très volontaire, mais il vous faut quelqu'un qui soit entièrement dédié à votre service. Bonté divine ! Qui aurait cru que je dirais une chose pareille avant de devenir duchesse !

— Certainement pas moi ! Savez-vous, Marjorie, que j'ai dû insister ce jour-là pour que nous nous arrêtions dans les grands magasins ? Si cela n'avait tenu qu'à Irene, nous serions arrivées sur le perron du duc en tenue d'imprimerie, les doigts tachés d'encre et des stylos derrière les oreilles.

Marjorie sourit à cette image.

— Votre famille est dans la presse depuis des années, n'est-ce pas ?

— C'est notre arrière-grand-père qui a lancé le premier journal, puis son fils a construit l'empire Deverill. En vain, hélas.

— Pauvre papa, soupira Clara. Il a toujours voulu être un homme d'affaires brillant sans y parvenir. Cela a dû être terrible pour lui de voir son père et son fils tellement plus doués que lui.

— De même que ses filles, ajouta Irene. J'aime à penser que Clara et moi ne nous en sommes pas si mal sorties. Après la mort de papa, Jonathan a pu investir dans l'entreprise, qui a recommencé à grandir pour la première fois depuis l'époque de notre grand-père.

— C'est moi qui dirige Deverill Publishing, aujourd'hui, expliqua Clara avec une fierté évidente. C'est beaucoup de travail, et sans l'aide de Rex je ne crois pas que j'y arriverais. Mais j'adore ce que je fais.

— Ce qui n'a pas toujours été le cas, lui rappela sa sœur.

— C'est vrai. J'étais comme vous, Marjorie. Je voulais ma Saison, trouver un époux, fonder une famille. Seulement, quand Jonathan a décidé de rester aux États-Unis alors qu'Irene était en voyage de noces, je n'ai eu d'autre choix que de prendre la direction de l'entreprise.

— Étiez-vous très en colère contre votre frère ?

— En colère ? Ce n'est pas le bon mot. Si l'Idaho n'avait pas été de l'autre côté du globe, je serais partie là-bas pour lui tirer dessus.

Elle avait élevé la voix pour s'assurer que son frère l'entende à l'autre bout de la pièce.

— Et tu penses que je ne le savais pas ? répliqua-t-il en les rejoignant. Pourquoi crois-tu que je sois resté si loin ? Je ne suis pas idiot.

— C'est un point à débattre, cher frère.

Marjorie notait avec plaisir le naturel et la rapidité avec lesquels Jonathan et ses sœurs s'étaient retrouvés. Voilà à quoi était censée ressembler une famille. Ils se disputaient et se réconciliaient, ils se moquaient gentiment les uns des autres et se soutenaient. Les circonstances pouvaient les mener sur des chemins éloignés, mais au fond d'eux demeurait toujours ce lien fort d'amour, d'acceptation et de pardon.

Elle n'avait jamais eu la chance de connaître cela. Son

cœur se serra d'amertume à cette idée. Jamais elle n'avait ressenti comme en cet instant le manque d'une famille.

— Un penny pour vos pensées, souffla la voix grave de Jonathan tout près d'elle.

Elle se força à sourire.

— Elles ne valent pas cette somme, dit-elle précipitamment avant de se tourner vers Clara. Gérer une telle entreprise, c'est un accomplissement impressionnant.

— Disons plutôt terrifiant. Néanmoins, une fois que j'ai accepté la situation, j'ai commencé à y prendre plaisir. C'est étonnant comme ne pas obtenir ce que l'on veut peut vous mener à des découvertes incroyables.

— Comme quoi ? s'enquit Marjorie avec curiosité.

— Eh bien, j'ai découvert en moi une force que j'ignorais, j'ai appris à me fier à mon jugement.

— Et à commander, ajouta malicieusement Rex en les rejoignant.

— Bon, cela aussi, d'accord, avoua-t-elle en faisant rire les autres. Plus important encore, j'ai appris que parfois ce que l'on combat avec le plus d'acharnement peut se révéler ce qu'il y a de mieux pour nous.

Son sourire s'évanouit et elle posa un regard intense sur son frère.

— C'est pour cette raison que je n'ai jamais pu être profondément en colère contre toi. Ta décision a transformé mon rêve de jeune fille en quelque chose de bien plus grand et de plus merveilleux que tout ce que j'aurais pu imaginer. Je ne changerais rien, Jonathan, pas pour tout l'or du monde.

— J'en suis heureux, Petal, souffla-t-il en posant un baiser sur son front. Tellement heureux.

— Et soulagé, je parie, commenta Rex. Si vous étiez

rentré à l'époque, ce serait toujours elle, Lady Truelove, plutôt que moi !

— Pardon ? firent Jonathan et Marjorie en sursautant en même temps. Vous êtes Lady Truelove ?

Les autres rirent de bon cœur de leur effarement.

— Besoin d'un petit conseil ? lança Rex, amusé. Je suis à votre service. C'est supposé rester secret, toutefois, alors n'en parlez pas. Clara m'a engagé pour la remplacer quand Irene et Henry parcouraient l'Europe, et je continue à m'en occuper aujourd'hui.

— Eh bien, cela ne fait que confirmer à quel point j'ai été inspiré de rester aux États-Unis, marmonna Jonathan.

Clara lui envoya son coude dans les côtes et il se récria :

— Eh bien, quoi ? J'aurais fait un très mauvais conseiller amoureux !

— Venez dans les bureaux demain, suggéra Rex. J'y serai dans l'après-midi. Je vous ferai faire la visite et nous parlerons des conditions financières. Vous possédez un tiers de l'entreprise, il est normal que vous sachiez comment elle est gérée.

Jonathan refusa poliment.

— Un autre jour, peut-être. Je dois rendre visite à mon tailleur, mes costumes sont dans un état pitoyable.

— Navré de devoir vous dire que votre smoking ne vaut guère mieux, mon vieux, dit Rex en grimaçant.

— Raison de plus pour y aller à la première heure demain. Mais je serai ravi de venir voir le journal une autre fois.

— Quand vous voudrez.

— Pourquoi auriez-vous besoin de costumes si vous vous apprêtez à repartir pour l'Afrique ? s'enquit Henry.

— Je vais rester à Londres un peu plus longtemps que prévu.

Marjorie serra instinctivement les doigts sur son verre de champagne en entendant la nouvelle. Sans la regarder, il ajouta :

— L'anniversaire de Marjorie est le 13 août. Je ne veux pas manquer cela.

Comme elle surprenait le regard qu'il échangeait avec Irene, Marjorie comprit que la décision de rester n'était pas la sienne. Elle sentit son cœur se serrer douloureusement et l'espoir la quitter. Elle parvint néanmoins à afficher un large sourire.

— Quelle merveilleuse nouvelle ! s'exclama-t-elle d'un ton léger. Cela dit, vous ne devez surtout pas retarder des affaires importantes pour moi. J'aurai bien d'autres anniversaires à fêter.

— Non, non, intervint Irene, nous devons marquer celui-là. La majorité est un rite de passage.

— Dans le cas de Marjorie, c'est plus encore que cela, dit Jonathan en la regardant avec une émotion qui la fit fondre. C'est le début d'une nouvelle vie.

Une vie à laquelle il ne voulait pas appartenir, comme il le lui avait rappelé dans la voiture. Il avait compris ses aspirations romantiques bien avant qu'elle en prenne conscience et les avait écrasées aussitôt. Il voulait sans doute lui éviter de souffrir. En vain, hélas, parce qu'en cet instant la douleur lui serrait atrocement la poitrine.

— Et si nous faisions une grande réception ici même pour l'occasion ? proposa Clara d'une voix qui lui parut étrangement lointaine tandis qu'elle continuait à soutenir le regard de Jonathan.

— Cela semble parfait, répondit-elle, du moment que les invités ont vraiment envie d'être là.

Jonathan serra les mâchoires, preuve que sa pique l'avait atteint. Elle n'en tira cependant aucun sentiment de victoire et fut soulagée quand Boothby vint leur annoncer que le dîner était servi.

Le duc lui offrit son bras pour l'escorter vers la salle à manger et elle s'efforça d'oublier sa profonde déception. Elle savait ce qu'elle attendait de la vie et, si Jonathan ne voulait pas la même chose, tant pis pour lui. Elle ne pouvait lui en vouloir, en revanche, elle pouvait prendre en compte les mots qu'il lui avait dits un peu plus tôt pour mieux avancer.

Sans lui.

La vie était trop courte pour attendre qu'un homme change ou pour se nourrir de fantasmes. Son père lui avait appris cette leçon et elle ne l'oublierait pas.

Chapitre 14

Jonathan n'avait jamais eu bonne opinion de l'aristocratie, pourtant, tandis qu'il échangeait avec le duc de Torquil à table, il dut réviser son jugement concernant ses beaux-frères. D'après ce qu'il pouvait voir, Irene et Clara étaient aussi bien installées et épanouies que leurs lettres le disaient et leurs époux semblaient être des gentlemans honorables et bons. Il était parfaitement rassuré à leur sujet.

Comme les convives posaient des questions à Marjorie sur sa vie aux États-Unis et sur ce qu'elle aimerait voir en Angleterre, il parla peu, content de l'observer et de voir les visages souriants de ses sœurs.

C'était étrangement bon d'être de retour chez soi.

À cette pensée, il se raidit brusquement. Il n'était pas chez lui. Ce n'était pas sa vie. Et l'Angleterre n'était même plus son pays. Après dix ans passés au loin, il était comme un poisson hors de l'eau ici. Toutefois, c'était plus naturel qu'il ne l'aurait cru. Peut-être qu'on ne pouvait jamais vraiment quitter l'endroit d'où l'on venait…

— C'est à mon tour de vous donner un penny pour vos pensées, murmura Marjorie en le sortant de ses réflexions. Vous êtes particulièrement silencieux.

— Vraiment ? Je crois que je digérais simplement tout cela : être de retour, revoir mes sœurs…

— Êtes-vous content d'être de retour ?

— Beaucoup, oui, et cela me surprend, à vrai dire. En fait, s'amusa-t-il dans un petit rire, je ne sais pas pourquoi j'étais tellement inquiet avant d'arriver.

Elle lui répondit d'un doux sourire.

— Je suis heureuse que vous vous soyez réconcilié avec vos sœurs.

— Et moi donc ! C'était bien plus facile que je ne m'y attendais…

Il s'interrompit et la contempla en songeant aux recommandations d'Irene.

— J'espère que vous vous plairez ici, Marjorie. Si je peux faire quoi que ce soit pour vous aider dans cette phase de transition, je le ferai.

— Il y a bien quelque chose, en fait… J'ai réfléchi et j'ai eu une idée.

— Oh, mon Dieu… Les ennuis commencent, dit-il en s'esclaffant.

— Je suis sérieuse, répondit-elle avec une grimace.

— Mais moi aussi ! Vos idées apportent systématiquement le chaos dans ma vie.

— Pas celle-là, promit-elle. Je pense même que mon idée pourrait faciliter les choses, pour vous comme pour moi.

Curieux, il attendait avec impatience de découvrir cette idée, mais Irene éleva la voix au même instant.

— Mesdames, y allons-nous ?

Comme elle se levait, tous la suivirent et les dames laissèrent les hommes. Marjorie s'attarda un bref instant pour se pencher et murmurer à son intention :

— Nous parlerons après le dîner.

Ils se retrouvèrent un peu plus tard dans le salon, mais n'eurent pas l'occasion d'échanger en privé car David suggéra une partie de bridge.

— Comme nous sommes huit, tout le monde pourra jouer.

— Malheureusement, nous ne pouvons pas rester, dit Clara en se levant. Il est près de 22 heures, et Rex et moi devons rentrer. Si les filles gardent leur routine actuelle, Daisy va se réveiller d'une minute à l'autre en hurlant comme une *banshee*, ce qui réveillera Marianne, et la nursery va plonger dans le chaos.

— Quel âge ont vos filles ? demanda Marjorie.

— Marianne aura bientôt quatre ans, et Daisy, dix-huit mois. Elles savent comment nous occuper ! Alors je dois aider la nounou.

Rex rit en regardant tendrement sa femme.

— Elle cherche juste une excuse pour les remettre elle-même au lit. J'ai commandé la voiture, elle ne devrait plus tarder.

Clara se tourna vers Jonathan et lui ouvrit ses bras.

— Bienvenue à la maison. Je t'interdis de rester si longtemps loin de nous la prochaine fois, gronda-t-elle en le serrant fort contre elle.

Jonathan sentit son cœur se serrer de tendresse et il eut du mal à articuler :

— Promis. Et puis, maintenant que je suis rassuré sur le fait que tu ne comptes pas me tirer dessus, cette promesse ne sera pas difficile à tenir.

— Oh ! mais tu n'es à l'abri de rien, petit frère !

Après qu'elle et Rex furent partis, Jonathan suggéra :

— Pourquoi ne jouez-vous pas, tous les quatre ? Marjorie et moi devons discuter de quelques affaires.

— Mon idée n'a rien à voir avec les affaires financières, murmura-t-elle alors que les autres s'éloignaient vers les tables de jeu.

— Peut-être, mais nous devons néanmoins discuter de votre héritage. Je reviens dans une minute.

À son retour, les autres étaient immergés dans leur partie de bridge et Marjorie l'attendait, assise à une petite table. Il vint s'installer en face d'elle et posa sa serviette de cuir sur la table.

— En tant que tuteur, je veux que vous sachiez où vous en êtes.

Il s'interrompit devant son regard moqueur.

— Il me semble que vous avez déjà parfaitement clarifié où j'en étais cet après-midi. Ne vous inquiétez pas, je ne compte pas entretenir d'idées romantiques à votre égard. J'admets que j'ai pu vous regarder rêveusement un moment, murmura-t-elle en baissant les yeux, les joues légèrement rosies, vous étiez… Enfin… vous êtes le premier à m'avoir embrassée, après tout.

En un instant, le souvenir de ce baiser s'imposa à lui avec force. Elle n'était clairement pas la seule qui risquait de nourrir de dangereuses idées romantiques… et érotiques.

— Néanmoins, poursuivit-elle, vous êtes le dernier homme sur terre pour lequel une jeune fille devrait nourrir de l'espoir.

— En effet, déclara-t-il avec un hochement de tête emphatique destiné à se convaincre lui-même autant qu'elle. Il est après tout naturel que notre relation ait connu des tensions du fait de mon statut de tuteur, puisque vous êtes une jeune femme et non une enfant.

Alors même qu'il prononçait ces mots, son ventre s'enflamma, et il se sentit affreusement hypocrite.

— Exactement ! s'écria-t-elle avec un enthousiasme déconcertant. Je ne suis plus une enfant et je me demandais donc si nous pourrions nous dispenser de nos rôles…

Jonathan fronça les sourcils, perplexe.

— Que voulez-vous dire ? Quels rôles ?

— Tuteur… pupille… Ne pourrions-nous dépasser ces rôles et en définir de nouveaux ?

— Je suis votre tuteur et vous êtes ma pupille, ce ne sont pas des rôles mais des faits.

— Certes, dans la plupart des cas, cependant, la pupille est une enfant, ce que je ne suis pas.

— Oui, je crois que nous avons suffisamment établi ce fait, gronda-t-il en songeant à ce maudit baiser envoûtant. Il me semble que je vous en ai donné la preuve sur le *Neptune*.

Marjorie rougit délicatement.

— Tout à fait. Néanmoins, m'embrasser ne semble pas le meilleur moyen de régler nos disputes, n'est-ce pas ? Si nous ne trouvons pas une nouvelle manière d'interagir qui nous mette sur un pied d'égalité, je crains que nous ne continuions à… à…

Elle s'interrompit et se passa la langue sur les lèvres, provoquant aussitôt une réaction involontaire dans son bas-ventre.

— … À nous prendre à rebrousse-poil ? suggéra-t-il.

— Voilà. Ne pourrions-nous recommencer à zéro ? Nous considérer l'un l'autre sous un jour nouveau ?

— Ou bien vous pourriez accepter la situation telle

qu'elle est et ne plus rejeter mon autorité. Mais, si vous agissiez ainsi, la terre cesserait sûrement de tourner et je mourrais sous le choc. Alors, dites-moi, que suggérez-vous exactement ?

— Et si nous essayions simplement d'être amis ?

— Amis, répéta-t-il, interdit.

Seigneur, être ami avec Marjorie serait sans doute encore plus pénible que la situation actuelle. Elle dut remarquer son expression car elle éclata de rire :

— Ma proposition est-elle à ce point difficile à imaginer ?

Difficile ? Non, c'était tout bonnement impossible. Cependant, piégé entre ses obligations et son désir, quel autre choix avait-il ?

— Pas du tout, prétendit-il. C'est simplement… inhabituel. Je veux dire pour un homme et une femme, de devenir amis.

— Pensez-vous que nous puissions au moins essayer ?

Il se força à sourire.

— Bien sûr. C'est une excellente idée. Vous avez raison. C'est la meilleure chose à faire.

— Je suis si heureuse de vous l'entendre dire. Je craignais que vous ne refusiez.

Jonathan parvint à ne pas même cligner des yeux.

— Bien sûr que non !

— Vraiment ? Reconnaissez que vous êtes tout de même souvent opposé à mes idées, Jonathan.

— C'est faux, se récria-t-il avant d'admettre l'évidence. Bon, touché. Quant au reste, nous disons donc « amis ».

Il fut récompensé d'un sourire radieux qui ne manqua pas de lui rappeler la torture que ce serait d'être ami avec une femme qui le rendait fou de désir.

— Maintenant que cette question est réglée, reprit-il en désignant les documents qu'il avait disposés sur la table, je reste malgré tout votre tuteur, et en conséquence nous avons quelques sujets à discuter. Si nous voulons être amis, nous allons devoir faire chacun des compromis.

— Très bien, du moment qu'aucun des compromis que j'aurai à faire n'implique de porter du crêpe noir ou de rester recluse dans ma chambre.

— Pas d'inquiétude, Irene a déjà pris votre défense sur ce sujet. Comme elle est bien meilleure juge que moi dans ce domaine, vous ne risquez plus rien. Non, je veux surtout discuter finances. Tenez, voici une copie du testament de votre père, incluant un inventaire de toutes vos possessions et un rapport récent de vos investissements. Je sais que vous en avez déjà lu une partie, mais il me semble important que vous preniez connaissance du reste.

— Alors, maintenant, vous m'autorisez à les lire ? Ce ne sont plus vos documents personnels ?

— Ne soyez pas moqueuse. J'avais bel et bien des documents personnels sur ce bureau et vous le savez.

— Peut-être, mais je ne les ai pas lus. Je ne ferais jamais une chose pareille. Les amis ne commettent pas de telles indiscrétions.

— Je suis heureux de l'entendre. Vous pouvez parcourir ces documents à loisir, même si je sais que parfois lire des comptes rendus légaux est obscur. Aussi, n'hésitez pas à poser des questions, à moi-même ou à votre avocat.

— Vous voulez parler de Mr Jessop ?

— Non, Jessop est l'exécuteur testamentaire de votre père. À présent que vous vivez ici, nous allons devoir vous trouver un avocat anglais. Je demanderai conseil à Torquil.

— Mais, si vous pouvez répondre à mes questions, pourquoi aurais-je besoin d'un avocat ?

— Parce qu'en tant qu'héritière il ne serait pas sage de votre part de vous fier entièrement à quiconque, Marjorie. Vous avez une immense fortune, et c'est une grande responsabilité, qui peut aussi devenir un fardeau.

— Immense, à quel point ?

— Difficile de donner un chiffre exact, puisqu'elle est entièrement investie, donc les fonds varient. Mais je dirais environ vingt millions de dollars.

— Vingt millions ? fit Marjorie, époustouflée.

Son exclamation dut attirer l'attention des autres, car Irene toussota pour les inciter à se concentrer sur le jeu.

— Bonté divine, souffla Marjorie. Je pensais un ou deux millions, peut-être. Mais vingt ? Vous avez dit que l'argent était investi. Dans quoi ?

— Des propriétés, des fonds… La plupart, américains, certains, britanniques.

— D'autres en Afrique du Sud. Raison pour laquelle vous vous y rendez.

— En effet.

— Mais ce n'est pas l'unique raison de votre voyage, n'est-ce pas ? Vous voulez y aller.

— C'est vrai. Les descriptions que votre père m'en a faites et les histoires qu'il m'a racontées m'ont fasciné. Il a dit que l'Afrique était l'une des plus belles terres du monde. J'aimerais la découvrir.

Elle acquiesça. Son air compréhensif aurait dû le soulager d'un poids, pourtant, c'est exactement l'inverse qui se produisit. Il se sentait troublé, incertain, sans savoir pourquoi.

« Qu'attendez-vous de la vie ? »

Cette question de Marjorie, il se la posait depuis qu'il avait quitté l'Angleterre, sans jamais parvenir à trouver la réponse. Il pensait avoir fait la paix avec ses propres contradictions, pourtant, tandis qu'il regardait la jeune femme, il comprit qu'il s'était bercé d'illusions. Son âme n'était pas en paix.

Il prit une profonde inspiration pour se concentrer sur la conversation.

— Lisez ces documents, apprenez tout ce que vous pouvez sur votre héritage, Marjorie. Vous en avez le droit, et par ailleurs il est essentiel que vous preniez conscience de votre statut d'héritière et appreniez à vous protéger, car beaucoup tenteront de profiter de vous.

— Des gens comme le comte de la Rosa, vous voulez dire.

— Oui. J'essaierai dans la mesure du possible de vous éviter ce genre de mésaventures, mais Irene, Clara et leurs époux seront bien plus utiles que moi car ils connaissent les gens que vous rencontrerez prochainement.

— Jonathan, dit-elle en levant vers lui ses grands yeux assombris, que se serait-il passé si le comte… S'il avait pris avantage de la situation et que j'avais été forcée de l'épouser ?

À ces mots, une brusque bouffée de fureur envahit Jonathan et il serra les poings sous la table. Par miracle, quand il reprit la parole, sa voix ne trahit cependant rien de sa violente émotion :

— Mr Jessop et moi-même aurions fait de notre mieux pour limiter sa pension grâce au contrat prénuptial, mais votre réputation aurait été en grand danger, je suis certain qu'il s'en serait assuré. Voilà pourquoi il est si important que vous fassiez confiance à vos chaperons et exerciez votre propre discernement.

— Autrement dit, que je ne fasse confiance à personne, soupira-t-elle en posant son menton dans sa main. Je n'aime pas beaucoup cet aspect de ma nouvelle vie.

— Vous aurez des compensations. Nous allons vous ouvrir un compte en banque et vous recevrez une pension généreuse, mais n'espérez pas tout dépenser et en demander davantage. Je ne vous accorderai pas plus. Fortunée ou non, je veux que vous vous montriez responsable dans vos dépenses.

— Alors pas de chevaux de course ? demanda l'adorable impudente. Pas de yachts ? Pas de véhicule à moteur ?

— Hélas, non.

— Quel tyran !

— Vraiment ? Dans ce cas, j'imagine que je vais également devoir placer vos bijoux dans le coffre de la banque jusqu'en août, la taquina-t-il.

Il s'était mis à pianoter sur le coffret en bois de rose qu'il venait de sortir de sa serviette, et elle se redressa aussitôt, les yeux écarquillés.

— Le collier se trouve dans ce coffret ?

— Bien plus que cela.

— J'ai d'autres bijoux ? Puis-je les voir ?

— Hum…, dit-il en faisant mine de réfléchir, poursuivant son pianotement. Je ne suis pas sûr de pouvoir le permettre. Je suis un tyran, après tout.

— Vous êtes impossible ! Voilà ce que vous êtes, gémit-elle en se levant d'un bond pour contourner la table. Oh ! laissez-moi les voir !

À ses cris, les autres s'étaient tous retournés. Avec un

rire amusé, Jonathan retira sa main du coffret, et elle ouvrit la boîte.

— Oh ! mais on dirait du verre poli ! s'exclama-t-elle, surprise.

— Ce sont des joyaux non taillés. Et, là, ce sont des diamants.

— Des diamants ! s'écria Carlotta en se levant à son tour.

Irene et Henry la suivirent en ignorant les protestations de David, qui se plaignait de les voir abandonner la table en pleine partie de bridge.

— Une collection impressionnante, commenta le duc. Des améthystes, des opales, des grenats… Je pourrais les ranger dans le coffre-fort à la cave, j'y garde également les bijoux d'Irene, proposa-t-il à Jonathan.

— C'est ce que je comptais vous demander. Merci beaucoup.

— Nous les rangerons ce soir, dès que ces dames les auront assez admirés. Ensuite, vous devriez les déposer chez un bijoutier pour les faire tailler. Je vous recommande Fossin et Morel, sur New Bond Street.

— Jonathan, intervint Marjorie. Où est la Rose de Shoshone ?

Il retira le premier tiroir du coffret, révélant une boîte Tiffany dans le fond. Il l'ouvrit et dégagea le collier de sa gangue de velours pour le lui faire admirer.

Carlotta et Irene poussèrent un petit hoquet de stupeur admirative, mais Jonathan ne tourna même pas le visage vers elles. Il ne voyait que Marjorie et son sourire sensuel tandis que son regard assombri pétillait de la même lueur brûlante que lorsqu'il lui avait passé le bijou au cou.

Un feu liquide coula dans ses veines, mais il s'efforça

de se rappeler sa promesse. Il n'avait d'autre choix que d'être son ami. Hélas, quand il sentit tout son corps vibrer de passion, il comprit que cette amitié allait être aussi périlleuse que de marcher sur une corde raide au-dessus d'un précipice.

Chapitre 15

Ses deux premières semaines en Angleterre passèrent en un éclair. Comme prévu, on l'emmena chez le fameux Jay et, malgré un choix de couleurs limité et l'obligation de ne porter que des ornements noirs, elle put commander un grand nombre de robes de jour, de voyage et du soir à son goût.

Même Carlotta se montra compatissante en apprenant ce que la servante de Lady Stansbury avait fait subir à ses dessous, et un jour entier fut consacré à l'achat de corsets et autres articles de lingerie. Elle fut également conduite chez des chapeliers, des gantiers et acheta des ombrelles, des mouchoirs et des sacs à main. Elle commanda enfin des cartes de visite. Elle visita Harrods et en ressortit avec les savons les plus fins et des lotions pour le corps hors de prix.

Comme Irene l'avait promis, elles engagèrent une véritable femme de chambre. Miss Gladys Semphill, malgré une apparence des plus austères, se révéla extrêmement compétente. Elle avait notamment des talents de coiffeuse qui lui permettaient de transformer la chevelure rebelle de Marjorie en une cascade de boucles parfaitement dessinées.

Irene et Carlotta l'emmenèrent en visite chez les sœurs du duc, Angela et Sarah, ainsi que chez leurs autres connaissances. Elles rendirent visite à la baronne Vasiliev, qui fut ravie de revoir la duchesse après tant d'années et endura le visage pincé de Carlotta avec une indifférence enjouée dont Marjorie lui fut reconnaissante.

Elle écrivit à ses amies d'école et découvrit que deux d'entre elles étaient à Londres pour la Saison. Dulci s'était mariée au baron Outram en avril, et Jenna venait de se fiancer au colonel Westcott, second fils du comte de Balvoir. Elles se donnèrent rendez-vous pour un thé à l'hôtel Claridge afin que Marjorie puisse apprendre tous les détails romantiques de leur vie.

Tous les jours, elle voyait Jonathan au petit déjeuner et au dîner, rarement entre les deux parce qu'elle passait le plus clair de ses journées en visites et en achats. Or, malgré l'invitation moqueuse de Clara à se joindre à elles, il avait farouchement refusé.

Aussi, fut-elle la première surprise quand, le quinzième jour, elles le découvrirent dans Bond Street. Clara, qui avait pris un jour de congé pour les accompagner, fut la première à le remarquer.

— Oh ! Regardez qui voilà ! s'exclama-t-elle en faisant stopper leur petit groupe. Irene, je viens de voir entrer notre frère chez Fossin et Morel ! Devrions-nous aller voir ce qu'il y fabrique ? ajouta-t-elle avec un clin d'œil à l'attention de Marjorie.

Enthousiastes à cette idée, elles traversèrent la foule compacte et entrèrent toutes les quatre dans l'élégante boutique du premier bijoutier de Londres. Jonathan n'était nulle part en vue, mais un homme élégant s'avança aussitôt vers elles.

— Votre Grâce, dit-il, saluant Irene. Vicomtesse Galbraith, Lady David, quel plaisir.

— Bonjour, Mr Prescott, répondit Irene. Je crois avoir vu mon frère entrer chez vous.

— Mr Deverill ? En effet. Un aimable gentleman, Votre Grâce, et il a une collection de gemmes absolument remarquable.

— Voici la pupille de mon frère, Miss Marjorie McGann, les pierres appartenaient en réalité à son défunt père.

— Vraiment ? J'espère que vous déciderez de faire tailler ces pierres, Miss McGann. Certaines promettent d'être des splendeurs.

— Je n'en doute pas, répondit-elle. Mon père était ingénieur des mines et les pierres précieuses étaient sa passion.

À ces mots, Mr Prescott cligna des paupières et elle entendit le hoquet de stupeur de Carlotta. Elle avait visiblement fait un faux pas, mais elle ne savait pas du tout lequel. Dans le silence gêné qui suivit, Mr Prescott se tourna vers Irene.

— Mr Deverill est avec Mr Fossin dans son bureau pour faire l'inventaire des pierres. Voulez-vous que je l'informe de votre présence ?

— Inutile. Nous pouvons attendre quelques minutes. Avez-vous des émeraudes à me montrer ?

— Bien sûr, Votre Grâce, s'empressa-t-il en tendant un bras pour les inviter à avancer.

Marjorie en profita pour murmurer à Clara :

— Qu'ai-je dit de mal ?

Carlotta répondit à sa place :

— Il n'est simplement pas nécessaire d'informer tout

le monde de la profession de votre père, ma chère. Je vous recommande davantage de discrétion sur ce sujet.

— Mais… Pourquoi ? Où est le problème ?

— Il n'y a aucun problème, assura Clara en entraînant sa belle-sœur. Regarde, Carlotta, des perles, tes préférées.

Marjorie les suivit sans avoir l'occasion d'insister auprès de Clara, car Jonathan arriva, une feuille de papier à la main.

— Merci, Mr Fossin. Tenez-moi informé quand vous aurez estimé toutes les pierres.

Quand il se retourna et les vit, un grand sourire se dessina sur son visage :

— Que diable faites-vous là ?

— Nous t'avons vu depuis l'autre côté de la rue et nous n'avons pu résister à l'envie de te rejoindre.

— Naturellement, les femmes autour des bijoux sont comme des papillons autour d'une flamme.

— Nous allions au Claridge, pour rejoindre deux amies de Marjorie pour le thé. Veux-tu te joindre à nous ? Tu ne serais pas le seul homme, Rex vient également avec l'un de ses cousins, Paul.

— Misère ! J'ai cru un instant que j'aurais le bonheur d'avoir la compagnie de six dames pour moi tout seul, se lamenta-t-il en leur ouvrant la porte. Eh bien, allons-y.

Ils sortirent sur la rue et Marjorie laissa les autres avancer pour rester en arrière avec Jonathan.

— Puis-je vous parler ?

— Certainement. J'imagine que vous voulez savoir ce que Mr Fossin a dit de vos pierres…

— J'en suis curieuse, en effet, mais il ne s'agit pas de cela. J'ai une question à vous poser.

Elle lui relata ce qui s'était passé à l'intérieur de la

boutique et ce qu'avait dit Carlotta. Pour toute réponse, Jonathan éclata de rire.

— Eh bien, qu'ai-je donc dit de si choquant ?

— Après deux semaines passées en sa compagnie, vous devez bien savoir à quel point Carlotta est snob.

— Je le savais au bout d'une heure avec elle. Mais Mr Prescott ne me semble pas en position de se montrer snob.

— Je parie qu'il était plus désarçonné que désapprobateur. Fossin et Morel sont en affaires avec une clientèle très huppée. Il ne doit pas être accoutumé à recevoir dans sa boutique de jeunes ladies qui annoncent la profession de leur père, voilà tout.

— Certes, mais ce n'est tout de même pas comme si mon père était fossoyeur ou docker ! Je comprends qu'un snob puisse désapprouver ce type d'activités. Quant à mon père, malgré tous ses défauts, il était éduqué et avait une profession tout à fait honorable.

— Précisément. En Angleterre, avoir une profession est mal perçu. De même qu'avoir reçu une éducation utile, d'ailleurs. La haute société préfère envoyer sa jeunesse à l'université étudier la poésie et apprendre les langues mortes.

— Clara a bien un métier, cependant.

— Ce qui est pire encore, puisqu'elle est une femme. Je parie qu'elle n'en parle pas en dehors du cercle familial.

— Si je comprends bien, toute la société connaît son implication dans l'entreprise mais, du moment qu'elle n'en parle pas, tout le monde fait comme si de rien n'était.

— C'est à peu près cela. Si vous voulez obtenir l'approbation de la société, il serait judicieux d'éviter de mentionner la profession de votre père.

— C'est ce qu'a dit Carlotta, soupira Marjorie. Parfois, les mœurs anglaises n'ont aucun sens pour moi.

— Si cela peut vous consoler, elles n'en ont pas davantage pour moi, et j'ai pourtant grandi ici. Pas dans l'aristocratie, certes. Toutefois, ma mère était fille de vicomte avant d'être désavouée par sa famille pour avoir épousé mon père. Il faut croire que ma famille aime bien détourner les codes aristocratiques.

— Et vous semblez y prendre un malin plaisir. Vous me les avez décrits comme des fleurs sous serre.

— Et n'avais-je pas raison ?

— Pas pour tous ! On peut difficilement comparer Torquil ou Galbraith à des fleurs sous serre.

— Je remarque que vous ne mentionnez pas David. Lui en est typiquement une, et très fier de l'être, qui plus est.

— Bon, je vous accorde ce point. Mais je ne comprends toujours pas comment on peut être si fier d'être oisif. Aux États-Unis, les gentlemans sont encouragés à faire carrière.

— Tandis qu'ici on attend d'eux qu'ils en fassent le moins possible. C'est une différence culturelle que vous trouverez difficile à accepter, notamment si votre objectif est d'épouser un pair du royaume.

Étrangement, épouser un duc ou un comte ne lui semblait plus aussi merveilleux qu'auparavant. Marjorie connaissait parfaitement la raison de ce revirement et elle s'efforça de détourner le regard de l'homme qui marchait à son côté. Par chance, elle découvrit une diversion en passant devant une vitrine.

— Oh ! regardez ! Un Trotter !

— Rien ne me paraît ressembler à un cheval, dans cette boutique, répondit-il prudemment.

— Mais non, voyons ! Un Trotter est un appareil photo ! Et il a une lentille Lancaster, regardez !

— Ce qui, à en croire votre enthousiasme, est une bonne chose. Et il y a également un sac pour le porter.

— Évidemment, c'est un appareil mobile !

En riant, elle se tourna vers lui et oublia en un instant le fabuleux appareil en découvrant son visage tout proche du sien.

Lui aussi souriait et la contemplait de cette façon qui lui faisait battre le cœur plus vite. La gorge soudain sèche, elle se força à expliquer :

— Il a une mallette car il est destiné à être transporté pour… pour prendre des photos en extérieur. De paysages, vous… vous voyez ?

— Je vois, oui, la taquina-t-il.

Soudain, son sourire disparut et son regard s'assombrit. Allait-il l'embrasser, ici, en pleine rue ? C'était impossible, et cependant elle avança instinctivement vers lui, attirée comme par un aimant.

Brusquement, il se redressa sans la quitter des yeux.

— Je devrais peut-être en acheter un.

Troublée, elle cligna des paupières sans comprendre.

— Un quoi ?

— Un appareil photo. Ce serait utile au cours de mes voyages.

Le rappel de son départ tout proche lui remit brutalement les idées en place et le sortilège fut brisé. Peut-être était-ce d'ailleurs son intention.

— Nous devrions avancer, dit-elle d'un ton plat. Sinon, je risque d'être en retard.

— Ne voulez-vous pas l'acheter ? demanda-t-il, surpris, en faisant un signe de tête vers la vitrine.

Elle hésita en se mordant la lèvre.

— Non, ce n'est plus utile.

L'amertume qui lui serra la gorge la prit de court. Comme une douleur lointaine qui se réveillait brutalement. Sentant son regard s'attarder sur elle, elle se confia :

— Vous rappelez-vous m'avoir dit qu'une fois qu'un rêve était mort il était très difficile de lui donner une seconde chance ?

— Oui. La photographie était un rêve pour vous, n'est-ce pas ?

Elle acquiesça.

— À douze ans, je nourrissais l'idée folle de pouvoir suivre mon père dans l'Ouest et de lui servir de photographe. Je voulais être la première photographe de tout le Grand Ouest… C'était stupide.

Elle s'interrompit en songeant à la fillette pleine de rêves d'alors, celle qui croyait encore que son père voudrait d'elle.

— Cela ne me semble pas stupide du tout. Pourquoi le penser ?

Elle émit un rire amer.

— Vous le demandez ? Croyez-vous que mon père m'aurait laissée vous accompagner, tous les deux ?

— Je suppose que non, admit-il. Avez-vous appris la photographie à l'école ?

— Oh ! non. La Forsyte Academy est une prestigieuse école où l'on apprend aux jeunes filles les arts classiques : le dessin, la peinture sur toile, les pastels…

— Mais ces matières ne vous passionnaient pas.

— Je ne sais pas dessiner.

Sa petite grimace le fit rire.

— Alors, si ce n'était pas à l'école, où avez-vous appris la photographie ?

— Un photographe local proposait un cours à White Plains quand j'avais quinze ans. J'ai songé que c'était ma chance et j'ai supplié Mrs Forsyte de me laisser m'inscrire. Elle a fini par accepter, à la condition que je persuade au moins une autre camarade. Alors j'y suis allée avec mon amie Jenna, que vous rencontrerez dans un instant. Elle était toujours partante pour un peu d'amusement.

— Le cours a-t-il comblé vos attentes ?

— J'ai adoré. Et j'étais plutôt douée, dit-elle avec fierté. Le professeur a dit que j'avais un véritable talent.

Elle s'interrompit pour ravaler la tristesse qui lui obstruait la gorge.

— J'ai dû abandonner rapidement, hélas.

— Pourquoi ? Cela n'avait rien à voir avec votre père, j'espère ?

Elle secoua la tête.

— Non. Le photographe a proposé de me prendre comme apprentie, en dehors des heures d'étude, bien entendu. Mais Mrs Forsyte a refusé. Elle pensait que ce n'était pas approprié.

— Je ne vois pas pourquoi. Les femmes étudient la photographie depuis déjà plusieurs décennies. Ce n'est pas considéré comme une activité inadéquate.

— Peut-être pas, mais vous auriez sans doute été d'accord avec ses arguments. Le photographe était un homme célibataire. C'était absurde, bien entendu, ce pauvre homme n'avait aucune vue sur moi. Il avait soixante ans, et moi, à peine quinze.

— Il n'empêche…

— Oh ! je sais, je sais, le coupa-t-elle. Il faut respecter

les convenances, sans quoi les langues vont bon train. C'est ce que tout le monde n'arrête pas de me dire.

Il sourit devant son regard de reproche.

— En tant que tuteur, je me dois d'être d'accord avec Mrs Forsyte. En tant qu'ami… je suis sincèrement navré que vous ayez dû abandonner une activité que vous aimiez tant au nom de la bienséance.

Elle haussa les épaules pour tenter de feindre l'indifférence.

— Ce n'est pas bien grave. J'ai de nouveaux rêves, aujourd'hui, cela n'a pas d'importance.

— Bien au contraire. Cela a de l'importance, puisque ça en a pour vous.

La tranquille assurance de sa voix la surprit et elle cessa de marcher pour le regarder.

— Qu'est-ce qui vous fait dire cela ?

Il inclina la tête de côté et l'observa sous la visière de son chapeau.

— Parce que, quand vous avez dit que vous aviez dû abandonner, vous ressembliez à un mouton à l'agonie après avoir été frappé par la foudre.

Marjorie ne put s'empêcher de rire devant cette métaphore fort peu poétique.

— Un mouton à l'agonie ? Vous Anglais avez décidément de bien étranges expressions.

— Croyez-moi, si vous aviez vu votre tête, vous auriez trouvé cette image parfaitement appropriée. Désormais, si vous voulez reprendre la photographie, vous ne devez pas vous inquiéter de me voir refuser, je suis sûre qu'Irene approuvera également. Et vous n'aurez plus à vous préoccuper de Mrs Forsyte !

— Dieu merci !

— Était-ce à ce point difficile, là-bas ? s'enquit-il, le visage soudain assombri.

— Terrible, assura-t-elle en réprimant un sourire. Pire encore que dans un roman de Dickens. Et vous qui vouliez m'y laisser…, dit-elle en poussant un soupir à fendre l'âme.

— Seulement pour huit malheureux mois de plus, rappela-t-il avec l'ombre d'un sourire.

— Au cours desquels je serais morte d'ennui. C'est vrai ! insista-t-elle comme il lui jetait un regard sceptique. Tout le monde était certes adorable et tout était parfaitement à sa place… et mortellement ennuyeux. Quand j'étais élève, cela pouvait encore aller, car j'avais mes amies et nous pouvions commettre un ou deux méfaits de temps en temps.

— Vous ? Des méfaits ? Je suis choqué !

— Je ne me suis jamais attiré de sérieux problèmes. Juste des petites bêtises, comme sortir en douce, fumer une ou deux cigarettes, ce genre de choses. Mais, une fois devenue enseignante, il n'y a plus du tout eu d'amusement. Une enseignante de la Forsyte Academy doit donner le bon exemple, voyez-vous. C'était atrocement ennuyeux.

Jonathan rit devant sa mine dépitée.

— Vous connaissant, je comprends que cela ait pu vous paraître aussi atroce.

— Exactement. Raison pour laquelle j'ai développé un bien meilleur plan pour ma vie.

— Vous croyez vraiment qu'être mariée à un pair anglais et vivre sur son domaine à la campagne sera excitant ?

— Plus excitant, en tout cas, qu'apprendre à des fillettes à faire la révérence et à parler français.

— Je vous l'accorde, d'autant plus que vous avez pour principale ambition de dépenser tout votre argent dans des fourrures, des bijoux et des fêtes extravagantes.

— Je vous taquinais, en fait, admit-elle. Non, la principale raison de mon choix est que j'ai toujours voulu être mariée et avoir des enfants à moi, ce qui ne risquait pas d'arriver si j'étais restée enseignante à la Forsyte Academy.

— Parce que les professeures n'ont pas le droit d'être mariées ? s'enquit-il, narquois.

— Parce que je n'aurais jamais rencontré d'hommes là-bas ! Je devais donc agir. J'avais compris depuis un moment déjà que mon père ne viendrait pas me chercher… et je vous interdis de lui trouver des excuses ! ajouta-t-elle comme il ouvrait la bouche.

— Je ne le ferai pas, promit-il calmement. J'en suis venu à accepter que mon meilleur ami n'était visiblement pas un très bon père. Quoique je pense sincèrement que sa maladie a joué un rôle dans sa décision, Marjorie.

Elle tenta d'accepter cette idée, avant de finalement secouer la tête.

— Peut-être, cependant, il aurait dû me dire qu'il était malade. J'avais le droit de savoir.

— Je ne discuterai pas ce point. Ce qui est étonnant, néanmoins, c'est que votre père et vous aviez en tête le même avenir pour vous. Il voulait que vous ayez le genre de vie que votre mère avait en Afrique du Sud. Il avait le sentiment de l'avoir privée de cette existence de luxe et il ne voulait surtout pas vous en priver, vous aussi.

— Alors c'est pour cela qu'il vous a choisi comme tuteur.

— Je le crois, en effet. Est-ce que vous lui avez un jour dit ce dont vous rêviez, venir ici et rejoindre vos amies ?

— Non, jamais. Je n'ai jamais voulu lui donner l'occasion de me refuser cela aussi.

Jonathan lui sourit.

— Mieux vaut demander pardon que la permission ?

— C'est un peu ça, oui.

— Je devrais garder en tête que vous utilisez cette tactique. Et en informer Irene, d'ailleurs.

— Misère, je me suis trahie, n'est-ce pas ? fit-elle, malicieuse, en arrivant devant l'entrée du Claridge. J'espère en tout cas que vous comprenez mieux désormais pourquoi je ne pouvais pas vous laisser m'abandonner.

Elle commençait à monter les marches quand Jonathan l'arrêta.

— Marjorie ?

Elle se tourna vers lui et fut saisie par l'intensité de son expression.

— Qu'y a-t-il ? souffla-t-elle.

Il entrouvrit les lèvres pour parler avant de les refermer.

— Rien.

Je serais revenu pour vous.

Les mots qu'il avait failli prononcer flottèrent un instant dans l'air tandis qu'il la regardait monter les marches, ses hanches ondulant sensuellement sous la soie de sa robe. Il mourait d'envie de les prononcer à voix haute, mais à quoi bon ?

Tout ce qu'il lui avait dit dans la voiture en arrivant était vrai. Il n'avait fait qu'utiliser la vérité pour la maintenir à distance, la protéger, et il y était parvenu. Ils étaient amis, à présent, un terrain sûr et sans danger s'il parvenait à garder la tête froide. Il aurait dû se sentir soulagé. Alors pourquoi avait-il tellement envie de grimper les marches et de la prendre dans ses bras pour anéantir le fragile équilibre auquel ils étaient parvenus ?

En vérité, il connaissait la réponse. Il la désirait depuis qu'il avait posé les yeux sur elle.

Marjorie s'arrêta une fois parvenue en haut des marches et se tourna à demi, la traîne de sa robe tournoyant autour de ses chevilles. Sous son chapeau orné de plumes d'autruche et de rubans de soie noire, son beau visage lui parut magnifique.

— Vous ne venez pas ?

Il n'avait guère le choix, aussi la rejoignit-il avant de passer les portes d'entrée qu'un portier leur ouvrait. Ils marchèrent ensemble à travers l'immense hall d'entrée et rejoignirent le salon de thé. Ses sœurs et Carlotta avaient déjà rejoint un homme brun, le cousin de Rex. Il était accompagné d'une jeune femme qui était sans nul doute sa sœur, tant elle lui ressemblait. Le jeune homme lui semblait étrangement familier.

— Eh bien, vous avez pris votre temps, tous les deux, lança Irene avec bonne humeur.

— Sommes-nous en retard ?

— Non, non. Vos amies ne sont pas encore arrivées, d'après le maître d'hôtel. Et Rex n'est pas là non plus. Mais voici ses cousins, que je vais vous présenter…

— Ce sera inutile, Irene, s'exclama l'homme en tendant la main à Jonathan avec un large sourire. Bonjour, Jonathan.

Stupéfait, il mit une fraction de seconde à retrouver le souvenir qui lui échappait.

— Paul ? Paul Chapman ? Seigneur ! Tu es le cousin de Galbraith ? Je n'en avais aucune idée !

Ils se serrèrent chaleureusement la main jusqu'à ce qu'il prenne conscience que les autres les regardaient avec surprise.

— Nous étions camarades à Winchester.

— Et à Oxford, compléta Paul.

— Ça ne compte pas, j'y suis resté à peine un semestre.

— Et pourtant cela t'a suffi pour devenir une légende ! À moins que tu aies oublié les poèmes grivois dans le vieux chêne ?

La sœur de Paul intervint :

— Puisque mon frère semble avoir ruiné tout espoir d'une introduction formelle, nous devrons nous contenter d'une présentation informelle. Je suis sa sœur, Henrietta, mais si quiconque m'appelle ainsi j'ai une fâcheuse tendance à l'ignorer…

— Cela fonctionne à merveille, confirma Paul, ce qui lui valut une tape.

— Appelez-moi Hetty, poursuivit la jeune femme comme si de rien n'était. Et vous devez être Miss McGann. Quelle robe sublime !

— Je vous remercie.

Hetty se tourna ensuite vers Jonathan.

— J'ai entendu dire que vous rentriez des contrées sauvages du Grand Ouest, Mr Deverill. J'ai hâte d'entendre le récit de vos aventures autour du thé.

Il n'eut même pas le temps de répondre qu'une autre voix intervint :

— Marjorie ?

Ils se tournèrent dans un bel ensemble pour découvrir

une jeune femme brune en robe vert pâle et une autre, blonde.

— Dulci ! Jenna ! s'exclama Marjorie en les accueillant. C'est si bon de vous revoir !

Elle passa tout naturellement un bras autour de chacune de ses amies pour les enlacer chaleureusement, sans même prendre conscience de leurs regards gênés. Mais Jonathan vit clairement les coups d'œil réprobateurs des autres convives du salon, et il se demanda combien de temps il faudrait pour que la joie de vivre typiquement américaine de Marjorie soit étouffée par les convenances britanniques. Le plus tôt serait le mieux si elle voulait faire sa vie ici, pourtant, alors qu'il contemplait son visage radieux, il fut heureux qu'elle ne l'ait pas encore perdue.

Paul se pencha à son oreille et murmura :

— Comment diable t'es-tu débrouillé pour devenir le tuteur d'une créature aussi époustouflante ?

Jonathan expira lentement.

— Juste un peu de chance, j'imagine.

— Elle n'est pas fiancée ou en train de pleurer le souvenir d'un Américain ?

Les mâchoires serrées, Jonathan parvint à donner la réponse honorable.

— Non.

— Ah ! Alors, quand elle quittera le deuil, j'aurai éventuellement une chance ?

— Toi ? Pas une seule, répondit-il suavement en enterrant définitivement tout honneur.

Chapitre 16

Les retrouvailles de Marjorie avec ses amies semblaient se passer à merveille. D'ailleurs, pourquoi en aurait-il été autrement ? Elle vivait exactement la vie dont elle rêvait. Voilà ce qu'elle lui avait dit sur le *Neptune* ! Elle voulait rire, danser, porter de belles robes, puis tomber amoureuse et se marier.

Quelle bénédiction ce devait être de savoir ce qu'on voulait dans l'existence ! D'être certain de son destin. Il l'enviait pour cela. Lui n'avait pas ressenti une telle assurance depuis une bonne décennie.

Pour l'heure, elle était parfois encore déconcertée par les réactions et les habitudes des Anglais, mais cela ne durerait pas. Avec l'aide d'Irene, elle trouverait bientôt sa place dans cet univers.

Lui, en revanche, se faisait l'effet d'être la mauvaise pièce d'un puzzle incomplet. Il n'appartenait à aucun lieu et, peu importe où il allait, il ne trouvait jamais sa place.

Que voulait-il, à la fin ? Ne pas connaître la réponse à cette question l'exaspérait prodigieusement. Son regard glissa de nouveau vers Marjorie, attiré par la même force magnétique qu'un peu plus tôt sur les marches – un besoin si violent qu'il en avait la gorge serrée. Une attraction qu'il devait réprimer parce qu'il savait qu'elle ne mènerait nulle part.

Hélas, alors qu'il revoyait en pensée ces moments partagés d'une sensualité enivrante, il ne pouvait réprimer les assauts du désir en lui. Il voulait défaire son chignon et laisser ses doigts courir dans les boucles de feu. Il voulait ouvrir un à un les boutons minuscules qui fermaient sa robe dans le dos pour la faire glisser jusqu'à ses hanches en embrassant chaque parcelle de peau satinée ainsi découverte.

Au milieu de l'atmosphère élégante du Claridge, il laissait son imagination vagabonder sans limite. Il rêvait de caresser ses seins et l'arrondi de ses hanches. Il pouvait entendre l'écho de ses gémissements quand il la toucherait, par-dessus le cliquetis de la porcelaine de Chine et du cristal.

Comme si elle avait senti son attention, elle tourna la tête dans sa direction et leurs yeux se rencontrèrent. Jonathan fit de son mieux pour demeurer impassible et refouler ses pensées licencieuses mais, quand il vit les pupilles de Marjorie s'élargir, ses lèvres s'entrouvrir et ses joues rosir, il sut qu'il avait échoué à masquer son désir.

Désespéré, il détourna promptement le regard. Il devait reprendre le contrôle, retrouver le terrain amical neutre qu'ils avaient construit. Comment y parvenir, alors qu'il se sentait aussi nu et transparent face à elle qu'il en rêvait ? Il devait sortir d'ici au plus vite ! Par miracle, le destin le prit en pitié, car Rex choisit précisément ce moment pour s'excuser en invoquant des affaires urgentes. Aussitôt, Jonathan lui proposa de l'accompagner.

— Tu vas à Deverill Publishing ? J'aimerais me joindre

à toi, si ça ne t'ennuie pas, lança-t-il en priant pour que son impatience désespérée ne soit pas audible.

— Pas du tout, je t'ai promis une visite !

Soulagé, Jonathan prit congé des dames et se mit d'accord avec Paul pour le retrouver peu après autour d'un verre. Comme il remerciait Rex en approchant du fiacre que le portier avait hélé pour eux, ce dernier rit :

— Trop de bonne société à ton goût ?

— J'avoue que j'en ai perdu l'habitude et j'étais reconnaissant de saisir une excuse pour m'échapper, prétendit-il, heureux d'avoir un prétexte pour justifier son départ précipité.

— Je crois que c'est Paul qui devrait nous remercier, tu lui as laissé le champ libre pour courtiser ta charmante pupille.

À ces mots, une jalousie sauvage l'envahit, si violente qu'il resta pétrifié sur place. Son sang se glaça dans ses veines et il éprouva le même sentiment de possession brutale qui lui avait donné envie de jeter de la Rosa par-dessus bord au cours de la traversée. Cette fois, en revanche, ce sentiment n'était absolument pas légitime.

— Ne t'inquiète pas pour Paul, il n'est pas le garnement qu'il était à l'école. Il n'est pas titré, certes, mais il a beaucoup d'argent et un poste dans la diplomatie. Il serait un très bon prétendant pour Marjorie, en vérité.

Rex avait par bonheur mal interprété sa réaction, cependant, ses paroles ne firent rien pour le rassurer. Il serra les mâchoires et se força à monter dans le fiacre tandis que Rex donnait ses instructions au chauffeur.

— De toute façon, à vingt ans, il n'y a aucune urgence à la marier, reprit Rex après s'être installé à son tour.

— Malheureusement, marmonna Jonathan à voix basse.

Comme son interlocuteur lui jetait un regard interrogateur, il reprit en hâte :

— « Chère Lady Truelove, ma pupille va me rendre fou…, lança-t-il d'un ton plein d'autodérision. Je dois la marier et la faire sortir de ma vie. Auriez-vous le moindre conseil à me donner ? Signé : Le fou de Mayfair. »

— Je doute qu'elle reste ton problème bien longtemps, s'amusa Rex. Dès qu'elle sera sortie en société, les hommes lui tourneront autour et Paul aura de la concurrence.

Jonathan commençait à penser que fuir avec Rex n'était décidément pas le meilleur moyen de mettre fin à ses tourments. Il était temps de détourner la conversation sur un sujet moins sensible.

Au cours du trajet, ils discutèrent des possibles gagnants de la prochaine course d'Ascot, des chances qu'il fasse beau pour leur sortie en bateau et de la possibilité de jouer au tennis quand ils iraient dans le Hampshire. Le temps qu'ils parviennent à Fleet Street, Jonathan avait retrouvé un semblant de sang-froid.

Deverill Publishing avait déménagé cinq ans plus tôt et le bâtiment lui était donc inconnu. Cependant, lorsqu'il pénétra à l'intérieur, des sensations bien connues lui revinrent en mémoire : l'odeur qui flottait dans l'air, mélange du parfum acide de l'encre et de celui, plus poussiéreux, du papier. Les sons, également, ravivèrent ses souvenirs : le va-et-vient distant de la presse, les pas pressés des clercs et des journalistes. Pourtant, cette cacophonie bien connue ne provoqua aucune émotion particulière en lui.

Rex le conduisit vers un ascenseur manœuvré par un portier. Ils parvinrent au premier étage et rejoignirent un immense bureau au calme. Une secrétaire leva les yeux sur eux de derrière les énormes piles de papiers et de journaux qui s'amoncelaient sur son bureau et leur sourit.

— Milord, dit-elle, saluant Rex.

— Bonjour, Miss Huish, voici Mr Deverill. Et voici Miss Evelyn Huish, la secrétaire de Clara. Stephen est sorti pour la journée, j'imagine ? demanda-t-il en désignant le bureau vide près du sien.

— Oui, sir. Je serai heureuse de vous aider si vous avez besoin de quoi que ce soit.

— Non, non, Evie, rentrez chez vous. Jonathan, allons dans mon bureau.

Ils passèrent une porte et parvinrent dans une vaste pièce luxueusement décorée de meubles en tek et de fauteuils modernes.

— Jolie vue, commenta-t-il en regardant par les vastes fenêtres qui donnaient sur le Strand.

À sa droite, une porte ouvrait sur un autre bureau à la décoration plus féminine, dans les tons ivoire et rose.

— Le bureau de Clara, je présume ? Le rose a toujours été sa couleur favorite.

Rex lui rendit son sourire amusé.

— C'est exactement pour cela que nous avons chacun notre bureau, nous ne parvenions pas à nous mettre d'accord sur la couleur de la peinture. Enfin, voilà où est allée une partie de ton investissement. Que penses-tu de l'endroit ?

— Eh bien, j'aurais sans doute choisi un lieu plus grand. Deux étages ne vous donnent pas beaucoup de possibilités de vous agrandir.

— C'est vrai, néanmoins, nous ne pensons pas vraiment à nous agrandir. Cinq journaux, c'est tout ce que nous pouvons gérer pour le moment. Tu veux un verre ou tu préfères faire la visite d'abord ?

— D'abord la visite, puis le verre, décida-t-il.

Rex l'emmena donc vers la salle de rédaction, où les journalistes étaient encore au travail. Dans l'imprimerie, en revanche, la presse s'était tue et les feuilles de l'édition du soir avaient été mises à sécher sur de grandes plaques de métal avant d'être reliées et données aux garçons pour la livraison du soir dans les rues.

Jonathan posa des questions et donna son opinion quand Rex la lui demandait. Pourtant, il se sentait toujours déconnecté de cet univers qui avait si longtemps été son horizon. Il avait vécu dans ce monde pendant les dix-huit premières années de sa vie, il possédait pratiquement un tiers de l'entreprise et son nom de famille trônait toujours au-dessus du fronton, seulement, cette partie de sa vie lui semblait désormais lointaine. Il aurait pu aussi bien diriger une usine ou une fabrique de bière – des entreprises pour lesquelles il avait développé de l'intérêt. Rien dans ces murs ne lui rappelait l'affaire familiale qui avait été son rêve toute sa jeunesse.

Leur visite terminée, ils retournèrent dans le bureau de Rex pour prendre un whisky.

— Nous avons une réunion du conseil la semaine prochaine, annonça Rex en s'installant dans un des fauteuils. Comme tu es ici, tu pourrais venir y assister, entendre ce qui se dit et nous donner tes idées et suggestions.

Jonathan réfléchit un instant avant de décliner :

— J'ai perdu le droit d'émettre le moindre avis sur Deverill Publishing il y a six ans.

— Bien sûr que non ! Tu fais partie du conseil. C'est ton argent qui nous a permis de changer de locaux. Tu as pleinement ton mot à dire.

— Pour être honnête, je ne pense pas avoir beaucoup d'idées. Clara, toi, Irene… Vous êtes ici, vous êtes investis dans ce travail au quotidien, vous connaissez la concurrence, bref, vous prenez sans cesse le pouls de la société. Dans le journalisme, c'est vital. Moi, au contraire, je ne suis qu'un investisseur silencieux.

Tandis qu'il exprimait ses sentiments ambivalents, l'amertume revint en lui. Cette sensation d'inachevé, d'inquiétude qui le taraudait depuis des années.

Que voulait-il faire de sa vie ?

Marjorie lui avait elle aussi posé cette question. Si une liberté totale et une fortune colossale ne suffisaient pas à faire son bonheur, qu'est-ce qui y parviendrait ?

— Tu es bien plus qu'un investisseur, répéta Rex en ramenant son attention sur la conversation. Deverill Publishing devait te revenir de plein droit.

— Par droit d'aînesse, tu veux dire ? C'est votre héritage aristocratique qui parle, Lord Galbraith, les Deverill sont trop bourgeois pour ce genre de considérations.

Rex éclata de rire.

— Il n'empêche, Clara, Irene et moi-même sommes tous d'accord pour dire que tu as le droit d'être impliqué. Si tu le veux…

Le ton était parfaitement détendu et neutre, pourtant, Jonathan sentit que la proposition de Rex n'était pas aussi légère qu'il y paraissait.

— Pourquoi ai-je le sentiment que ce n'est pas qu'une simple invitation pendant que je suis de passage en ville ?

Rex hésita avant d'expliquer :

— Nous avons discuté de ton retour avant ton arrivée et nous sommes parvenus à la conclusion que, si c'est ce que tu souhaites, nous serions heureux que tu reviennes…

— Reprendre un rôle actif dans l'entreprise ? répéta Jonathan, sous le choc.

— Oui. Ne crois pas que je veuille te forcer la main. Simplement, Clara pensait que tu serais plus ouvert à cette idée si ce n'était pas elle qui la présentait.

— Et elle est d'accord avec cette idée ?

— C'est elle qui l'a suggérée. Seulement, elle ne veut surtout pas que tu acceptes par sentiment de culpabilité. Quoi qu'il en soit, tes sœurs veulent que tu saches qu'il y aura toujours une place pour toi ici.

— Je pars pour l'Afrique du Sud…

— C'est une offre ouverte, bien sûr. Tu pourrais la saisir à ton retour. Je t'en parle simplement pour que tu y réfléchisses.

— Et quelles seraient mes tâches ?

— Directeur éditorial est une possibilité. Ou bien le lancement d'un nouveau magazine, ou une collection de livres. Tout ce que tu veux serait possible…

— Ce que je voulais… Voilà le hic, souffla-t-il pensivement.

Rex ne commenta pas et le silence lui permit de réfléchir un moment. Il était tenté, sans aucun doute. Ce qu'il avait voulu pendant tant d'années lui était offert sur un plateau d'argent. Une solution tellement simple, tellement sûre. Le passé était effacé d'un seul coup et l'ardoise était à nouveau propre.

— Tu m'as pris par surprise, dit-il en riant tout bas. Je ne pensais pas que Clara me laisserait mettre un pied dans l'entreprise après que je l'ai laissée tomber.

— Au contraire, tes sœurs veulent t'impliquer.

— Ou plutôt elles veulent me voir rentrer à la maison.

Rex rit avec lui.

— C'est vrai aussi. Mais elles estiment que te voir à la tête de Deverill Publishing est légitime puisque tu devais en hériter en premier lieu. C'est ce que voulait votre grand-père.

— Dans ce cas, il aurait dû faire un testament.

— C'est une erreur que nous pouvons rectifier, du moins dans une certaine mesure. Nous pouvons te faire une place, Jonathan.

— Précisément… Je ne veux pas qu'on me donne une place toute faite.

— J'ai mal formulé…

— Non, non. Peu importe la formulation, qui présente l'offre, ou quelles seraient mes responsabilités. En vérité…

Il s'interrompit un instant et il sut soudain ce qu'il devait faire.

— Deverill Publishing n'est plus à moi. Oui, je sais, j'en possède un tiers, tout comme Irene, mais c'est à Clara et toi que l'entreprise appartient désormais. C'est elle, le véritable capitaine du navire. Elle a mérité sa place par son audace et des années de travail acharné. Peut-être est-ce terriblement plébéien de ma part, seulement, je crois que c'est à celui qui a travaillé dur et pris tous les risques de récupérer les lauriers – pas à celui qui a fui.

— Je vois. Donc tu comptes toujours partir pour l'Afrique ?

— Oui.

— Que feras-tu là-bas ?

— Je dois d'abord m'occuper des investissements de Marjorie sur place. Après… Je ne sais pas. Je vais m'aventurer un peu et voir ce qui pique ma curiosité. Il y a de quoi faire de beaux investissements sur place…

Tandis qu'il parlait, Jonathan fut surpris par son manque d'enthousiasme à la perspective de ce voyage. Peut-être parce que l'ami avec lequel il avait planifié ce voyage ne serait plus à ses côtés. Peut-être parce qu'au fond de lui il savait que, quel que soit ce qu'il cherchait, il ne le trouverait pas là-bas – une option bien plus perturbante. Ou, pire encore, son désir pour Marjorie était peut-être la raison de son manque d'enthousiasme. Quelle ironie, après tous ses efforts pour se tenir éloigné d'elle !

Seulement, s'il restait, ses efforts seraient vains et le cœur de l'un d'eux serait brisé. Il ne voulait pas souffrir une nouvelle fois comme par le passé.

De toute façon, il n'avait pas de but ici. Deverill Publishing ne l'intéressait plus et il savait qu'il avait bien fait de refuser l'offre de Rex. Mais, s'il restait à Londres, que pourrait-il bien faire ? Que voulait-il ?

— Tu comptes te limiter aux investissements africains ? s'enquit Rex. Ou pourrais-tu envisager d'investir aussi en Angleterre ?

— Je suis bien sûr toujours ouvert à une offre intéressante, peu importe le lieu. Pourquoi cette question ?

— Eh bien, j'ai des connexions qui pourraient t'intéresser. Des hommes qui souhaitent s'associer pour devenir actionnaires et qui auraient besoin d'hommes comme toi.

Jonathan sourit.

— D'hommes qui ont beaucoup d'argent ?

— En effet, trouver le capital est bien souvent le plus compliqué pour financer les idées novatrices. En tout cas, si tu es à la recherche d'opportunités, je te suggère de t'affilier à un club.

Cette fois, Jonathan émit un grondement écœuré.

— D'abord le club, et puis après ? Me présenter au Parlement et acheter une maison à la campagne pour m'y rendre le week-end et y accueillir les politiciens de première importance ?

— Je suis sérieux, Jonathan, assura Rex en souriant. Être membre d'un club serait un atout de premier ordre. Sans compter que beaucoup de membres auront des connexions en Afrique qui pourraient t'être utiles.

Il avait beau adorer se moquer des traditions et institutions vieillottes de son pays, Jonathan appréciait néanmoins la sagesse de ce conseil.

— J'imagine que tu as raison, encore que je ne voie pas quel club digne de ce nom accepterait un bourgeois aventurier comme moi dans ses rangs.

— Je te recommande Travellers. Avec tes dix ans aux États-Unis et ton prochain voyage, tu serais au contraire une recrue précieuse. Et, crois-moi, les membres te conviendront. Henry, qui est un homme de grande influence, y a sa carte, de même que moi. Si nous te recommandons, il n'y a aucun risque qu'on te refuse. D'ici là, tu peux déjà venir en tant qu'invité.

— Très bien, très bien, tu m'as convaincu. Après tout, j'ai plein de temps à tuer d'ici mon départ pour Johannesburg. Autant en faire bon usage.

— Tu comptes toujours rentrer en janvier ?

— Je n'en suis pas certain. Puisque Marjorie semble déjà bien installée…

Il dut s'interrompre, les mots soudain bloqués dans la gorge.

— … Je pourrais rester sur place plus longtemps. Nous verrons.

— Tant que ça ne dure pas dix années de plus, le mit en garde Rex avec un sourire entendu. Seigneur ! Il est déjà 19 h 30. Nous ferions mieux d'y aller.

— Clara et toi vous joindrez-vous à nous ce soir ? demanda Jonathan tandis qu'ils quittaient le bâtiment.

— En effet, et le cuisinier du duc fera un scandale si nous sommes en retard ! Il a un caractère impossible, à la mesure de son talent.

Soudain, l'idée de se retrouver assis en face de Marjorie à la table du dîner lui parut insupportable.

— Vas-y, alors. Je… Je viens juste de me rappeler que je dois rejoindre un vieil ami ce soir.

Rex s'était arrêté et le regardait d'un air étonné.

— Je peux te déposer. Dans quel restaurant as-tu rendez-vous ?

— Non, non, ne te dérange pas, c'est dans la direction opposée. Je prendrai un fiacre. Excuse-moi auprès des autres, tu veux ?

— Bien sûr. Bonne soirée.

Rex repartit en direction de la voiture où son chauffeur l'attendait, et Jonathan rejoignit la station de fiacres et monta dans le premier.

— Où allons-nous, sir ? lança le chauffeur.

Sous le coup d'une impulsion, il répondit :

— Au n° 12 de Belford Row. Holborn.

Dix minutes plus tard, le fiacre l'arrêta devant une vaste demeure. Jonathan donna les six pence requis au chauffeur et lui demanda d'attendre. Puis il fit face à la maison dans laquelle il avait grandi, s'arrêtant à l'endroit précis où il s'était retrouvé, sa valise à la main, dix ans plus tôt.

Il avait soudain la sensation qu'il avait passé la dernière décennie à errer dans le désert en tournant en rond. Après la mort de son père, la maison familiale avait été vendue, cinq ans plus tôt, mais le nouveau propriétaire avait conservé la même apparence d'ensemble que quand il avait dix-huit ans.

Enfin, si ce n'est que Clara et Irene ne le regardaient pas partir depuis les portes-fenêtres, le visage ravagé par le choc et le chagrin. De même, son père ne lui hurlait pas dessus depuis la fenêtre du rez-de-chaussée. Plus important encore, Jonathan ne voyait plus la maison avec ses yeux de jeune homme de dix-huit ans mais avec ceux d'un homme de près de trente ans. Une perspective entièrement différente.

Il était parti le cœur gonflé de colère, de rancœur et de ressentiment, envers son père, son grand-père et celle qui lui avait brisé le cœur. Toute cette rage avait disparu, désormais, si progressivement qu'il n'en avait même pas pris conscience.

Dix ans plus tôt, il avait le cœur plein de fureur et tout à prouver. Il avait connu le succès. Il était riche et, d'après le monde, il avait réussi sa vie. Pourtant, cela lui paraissait complètement vain. Il n'avait plus d'énergie pour nourrir son ambition et il aurait dû se sentir en paix. Au lieu de quoi il se sentait simplement vide. Ses rêves n'étaient plus, son meilleur ami était mort et il venait tout juste de refuser ce qu'il avait toujours cru vouloir.

Qu'attendait-il de l'existence ? Cette question revenait le hanter encore et encore depuis que Marjorie la lui avait posée sur le *Neptune*. Peut-être même avant, alors qu'il passait son temps à fuir pour éviter d'y répondre.

Il avait voyagé sans répit, non pas tant par goût de l'aventure que par peur, il en prenait finalement conscience. Il avait refusé de s'arrêter parce qu'il avait eu peur de s'installer dans une existence de privilèges et d'oisiveté comme celle que les Anglais valorisaient.

Il avait les moyens de profiter d'une telle existence, mais, contrairement à Marjorie, il n'en voulait pas. Il voulait plus et, même si ce désir était flou et sans contour, il savait qu'il ne le trouverait pas en restant immobile.

Jonathan tourna enfin le dos à la maison et revint vers le fiacre.

— Où peut-on trouver une bonne entrecôte et une pinte ?

— Le Black Swan est juste à l'angle de la rue, m'lord. Meilleurs steaks de Holborn !

Jonathan tira six autres pence de sa poche et paya le chauffeur avant de s'éloigner à pied sous les remerciements de l'homme. Tandis qu'il avançait sur le trottoir, une étrange impression d'inachevé envahissait son âme. Comprenant enfin ce qu'il n'avait pas accompli en venant ici, il revint sur ses pas, et, face à la maison, murmura :

— Adieu, papa.

Enfin, il tourna pour de bon le dos à la maison de son père, aux ambitions avortées de son grand-père et à ses rêves perdus. Il le fit sans rancœur, sans ressentiment, mais avec un profond soulagement. Jonathan sut alors que son passé était bel et bien derrière lui.

La question qu'il devait désormais affronter était celle de son avenir. Or, il suspectait que trouver les bonnes réponses serait autrement plus difficile.

Chapitre 17

Ses retrouvailles avec Dulci et Jenna avaient été merveilleuses, pourtant, dans les jours qui suivirent leur thé au Claridge, elle ne vit que peu ses amies. Leur calendrier social était déjà bien rempli et leurs connaissances n'évoluaient pas dans le même cercle qu'Irene et Clara.

Sans compter que le deuil de Marjorie l'empêchait de se rendre à la plupart des réceptions. Heureusement, ses amies lui avaient promis de venir à sa fête d'anniversaire en août.

Grâce à Irene, Clara et Hetty, la cousine de Rex, elle put heureusement profiter de pique-niques, de réceptions restreintes l'après-midi, de dîners en petit comité, de pièces de théâtre et d'opéras. Elle appréciait cette nouvelle vie, quoique, après avoir passé toute sa vie loin de la société, elle trouvât ce rythme un peu trop intense. Si elle avait dû faire de véritables débuts dans le monde, elle aurait été tout bonnement épuisée.

Elle voyait Jonathan chaque jour. Ils bavardaient le matin au petit déjeuner et presque tous les soirs autour d'un verre de sherry. Elle écoutait avec attention les histoires qu'il racontait de sa vie à la Frontière américaine. Il se montrait cordial, attentif et parfaitement poli à son égard, et elle avait la sensation qu'il avait érigé un mur entre eux.

Ils ne se disputaient plus, ils ne s'opposaient plus sur aucun sujet. Quand elle lui demandait son avis, il le lui donnait sans jamais plus essayer de lui dire ce qu'elle devait faire, porter ou qui elle devait voir. Leurs conversations étaient aimables, comme il seyait à deux amis, et pourtant elles la laissaient toujours avec une étrange impression de mélancolie au cœur.

Elle ne surprit plus sur son visage l'expression intense et sombre qu'elle lui avait vue au Claridge ou sur le *Neptune*. Il ne la regardait plus de cette façon délicieuse qui la brûlait au creux des reins et enflammait son imagination. Leur baiser lui apparaissait à présent comme un rêve enfiévré sans aucune réalité.

Ce matin-là, le duc et son frère partirent tôt pour préparer leur sortie sur l'eau. Ils voulaient vérifier le *Mary Louisa* et s'assurer que l'équipage tienne le bateau prêt pour leur excursion. Irene s'occupa de son côté de faire préparer le nécessaire, aussi Carlotta et Marjorie devaient partir dans le landau de Rex et Clara pour rejoindre le port de Queen's Wharf.

Quand elles sortirent de la maison, le véhicule les attendait. Ils avaient laissé la capote ouverte pour profiter du soleil de juillet mais un seul regard sur le couple suffit à Marjorie pour comprendre qu'ils ne partageaient pas cette humeur ensoleillée.

— Je persiste à penser que tu devrais encore lui parler, disait Clara à Rex comme Carlotta et elle s'approchaient. Nous savons tous les deux…

Elle s'interrompit pour les saluer d'un signe de tête avant de revenir à son mari :

— Nous savons à quel point tu sais te montrer persuasif. Si tu lui présentais l'offre d'une autre façon…

— Clara, il n'en veut pas. Bonjour, mesdames. Kettridge, nous pouvons y aller, ordonna-t-il enfin au cocher.

— Il ne sait pas ce qu'il veut ! tempêta Clara. C'est évident.

— Comme il est évident qu'il sait ce qu'il ne veut pas.

— Deverill Publishing est aussi son entreprise ! s'exclama Clara, ce qui permit à Marjorie de comprendre qu'ils parlaient de Jonathan. Puisque nous ne savons pas encore quelles seraient ses missions, je ne vois pas comment il pourrait être aussi décidé. Et surtout je ne vois pas pourquoi tu sembles aussi réticent à l'idée de lui parler, insista-t-elle.

— Eh bien, que se passe-t-il ? intervint Carlotta en ouvrant son ombrelle. J'espère que vous ne vous querellez pas en un si beau jour, tous les deux.

La tentative de changer de sujet de la jeune femme échoua lamentablement quand Clara rétorqua :

— Un désaccord n'est pas une querelle. Peut-être que c'est moi qui devrais lui parler. Lui demander d'y réfléchir encore.

— Tu veux dire le faire culpabiliser pour qu'il reste ? Oui, ça m'a l'air d'être un plan parfait. Très efficace la dernière fois, déjà.

— Tu es injuste. Je n'ai jamais utilisé la culpabilisation pour le faire rentrer à la maison. Jamais. Et je ne le ferai pas davantage maintenant.

— Tu n'utilises jamais cette arme délibérément, je te l'accorde. Néanmoins, je te conseille de ne pas insister. Tu pourrais encore aggraver les choses.

— Je ne vois pas comment.

— Vraiment, ma chérie ? dit Rex en s'esclaffant. Je sais très bien ce que cela fait quand tu ouvres tes grands yeux de biche pour demander quelque chose. Te dire non dans ces moments-là, c'est comme se passer la corde au cou. Ton frère n'a pas envie de prendre part à Deverill Publishing et, s'il se plie à tes souhaits, je crains qu'il ne le regrette.

— Vous avez offert à Jonathan une place au sein de l'entreprise ? demanda Marjorie, incapable de résister plus longtemps. Pardon, dit-elle précipitamment, ce ne sont pas mes affaires.

— Vous n'avez aucune raison de vous excuser, Marjorie, si nous avions voulu garder cette conversation privée, nous n'en parlerions pas en ce moment même. Nous avons en effet proposé à Jonathan de tenir un rôle actif dans la compagnie.

— Et il a refusé, conclut-elle en sentant l'amertume lui serrer la gorge.

— En effet, confirma Rex. Crois-moi, Clara, si tu aimes ton frère et veux maintenir la paix que vous avez obtenue, je te conseille d'accepter sa décision et de le soutenir quels que soient ses choix. Tu ne peux pas le forcer à rester là où il ne veut pas être.

Marjorie savait pertinemment cela depuis le premier instant, mais entendre quelqu'un d'autre prononcer ces évidences à voix haute lui fit plus mal qu'elle ne s'y attendait. Aussi fut-elle soulagée quand Clara abandonna enfin le sujet.

Carlotta prit le relais et maintint la conversation sur des sujets aussi passionnants que les chapeaux à Ascot, l'état de santé de la reine et la chaleur estivale.

— C'est une excellente journée pour aller sur l'eau, dit-elle à Marjorie comme le landau s'arrêtait près d'un ponton où était amarré le *Mary Louisa*. Le vent est parfait, Dieu merci, car lorsque la brise n'est pas assez forte nous sommes obligés d'annuler.

— Pas toujours, s'écria Clara dans un rire qui prouvait qu'elle avait retrouvé sa bonne humeur. Te rappelles-tu l'année dernière, Carlotta, quand nous avons décidé de tenter malgré tout notre chance et que nous nous sommes retrouvés sur une mer lisse à Kew ? Nous avons dû être ramenés par un bateau à vapeur !

— C'est vrai ! Mais je préfère encore cela que l'inverse. Quand le vent est trop fort, toutes les dames rentrent avec des maux de tête atroces à cause de leurs pinces à chapeau trop serrées.

— En tant qu'homme, je vois les choses différemment, intervint Rex en aidant sa femme à descendre de voiture. Quand il y a du vent, les jupes de ces dames s'envolent et nous, maris, avons le bonheur d'apercevoir les jolies chevilles de nos épouses.

— Ce qui ne te sert pas à grand-chose, mon chéri, si ta femme souffre d'un mal de tête, répliqua Clara en sautant lestement à terre.

Ils rirent tous de sa plaisanterie et Rex les entraîna vers le bateau où Irene les attendait, auprès d'un valet qui portait un plateau chargé de coupes de champagne frappé.

— Bienvenue à bord du *Mary Louisa*, leur dit-elle en lui tendant une coupe.

— Irene, ton mari a enrôlé Jonathan, je vois.

Marjorie se retourna alors et vit ce dernier assis à califourchon à la proue du bateau, ses longues jambes pendant dans le vide de part et d'autre. Il avait retiré sa veste, remonté ses manches de chemise et il semblait parfaitement à l'aise tandis qu'il nouait une corde.

— Tu sais comment est Henry. Tout homme à bord est corvéable à merci !

— C'est vrai, s'amusa Clara. Mais je sais aussi que Henry ne laisse personne d'inexpérimenté approcher des cordes.

— En fait, Jonathan a un peu d'expérience, intervint Marjorie. Il a été capitaine d'un navire de pêche.

— Vraiment ? s'exclamèrent les deux sœurs d'une même voix en se tournant vers elle.

— Euh… Oui, à ses débuts aux États-Unis.

— Voilà une histoire qu'il s'est bien gardé de nous raconter. Ah ! d'autres invités arrivent, si vous voulez bien m'excuser.

Pendant que Rex partait en quête de David pour aider, Carlotta s'installa dans un fauteuil sur le pont alors que Clara et Marjorie rejoignaient Jonathan.

— Eh bien, regarde-toi, marin ! lança Clara en attirant son attention. Tu t'es enfin décidé à faire une journée de travail honnête, pour changer ?

— Dit la femme qui sirote une coupe de champagne sans lever le petit doigt, répliqua-t-il en riant avant d'essuyer la sueur de son front à l'aide de sa manche. Vous êtes si jolies, toutes les deux, que je ne peux pas me plaindre. Et je ne me permettrais donc pas de pointer du doigt votre oisiveté.

C'était un compliment impersonnel qu'il aurait pu faire à n'importe quelle autre, et Marjorie sentit encore plus durement le mur infranchissable qu'il avait érigé entre eux.

— Oisiveté ? s'écria Clara. Je vois que nous ferions mieux de ne plus écouter un seul « compliment » de mon cher frère, Marjorie. Viens, je vais te faire visiter le navire.

Marjorie s'apprêtait à la suivre lorsqu'elle repensa à la conversation de Rex et Clara.

— Pars devant, je te rejoins dans une minute.

Clara partit sur un hochement de tête et Marjorie se tourna vers Jonathan. Occupé à sa tâche, il semblait avoir déjà oublié sa présence, alors elle prit une inspiration et se lança :

— J'ai cru comprendre que Clara et Irene vous avaient offert de revenir dans l'entreprise familiale ?

Il ne leva pas même le regard.

— Oui.

— Et vous avez décliné leur offre ?

— C'est vrai.

Il termina son nœud et se leva agilement avant de saisir une autre corde.

— Pourquoi ? s'impatienta-t-elle, douloureusement affectée par ses réponses taciturnes. Votre père n'est plus, donc vous n'auriez plus à vous préoccuper de le voir interférer. Et vous retrouveriez ce que vous avez perdu.

Ses doigts cessèrent de s'agiter sur la corde.

— On ne retrouve jamais ce qu'on a perdu. Vous devriez y aller. Clara vous attend, dit-il en regardant derrière elle.

Il la congédiait et cela lui fit mal. Rassemblant sa dignité, elle se détourna en se maudissant d'avoir essayé de combler le fossé qui s'était creusé entre eux.

— Marjorie ?

Elle s'obligea à tourner un visage impassible dans sa direction.

— Oui ?

— Vous devriez garder votre ombrelle ouverte.

Elle cligna des paupières, déboussolée par sa remarque.

— Votre ombrelle, répéta-t-il en pointant du doigt

l'objet qu'elle tenait dans la main. Le soleil peut être brutal, sur l'eau, et votre petit chapeau ne vous protégera pas. Votre peau est tellement…

Il s'interrompit abruptement, baissa le regard en serrant les doigts sur la corde.

— … Votre peau est claire et vous risquez d'être brûlée si vous n'y prenez pas garde.

C'était la première remarque personnelle qu'il lui adressait depuis des jours, et elle en fut tellement surprise et émue qu'il lui fallut quelques secondes pour retrouver la parole.

— Vous me conseillez sur ma garde-robe ? Cela me rappelle nos disputes sur le *Neptune*, dit-elle d'une voix légèrement rauque. Vous rappelez-vous ?

— Oui.

Il ne dit rien d'autre, mais l'intensité contenue dans ce seul mot suffit à lui couper le souffle. Enfin, il leva les yeux vers elle et Marjorie vit sur ses traits assombris les mêmes émotions brutales et merveilleuses que lorsqu'il l'avait contemplée au Claridge.

Aussitôt, son corps répondit. Une chaleur délicieuse se répandit au creux de ses reins et ses lèvres frémirent d'impatience tandis que son cœur battait d'une joie sauvage dans sa poitrine.

Hélas, aussi vite qu'elle était apparue, son expression disparut comme si rien ne s'était passé. Il venait de replacer une frontière infranchissable entre eux.

Comme il ne faisait pas mine de reprendre la conversation, elle s'éloigna sans un mot, bien décidée à ne pas le laisser gâcher la journée, qui s'annonçait magnifique. Cependant, à mesure que celle-ci passait, il devenait douloureusement évident que Jonathan mettait tout en œuvre pour se trouver systématiquement là où elle n'était pas, ce qui la laissait déconcertée et blessée.

Il aurait pourtant dû être impossible d'éviter une personne toute une journée sur un yacht de cette taille, pourtant, il y parvenait fort bien. Soit il était au gouvernail avec Henry, soit il aidait Rex et David, soit il discutait avec l'un des quarante autres invités. Sauf elle…

Son orgueil lui permit heureusement de masquer aux autres son cœur douloureux. Ce n'est qu'au milieu de l'après-midi, alors que le yacht repartait en direction de Queen's Wharf, qu'elle décida finalement de ne plus regarder sans cesse la foule à la recherche de son visage. S'il avait décidé de la maintenir à distance, eh bien, tant pis.

Quand des dames lancèrent un jeu de cricket, elle se joignit à elles, heureuse de ne pas avoir de Lady Stansbury pour lui refuser ce plaisir. Puis elle écouta avec enthousiasme Henry lui donner des notions de navigation avant de lui laisser le gouvernail sur tout le trajet entre Chiswick et Battersea Park.

— Tu es une excellente navigatrice, Marjorie, affirma Clara quand elle la rejoignit sur le pont. La première fois que j'ai essayé de manœuvrer ce yacht, j'ai failli faire naufrage, et Henry ne m'a plus laissée toucher le gouvernail pendant toute une année ! Attends, approche-toi. Oh ! tes lèvres sont gercées.

Marjorie se passa l'index sur la bouche et sentit effectivement sa peau asséchée par le vent.

— Tu dois passer un peu d'oxyde de zinc dessus. Il y en a dans le petit bureau dans la cabine que tu trouveras juste en bas des escaliers.

— J'y vais, alors. Veux-tu bien me faire servir une tasse de thé, Clara ?

Elle descendit et trouva sans peine le bureau mentionné par Clara, mais nulle trace de l'oxyde de zinc. Elle referma le dernier tiroir du secrétaire avant de se redresser. C'est alors qu'elle entendit qu'on ouvrait l'une des portes des chambres à coucher dans son dos. Elle fit volte-face et découvrit Jonathan qui en sortait, les cheveux humides et sa veste à la main. Il s'arrêta en la découvrant, et la consternation qu'elle lut sur ses traits lui donna envie de disparaître dans le sol.

— J'étais venue chercher de l'oxyde de zinc, balbutia-t-elle, je n'ai pas réussi à mettre la main dessus.

Elle s'interrompit brusquement. Après tout, elle n'avait aucun compte à lui rendre.

— J'en ai, répondit-il en enfilant sa veste avant d'en sortir une petite fiole en verre.

— Merci.

Elle lui prit le flacon des mains et se plaça devant le miroir accroché à un mur. Avant qu'elle commence à appliquer l'épaisse crème sur ses lèvres, elle vit le reflet de son visage et cette même expression qui lui coupait le souffle.

— À quoi pensez-vous quand vous me regardez de cette façon ? souffla-t-elle.

Troublé, il détourna le regard.

— Je ferais mieux d'y aller.

— Attendez ! lança-t-elle, désespérée de le voir fuir à nouveau.

Elle aurait voulu lui demander ce qui avait changé entre eux, ce qu'elle avait fait de mal mais, alors qu'elle le fixait à la recherche de réponses, son visage avait repris son impassibilité et ses questions moururent dans sa gorge.

— Vous avez oublié ceci.

Elle plongea un doigt dans la fiole pour prendre un peu de crème avant de la lui rendre.

— Gardez-le, dit-il avant de s'éloigner.

La dureté de son ton enflamma le sang de Marjorie.

— Je n'en veux pas ! s'écria-t-elle en oubliant toute fierté.

Elle replaça brutalement le bouchon sur la fiole, avança jusqu'à lui et plaça de force l'objet dans sa main.

— Ce que je veux, c'est savoir pourquoi vous me traitez comme une étrangère ! Qu'ai-je fait pour mériter un tel traitement ?

Il se raidit et elle vit ses jointures blanchir entre ses doigts. Lentement, il se défit de son emprise.

— Je ne vois pas de quoi vous parlez.

— Si, vous voyez parfaitement.

De fait, il détourna le regard, mal à l'aise.

— Cet après-midi où nous sommes allés au Claridge était tellement agréable… Nous parlions et riions, comme des amis, et puis…

Elle vit une émotion fugace traverser ses traits rigides.

— C'est là que tout a changé, poursuivit-elle. Depuis lors, il y a ce… ce mur entre nous, et je ne comprends pas… Aujourd'hui, vous avez passé la journée à m'éviter, vous éloignant dès que j'approchais à moins de cinq mètres. Vous ai-je offensé en vous interrogeant sur le journal ?

— Pas du tout.

— Alors c'est que vous trouvez la conversation de toutes les autres personnes à bord plus intéressante que la mienne ? Quelle qu'en soit la raison, il est évident que quelque chose ne va pas entre nous et…

La fierté ne lui permit pas d'admettre tout haut à quel point elle se sentait blessée.

— Je pensais que nous étions amis, souffla-t-elle à la place.

— Nous le sommes. Maintenant, je dois…

— Vous l'affirmez avec une telle assurance… Et pourtant… je ne vous crois pas, s'écria-t-elle en le voyant déjà prêt à partir.

Il s'arrêta, le pied sur la première marche, le corps rigide, et elle l'entendit marmonner quelque chose à propos de la miséricorde divine. Puis, brusquement, il se retourna vers elle et l'attira à lui. La fiole tomba à terre quand il passa un bras autour de sa taille, l'autre autour de ses épaules, et que sa bouche prit la sienne avec une passion fiévreuse et cependant si tendre que ses lèvres s'entrouvrirent aussitôt sous les siennes.

Jonathan émit un grondement approbateur et sa langue vint caresser la sienne avec sensualité. Enfiévrée, Marjorie ferma les paupières en se sentant prise de vertige. Instinctivement, elle passa les bras autour de son cou, mais aussitôt il saisit ses poignets dans ses mains et mit fin à leur baiser. Elle rouvrit brusquement les yeux et plongea dans les siens, brillants de la même fièvre qui enflammait tout son corps.

— Être ami avec vous me tue, gronda-t-il. Pour l'amour du ciel, ne comprenez-vous donc pas ? Cela me tue…

Il s'écarta abruptement et cette fois il partit sans se retourner, laissant Marjorie aussi euphorique que désemparée. Les hommes étaient décidément des créatures incompréhensibles.

Si le *Mary Louisa* s'était trouvé plus proche de Londres, Jonathan aurait sans doute sauté pour rejoindre la ville à la nage. Après des semaines de lutte acharnée contre son désir, il avait finalement renoncé pendant une heure, laissant son esprit vagabonder et fantasmer sur sa délicieuse pupille. Une seule heure pendant ce satané thé au Claridge qu'il payait atrocement cher. Dans les semaines qui avaient suivi, être près d'elle avait été une véritable torture.

Et puis l'excursion était arrivée et il lui avait fallu des trésors d'inventivité pour l'éviter pendant toute une journée. Finalement, il avait dû trouver refuge dans la cabine, où, après avoir vidé deux verres de whisky et plongé sa tête dans l'eau froide, il s'était répété en boucle quelles étaient ses responsabilités et son honneur.

Il avait à peine recouvré un peu de sang-froid qu'elle était apparue devant lui, et il n'avait pas fallu cinq minutes pour qu'il anéantisse tous ces efforts en l'embrassant passionnément. Après ce désastre, revenir sur la côte à la nage lui semblait être sa seule option.

Malheureusement, le yacht était encore bien loin de Battersea quand il sortit sur le pont et il y avait bien trop de bateaux sur la rivière pour sa tentative de fuite désespérée.

Aussi n'avait-il d'autre choix que de poursuivre ce qu'il avait entrepris ces dernières semaines. Il s'évertuait à effacer toute pensée lascive de son esprit à l'instant où elle se formait. Il échangeait des souvenirs d'école avec Paul et divertissait sa sœur Hetty avec les récits de leur enfance. Il se mêlait aux autres et racontait sa vie aux États-Unis, et il souriait tellement qu'il avait mal aux mâchoires le temps qu'ils rejoignent Queen's Wharf.

Dans les jours qui suivirent, il prit des mesures drastiques pour s'assurer que ce qui s'était passé dans la cabine du *Mary Louisa* ne puisse plus se produire. Il se tint à l'écart d'Upper Brook Street et de la voluptueuse beauté rousse qui lui enflammait les sangs.

À sa place, la plupart des hommes de sa connaissance seraient allés chercher un soulagement physique ailleurs, mais Jonathan n'en éprouvait aucun désir. Il n'avait jamais été un habitué des bordels, même à la Frontière américaine, où les prostituées étaient la seule option possible pour les hommes célibataires. Il n'avait jamais eu beaucoup de goût pour l'amour tarifé et n'avait que rarement cherché la compagnie de ces femmes. De surcroît, il savait que le soulagement qu'il trouverait dans les bras d'une autre femme ne serait que temporaire parce que Marjorie était la seule qu'il voulait.

Il s'inscrivit donc dans un gymnase et découvrit que la boxe était un moyen de le libérer au moins partiellement de sa tension physique. Il rechercha par ailleurs d'autres distractions, revit d'anciens amis d'école, s'investit dans les affaires qu'il pouvait mener à Londres et fit de longues promenades en solitaire.

Sur le conseil de Rex, il posa sa candidature pour devenir membre du club Travellers et, avec l'approbation du duc et le soutien de Rex et d'autres amis d'école, il fut placé tout en haut de la liste d'attente. Enfin, il profita de ses deux beaux-frères pour accepter la moindre invitation qui lui permettait de rester loin d'Upper Brook Street.

— Tu as conscience que tes sœurs sont de plus en plus exaspérées, lui dit Henry alors qu'ils rejoignaient Rex pour boire un verre à la fin du mois de juillet. Elles savent parfaitement que tu fais tout pour éviter de te retrouver en société, et le fait que nous t'aidions ne leur convient pas du tout.

— Ce n'est plus qu'une question de semaines, Dieu merci, soupira Jonathan en avalant une gorgée de whisky.

Henry se mit à rire.

— Chère Lady Truelove, reprit-il en regardant Rex, les femmes de nos vies insistent pour nous voir assister à toutes les réceptions mondaines, seulement, après des semaines de Saison effrénée, nous désirons juste un peu de paix. Comment pouvons-nous faire comprendre à nos chères épouses que les soirées à notre club sont vitales pour notre bien-être ? Signé « Mort de frustration à Belgravia ».

Les deux autres rirent au sous-entendu du duc, qui était d'ordinaire trop bien élevé pour se permettre ce genre de plaisanterie tendancieuse.

— Lady Truelove ne donnerait jamais à un homme le conseil d'aller à son club plutôt que chez lui, le corrigea Rex avec un regard de reproche exagéré, pas sans une très bonne raison.

— Comme… ? Il vaut mieux que nous ayons une histoire qui tient la route avant de sortir d'ici, gentlemans.

— Je me suis déjà débrouillé de ce côté-là, les rassura Rex. En fait, notre très bonne raison d'être ici ce soir vient juste de passer la porte. Le marquis de Kayne vient d'arriver.

Jonathan, qui n'avait jamais entendu parler de ce marquis, ne comprit pas en quoi son arrivée constituait un motif légitime d'absence, mais Henry sembla saisir l'allusion car il rit de bon cœur.

— Je vois où tu veux en venir, Rex ! Tu es décidément un gredin d'une grande sagesse.

— Mais… Merci, duc, répondit élégamment Rex en affectant un air de modestie. Je fais de mon mieux.

Il se pencha vers Jonathan pour lui préciser à voix basse :

— Tu dois absolument rencontrer Kayne et c'est pour cela que je l'ai fait venir ce soir. Avec ce que je lui ai dit sur toi, il était impatient de faire ta connaissance.

Jonathan n'eut pas l'opportunité de répondre car un grand homme brun arrivait à leur table.

— Torquil, Galbraith. Heureux de vous revoir. Cela fait trop longtemps.

— En effet, nous ne t'avons pas beaucoup vu cette Saison, Philip, commenta Henry. Pas depuis notre bal de charité annuel en mai.

— J'étais occupé dans le Hampshire, alors nous n'avons pas beaucoup participé à la Saison cette année. J'arrive seulement pour la session parlementaire à la Chambre des lords.

— Puis-je te présenter notre beau-frère, Jonathan Deverill ? Jonathan, voici le marquis de Kayne.

Si l'homme était impatient de le rencontrer, rien dans son attitude ne le laissait voir. Deux yeux bleus le regardèrent sans chaleur, quoique poliment, et sa poignée de main ferme fut très brève.

— Mr Deverill.

Comme le marquis n'avait pas encore dîné, il fut convié à se joindre à eux pour le repas.

— Comment vont les affaires ces derniers temps, Philip ? s'enquit Rex après qu'ils eurent commandé des filets de bœuf et du vin pour les accompagner. Lord Kayne est un aristocrate particulièrement en avance sur son temps, précisa-t-il à l'intention de Jonathan. Il est entré dans les affaires depuis un moment déjà.

— Hawthorne Shipping était l'affaire de mon père, pas la mienne, rectifia le marquis. Bien que, je l'admets, j'aurais fait quelque chose s'il ne l'avait pas déjà fait. Les pairs du Royaume qui se contentent de vivre sur les revenus de leurs domaines sont des idiots.

Cette remarque attisa la curiosité de Jonathan.

— Que fait Hawthorne Shipping exactement ? De l'import-export ?

L'homme secoua la tête.

— Nous construisons des paquebots pour la traversée transatlantique. À Liverpool et à Southampton.

— Vraiment ? Des cargos ou des navires de voyageurs ?

— Des cargos. Je…

Il s'interrompit le temps de jeter un regard interrogateur à Rex qui n'échappa pas à Jonathan. Il sembla rassuré par la réponse silencieuse du vicomte et reprit :

— J'aimerais étendre notre activité aux lignes de voyageurs également.

D'où l'objet de cette visite, comprit Jonathan. L'homme avait besoin de capital.

— Vous voulez fabriquer des paquebots et les vendre à la Cunard ou la White Star qui s'occupent du transport de passagers…

Surpris de voir une nouvelle fois le marquis secouer la tête, il attendit ses précisions.

— C'est une option, bien sûr, mais ce n'est pas le plan que je souhaite mettre en œuvre. Je préfère penser plus grand.

Ses yeux intelligents et déterminés rencontrèrent ceux de Jonathan, qui était de plus en plus intrigué.

— Vous ne voulez pas construire pour eux. Vous voulez leur faire concurrence, comprit-il. Une stratégie audacieuse…

— En effet, confirma l'autre avant de prendre une gorgée de whisky. Mon partenaire en affaire s'était jusqu'ici le beau-père de mon frère, le colonel Dutton, et mon frère m'assistait également. Malheureusement, Dutton a perdu énormément dans le dernier krach de Wall Street et mon frère a pris un poste de diplomate à l'ambassade britannique à Washington.

— Vous n'avez pas abandonné votre projet pour autant ? Votre ténacité vous honore.

— J'y ai déjà passé plusieurs années et j'ai investi une petite fortune dans cette idée, aussi, je n'ai aucune envie de l'abandonner.

— Donc vous avez besoin de nouveaux investisseurs pour prendre le relais de ce colonel Dutton. En avez-vous déjà trouvé ?

— Pas encore, admit le marquis avec simplicité. J'ai à peine commencé à en chercher.

— Voilà où tu interviens dans l'histoire, mon cher, déclara Rex.

Jonathan réfléchit un moment avant de dire lentement :

— J'aime l'idée. Mais, pour concurrencer des compagnies florissantes comme la Cunard ou la White Star, vous allez devoir construire des ports et de nouvelles routes pour faire mieux qu'eux.

— Mon frère a déjà commencé à travailler sur cette partie-là, répondit le marquis. Il a obtenu un accord d'Ostende et de New York avant son départ pour Washington. Quant à moi, j'ai rendez-vous avec les autorités du port de Gibraltar le mois prochain pour continuer ce qu'il a commencé. Seulement, si je ne parviens pas à trouver le capital nécessaire, tout cela sera peine perdue.

— Votre projet a éveillé mon intérêt, Lord Kayne, répondit sincèrement Jonathan. J'aime rencontrer des hommes visionnaires, la plupart des gens pensent trop petit. Envoyez-moi les documents de votre projet à Upper Brook Street et je les étudierai. Si j'aime ce que je vois, nous pourrons en reparler.

Au même moment, leurs plats arrivèrent et le sujet des affaires fut mis de côté.

Après le repas, Kayne suggéra un bridge que Jonathan s'empressa d'accepter, heureux d'échapper aux obligations sociales qui appelaient Henry et Rex ailleurs pour la soirée. S'il fallait se fier aux gains qu'ils amassèrent ensemble contre leurs adversaires de bridge, leur partenariat en affaires s'annonçait très profitable.

Le temps que Jonathan rentre à la maison, minuit était largement passé, et il dut rentrer avec la clé qu'Irene lui avait fournie car tous les domestiques avaient quitté leur service. La maison était sombre et silencieuse, et il s'apprêtait à rejoindre sa chambre en montant le grand escalier quand un rai de lumière sous la porte de la bibliothèque attira son attention.

Une lampe à gaz oubliée pouvait être fatale. Étonné que les serviteurs de Torquil aient pu commettre une telle imprudence, il fit demi-tour pour aller l'éteindre lui-même. Mais, quand il ouvrit la porte, il se pétrifia. La lampe n'avait pas été oubliée… Marjorie était assise à même le sol, penchée sur un coffre qu'il reconnut comme celui qu'il avait lui-même rempli des dernières affaires de Billy. Suivant ses instructions, Mrs Forsyte l'avait fait suivre jusqu'ici.

Marjorie n'avait pas remarqué sa présence dans l'encadrement de la porte. Elle gardait la tête penchée, ses longues boucles de feu cascadant sur son épaule et la poitrine à peine recouverte de sa chemise de nuit, qui s'étalait en corolle blanche autour d'elle.

Il s'avança dans la pièce sans éveiller son attention et découvrit qu'elle était concentrée sur la lecture d'une lettre qu'il reconnut aussitôt.

Il s'arrêta à nouveau alors que son esprit comprenait trop tard les implications de l'information contenue dans cette lettre. Quand elle parla d'une voix basse, il sut qu'elle aussi les avait comprises :

— Il était à New York, souffla-t-elle en laissant la lettre tomber sur ses genoux. Trois ans après m'avoir laissée à la Forsyte Academy, il est revenu à New York, mais ce n'était pas pour moi.

Elle leva son visage vers le sien, et ses grands yeux où se lisaient le choc et la douleur lui firent un coup au cœur. Quand il vit une larme couler sur sa joue, il eut la sensation qu'on lui versait de l'acide dans la poitrine.

— Il a fait tout le chemin depuis l'Idaho, reprit-elle. Il n'était qu'à une heure de route. Une heure. Et il n'est pas venu.

Le cœur déchiré de la voir si bouleversée, Jonathan avança vers elle instinctivement avant de se rappeler brusquement ce qu'il s'était passé la dernière fois qu'il avait été seul avec elle. Il s'arrêta à nouveau, parfaitement conscient de son propre état de vulnérabilité. Dans son esprit défilaient les milliers de raisons qu'il avait de faire demi-tour et de s'éloigner. En vain.

Il n'aurait jamais pu la quitter en cet instant.

Avec une profonde inspiration, il vint près d'elle.

Chapitre 18

Ses grands yeux sombres brillaient d'une lueur sauvage comme ceux d'un animal blessé, et il l'approcha comme si elle l'était effectivement. Il fit le tour du coffre et écarta délicatement les plis de sa chemise de nuit pour s'asseoir doucement à côté d'elle.

— Marjorie…

Elle ne lui laissa pas l'occasion de continuer.

— C'est une estimation de la Rose de Shoshone datée du 21 juillet 1888, trois ans après qu'il m'a laissée là-bas. L'avez-vous vue ? Bien sûr, que vous l'avez vue. C'est vous qui avez emballé ses affaires.

— Oui, je l'ai vue.

— Alors vous saviez, dit-elle en serrant les mâchoires, ses yeux accusateurs posés sur lui. Vous saviez qu'il était venu à New York et vous ne m'avez rien dit.

— Non ! Enfin, pas exactement, tenta-t-il d'expliquer devant son expression de choc incrédule. Bien sûr, je savais qu'il était parti à New York pour faire estimer et tailler le saphir, mais c'était bien avant que je le rencontre, et par ailleurs je n'ai appris votre existence qu'il y a deux mois. Quand j'ai emballé ces lettres, je croyais encore que vous étiez une enfant, aussi j'ai naturellement supposé qu'à l'époque où il avait fait le voyage vous n'étiez pas encore née. Ensuite, je n'ai tout simplement pas fait le rapprochement entre la date de cette estimation et votre âge. Je viens tout juste de remettre les pièces du puzzle en place, Marjorie. Si je l'avais fait plus tôt, je vous en aurais parlé, je vous l'assure.

Elle le fixa un long moment de son regard blessé.

— Pourquoi ? demanda-t-elle enfin. Pourquoi n'est-il pas venu ? Vous le connaissiez bien. Dites-moi pourquoi.

Il aurait tant voulu pouvoir le faire.

— Je ne sais pas, admit-il, défait. Si je devais deviner, je dirais qu'il en avait l'intention et puis qu'à la dernière minute… Eh bien…

— C'était un lâche. Voilà ce que vous voulez dire.

— Je… C'est difficile pour moi de le considérer comme tel, expliqua Jonathan en faisant de son mieux pour analyser son meilleur ami de façon objective. Nous avons bravé tant de choses ensemble, sans que je le voie jamais reculer devant le danger. Son courage dans l'action ne fait aucun doute, pourtant…

— Pourtant, il avait peur d'une petite fille, termina-t-elle dans un murmure de dédain.

Hélas, le comportement de Billy à son égard semblait pleinement justifier le mépris de sa fille.

— Je ne peux que deviner ses motivations.

— Et vous l'appelez encore votre ami ? Cet homme assez faible pour avoir ainsi abandonné sa fille, lui avoir fait des promesses qu'il n'a pas tenues et l'avoir nourrie d'espoirs déçus !

Il ne pouvait la contredire sur ce point et il devait admettre en son for intérieur que, depuis qu'il avait rencontré Marjorie, son opinion sur celui qui avait été comme un frère pour lui s'était considérablement assombrie. Seuls son chagrin et sa loyauté l'avaient empêché d'en prendre conscience avant ce soir.

— C'est vrai, avoua-t-il. Je suis désolé, Marjorie.

Ses beaux traits se tordirent de chagrin et il lui fallut puiser dans ses dernières forces pour ne pas bouger. Elle avait besoin d'une épaule sur laquelle pleurer, d'une étreinte réconfortante. Or il ne pouvait les lui offrir. Il n'osait pas, car il savait d'ores et déjà qu'il ne serait pas assez fort pour résister à l'attraction irrésistible qu'elle exerçait sur lui. Alors, au lieu de la prendre dans ses bras, il fit le seul acte honorable possible et sortit un mouchoir de sa poche.

— Je le déteste, lâcha-t-elle dans un sanglot en serrant les doigts sur le mouchoir. Je le déteste, répéta-t-elle avec moins de virulence. Déteste…

Ses épaules s'affaissèrent et elle serra le poing contre son ventre.

— Non, dit-il gentiment. Vous ne le détestez pas.

Elle leva le visage vers lui, les yeux brillants de larmes, et il sentit qu'il s'approchait dangereusement du précipice.

— Je devrais le détester, s'insurgea-t-elle.

— Sans aucun doute. Mais ce n'est pas le cas.

Elle émit un nouveau sanglot et il eut plus que jamais envie d'entourer son petit corps frémissant de ses bras pour la réconforter. Cependant, il était encore assez lucide pour savoir que la chevalerie ne serait qu'un prétexte.

Pour se distraire de ses pensées dangereuses, il se redressa à genoux et se mit à fouiller le contenu du coffre.

— Si cela peut vous réconforter, je sais ce que cela fait d'avoir un père défaillant. Et ce que c'est de vouloir de toutes ses forces le détester sans y parvenir. En revanche, vous pouvez dire une chose à propos du vôtre que je ne peux pas dire à propos du mien.

— Et qu'est-ce que c'est ?

Plutôt que de répondre, il sortit ce qu'il venait de trouver – une boîte de bois assez grande qui ressemblait à un coffre de pirate et un trousseau de clés. Il posa le coffret sur le sol et le déverrouilla, dévoilant un tissu de soie jaune à l'intérieur duquel se trouvait une liasse de lettres au papier jauni soigneusement emballée.

— Ce sont les vôtres, n'est-ce pas ?

— Oui, murmura-t-elle, abasourdie en tendant une main tremblante vers les lettres. Je… Les avez-vous lues ?

— Certainement pas ! Un gentleman ne se permettrait pas une telle indiscrétion.

— Oui, pardon. Dans ce cas, comment avez-vous su que c'étaient les miennes ?

Il tourna la liasse pour qu'elle puisse voir l'adresse de l'expéditeur au dos des lettres.

— Je ne pense pas qu'il ait connu deux jeunes filles à la Forsyte Academy…

— Il a gardé mes lettres, souffla-t-elle d'une voix émue. Toutes mes lettres.

— Il ne les a pas seulement gardées, il les a soigneusement emballées dans de la soie et enfermées dans un coffre, comme un véritable trésor.

— Mais… Pourquoi aurait-il fait cela ?

— Peut-être parce que, à sa façon très maladroite, il vous aimait et vous chérissait.

Elle le contempla en secouant la tête, comme si elle refusait d'y croire. Soudain, elle lâcha la liasse de lettres, qui tomba au sol, et se mit à pleurer sans bruit, de grosses larmes coulant sans discontinuer de ses yeux noyés de chagrin. Ce spectacle lui fut insupportable.

— Non, ne pleurez pas, supplia-t-il en prenant son visage en coupe dans sa paume.

— Je ne sais pas pourquoi je pleure, souffla-t-elle.

Il pensa à ses propres rêves brisés et murmura en effaçant ses larmes du pouce :

— Moi, je le sais, *hiraeth*.

— Qu'est-ce… Qu'est-ce que ça signifie ?

— Cela désigne le chagrin que l'on ressent pour quelque chose qui n'est plus, ou pour ce qui n'a jamais été, une sorte de mélancolie pour ce qui n'a existé que dans notre imagination.

Il s'interrompit, trop conscient soudain de la douceur de ses boucles sous ses doigts.

— C'est un terme gallois, j'ai appris cette langue à l'école, en même temps que le latin, le grec et quelques autres que je n'utiliserai jamais. Voilà ce qu'on enseigne aux garçons de la bonne société, tout un tas de savoirs qui n'auront jamais aucun intérêt dans la vie pratique.

Elle rit un peu et ce son lui fit l'effet d'un rayon de soleil entre les nuages.

— Mon école était tout à fait semblable. Nous apprenions à danser la valse, à calligraphier nos lettres et à parler un français impeccable.

— Le français est au moins utile quand on voyage à l'étranger. Essayez de parler gallois à un serveur sur le Continent et vous verrez que vous n'irez pas très loin.

Elle rit encore et cette fois, il joignit son rire au sien. Quand le silence revint, il perçut le changement d'atmosphère entre eux – son corps se tendit et il sentit le pouls de

Marjorie battre plus vite sous ses doigts qui n'avaient pas quitté l'ovale de son visage. Marjorie entrouvrit les lèvres.

Jonathan sentit sa résistance faiblir. Désespéré, il tenta de se rappeler qu'elle était dans une situation de vulnérabilité et qu'il ne se conduisait pas du tout en gentleman en profitant de sa fragilité. Il se concentra sur ses joues encore humides de pleurs et s'obligea à repenser à ses promesses et à son innocence.

Mais alors, elle se pencha vers lui, le souffle court et chaud et il sut qu'il était perdu.

Non ! Il ne devait pas. Il devait partir ! Tout de suite.

Alors même qu'il tentait de secouer sa torpeur sensuelle, ses doigts glissèrent vers sa nuque pour l'attirer plus près. Le corps tendu d'un désir impérieux, il leva son petit menton vers lui et pencha la tête. Doucement, ses lèvres effleurèrent les siennes. Ce contact léger suffit à lui couper le souffle après des semaines de frustration.

La première fois, il avait conscience de jouer avec le feu. La seconde, il avait rallumé l'étincelle et cette troisième fois, alors qu'elle passait ses bras autour de son cou, la flamme qui l'embrasa fut si violente qu'il sut qu'il ne pourrait la contenir.

Il approfondit son baiser pour savourer le goût enivrant de sa bouche et elle gémit sous ses lèvres, laissant courir ses doigts dans ses cheveux. Quand il referma ses bras autour d'elle pour l'attirer plus près, elle vint à lui avec cet enthousiasme innocent qui le rendait fou et l'avertissait en même temps qu'il devait protéger sa vertu et non pas la ravir. Seulement, sa bouche était si suave et tendre, son baiser si affolant et son corps si souple contre le sien qu'il ne put trouver la force de mettre un terme à leur étreinte.

Un bras autour de sa taille, il remonta son autre main le

long de son dos en grondant de plaisir à la pensée qu'une simple épaisseur de mousseline légère séparait ses doigts de sa peau. Puis il laissa sa main glisser entre leurs corps pour prendre son sein dans sa paume.

Aussitôt, elle mit un terme à leur baiser en poussant un petit hoquet de surprise, toutefois son corps s'était instinctivement arqué d'instinct contre le sien.

— Tout va bien, souffla-t-il en caressant la pointe dressée.

Comme elle se tendait nerveusement, il immobilisa sa main, prêt à s'arrêter devant son refus. Comme elle ne s'écarta pas, il reprit ses mouvements lents tout en murmurant des mots apaisants entre deux baisers au creux de son cou.

Quand il pinça délicatement la pointe durcie entre ses doigts, elle gémit de volupté, les bras serrés autour de son cou. Bientôt, il devrait mettre un terme à cette folie, mais pas encore… Le corps brûlant de fièvre, il ouvrit les lacets qui fermaient le décolleté de sa chemise de nuit.

— Jonathan ? murmura-t-elle d'une voix faible.

Une question, une supplique… Les deux à la fois sans doute.

— Tout ira bien, promit-il en priant pour avoir la force de ne pas mentir.

Fébrile, il se pencha jusqu'à ce que sa bouche caresse la pointe délicate à travers le tissu fin. Avec un gémissement, Marjorie se cambra contre lui, ses hanches pressées contre son érection. Il était tellement dur que ce contact lui fut une délicieuse torture qui envoya des éclairs de plaisir dans tout son corps.

Sa main descendit plus bas avant de remonter sous sa chemise de nuit. Exactement comme il l'avait imaginé, elle ne portait pas de bas et sa peau était brûlante. Il remonta lentement la main le long de sa cuisse, puis plus haut, sur sa hanche. Elle était entièrement nue et ses mains découvraient avec volupté ses formes sensuelles tandis que sa bouche continuait ses caresses sur son sein pour la faire gémir et se cambrer.

Elle murmura son nom dans un gémissement rauque et éperdu qui ne laissait pas de doute sur son excitation et le sens de sa prière. Impatient de pouvoir accéder à son désir, Jonathan l'allongea sur le dos et vint au-dessus d'elle avant de prendre à nouveau sa bouche. Lentement, il laissa sa main remonter entre ses jambes et la referma sur son mont de Vénus. Quand il glissa tendrement un doigt en elle, elle se raidit sous le choc. Elle était déjà prête pour lui et cette découverte manqua avoir raison de lui. Par miracle, il parvint à se raisonner. Ce moment n'était pas pour lui, il devait définitivement oublier son propre désir pour lui offrir le soulagement qu'elle demandait. Alors il la caressa tendrement, habilement, jusqu'à ce qu'elle pousse de petits cris de volupté en haletant.

— C'est bien, ma douce, murmura-t-il en contemplant son beau visage transfiguré par le plaisir.

Elle avait les yeux clos, les joues roses et il sut en cet instant que peu importe l'endroit de la terre où il se trouverait, il ne verrait jamais rien d'aussi beau que Marjorie au bord de l'extase.

— Tu y es presque, ma belle, promit-il en la sentant onduler contre sa main, de plus en plus agitée, le corps secoué de spasmes.

Au moment où il disait ces mots, tout son corps se contracta et elle atteignit l'extase avec une violence magnifique.

À bout de souffle, elle se laissa aller sur le tapis, le corps languide, mais il continua de la caresser délicatement jusqu'à ce qu'elle vienne à nouveau, bouleversé par le spectacle de sa jouissance.

Puis, tandis qu'il la laissait reprendre son souffle, son propre désir revint le torturer. Il devait partir maintenant, pendant qu'il en était encore capable.

Il posa une dernière fois la bouche sur la sienne avant de se rasseoir, le corps douloureusement tendu. Avec une profonde inspiration, il remit sa chemise de nuit en place en se forçant à ne pas contempler ses jambes fines et longues, ses hanches rondes. Il s'obligea à ne pas détourner le regard de son visage, et cette vision lui fit l'effet d'une flèche en plein cœur. Elle irradiait littéralement, un sourire sur ses lèvres pleines, les yeux encore noyés du plaisir qu'il lui avait donné.

Jonathan sentit son sexe durcir encore et sa poitrine se serrer. Mais il avait promis de prendre soin d'elle. Or, prendre sa virginité à même le sol aurait été faire l'exact opposé.

Avec effort, il se releva et tendit la main pour l'aider avant de la libérer dès qu'elle fut sur pied.

— Nous ferions mieux d'aller nous coucher, dit-il en fixant le mur derrière elle. Avant que j'oublie…

Il s'interrompit. Il ne pouvait pas décemment déclarer qu'il avait peur d'oublier de se conduire en gentleman alors que cela faisait une bonne demi-heure qu'il avait oublié tous les codes de bonne conduite.

— … Avant que quiconque nous trouve ici, rectifia-t-il. Bonne nuit, Marjorie. Dormez bien.

— Vous aussi, murmura-t-elle tandis qu'il quittait la pièce.

Il émit un rire caustique car il savait déjà qu'il ne pourrait fermer l'œil de la nuit. Alors qu'il rejoignait sa chambre, le corps tendu d'un désir inassouvi, il sentit la peur le gagner : il craignait que les souvenirs de cette nuit le hantent à jamais.

Contrairement à Jonathan, Marjorie ne gagna pas tout de suite sa chambre, car le sommeil lui semblait tout bonnement absurde après ce qui venait de se passer. Jamais elle ne s'était sentie aussi éveillée, aussi vivante qu'en cet instant. Ni plus bouleversée.

Pendant des semaines, il s'était montré poli et distant. Et puis il l'avait passionnément embrassée sur le *Mary Louisa* avant de faire cet aveu qui lui avait coupé le souffle :

« Être ami avec vous me tue. ».

Ses mots comme son baiser étaient la preuve qu'il nourrissait à son égard des émotions passionnées. Du moins, c'était ce qu'elle avait cru à ce moment-là, et elle avait attendu dans une anticipation fiévreuse la suite de ces retrouvailles merveilleuses… Tout cela pour être de nouveau superbement ignorée les deux semaines qui avaient suivi. Elle l'avait à peine vu, et son humeur était devenue chagrine et troublée.

À la lumière de ces précédents événements, Marjorie ne savait pas exactement comment elle devait interpréter ce qui venait de se produire. Elle n'avait aucun passé romantique, ni aucune expérience amoureuse sur laquelle s'appuyer. D'ailleurs, le terme « romantique » semblait bien mal décrire ce qui était arrivé entre eux ce soir. Ses caresses brûlantes et tendres avaient enflammé son corps d'une passion dont elle ne se serait jamais crue capable. Le plaisir incommensurable qu'il avait provoqué dans tout son corps, tellement intense et inattendu, la laissait dans un état de langueur charnelle merveilleux.

Mais qu'est-ce que tout cela signifiait pour lui ? Elle n'avait aucun moyen de répondre à cette question, pourtant, elle passa le plus clair de la nuit à tenter de le faire. Tandis qu'elle analysait tout ce qui s'était passé entre eux depuis leur première rencontre, ses émotions alternaient entre la joie, la perplexité, le désir et la colère en une ronde sans fin.

Finalement, quand l'aube arriva, elle abandonna, trop épuisée et énervée pour continuer à se torturer l'esprit. Il n'y avait qu'un seul moyen de donner du sens à tout cela : lui poser directement la question.

Ce qui, malheureusement, se révéla une tâche ardue. Comme il en avait pris dernièrement l'habitude, Jonathan ne descendit pas pour le petit déjeuner et une enquête discrète auprès de Boothby lui apprit qu'il avait mangé avant tout le monde et était sorti sans dire où il allait. Il ne reparut évidemment pas de la journée.

Toutefois, Marjorie n'avait aucunement l'intention de patienter encore deux semaines dans l'incertitude. Toute la famille partait pour un bal le soir même, et elle trouverait bien un moyen de le confronter juste avant leur départ à tous.

Malheureusement, Jonathan déjoua ses plans en envoyant un message dans l'après-midi à Irene pour l'informer qu'il dînerait à son club et les rejoindrait au bal plus tard.

Marjorie, qui ne pouvait pas encore s'y rendre, comprit parfaitement ce que ce message signifiait. Il recommençait à l'éviter comme la peste. Cette fois, elle ne le tolérerait pas. Alors, une fois la maison vide, elle s'installa dans la bibliothèque pour attendre son retour, déterminée à avoir cette conversation avant la fin de la nuit.

Pour s'occuper, elle essaya de se plonger dans les documents financiers que Jonathan lui avait donnés à lire, malheureusement, cette lecture rébarbative ne la distrayait pas le moins du monde de ses pensées, qui revenaient toujours aux événements de la veille.

Le coffre avait été rangé par les domestiques, à présent, mais ses yeux revenaient sans cesse se poser sur le tapis où il l'avait embrassée et caressée. Elle se mordilla la lèvre en rougissant de plaisir et de honte mêlés. Non, ce n'était pas de la honte, elle avait simplement été choquée de découvrir en elle cette passion sauvage et primitive.

La Forsyte Academy était une école pour jeunes filles bien élevées et personne, au cours de ses études, n'avait jugé bon de lui parler des relations intimes entre homme et femme. C'étaient les mères qui étaient supposées aborder ce délicat sujet avec leurs filles, mais Mrs Forsyte, qui était celle qui avait tenu ce rôle pour Marjorie, n'avait jamais ne serait-ce qu'effleuré la question.

Bien que sa brève carrière d'enseignante lui ait donné accès à certains livres de biologie, les informations qu'elle y avait trouvées restaient vagues et euphémiques. Mais comment un livre aurait-il pu exprimer la réalité de ce qui s'était passé ? Cette tension délicieuse qui lui arquait les reins, ces sensations merveilleuses qui la faisaient gémir et cette apothéose finale ?

— Votre café, Miss McGann.

La voix de Boothby la tira brusquement de ses méditations sensuelles et l'obligea à ramener son attention sur les papiers étalés devant elle. Affreusement gênée, elle fit mine d'annoter l'une des pages.

— Déposez-le sur la table, Boothby.

— Y aura-t-il autre chose pour votre service, Miss ?

— Non, merci, vous pouvez y aller.

Sur une révérence, il disparut, et Marjorie laissa tomber sa tête sur les documents avec un grognement de frustration. Si elle devenait écarlate à chaque fois qu'elle songeait à la nuit passée, comment oserait-elle affronter Jonathan ?

Au moment où cette question lui traversait l'esprit, de nouveaux pas résonnèrent dans le couloir et elle se redressa, l'air concentré sur sa lecture. Hélas, à l'instant où elle vit l'objet de ses pensées entrer dans la pièce, elle sentit son visage s'enflammer derechef.

S'efforçant au courage, elle s'obligea à affronter Jonathan.

— Bonsoir, dit-elle d'une voix relativement ferme. Je vous croyais au bal. N'y allez-vous pas ?

Surprise, elle découvrit qu'il ne portait pas un costume de soirée mais un simple habit de tous les jours.

— Non.

Il entra dans la pièce et referma la porte derrière lui, exactement comme il l'avait fait la veille. Intensément troublée, Marjorie se leva brusquement. Avait-il l'intention de recommencer ce qu'il avait voulu arrêter la veille ? Son corps s'amollissait déjà de langueur à cette idée et elle sentit sa résolution faiblir. Quand il avança vers elle, son instinct lui souffla de fuir par la porte, mais elle réfréna sa couardise et contourna la table pour lui faire face, les doigts toujours serrés sur son crayon.

Jonathan s'arrêta juste devant elle.

— Je voulais vous parler.

— Une fois n'est pas coutume… répliqua-t-elle d'un ton ironique dont elle fut très fière.

Pourtant, quand elle vit son regard s'égarer vers le tapis où il lui avait donné tant de plaisir, elle sentit son cœur s'affoler.

— Je voulais dire que je souhaitais vous parler seul à seule.

Malgré son affolement, Marjorie sentit une vague de désir monter inexorablement en elle, comme si son corps réagissait à sa seule présence.

— Eh bien, cela aussi, c'est un changement, répondit-elle.

Il tendit la main et referma les doigts autour du crayon qu'elle malmenait. Elle se retint de l'en empêcher et s'obligea à ouvrir son poing serré.

Jonathan posa le crayon sur la table avant de la regarder en face. Alors, il prit ses mains dans les siennes et déclara :

— Je crois que nous devrions nous marier.

Chapitre 19

Marjorie cligna des yeux, abasourdie. Venait-il réellement de lui demander sa main ou avait-elle rêvé ses paroles ?

— Vous voulez m'épouser ? articula-t-elle.

— Oui. Après ce qui s'est passé hier soir, je pense que c'est ce qu'il y a de mieux à faire.

Brusquement, la lumière se fit en elle et un sentiment d'horreur l'envahit.

— Mon Dieu…, souffla-t-elle en lui retirant brutalement ses mains.

Elle repensa aux rumeurs qui avaient couru à la Forsyte Academy sur l'une de ses collègues. Elle n'y avait pas prêté grande attention à l'époque, mais désormais, elle percevait l'histoire sous un jour nouveau ! On chuchotait qu'elle avait fait des choses inavouables avec un homme, qu'il n'avait pas voulu l'épouser, et qu'elle avait alors dû partir pour mettre au monde son bébé à l'abri des regards…

Elle aussi avait fait des choses inavouables avec Jonathan !

— Je… Je me suis couchée auprès de vous, balbutia-t-elle, horrifiée. Ici même ! Et maintenant je suis perdue !

Si seulement elle n'avait pas nourri une telle aversion pour les ragots, elle aurait prêté davantage d'attention à cette histoire à l'époque et aurait sans doute pu éviter ce désastre.

— Non, vous n'êtes pas perdue, répliqua-t-il d'une voix dure qui n'avait rien de rassurant. Pas encore, du moins.

Elle secoua la tête en essayant de ne pas céder à la panique, seulement, elle était trop bouleversée pour contrôler l'angoisse qui montait en elle.

— Marjorie, reprit-il plus gentiment. Rien d'irrémédiable n'est arrivé.

— Rien ? répéta-t-elle en écho d'une voix suraiguë. C'est comme cela que vous appelez ce qu'on a fait hier ?

— Ce que je veux dire, c'est que ce que nous avons fait – ce que j'ai fait – ne vous a pas ruinée. Ç'aurait pu être le cas, bien sûr, si on nous avait surpris, mais rien de tel ne s'est produit.

Marjorie n'arrivait plus à réfléchir, un voile rouge était tombé devant ses yeux et elle ne parvenait plus à reprendre une respiration normale. Soudain, Jonathan serra ses bras dans ses mains.

— Les portes étaient fermées. Tout le monde était endormi. Personne ne nous a vus, répéta-t-il d'un ton apaisant.

— Mais… mais… Et le bébé ? s'écria-t-elle, au bord de l'affolement.

Ce fut au tour de Jonathan de paraître un instant hébété… avant d'éclater de rire.

— Cela n'a rien de drôle !

— Non, non, c'est vrai, dit-il en reprenant une expression sérieuse.

Pourtant, ses yeux pétillaient encore d'amusement, et Marjorie se sentit vexée.

— Pardon. Je sais que cela n'a rien de drôle… C'est

simplement que vous avez cette habitude désarmante de me prendre toujours de court, Marjorie. Je pensais m'être bien préparé pour cette conversation et avoir prévu tout ce que vous pourriez dire, et voilà que je suis à nouveau surpris. J'aurais dû savoir qu'on ne peut jamais rien préparer, avec vous.

— Eh bien, que vous soyez ou non bien préparé n'est pas ma principale préoccupation, pour l'heure, voyez-vous ?

— Bien sûr. Pardonnez-moi, j'ai tenu pour acquis que quelqu'un vous aurait expliqué tout cela il y a des années. Mrs Forsyte, ou l'une de vos amies mariées… Quelqu'un…

Sa voix s'éteignit quand son silence lui confirma que personne ne lui avait dit quoi que ce soit. Jonathan prit une inspiration avant d'expliquer :

— Ce que nous avons fait hier… Ce n'est pas comme cela que les bébés sont conçus. Du moins, pas exactement. Enfin… les choses ne sont pas allées assez loin entre nous pour…

— Oh…

Soulagée que ses inquiétudes soient sans fondement, Marjorie ne se sentait pas pour autant davantage éclairée. Il lui semblait, pour sa part, qu'ils étaient allés très loin, tous les deux…

— Néanmoins, il s'en est fallu de peu, reprit-il sans plus aucune trace d'humour. Je crains que nous ne parvenions effectivement à un point irréversible, tôt ou tard.

— Je vois, murmura-t-elle alors qu'elle ne voyait rien du tout.

Du calme. Elle devait réfléchir posément. Jonathan

venait de lui proposer le mariage. Elle n'arrivait toujours pas à le concevoir.

— Donc je ne suis pas perdue ? répéta-t-elle. Et il n'y a aucune possibilité qu'un bébé… ?

Bien qu'il secouât négativement la tête à chacune de ses questions, elle insista :

— Vous en êtes sûr ?

Avec un sourire tendre qui lui fit battre le cœur plus vite, il répondit :

— Sûr et certain.

— Dans ce cas, pourquoi diable voulez-vous m'épouser ? Êtes-vous… ?

Elle ne put se résoudre à poser tout haut cette question, alors même qu'elle n'avait jamais osé rêver d'une telle possibilité auparavant.

— Vous voulez connaître mes sentiments, bien sûr. Je vais donc vous les confesser, quoiqu'il faille que vous sachiez que ce n'est pas le genre de discours facile à faire pour un homme. Tout d'abord, laissez-moi vous dire sans détour que je vous veux, Marjorie.

Cette déclaration provoqua immédiatement une brûlure délicieuse au creux de ses reins et elle ne put qu'émettre un soupir délicieusement choqué.

— Je ressens pour vous un désir aussi passionné que profond.

Bouleversée, Marjorie fit néanmoins de son mieux pour ne pas laisser transparaître son trouble. Elle aussi se consumait d'un étrange besoin pour lui, mais elle aurait été incapable de l'admettre tout haut.

— Oui… Je… Je m'en étais rendu compte.

Peine perdue, le murmure étranglé qui passa ses lèvres était loin de traduire une indifférence sophistiquée.

— Je m'en doute. Ce que vous ne savez probablement pas, en revanche, c'est que j'ai éprouvé pour vous ce désir depuis notre toute première rencontre.

— Vraiment ?

De plus en plus stupéfaite, Marjorie avait la sensation d'avoir basculé dans l'univers d'*Alice au pays des merveilles*, en un lieu où toutes ses rêveries romantiques, qu'elle avait crues impossibles, se réalisaient.

— Comme je suis votre tuteur, je savais d'emblée que nourrir de tels sentiments à votre égard était parfaitement inapproprié, même si je n'imaginais pas, à l'époque, que je vous voudrais avec une force incontrôlable. J'ai instinctivement essayé de vous en protéger, d'abord en voulant vous laisser à New York, puis en mettant Lady Stansbury entre nous, et enfin en tentant de partir au plus vite pour l'Afrique.

Il eut un rire plein d'autodérision.

— Je vous ai dit, comme je me suis dit à moi-même, que toutes mes actions étaient motivées par le sens du devoir, que je voulais vous protéger des attentions des autres hommes. Seulement, après la nuit dernière, je ne peux plus continuer de me mentir de la sorte. Je me dois d'être parfaitement honnête envers nous deux.

Son regard résolu croisa le sien.

— Tout ce temps, c'est de moi-même que j'essayais de vous protéger.

Le cœur de Marjorie battait si fort dans sa poitrine que la tête lui tournait.

— En toute franchise, ces deux derniers mois, j'ai vécu l'enfer, reprit-il. Être ami avec vous m'est impossible, car plus je suis près de vous, plus je vous désire. En dépit de ma volonté, ma résistance faiblit chaque jour qui passe, vous rendant davantage vulnérable à mes attentions, comme je ne l'ai hélas que trop démontré. À ma grande honte, je ne peux me comporter en honnête gentleman dès lors que vous êtes concernée.

Marjorie, qui n'avait jamais été l'objet d'attentions masculines, honorables ou non, avait bien du mal à partager son opinion sur sa conduite. Peut-être avait-elle une nature indomptable, mais ce que Jonathan lui avait fait la veille était l'expérience la plus enivrante, la plus étourdissante, la plus merveilleuse qu'elle ait jamais vécue. Elle aurait pu l'avouer tout haut, toutefois, les mots lui paraissaient bien faibles au regard de ce qu'elle avait ressenti.

De toute façon, Jonathan poursuivait :

— Dans de telles circonstances, la meilleure solution était de m'éloigner de votre compagnie, mais mes sœurs ont insisté pour que je reste jusqu'à votre anniversaire. J'avais déjà manqué à ma parole une fois avec elles, j'étais incapable de les trahir une seconde fois.

— Attendez ! l'interrompit-elle, désespérant de pouvoir s'exprimer à son tour alors qu'il semblait lancé dans un monologue sans fin. Reprenons à la partie où vous m'avouez votre désir, je ne suis pas certaine de bien comprendre ce que vous voulez dire.

— Vraiment ? demanda-t-il avec un petit rire entendu. Après la nuit dernière, je suis certain que vous savez parfaitement de quoi je veux parler.

Elle se mordilla la lèvre, incapable de nier mais trop embarrassée pour avouer la vérité.

— À cause de cela, il ne peut y avoir qu'une seule issue honorable, et je préférerais que nous prenions cette décision par choix plutôt que guidés par les circonstances.

— Donc… Vous pensez que nous perdrons la tête et ferons quelque chose de stupide qui nous contraindra au mariage, traduisit-elle.

— Je préférerais que nous n'ayons pas à en arriver là. En m'épousant, vous n'aurez pas à craindre un mari qui n'en voudrait qu'à votre fortune. Personne ne pourra rien trouver à redire à notre union. En fait, nous formons un couple tout à fait convenable, vous et moi.

Marjorie sentit soudain un malaise vague l'envahir, malgré l'euphorie romantique dans laquelle sa proposition l'avait plongée.

— Mais… Êtes-vous… ?

Elle s'interrompit à nouveau, sans comprendre pourquoi cette question était si difficile à prononcer. Seulement, elle n'avait pas le choix, elle devait savoir. Après un profond soupir, elle trouva enfin le courage de demander :

— Jonathan, êtes-vous en train de tomber amoureux de moi ?

Alors même qu'elle prononçait les mots, elle ne put retenir un petit rire nerveux tant cette idée semblait incongrue en dépit de son aveu de passion.

— Non, Marjorie. Je le suis déjà.

Son rire mourut aussitôt. Sous son regard, elle eut l'impression que le sol se dérobait sous ses pieds. Elle ne pouvait pas le croire. C'était impossible. C'était tout simplement absurde.

Les hommes comme lui ne tombaient pas amoureux, ils ne se mettaient pas en ménage, pas pour de bon, pas pour le reste de leur vie. Or, c'était cela, le mariage, pour elle, une existence entière ensemble, pour toujours.

Comme elle gardait le silence, le cœur serré d'une appréhension nouvelle, il reprit doucement :

— Après la nuit dernière, j'ai pensé que vous partagiez peut-être mes sentiments…

Elle prit une brusque inspiration, affolée à l'idée qu'il avait raison. Elle ne pouvait pas se laisser aller à de tels sentiments pour un homme qui voulait sans cesse partir !

— C'est ridicule, répliqua-t-elle en libérant ses mains, qu'il tenait toujours. Deux mois, c'est bien trop court pour éprouver des sentiments sincères.

— Croyez-vous ? Je suis à peu près certain pour ma part que je suis tombé amoureux à l'instant où je vous ai découverte dans ma cabine, sur le *Neptune*. Ce n'est qu'hier soir, pourtant, que j'ai cessé de lutter contre mes émotions pour me les avouer enfin à moi-même.

Marjorie sentit la panique monter en elle. Ses sentiments, ses peurs… Tout se mélangeait. Oppressée, elle continua de lutter contre l'évidence qui la terrifiait tant :

— Eh bien, même si c'est vrai pour vous, ça ne l'est pas pour moi ! Je refuse de tomber amoureuse d'un homme parce qu'il est le premier à m'avoir embrassée !

Elle fronça les sourcils en le voyant retenir un sourire.

— J'espère que vous n'avez pas l'intention de tester d'autres baisers avant de vous décider ? Car, si c'était le cas, je serais forcé de sauter d'une falaise.

Marjorie émit un bruit de gorge à mi-chemin entre le sanglot de panique et le rire désespéré. Même en cet instant, elle ne désirait qu'une chose : se jeter dans ses bras pour s'abandonner à la douceur de ses baisers. Seulement, cela ne le ferait pas changer. Incapable de réfléchir calmement, elle adopta une autre tactique.

— Laissez-moi résumer, reprit-elle en écartant toute idée romantique pour analyser froidement les faits, nous

nous marions, nous passons quelques semaines ensemble pour satisfaire nos… notre…

— … passion mutuelle ? proposa-t-il.

— Notre béguin, corrigea-t-elle sévèrement. Et puis vous partez pour aller explorer l'Afrique du Sud tandis que je vous attends sagement au coin du feu. C'est là votre plan ?

— Eh bien, je n'ai pas vraiment fait de plan, à vrai dire… Mais il est certain que vous ne pouvez pas m'accompagner en Afrique du Sud. Si la guerre contre les Boers se déclenche, la situation deviendra risquée. Je refuse de vous faire courir un tel danger…

— Mais vous vous y mettrez vous-même ! Seigneur, Jonathan, si quoi que ce soit vous arrivait…

Elle ne put continuer, le cœur noyé d'horreur à l'idée qu'il puisse ne jamais revenir. Au vu de sa réaction, sa supposition quant à ses sentiments semblait juste, aussi fit-elle de son mieux pour lui prouver le contraire.

— Si vous mouriez là-bas, je deviendrais veuve… Non, merci.

Par miracle, elle était parvenue à adopter un ton proche du désintérêt alors que son cœur se serrait atrocement à cette idée.

— Je pourrais tout aussi bien mourir heurté par un omnibus en traversant une rue ici…

— Ce n'est pas pareil !

— Le résultat serait pourtant le même.

— Cessez de plaisanter !

— Très bien, excusez-moi. Comprenez-moi, je vous avoue que je suis un peu nerveux, Marjorie. J'imagine que c'est naturel quand on en vient à faire sa demande. Et, concernant ma mort, je n'ai nulle intention de mourir en Afrique du Sud. J'ai une très bonne raison de revenir vivant.

— Si vous décidez de revenir !

— Ah ! Nous y voilà…, murmura-t-il.

Les mâchoires serrées, elle garda le silence. Quand il prit son visage entre ses paumes, elle se raidit pour que son contact n'anéantisse pas sa résolution.

— Je reviendrai, promit-il.

— Quand ? Dans huit mois ? Dix ans ? Un jour ?

Malgré son cœur affolé, elle tenta de durcir son âme face à lui. Elle ne voulait pas être à nouveau abandonnée, elle ne laisserait pas le futur répéter le passé.

— Très bien, alors ne compliquons pas les choses, dit-il en laissant ses bras retomber. Je n'irai pas, dans ce cas. Je trouverai un émissaire qui partira à ma place.

Étrangement, sa suggestion n'apaisa pas son angoisse, bien au contraire.

— Même si vous restiez… Comment serait ce mariage ? Combien de temps faudra-t-il pour que la société vous ennuie prodigieusement ? Pour que vous ayez à nouveau besoin de voyager ? Que ferai-je, alors ? Je serai condamnée à vous attendre, en me demandant si cette fois vous reviendrez. J'ai trop vu mon père faire cela à ma mère. Je l'ai entendu faire les mêmes promesses à ma mère qu'il m'a répétées ensuite. Sans jamais les tenir.

— Je ne suis pas lui ! gronda-t-il d'une voix si tendue qu'elle sentit ses émotions la submerger. Cela n'aurait pas à se passer ainsi entre nous. Si j'ai envie de voyager, rien ne vous oblige à rester derrière. Vous pourriez venir avec moi.

— Pour quoi faire ? M'enterrer pour un an, ou deux,

ou trois dans une cabane de mineur dans l'Idaho ou dans une hutte de plage en Floride ?

— Je pense qu'à nous deux nous pouvons nous permettre des hébergements plus luxueux…

— Ce n'est pas le sujet ! Vous m'avez dit que vous viviez ainsi, sans cesse en mouvement, parce que vous cherchez à combler quelque chose que vous avez perdu. Pour ma part, je n'ai aucune envie d'errer autour du globe pour suivre votre quête. Et si vous ne trouvez jamais ce que vous cherchez ? Je ne veux pas de cette existence sans but que vous menez. Et je la veux encore moins pour mes enfants.

— Marjorie…

Elle secoua frénétiquement la tête, refusant d'écouter l'une de ses descriptions enthousiastes de voyage.

— Non, Jonathan. Je vous ai dit ce que je voulais le premier jour de notre rencontre. J'ai été enfermée et écartée du monde la majeure partie de mon existence et je jouis désormais d'une vie nouvelle, faite de rencontres et de compagnie. Je commence tout juste à m'y habituer et à l'apprécier. Je ne suis pas encore véritablement sortie, je n'ai pas eu de bal, ni de prétendants. Je ne suis pas prête à épouser quiconque et, comme vous l'avez dit il y a deux mois à peine, j'ai largement le temps. Je veux prendre ce temps pour trouver l'homme qui me conviendra.

Sa voix tremblait tandis qu'elle parlait, de peur, de doute et de frustration. Elle pressentait douloureusement qu'elle était contrainte de faire un choix avec lequel il lui serait de toute façon impossible de vivre.

— Cet homme, il me courtisera honorablement, il saura me montrer qu'il peut être non seulement mon amant mais aussi mon ami, mon compagnon, et mon partenaire pour le reste de notre vie. Cet homme saura ce qu'il attend de l'existence et il aura une vision claire de notre avenir, il sera heureux de nous construire un foyer pérenne. Et… Et nous savons tous les deux que, cet homme, ce n'est pas vous.

Sa voix se brisa sur le dernier mot. Elle devait en finir avant de perdre entièrement la maîtrise de ses émotions. Elle avait déjà pleuré devant lui la veille et cela n'avait fait que précipiter la catastrophe dans laquelle ils se trouvaient à présent. Elle ravala le chagrin qui lui coupait le souffle pour articuler :

— Je suis désolée, Jonathan… Ma réponse est non.

Elle voulut s'écarter mais il se plaça devant elle, lui bloquant le passage. Son visage traduisait une incrédulité douloureuse.

— Il doit bien y avoir une troisième voie, pour l'amour du ciel, Marjorie, souffla-t-il comme elle ne disait rien. N'y a-t-il donc aucune chance pour nous ? Ne pouvons-nous trouver une vie qui conviendrait à l'un comme à l'autre ?

À ces mots, elle sentit une vague irrationnelle d'espoir renaître au creux de son ventre, qu'elle s'obligea à étouffer aussitôt.

— Je ne pense pas.

Il ne bougeait toujours pas.

— Moi, si.

Marjorie serra les poings pour réprimer les frissons qui secouaient tout son corps.

— Je vous ai donné ma réponse. Maintenant, laissez-moi partir.

Elle voulait paraître décidée, cependant, son ton tenait plus de la supplique que du discours résolu.

— Très bien, dit-il calmement en s'écartant.

Marjorie courait presque vers la porte lorsque sa voix lui parvint :

— Je n'abandonnerai pas. C'est vous que je veux, Marjorie. Je vous désire trop pour abandonner.

Elle ignora le frisson qui la traversa tout entière à cette menace qui sonnait comme une promesse et sortit en hâte. Hélas, ses paroles revenaient sans cesse dans son esprit, insistantes, affolantes, terrifiantes.

« Je vous veux. Je ressens pour vous un désir aussi passionné que profond. »

À bout de souffle, elle referma la porte de sa chambre et s'adossa au chambranle.

« Je vous désire trop pour abandonner. »

Le souffle court, Marjorie songea à son vœu le plus cher quand elle vivait à White Plains. Être désirée. Un vœu qui semblait s'être réalisé. Mais pourquoi fallait-il que ce soit par un homme qui la quitterait tôt ou tard ? Qui n'aspirait pas à la vie calme et sereine qu'elle s'était imaginée ?

Elle s'effondra sur son lit et laissa enfin les sanglots monter en elle.

Si Jonathan avait été enclin à demander l'avis de ses sœurs concernant sa demande à Marjorie, il savait déjà quelles auraient été leurs réponses. Elles lui auraient fait remarquer que sa demande n'en était absolument pas une, qu'il s'était montré impatient et cavalier et qu'il n'avait eu que ce qu'il méritait.

Et il n'aurait pu leur donner tort.

En vérité, il avait formulé une demande autrement plus éloquente en esprit, seulement, Marjorie, comme d'habitude, l'avait fait dévier de son plan. Il n'en restait pas moins que, même si elle n'avait pas été très éloquente, sa demande en mariage était parfaitement sincère et authentique.

La nuit passée, quand il avait admiré son beau visage extasié, son esprit avait enfin accepté ce que son cœur et son âme savaient déjà : Marjorie était la femme qu'il voulait. Il voulait l'aimer, la rendre heureuse et la protéger. Cela allait désormais bien au-delà d'une promesse faite à son ami mourant, c'était ce que son cœur désirait. Il voulait construire une nouvelle vie avec elle parce qu'elle était précisément ce qu'il avait cherché ces dix dernières années.

Hélas, elle ne voyait pas du tout les choses comme lui, apparemment. Ses objections étaient parfaitement valables, pourtant, il était à peu près certain qu'elles relevaient davantage de la peur que d'un manque de sentiments à son égard.

Il n'en restait pas moins qu'elle avait de bonnes raisons d'être effrayée, et il savait que, pour la faire changer d'avis, il allait devoir trouver un moyen de lui faire surmonter ses angoisses. Malgré cette première déconvenue, il savait en son for intérieur qu'il existait un chemin vers le bonheur pour eux et il comptait bien le trouver, quels que soient les efforts qu'il devrait fournir.

Bien que Jonathan ait déclaré qu'il n'abandonnerait pas, il ne fit aucune tentative pour rouvrir la discussion au cours de la semaine suivante. En fait, il agissait même comme si toute cette conversation n'avait jamais eu lieu.

C'était ce qu'il y avait de mieux à faire et elle aurait dû en ressentir du soulagement. Pourtant, ce n'était pas le cas. Parce que tout avait bel et bien changé : à présent qu'elle connaissait les raisons pour lesquelles il s'était montré tellement distant avec elle, son cœur ne pouvait plus ignorer les sentiments qu'elle nourrissait pour lui.

« Ces deux derniers mois, j'ai vécu l'enfer. Être ami avec vous m'est impossible, car plus je suis près de vous, plus je vous désire. »

Ces mots menaçaient de faire plier sa résistance et elle se força à raviver sa colère. Certes, les sentiments de Jonathan expliquaient certaines choses, mais cela ne l'excusait pas pour autant. Était-il donc incapable de comprendre qu'une jeune femme puisse désirer être courtisée correctement ? Les attentions qu'il avait eues pour elle étaient des baisers et des caresses que seuls un mari et une femme auraient dû partager.

Hélas, quand elle repensait à ce qui s'était passé dans la bibliothèque, elle ne parvenait pas à imaginer vivre un tourment aussi merveilleux avec un autre homme que lui, ce qui était loin de la rassurer sur la décision qu'elle avait prise.

Ces souvenirs sensuels revenaient la hanter aux moments les plus importuns. En plein jour, dans les salons de thé, au cours des déjeuners, ou pendant les promenades au parc… Peu importait qu'elle essaye de les effacer de sa mémoire, ils revenaient encore et encore.

« Tu y es presque, ma belle »…

Le souvenir de l'extase qu'elle avait connue entre ses bras lui faisait monter les larmes aux yeux et achevait de la précipiter dans des tourments sans issue.

Quinze jours plus tard, alors qu'elle était assise dans l'alcôve de la très réputée modiste Vivienne, le souvenir de ses paroles sensuelles et de sa réponse passionnée lui faisait encore venir le rouge aux joues et enflammait son corps de désir.

Certaine que son visage devait être de la même couleur que le sofa de velours rose sur lequel elle était installée, Marjorie jeta un regard inquiet dans l'opulente boutique de Vivienne. Heureusement, personne ne lui prêtait la moindre attention. Irene était dans une cabine pour essayer une nouvelle robe, et les autres dames qui se trouvaient dans la vaste salle centrale étaient trop occupées à observer les mannequins qui défilaient devant elles pour se préoccuper de ses pensées licencieuses.

Marjorie avait déjà commandé toutes les pièces de sa nouvelle garde-robe pour la fin de sa période de deuil et elle jeta des regards désespérés autour d'elle, en quête d'une distraction qui capterait son attention. Elle aurait sans doute pu commander encore quelques vêtements, seulement, elle en avait déjà largement plus qu'elle ne pouvait en porter.

Seulement quelques mois plus tôt, se trouver chez une modiste de renom, choisir des tissus, des motifs, des accessoires lui semblait tellement amusant. Mais, après tant de semaines d'achats, elle finissait par trouver tout cela monotone. De même que la ronde sans fin des visites, des thés, des après-midi de réception lui apparaissait davantage comme un pensum que comme un divertissement. En vérité, sa nouvelle existence l'ennuyait…

Stupéfaite par cette révélation, Marjorie se redressa d'un seul coup sur le canapé. Cette vie était exactement telle qu'elle l'avait imaginée. C'était ce qu'elle avait toujours voulu. Comment pouvait-elle s'ennuyer ?

Alors même qu'elle se posait la question, les paroles de Jonathan lui revinrent en mémoire. Ce premier jour, il lui avait dit que le temps passerait plus vite pour elle à la Forsyte Academy, où elle avait une occupation.

Avec un soupir exaspéré, elle se laissa retomber contre le dossier moelleux. Il fallait vraiment que cet homme sorte de sa tête ! Être enfermée au milieu de nulle part pour enseigner le piano, la danse et le français ne lui manquait absolument pas. Ses élèves, en revanche, lui manquaient, mais ce sentiment se dissiperait sans doute dès qu'elle aurait ses propres enfants.

« Nous devrions nous marier »…

Marjorie feuilleta frénétiquement l'un des magazines féminins disposés sur la table devant elle. Hélas, les publicités pour les crèmes et autres cosmétiques ne faisaient pas le poids face à la distraction continuelle que cet homme impossible provoquait en elle.

Il l'ignorait pendant des semaines et, tout à coup elle était supposée accepter son revirement abrupt ? Elle devait croire qu'il éprouvait pour elle des sentiments sincères et durables ? Comment diable avait-il pu s'imaginer qu'elle accepterait sa demande après le chaos qu'avait été leur relation depuis le premier instant ?

« Personne ne pourra rien trouver à redire à notre union. En fait, nous formons un couple tout à fait convenable, vous et moi. »

« Convenable »… Ce seul mot la hérissait. Il n'avait aucun plan pour l'avenir, aucune considération pour ce qu'elle voulait et en dépit de ses prétendus sentiments, il n'avait aucune intention de cesser ses pérégrinations aux quatre coins du monde.

Malheureusement, toutes ces évidences qui lui confirmaient à quel point elle avait eu raison de lui dire non n'avaient rien pour la rassurer. En fait, plus elle se répétait qu'elle avait agi en accord avec la raison, plus elle se sentait misérable.

Comment aurait-elle pu l'épouser ? Comment pourrait-elle en épouser un autre ? Laisser un autre la toucher comme il l'avait fait ? Les deux options semblaient aussi impensables l'une que l'autre.

— Ah, Marjorie, ma jeune amie ! lança une voix familière dans son dos.

En tournant le visage par-dessus son épaule, elle découvrit la baronne Vasiliev qui se penchait vers elle.

— Baronne ! Quel plaisir de vous voir !

Celle-ci se mit à rire joyeusement en contournant le canapé pour venir s'asseoir près d'elle.

— C'est un plaisir partagé, ma chère. Et ne vous inquiétez pas, je ne dirai rien à personne…, ajouta-t-elle, les yeux brillants de malice.

Le cœur au bord des lèvres, Marjorie prit peur. Avait-elle deviné ses pensées lascives ? Elle tenta d'arborer un semblant de dignité.

— Je ne vois pas de quoi vous voulez parler, baronne.

— Non ? demanda cette dernière avec un regard entendu sur le magazine toujours ouvert sur ses genoux. Des « lettres françaises » ? Vous ne devriez pas avoir ce genre de lectures…

Marjorie fronça les sourcils en découvrant sur ses genoux la publicité incriminée. Trop absorbée par ses pensées, elle n'avait même pas pris garde à la réclame pour ces « lettres françaises » dont elle ne connaissait de toute façon pas l'utilité.

— Je ne comprends pas, que peut-il y avoir d'inconvenant dans des lettres ? Même françaises ? Je vois mal pourquoi quelqu'un voudrait acheter des lettres, d'ailleurs. Françaises ou autres…

— Oh ! Marjorie ! Vous m'avez manqué ! Votre innocence est délicieuse.

Pour sa part, elle commençait à se lasser de s'entendre rappeler son innocence. Cela devenait irritant de voir que tout le monde autour d'elle semblait en savoir tellement plus qu'elle sur la vie. Plus insupportable encore, personne ne semblait vouloir lui expliquer quoi que ce soit. De toute évidence, elle n'était pas supposée connaître l'existence de ces lettres françaises. Néanmoins, s'il y avait une personne pour combler ses lacunes, c'était bien la baronne.

— Mais qu'y a-t-il d'inconvenant dans ces lettres, baronne ? murmura-t-elle. Vous devez me le dire.

— Pour commencer, ce ne sont pas du tout des lettres, ma chère.

— Et qu'est-ce donc ?

— Rien qui vous concerne encore, répliqua la baronne en tentant d'arborer une expression sévère. Car vous n'êtes pas encore mariée. Pour moi, en revanche, une lettre française est tout à fait pratique.

— Vous n'êtes pas plus mariée que moi ! Vous êtes veuve !

— Je suis peut-être veuve, ma chérie, mais je ne suis pas morte.

— Je vois, dit Marjorie, qui ne voyait rien du tout, si ce n'est qu'elle avait la vague intuition qu'elles étaient en train de parler d'un sujet qui touchait aux hommes.

Les paroles de la baronne le lui confirmèrent bientôt.

— Ce sont les hommes qui s'occupent d'ordinaire de ce genre de détails, toutefois, il semble qu'on ne puisse jamais vraiment compter sur eux. Aussi, je garde quelques lettres françaises moi-même, parce que, après tout… on ne sait jamais. Et un bébé… impossible. Ce serait tout à fait inconvenant à mon âge.

— Oh…

Marjorie rougit violemment en se remémorant les explications de Jonathan sur les bébés et ce qui ne s'était pas passé entre eux dans la bibliothèque. Comme elle brûlait d'en apprendre davantage sur toutes ces choses, elle se pencha un peu plus vers sa voisine pour lui poser d'autres questions.

— Ah ! je suis tellement contente que ce soit enfin terminé ! lança la voix soulagée d'Irene. Je hais les premiers essayages. La mousseline empêche de deviner le véritable rendu de la robe et on craint toujours d'être déçue. Baronne ! Quel plaisir de vous revoir !

— Duchesse, la salua cette dernière en se levant. Laissez-moi vous dire que j'ai été ravie de recevoir votre invitation pour la réception à Ravenwood en l'honneur de Marjorie. Je suis impatiente de vous y retrouver. Je regrette hélas de ne pouvoir m'y rendre avant le samedi.

— Vous arriverez à l'heure pour le bal ? s'inquiéta Marjorie.

La baronne lui répondit d'un sourire affectueux.

— Je ne raterais votre entrée dans le monde sous aucun prétexte, ma chère. Mon train arrive à 16 h 15.

— J'enverrai une voiture vous chercher à la gare, promit Irene. Nous sommes heureux de pouvoir vous compter parmi nous, baronne.

— Baronne Vasiliev, Vivienne est prête à vous recevoir, si vous voulez bien me suivre, intervint poliment une vendeuse.

— Pardonnez-moi, mesdames, je dois vous quitter.

Elle donna à Marjorie une bise chaleureuse et ajouta :

— Je vous verrai bientôt. Dès que vous aurez fait votre entrée, vous rencontrerez de nombreux jeunes gens et pourrez chercher un époux, alors rappelez-vous bien notre conversation d'aujourd'hui, elle vous servira pour de nombreuses années. Et surtout rappelez-vous de ne jamais compter sur un homme davantage que sur vous-même, ma chère.

Sur un dernier clin d'œil, elle suivit la vendeuse vers la cabine d'essayage. Irene émit un rire amusé.

— De quoi diable parliez-vous, toutes les deux ?

— De rien, prétendit Marjorie en arborant un visage neutre bien que ses joues fussent soudain brûlantes.

Chapitre 20

Refuser d'abandonner était bien beau mais, au cours des deux semaines qui suivirent sa conversation avec Marjorie, Jonathan fut bien en peine de savoir comment s'y prendre.

Insister et tenter de la persuader ne ferait que la prévenir davantage contre lui, aussi fut-il obligé de maintenir une distance respectueuse entre eux. Et puis, comme il allait devoir la courtiser, un peu de distance ne lui serait pas de trop pour rassembler ses esprits et élaborer un plan.

Voilà pourquoi, lorsque toute la famille partit à Ravenwood, une semaine avant la date du bal, il ne la suivit pas. Il préférait arriver en même temps que les invités.

Comme il était plutôt un homme d'action, se montrer patient ne lui convenait pas du tout, aussi essaya-t-il de se tenir constamment occupé. Il acheta un présent d'anniversaire pour Marjorie, récupéra les pierres taillées chez Fossin et Morel et, sur un coup de tête particulièrement optimiste, il acheta également une bague de fiançailles.

Comme promis, il annula son voyage en Afrique du Sud et engagea l'un des hommes de Torquil pour faire le déplacement. Toujours dans l'optique de lui prouver qu'il comptait laisser derrière lui sa vie d'aventures, il embaucha même un valet et fit de son mieux pour s'habituer à laisser quelqu'un d'autre nouer ses cravates.

Sur les recommandations de son valet, il rendit une autre visite à son tailleur et commanda une garde-robe complète pour l'automne. Pendant qu'il essayait des pantalons de tweed et des bottes de cavalier, il tenta de s'imaginer à cheval en train de chasser la grouse. Sans grand succès…

Il visita plusieurs maisons à louer ou à vendre mais, tandis qu'il traversait les pièces d'une élégance toute victorienne, il sut que, quel que soit son désir de plaire à Marjorie, il ne pourrait aller jusqu'à décorer la maison conjugale avec cet atroce papier peint à la mode. C'était tout bonnement trop pour lui.

En même temps qu'il faisait de son mieux pour se construire une vie que Marjorie pourrait accepter de partager avec lui, ses mots revenaient sans cesse à son esprit.

Elle n'avait aucune intention de parcourir le monde à ses côtés pendant qu'il se perdait dans sa quête de sens, et comment ne pas la comprendre ? Il savait que pour l'avoir il devrait enfin répondre à la question qui le hantait depuis tant d'années. Que voulait-il ?

Il la voulait, elle. Toutefois, la réponse devait être plus profonde encore que l'amour. Le mariage, les enfants, la vie domestique… Rien de tout cela ne serait jamais suffisant s'il n'avait pas une ambition personnelle qui le pousse à avancer. Il pourrait porter du tweed et chevaucher des heures sur son domaine campagnard, cela ne suffirait jamais à le combler. Il devait trouver un but.

Et il devait en trouver un avant la réception. Voilà pourquoi il passa de nombreuses heures à son club à rechercher la compagnie d'autres membres versés dans les affaires. Toutefois, bien qu'ils fussent nombreux à vouloir le capital qu'il pouvait investir, Jonathan recherchait un objectif plus grand que celui d'enrichir la compagnie de quelqu'un d'autre. Il voulait créer quelque chose qui lui appartienne, construire une œuvre que ses enfants pourraient développer après lui.

Seulement, il voulait également que le défi lui plaise, or, rien de ce qu'il rencontrait ne semblait convenir à ses critères. Un peu comme ces satanés costumes en tweed, aucun projet ne semblait à sa taille et, lorsqu'il monta dans le train qui devait le conduire à Ravenwood, force lui fut d'admettre qu'il n'obtiendrait pas un résultat aussi vite qu'escompté.

Ce qui ne l'empêcha pas, pendant le temps du trajet, de parcourir les prospectus qu'il avait réunis, et à sa grande surprise l'un d'eux attira son attention. En fait, il l'avait reçu plusieurs semaines auparavant mais, pris dans la tourmente de sa passion pour Marjorie, il l'avait oublié. Tandis qu'il lisait le contenu en détail, il prit conscience qu'il avait peut-être enfin mis le doigt sur le juste milieu qu'il recherchait. Certes, ce n'était pas la solution parfaite, étant donné la vision précise que Marjorie avait de l'avenir, pourtant, elle ouvrait devant lui des perspectives intéressantes.

Et puis, même s'il venait de trouver un but sur lequel construire son avenir, convaincre Marjorie de le partager avec lui serait une tâche qui prendrait peut-être encore des mois, voire des années. Le temps n'était pas de son côté, dut-il reconnaître alors qu'il montait dans la voiture qu'Irene avait envoyée pour lui à la gare.

Un peu plus tard, le landau tourna vers la vaste allée du domaine de Torquil, révélant une large pelouse garnie de tables où les invités étaient installés pour prendre le thé dans l'air chaud de la fin d'après-midi. Aussitôt, la chevelure flamboyante de Marjorie attira son regard. Vêtue d'une robe de tennis blanche, une raquette à la main, elle était sur le court, en pleine discussion avec un inconnu. Comme la voiture passait non loin d'eux, Jonathan vit l'homme se pencher beaucoup trop vers elle et il sentit la morsure de la jalousie si violemment qu'il faillit bondir hors du landau.

Il s'en empêcha de justesse en songeant que Marjorie n'apprécierait sûrement pas une telle initiative. Elle n'avait pas semblé particulièrement impressionnée ou admirative quand il avait jeté de la Rosa loin de sa cabine. Agir de même le week-end de son anniversaire risquait fort de desservir ses plans.

Il s'obligea donc à se détendre. Quelle autre option avait-il, de toute façon ? Marjorie était sur le point de rencontrer des dizaines d'autres hommes dans les semaines et les mois à venir, et il ne pouvait que l'accepter de bonne grâce en priant pour qu'elle finisse par le choisir, lui.

La voiture s'arrêta enfin, le tirant de sa sombre rêverie. Irene avançait à sa rencontre sur le chemin de graviers.

— Un joli petit cottage que tu as là, *Irenie*, plaisanta-t-il avec un mouvement de tête vers l'imposant bâtiment de style italien.

— Un peu trop grandiose, n'est-ce pas ? Parfois, je l'appelle le mausolée pour taquiner Henry. Tu ne m'as pas dit que tu venais avec un ami ! s'écria-t-elle en découvrant qu'il n'était pas seul dans la voiture.

— C'est Warrick, mon valet, dit-il, amusé.

— Tu as engagé un valet ? Maintenant ? Pour quoi

faire ? Tu as besoin d'avoir des costumes impeccables pour l'Afrique ?

— Je n'y vais plus. J'ai annulé mon voyage.

Le rire de sa sœur mourut dans l'instant.

— Vraiment ?

— Oui. Vois-tu, je…

Son explication fut interrompue par son cri de surprise ravi avant qu'elle se jette à son cou.

— Tu restes plus longtemps ? Quelle merveilleuse nouvelle ! Combien de temps ? Peu importe, je ne veux pas te forcer la main. Tu sais que tu peux rester aussi longtemps que tu le souhaites.

— Fais attention, plaisanta-t-il en rendant tendrement son étreinte à sa sœur. Je pourrais devenir l'un de ces horribles invités qui ne partent plus jamais.

— Personne n'en serait plus heureux que moi, assura-t-elle en passant son bras sous le sien. Et, maintenant, est-ce que tu veux monter directement à ta chambre ? Ou bien préfères-tu te joindre aux autres pour le thé ?

— Thé, décida-t-il sans hésiter.

Il n'allait certainement pas laisser le champ libre au jeune imbécile qui courtisait Marjorie ! Tandis qu'ils traversaient la pelouse, il remarqua que la partie de tennis semblait terminée. Marjorie était à présent installée à une table, son partenaire de jeu assis juste à côté d'elle.

Henry, David et Carlotta étaient là, eux aussi, et il alla les saluer en premier. Puis, après qu'il eut accepté une tasse de thé proposée par Carlotta, Irene lui fit faire le tour des invités. Enfin, ils en vinrent au dandy blond qui se tenait un peu trop près de Marjorie à son goût.

— Jonathan, je te présente Mr Cecil Ponsoby. Cecil, voici Jonathan Deverill, mon frère.

Le type ne prit pas la peine de se lever et lui tendit simplement la main.

— Le frère de la duchesse, c'est ça ?

— En effet, répondit Jonathan en affichant un sourire carnassier avant de serrer la main de l'autre assez fort pour le faire déglutir. Il se trouve que je suis également le tuteur de Miss McGann.

Il crut entendre Rex émettre un toussotement nerveux non loin, mais toute son attention était rivée sur Ponsoby, qui se décomposa légèrement sous son examen. À l'instant où Jonathan relâcha sa poignée de main, l'homme se leva d'un bond, marmonna qu'il devait rejoindre sa sœur et partit à grands pas à travers la pelouse en secouant sa main douloureuse. Jonathan le regarda s'enfuir avec bien plus de satisfaction qu'il n'aurait sans doute dû en ressentir.

— Votre thé, Jonathan.

Il prit la tasse des mains de Carlotta avec un murmure de remerciement, se servit un sandwich au concombre et, toujours souriant, s'installa à la place laissée libre par Ponsoby. Puis il croisa le regard de Marjorie et son sourire s'évanouit.

— Vraiment, Jonathan, soupira Clara, je suis fière de voir que tu prends ta mission de tuteur autant à cœur, mais il était inutile de terrifier ce pauvre garçon à peine arrivé. Il ne voudra sans doute plus jamais revenir à Ravenwood après cela.

Malgré le regard lourd de reproches de Marjorie, il ne parvenait pas à se repentir de son geste.

— Étant donné que j'ai réussi à le faire fuir avec une simple déclaration et une poignée de main, est-ce une si grande perte s'il ne revient pas ?

— Ça le serait, confirma Clara en s'installant sur

une couverture au sol, la tête appuyée sur son coude. Il est célibataire, beau garçon et de compagnie plutôt agréable. C'est également un excellent joueur de tennis – quoique je lui en veuille de ce talent après que Marjorie et lui nous ont battus à plate couture, Rex et moi.

Rex s'allongea près de sa femme avec un soupir :

— Je ne suis plus aussi jeune, que veux-tu.

— Oh ! arrête ! C'est moi qui suis ton point faible, et je le sais parfaitement.

— Mais il faut la voir avec un maillet de croquet dans les mains, assura Rex.

Jonathan éclata de rire en se rappelant les parties de leur enfance.

— Je ne le sais que trop !

Il jeta un regard vers le court de tennis déserté en songeant qu'il tenait peut-être là un moyen d'adoucir le ressentiment de Marjorie. Il avala son thé, sa dernière bouchée de sandwich et se leva tout à coup en lançant :

— Venez, laissez-moi voir un peu à quel point vous êtes douée.

— Mais je viens juste de jouer trois sets.

— Vous êtes donc parfaitement échauffée !

Il ôta ses gants, défit sa cravate et fourra le tout dans son chapeau avant de remonter les manches de sa chemise.

— Tandis que, moi, cela fait bien dix ans que je n'ai pas tenu une raquette. Un set, c'est tout. À moins que vous ayez peur…

— Fais attention, ma chérie, prévint Clara en riant, Jonathan était un sacré bon joueur autrefois. Il a aidé son équipe à gagner en double trois ans de suite à Winchester.

— En double ? lança Marjorie avec un petit claquement de langue méprisant. S'il avait gagné les matchs simples quatre ans de suite pour son école, j'aurais peut-être été impressionnée.

Sur ces mots, elle accepta la main qu'il lui tendait, attrapa au passage sa raquette et une balle et avança d'un pas décidé vers le court comme si elle s'apprêtait à servir.

— Nous ne jouons pas le service à pile ou face ? lança-t-il.

Elle se tourna avec un froncement de sourcils.

— D'ordinaire, les gentlemans laissent les dames servir en premier. Mais si vous préférez ne pas être gentleman…

— Non, non, je suis heureux de vous faire cette courtoisie, dit-il dans un sourire pour la provoquer délibérément. Et comme vous êtes le sexe faible, reprit-il suavement, je vous accorde même un point d'avance, pour que nous commencions sur un pied d'égalité.

Elle ignora résolument sa provocation et ne lui répondit même pas :

— Rex ? appela-t-elle, donnez-nous une pièce, voulez-vous ? Je dis pile.

Elle gagna et Jonathan s'approcha du filet avant qu'elle ne serve pour lui suggérer :

— Voulez-vous mettre un pari sur notre jeu ?

— J'adorerais, déclara-t-elle avec une nonchalance légèrement inquiétante. Si je gagne, vous cesserez d'intimider mes amis.

Il prit un air innocent.

— Je ne vois pas du tout de quoi vous voulez parler. Je n'ai intimidé personne.

— Ah bon ? « Il se trouve que je suis aussi le tuteur de Miss McGann », mima-t-elle en prenant une voix grave menaçante. Est-ce ainsi que vous comptez obtenir ma main ? En effrayant tous les mâles qui ne se tiendraient pas à bonne distance de moi ?

Cette idée lui semblait effectivement tentante, mais il ne comptait pas l'admettre tout haut.

— Ce n'est pas ma faute si vos « amis » ont la nervosité d'un lapereau. Quant à gagner votre cœur, vos paroles laissent entendre que j'ai au moins une chance d'y parvenir, ce qui me ravit.

— Vous délirez, décréta-t-elle, si vite cependant qu'il sentit une lueur d'espoir enflammer son cœur. Nous disons donc que, si je gagne, vous cesserez immédiatement de harceler les hommes qui m'accordent un tant soit peu d'attention. Ce pari vous convient ?

— Nous n'avons pas encore décidé ce qu'il se passera si *je* gagne.

— Que voulez-vous ?

Son regard descendit vers sa ravissante bouche rose.

— C'est une question intéressante…

— Arrêtez, Jonathan ! Pourquoi faites-vous cela ? murmura-t-elle en rosissant délicieusement.

Il revint plonger son regard dans le sien.

— Je vous ai prévenue que je n'abandonnerais pas.

Il crut voir une lueur d'alarme dans ses prunelles sombres, un autre bon signe, mais il ne pouvait en être absolument certain.

— Est-ce que vous avez l'intention de vous mettre à jouer ? cria Clara.

— Si je gagne, décida-t-il, je veux avoir le droit de vous tenir dans mes bras.

— Que… Que voulez-vous dire ? dit-elle en sursautant.

Cette fois, l'affolement était bien présent dans son regard, et il en ressentit une joie sans pareille.

— Je veux trois valses avec vous demain soir.

— Hors de question.

— Une, alors. Mais la dernière.

— Une seule ? C'est d'accord, répondit-elle en se détendant.

Et, sans rien ajouter, elle s'éloigna pour se mettre en position de service. D'ordinaire, les femmes étaient gênées dans leurs mouvements par leur corset et leur jupe, ce qui donnait souvent l'avantage aux hommes, et Jonathan comptait sur cela. Cependant, cet espoir s'évanouit après le premier service impeccable de Marjorie, qui lui valut un ace. Quand elle continua à le faire courir après la balle, service après service, et gagna le premier set, il commença à craindre de devoir passer le week-end à l'admirer de loin comme un adolescent éperdu d'amour.

— On a quelques difficultés, mon vieux ? lança Rex en riant comme Jonathan se positionnait enfin pour servir.

— Non, prétendit-il en lançant la balle en l'air avant d'effectuer un service si puissant qu'elle eut du mal à lui retourner la balle.

Elle y parvint cependant, mais par chance elle mit la balle dehors. Ce qui lui permit de découvrir qu'elle commençait à fatiguer. Ce n'était pas glorieux mais, rouillé comme il l'était, il comptait bien exploiter cette faiblesse. Il donna tout et gagna de justesse le second jeu. Sa tension était extrême au cours du troisième jeu, car ils étaient au coude à coude. Marjorie montrait bien des signes de fatigue, mais son jeu restait plus précis et plus efficace que le sien. Le destin trancha finalement en faveur de Jonathan à deux points près, seulement parce qu'elle trébucha sur sa jupe.

Quand ils se retrouvèrent au filet pour se serrer la main, elle lui jeta un regard noir et déclara :

— Si je dois rejouer ce week-end, je vous préviens que je porterai des pantalons de vélo, et tant pis si les invités sont choqués !

— Vous voulez votre revanche ? demanda-t-il en secouant la tête d'un air faussement navré. Vous êtes décidément bien gourmande en punitions.

Elle lui répondit d'un froncement de sourcils sévère.

— Je ne voulais pas dire que je jouerais contre vous.

— Oh ! pardonnez ma méprise, répliqua-t-il avec un sourire triomphant.

— Je suppose que je vais devoir danser avec vous demain soir, soupira-t-elle exagérément. Vous aurez votre dernière valse, même si je ne saisis pas très bien en quoi vous pensez que cela va vous aider à me faire changer d'avis, puisque vous partez dès le lendemain.

— Je ne pars pas.

Son expression vira soudain à l'incertitude.

— Comment cela ?

— Je vous ai dit que j'annulerais mon voyage, et je l'ai fait.

Passé le premier instant de stupéfaction, elle reprit contenance étonnamment vite et déclara d'un ton nonchalant :

— Partez ou restez, peu importe. Nous savons tous les deux que vous reprendrez la route, tôt ou tard. C'est aussi prévisible que la pluie en automne.

Elle se détourna et marcha vers la maison sans qu'il essaie de la retenir. Tandis qu'elle s'éloignait, ce fut lui qui ressentit la douleur d'être laissé derrière. Un sentiment qui ne fit que renforcer sa détermination à la faire changer d'avis.

— As-tu vraiment annulé ton voyage ?

Il se tourna vers Clara, qui l'avait rejoint, un petit sourire aux lèvres.

— J'imagine que tu as tout entendu ? soupira-t-il.

Son sourire s'élargit.

— L'essentiel.

Il émit un grognement exaspéré.

— C'est assez mortifiant.

— Ne t'inquiète pas. Je ne pense pas que qui que ce soit d'autre ait entendu.

Elle abandonna son sourire pour reprendre cet air grave qu'il lui connaissait depuis l'enfance.

— C'est sérieux, alors ?

Jonathan n'essaya même pas de dissimuler la vérité.

— Ça l'est pour moi. Il faut attendre de voir si ça l'est pour elle aussi.

Clara secoua la tête en lui lançant un regard plein de tendresse.

— Tu ne cesseras jamais de me surprendre, petit frère.

Chapitre 21

Si Marjorie s'était inquiétée de voir Jonathan insister pour la faire changer d'avis, elle découvrit rapidement que ses inquiétudes étaient infondées. Après leur match, elle ne lui parla plus de la journée. Elle l'observa, cependant, assis au bout de la longue table du dîner, et elle ne put s'empêcher de remarquer avec une pointe d'amertume que ses voisines de table étaient aussi jeunes que jolies et qu'elles semblaient prendre beaucoup de plaisir à sa compagnie.

Non que cela la regardât le moins du monde… Ce qu'elle dut cependant se répéter un certain nombre de fois pour s'en convaincre.

Plus tard dans la soirée, il forma une équipe de bridge avec l'une d'elles et Marjorie en ressentit une pointe de chagrin au cœur.

Le lendemain matin, jour du bal, Jonathan était déjà sorti quand elle descendit prendre son petit déjeuner puis, lorsqu'elle se joignit à Clara et d'autres dames pour une promenade matinale, celles-ci lui confirmèrent qu'il serait absent pour la journée. Elle passa le reste de la journée dehors, et quand elle rentra il n'était toujours pas de retour. Il ne se montra pas même au dîner et, en remontant se préparer pour le bal, elle se demanda avec indignation comment il comptait la persuader de l'épouser s'il ne faisait pas même l'effort de rester un instant en sa compagnie.

Debout devant un grand miroir sur pied tandis que sa femme de chambre mettait la touche finale à sa coiffure, Marjorie examina sa robe de bal, la première qu'elle portait de toute son existence. Pourtant, elle ne ressentit pas l'excitation qu'elle s'attendait à vivre quand elle avait choisi le tissu et les ornements en discutant de la coupe avec Vivienne.

— Mon Dieu, souffla Semphill en arborant un rare sourire. Vous ressemblez à une princesse.

Après tout, ne vivait-elle pas un conte de fées ? songea-t-elle avec amertume. Cependant, tout ce qu'elle voyait dans le miroir, c'étaient deux grands yeux troublés. C'était sa nuit, son bal, ses débuts, or elle ne parvenait pas à se débarrasser de la sourde angoisse qui avait saisi son cœur depuis l'instant où elle avait refusé la demande en mariage de Jonathan. Une angoisse qui n'avait pas cessé d'augmenter de jour en jour.

Encore et encore, elle se torturait l'esprit en se demandant si elle avait pris la bonne décision. Et, quand elle imaginait ce qu'elle ressentirait en cet instant si elle avait dit oui, sa confusion ne faisait que croître. Elle ne pensait pas que les gens puissent changer par amour, pas après la dure leçon que son père lui avait apprise, et elle ne voyait pas comment Jonathan aurait pu être différent. Il ne changerait pas pour elle… De toute façon, pourquoi l'aurait-il fait ?

Elle se sentait confrontée à un choix cornélien. D'un côté, la vie dont elle rêvait depuis maintenant trois ans était à portée de main et, même si elle n'était pas aussi excitante qu'elle l'aurait cru, c'était une existence sûre et prévisible. De l'autre côté, il y avait la vie que Jonathan lui offrait et qui la remplissait d'effroi parce qu'elle s'imaginait à la place de sa mère, pleurant un homme qui partait sans cesse.

Elle aurait voulu hurler de frustration tant ses propres réactions lui échappaient.

Un coup frappé à la porte interrompit heureusement ses sombres réflexions et Irene apparut, un large sourire aux lèvres et une boîte à bijoux dans les mains.

— J'ai quelque chose pour toi, Marjorie.

La gorge serrée, Marjorie fixa la boîte bien connue en se rappelant ce qui s'était passé sur le *Neptune* avec Jonathan, et son trouble augmenta encore.

— Merci, Irene. Tu veux bien la déposer sur la table ?

Si Irene fut surprise de son manque d'enthousiasme, elle ne le vit pas car elle prétendit un intérêt soudain pour la tenue de son chignon.

— Je te vois en bas. Henry t'attend pour t'escorter dès que tu seras prête, dit gentiment Irene en refermant la porte derrière elle.

Marjorie alla s'asseoir devant la table et ouvrit la boîte, provoquant un hoquet de stupeur de sa femme de chambre. Elle sortit la Rose de Shoshone de son écrin et la passa autour de son cou sans rien ressentir de la magie qui avait opéré la première fois qu'elle l'avait vue. Comme Semphill s'apprêtait à enclencher le fermoir, elle souffla :

— Je ne crois pas que je veuille porter ce collier, décida-t-elle en le reposant dans la boîte.

— Ne pas le porter ? s'exclama Semphill en la regardant comme si une deuxième tête venait de lui pousser à côté de la première. Mais il est tellement beau et il va tellement bien avec votre robe !

Elle fut une nouvelle fois sauvée par un coup frappé à la porte. En découvrant la baronne, Marjorie sentit pour la première fois depuis un bon moment une once de joie couler dans ses veines.

— Baronne ! Enfin, vous voilà !

— Mieux vaut tard que jamais ! s'exclama celle-ci en approchant, les bras ouverts pour l'embrasser.

Elle était spectaculaire dans une robe de soie émeraude, et un parfum capiteux de facture française flottait dans son sillage.

— Je serais venue dès cet après-midi, assura-t-elle, mais j'ai manqué mon train et j'ai dû en prendre un autre pour Waterloo, et une fois là-bas… Mais que vois-je ? Pourquoi ce visage triste, *kiska* ? Et le jour de votre anniversaire !

— Ce n'est pas encore mon anniversaire, pas avant minuit, lui répondit-elle avec un pauvre sourire.

— Bah, quelques heures ne changent rien ! Les festivités ont déjà commencé en bas. Alors, dites-moi, quelle est la raison de cette mélancolie ? Asseyez-vous, ma chérie, dit-elle en faisant signe à Semphill de les laisser seules. Vous allez me raconter ce qui vous trouble et je verrai ce que je peux faire.

Elle tira une autre chaise pour elle, s'y assit et tapota gentiment la main de Marjorie.

— Allons, dites-moi tout, à présent.

— En parler ne changera rien à la situation, je le crains.

— Alors je vais devoir deviner, poursuivit la baronne en l'étudiant attentivement. Je pense que, peut-être, vous êtes tombée amoureuse.

Son cœur fit un saut brutal dans sa poitrine.

— Qu'est-ce qui vous fait dire cela ?

— Eh bien, ce n'est pas l'argent qui peut vous inquiéter, pas plus que vos conditions de vie. Ni vos amies. Ou bien la vie que vous menez. Vous avez là tout ce que vous désiriez et cela semble vous convenir.

Alors qu'elle l'écoutait parler, Marjorie fut prise d'une irrésistible envie d'éclater en sanglots.

— Vous êtes jeune et belle et vous avez la vie devant vous. Il ne reste donc plus que l'amour pour expliquer votre mélancolie. Alors… Qui est l'heureux élu ?

— Je n'ai pas besoin de vous le dire, soupira Marjorie, puisqu'il semble que vous soyez excellente pour deviner.

La baronne ne sembla pas s'émouvoir un seul instant de cette rebuffade et elle répondit aimablement :

— Si je dois deviner… Je parierais sur ce grand Anglais qui vous sert de tuteur.

Quelque chose dans son expression dut la trahir car la baronne poussa une exclamation triomphante.

— Ah ! J'ai vu juste ! Quel est le problème, exactement ? Ne vous aime-t-il pas ? Vu la façon dont il vous dévore des yeux…

— Ce n'est pas ça ! s'écria Marjorie. Il affirme m'aimer. Il veut m'épouser.

— Eh bien alors ? Personne ne pourrait affirmer qu'il ne ferait pas un époux convenable ! Il est riche, beau… Vous formeriez un couple parfaitement assorti.

— Même si je ne suis pas amoureuse de lui ?

— C'est cela, *kiska* ? Vous ne l'aimez pas ?

— Si ! Je ne sais pas ! s'emporta Marjorie en réprimant un violent haut-le-cœur. Comment cela pourrait-il être un amour véritable si je n'ai aucune certitude ?

— Et vous pensez que vous cacher dans votre chambre à vous morfondre vous aidera à répondre à cette question ?

Marjorie lui jeta un regard noir.

— Vous disiez vouloir m'aider. Cela n'aide pas du tout !

— Que voulez-vous m'entendre dire ? Vous n'êtes plus une enfant, ma chérie. Vous êtes une femme qui fait son entrée dans le monde. Vous devriez savoir, à l'heure qu'il est, que la vie ne se passe pas toujours comme on s'y attendait. L'amour n'est pas un chemin dégagé qui mène vers la béatitude éternelle. L'amour est troublant, déstabilisant, bien souvent terrifiant et pourtant tellement merveilleux que la vie serait vaine sans lui. L'existence est pleine de douleur et de deuil, de danger et de violence, tout autant que de joie et de bonheur. Vous expérimenterez toute cette complexité dans les années à venir, ma jeune amie. Du moins, si vous avez de la chance…

— Parce que la douleur, le deuil et le danger sont des chances ? Souffrir le martyre par amour est une chance ?

— Exactement ! s'exclama joyeusement la baronne. Car, sans amertume, comment pourrions-nous savourer la douceur de vivre ? Sans risque, comment la vie pourrait-elle ne pas être ennuyeuse à mourir ?

— Mais le mariage dure toute la vie. Et si je faisais le mauvais choix ? Si je l'épouse et qu'il me quitte ? Que se passera-t-il ?

— Si vous voulez des certitudes, je peux vous dire qu'il y a un choix clair devant vous, décréta la baronne en retirant le collier de saphir de sa boîte pour se placer derrière elle. Vous pouvez rester cachée derrière vos murs protecteurs, ne jamais prendre un seul risque et ne pas ressentir de peine. Ou bien…

Elle s'interrompit le temps de lui passer la Rose de Shoshone autour du cou.

— Ou bien vous pouvez choisir de vivre, ma chère. Vous pouvez vivre chaque nouvelle expérience comme elle se présente. Le chagrin et la joie, l'amer et le doux.

Les yeux dans les siens, elle reprit :

— Si vous penchez pour la première option, pourquoi diable avoir quitté votre école en premier lieu ? Et, si vous choisissez la seconde, alors que faites-vous encore assise ici ?

Marjorie regarda son reflet dans le miroir tandis que la baronne refermait le collier à son cou, et brusquement les ombres de l'incertitude et de la peur s'évanouirent. Elle sentit la jeune femme pleine de caractère du *Neptune* revenir à elle, celle qui ne voulait pas passer son temps recluse derrière des murs, qui voulait de la romance, de l'amour et une vie digne d'être vécue.

La baronne avait raison. Elle ne savait pas quel serait son destin mais, quel qu'il soit, elle ne risquait pas de le découvrir en restant enfermée dans sa chambre à craindre le pire.

Soudain pleine d'énergie, Marjorie se leva de sa chaise et prit une profonde inspiration.

— Descendons. J'ai quelques danses à rattraper…

Exiger la dernière valse pour être le dernier homme à la tenir dans ses bras et à lui parler lui avait paru une stratégie brillante la veille. Il serait ainsi son tout dernier souvenir de son premier bal, et, avec un peu de chance, il serait l'homme dont elle rêverait la nuit. Arriver en dernier lui permettait également de s'éclipser sur la terrasse ou dans les jardins avant la fin pour s'épargner la torture de la voir danser avec des dizaines d'autres hommes.

Du moins, c'était ce sur quoi il comptait… avant qu'elle ne descende les marches.

Au bras de Torquil, sublimée dans une robe d'un rose soutenu qui semblait flotter autour d'elle, elle ressemblait à une déesse descendue sur terre parmi les pauvres mortels. Ses cheveux brillaient comme une flamme sous les chandeliers, retenus en une masse de boucles qui semblait prête à s'écrouler à tout moment. Le collier de son père luisait de mille feux à son cou, mais ce fut sans aucun doute son sourire, immense et plein de joie, qui provoqua le hoquet d'émerveillement de la foule. Elle était aussi radieuse et magnifique que le soleil à son zénith, et Jonathan sentit son cœur se serrer à lui faire mal en la contemplant. Il aurait été incapable de détourner le regard.

Quand elle arriva au bas des marches, elle le découvrit parmi la foule et son sourire disparut. Brusquement, Jonathan sentit son âme se glacer d'effroi. Puis elle sourit juste pour lui – ce léger mouvement des lèvres qu'il avait vu la première fois à bord du *Neptune*, le sourire d'Ève, grâce auquel des millions de femmes avaient ensorcelé des millions d'hommes. Et, dans ses yeux, il reconnut une lueur sensuelle qui le rendit fou de désir.

Depuis le premier instant, il avait essayé de fuir ce sourire, parce qu'il avait pressenti qu'un moment comme celui-ci arriverait et qu'elle le mettrait à genoux.

Alors il ne s'éclipsa pas vers la terrasse. Il ne dansa avec aucune autre femme. Non, il se mit en retrait dans un coin de la pièce et l'admira en attendant son tour.

De temps à autre, un serveur passait près de lui avec

une coupe de champagne, ou une connaissance venait partager avec lui quelques minutes de conversation. Mais la plupart du temps il la contemplait en songeant à l'avenir qu'il avait commencé à imaginer pour elle.

Sa visite à Lord Kayne le matin même avait largement dépassé ses attentes. Le marquis était enthousiasmé par son capital, mais aussi par les suggestions qu'il lui avait faites, et ils avaient passé l'essentiel de la journée à organiser et rassembler leurs idées dans l'optique d'un partenariat qui pourrait fonctionner. Puis il était parti pour Southampton pour une mission particulière, et à sa grande surprise il ne lui avait fallu que quelques heures pour trouver ce qu'il cherchait. Le temps qu'il aille à Ravenwood afin de se préparer pour le bal, Jonathan savait au plus profond de son être qu'il tenait enfin l'avenir qu'il voulait.

Ce qu'il ne savait toujours pas, en revanche, c'était si cela suffirait à Marjorie. Pour commencer, elle avait la capacité exaspérante de faire disparaître ses plans et ses intentions dans un chapeau sans fond. De surcroît, ses projets impliquaient de sa part quelques compromis qu'elle trouverait peut-être difficiles à faire. Néanmoins, il ne pouvait qu'espérer de toutes ses forces qu'elle laisse partir ses peurs et se fie à lui pour que leur avenir s'éclaircisse.

Sans quoi il savait déjà qu'il errerait dans les abîmes des cœurs brisés pendant un très long moment.

Finalement, vers une heure et demie du matin, son heure arriva. Il s'écarta de son recoin d'ombre pour venir chercher ce qu'il attendait avec une impatience brûlante. Devant elle, il s'inclina et lui offrit son bras pour la mener au centre de la piste. Quand les premières notes de la valse de Strauss retentirent, il la prit dans ses bras et dansa avec elle.

Ils parlèrent à peine, tous deux envoûtés par la danse. Il lui demanda seulement si elle savourait son premier bal, ce que son sourire et ses yeux brillants confirmaient déjà. Après quelques tours sur la piste, elle lui fit la remarque qu'il n'avait pas dansé ce soir – remarque encourageante parce qu'elle signifiait qu'elle avait prêté attention à lui au cours de la soirée.

— Non, je n'ai pas dansé jusqu'ici.

— Pourquoi ?

— N'est-ce pas évident ? demanda-t-il en plongeant son regard dans le sien. Il n'y a qu'une seule femme avec laquelle je veux danser et, comme elle m'a cruellement refusé les trois valses que je demandais, j'ai dû me contenter d'une seule.

Il fut récompensé par un sourire mais elle mit un moment à lui répondre :

— Trois valses avec le même homme, cela implique des fiançailles. Et, rappelez-vous, j'ai refusé votre demande.

— Ce n'est pas le genre de choses que l'on peut facilement oublier, croyez-moi. Toutefois…

Il s'interrompit un instant en se demandant si une salle de bal bondée était le bon endroit pour ce qu'il avait à dire. Après tout, qu'avait-il à perdre ?

— Toutefois, reprit-il, je vous ai dit que je n'abandonnerais pas. J'ai beaucoup réfléchi depuis votre refus, sur les raisons que vous m'aviez données et ce que je pouvais faire pour obtenir une seconde chance avec vous.

— Jonathan…

— Je pense avoir trouvé un moyen de nous donner à tous deux ce que nous voulons. C'est ainsi que je vois l'avenir, et j'espère que, vous aussi, vous partagerez cette vision. Je veux vous la montrer. Demain matin. À10 heures. Clara pourra vous conduire.

— Où irons-nous ? demanda-t-elle, surprise.

— Chez moi.

Elle trébucha légèrement et il dut resserrer les bras autour d'elle pour la stabiliser.

— Attention, souffla-t-il tout bas avant de la libérer sur les dernières notes, alors qu'il rêvait de la garder davantage contre lui.

— Que voulez-vous dire, chez vous ? Vous n'avez pas de maison.

— J'en ai une, à présent. J'ai acheté une demeure. C'est ce à quoi j'étais occupé aujourd'hui. Si elle ne vous plaît pas, je peux la revendre aussitôt et en choisir une autre qui vous convienne mieux. À mes yeux, elle semblait être parfaite, surtout pour ce que je compte faire de ma vie, désormais.

La stupéfaction s'accrut encore sur ses traits, mais la fin de la danse ne lui permit pas de poser plus de questions, fort heureusement.

— Vous comprendrez tout demain, promit-il. J'espère de tout mon cœur que cela vous incitera à revoir votre décision, mais si ce n'était pas le cas sachez que j'attendrais. Si vous voulez faire votre Saison, rencontrer d'autres prétendants…

Il dut s'interrompre tant cette perspective lui était douloureuse, mais il devrait bientôt se séparer d'elle, aussi n'avait-il que peu de temps pour tout dire :

— Je n'aimerai pas ça, mais je le supporterai. Je vous ferai la cour comme il se doit. Je sais que vous ne me voyez pas comme l'homme qu'il vous faut, mais je compte vous faire changer d'opinion parce que je sais, au plus profond de moi, que vous êtes celle qu'il me faut. Je vous aime et je veux passer le reste de ma vie avec vous, Marjorie. Tout ce que je vous demande, c'est de me laisser une autre chance. De *nous* laisser une chance.

Il n'eut pas le temps d'en dire plus car ils venaient de rejoindre Irene. Il prit la main de Marjorie dans la sienne avant de murmurer :

— 10 heures, demain. J'espère que vous viendrez.

Sur ce, il s'inclina avant de quitter la salle de bal sans un regard en arrière.

Chapitre 22

Le bal terminé, tous les invités qui vivaient dans les environs étaient rentrés chez eux pendant que ceux qui résidaient à Ravenwood rejoignaient leur chambre. La maison était à présent plongée dans l'obscurité et le silence de la nuit.

Tout le monde dormait… Sauf Jonathan.

Après avoir quitté Marjorie dans la salle de réception, il n'était pas resté auprès de sa famille pour les salutations finales. Il avait directement regagné sa chambre mais n'avait pu fermer l'œil.

Les yeux au plafond, il pensait à Marjorie, si belle ce soir qu'il en avait eu mal. L'avoir dans ses bras pendant leur valse l'avait violemment ému. Et ce sourire secret qu'elle avait eu pour lui…

Il repensait à l'avenir qu'il avait commencé à construire le jour même, et une excitation nouvelle courait dans ses veines à la perspective de le partager avec elle. Il savait désormais que c'était cette vie-là qu'il lui fallait. Si seulement il parvenait à convaincre celle qu'il aimait de la vivre à ses côtés…

Il prit sa montre de poche posée sur sa table de nuit et parvint à lire à la lueur de la lune qu'il était 3 heures du matin. Parfaitement éveillé, il se décida à descendre faire une petite promenade.

Il venait d'enfiler une paire de pantalons quand il entendit la porte de sa chambre s'ouvrir. Il fit volte-face et son ébahissement s'accrut lorsqu'il découvrit Marjorie, une chandelle à la main.

— Que diable..., marmonna-t-il en la voyant se glisser dans la chambre.

— Vous êtes encore éveillé, murmura-t-elle en refermant la porte dans son dos. Je suis soulagée, je pensais que j'allais devoir vous réveiller.

— Que se passe-t-il ? demanda-t-il avec inquiétude. Que faites-vous dans cette aile ? Et comment saviez-vous quelle était ma chambre ?

— La baronne a trouvé cette information pour moi. Il m'a néanmoins fallu une éternité pour trouver mon chemin jusqu'ici. Cette demeure est tellement grande qu'il est difficile de la parcourir à la seule lumière d'une bougie.

Sur ce, elle souffla la sienne.

— Je vois, mais...

Jonathan sentit sa gorge s'assécher à mesure qu'il prenait conscience de la réalité. Une réalité tellement érotique que son corps se tendit aussitôt. Marjorie était dans sa chambre, au beau milieu de la nuit, vêtue seulement de sa chemise de nuit et de sa robe de chambre, les cheveux répandus en longues vagues sur ses épaules.

— Que faites-vous ici ? demanda-t-il d'une voix déjà rauque de désir.

— Je devais vous voir.

— Maintenant ? Il est 3 heures du matin !

— Oui, ce qui signifie que nous n'avons pas beaucoup de temps.

— De temps pour quoi ?

— Eh bien, pas pour discuter, dit-elle en riant tout bas. Je suis là pour vous séduire.

— Pardon ?

Pour l'éloquence, on repassera, songea-t-il avec ironie, mais en cet instant l'éloquence importait peu puisqu'il devait être plongé en plein rêve érotique. Encore que cela semblait impossible, puisqu'il se sentait parfaitement éveillé et qu'il n'avait pas fermé l'œil de la nuit.

— C'est tout à fait indécent de ma part, j'en suis bien consciente. Mais la vie est trop courte pour se préoccuper d'étiquette, ne pensez-vous pas ?

— Je… Je pense surtout que vous avez bu un peu trop de champagne ce soir.

Il se pencha vers elle pour atteindre la poignée de la porte, cependant, elle refusa de s'écarter.

— Oh ! non, ce n'est pas le champagne. Je crois plutôt que c'est le collier, souffla-t-elle en ouvrant les boutons de perle de sa robe de chambre pour révéler la Rose de Shoshone toujours à son cou. Quand je le porte, reprit-elle en se penchant vers lui comme pour partager un secret, il me fait me sentir…

— Comment vous fait-il vous sentir ? répéta-t-il en se maudissant pour sa faiblesse.

— Diabolique…, confessa-t-elle. Et un peu sauvage.

Jonathan se sentit perdre un peu plus le contrôle en même temps que son corps s'enflammait davantage.

Une Marjorie sauvage et diabolique était bien plus qu'un homme en pouvait supporter, et il savait qu'il ne devait plus accepter d'en entendre davantage. Dût-il pour cela utiliser sa supériorité physique. Cela manquait sans doute de noblesse, mais en l'occurrence il n'avait d'autre choix…

Il tendit le bras pour la saisir, hélas, elle se défila dans un rire de gorge. Son beau visage lumineux était une tentation irrésistible.

— Marjorie, vous devez sortir d'ici. Maintenant.

Elle secoua la tête en revenant vers lui, si près qu'il pouvait sentir son parfum frais. À l'odeur de lavande, il devina qu'elle avait pris un bain juste avant de se coucher. Le savoir lui donna une sensation de vertige fiévreux et sa résolution vacilla un peu plus. Est-ce qu'un jour il cesserait d'avoir l'impression d'être constamment au bord du précipice avec elle ?

Désespéré, il essaya encore :

— Vous ne savez même pas ce qu'est la séduction. Mais, si vous restez plus longtemps, vous en connaîtrez les conséquences.

— Je l'espère bien. Sans quoi j'aurai mis mes nerfs à rude épreuve pour traverser ce labyrinthe et risqué de ruiner ma réputation en entrant dans la mauvaise chambre en vain.

Ne se rendait-elle pas compte que son comportement lui faisait risquer bien plus que l'embarras ? Il se devait de le lui faire comprendre.

— Marjorie, si vous ne partez pas, vous devrez m'épouser. Vous n'aurez plus le choix. Je prendrai votre innocence et, aussi tentante que soit l'idée d'obtenir votre main par tous les moyens, je préfère l'obtenir de façon honorable.

— Ainsi donc vous êtes tenté ? C'est encourageant…

— Bien sûr, que je le suis ! Croyez-vous que je sois taillé dans le marbre ?

— Je n'en sais rien, en vérité. Nous devrions vérifier.

Elle s'approcha encore et, quand elle leva les mains vers lui, il se recula comme si c'était lui la vierge effarouchée.

— Pour l'amour du ciel, Marjorie, gronda-t-il. Ne vous rappelez-vous pas ce que je vous ai dit tout à l'heure ? Je veux vous convaincre de m'épouser. Je ne veux pas vous épouser parce que vous vous retrouverez avec un enfant. Et je vous en prie, ne me faites pas expliquer pourquoi c'est une possibilité tout à fait plausible si vous restez un instant de plus !

Elle émit un petit rire de dérision comme s'il disait des absurdités.

— Il n'y aura pas de bébé.

— Sur ce sujet, vous ne savez pas de quoi vous parlez, contrairement à moi. Et je peux vous assurer que, si vous restez, je vous donnerai ce que vous me demandez avec une telle audace que les chances d'avoir un bébé seront très élevées.

— Je ne crois pas, non, déclara-t-elle en sortant de sa robe de chambre une enveloppe de velours rouge qu'il reconnut aussitôt. J'ai cru comprendre que ce qui se trouve à l'intérieur empêche la survenue d'enfants.

— Mon Dieu..., souffla-t-il, complètement abasourdi.

— Cela s'appelle une « lettre française », expliqua-t-elle doctement.

— Je sais ce que c'est ! Comment diable le savez-vous ?

Elle haussa nonchalamment les épaules, comme si elle avait été informée de l'existence des préservatifs toute son existence.

— J'ai lu quelque chose à leur propos dans un magazine, alors que j'ignorais de quoi il s'agissait…

— Comment avez-vous eu celle-ci ? Vous ne pouvez en acheter puisque vous n'êtes pas mariée !

— Par la baronne, bien sûr. Je suis allée la voir après le bal et elle me l'a gentiment donnée.

Jonathan émit un grognement d'exaspération.

— La baronne ! Évidemment ! J'aurais dû le savoir.

— Elle m'a tout expliqué. Comment sont conçus les bébés, ce qu'il se passe avant et… et… tout cela. Je dois dire que c'était une révélation, conclut-elle en rougissant.

Il ne pouvait pas avoir une telle conversation avec elle ! Pas ici, au beau milieu de la nuit !

— Je suis ravi que vous ayez été informée des faits de la reproduction, dit-il en lui prenant le contraceptif des mains, les mâchoires serrées.

Elle ne sembla pas s'inquiéter de son ton sarcastique et reprit avec une sincérité désarmante :

— Cette nuit dans la bibliothèque a enfin pris tout son sens, maintenant. Je suis soulagée de savoir à quoi m'attendre.

— J'avais un plan, bon sang, gronda-t-il dans sa barbe. Pourquoi faut-il qu'à chaque fois vous vous débrouilliez pour le mettre sens dessus dessous ?

— Désolée, dit-elle en feignant d'être contrite. Seulement, quand vous comprenez ce que vous ressentez pour quelqu'un, attendre ne serait-ce que quelques heures pour le lui dire est intolérable. Voilà pourquoi je suis venue.

Jonathan s'immobilisa, le cœur submergé d'une vague d'espoir insensé, mais l'esprit plein de méfiance.

— Il semble que je vous aie rendu muet…

— Clarifions les choses, reprit-il enfin en la saisissant

aux épaules. Je vous aime comme un fou, Marjorie. Je ne joue pas. Êtes-vous en train de dire que vous m'aimez aussi ?

Le sourire qu'elle lui adressa était si radieux qu'il cessa un instant de respirer.

— Oui. Oui, je vous aime. J'en ai pris conscience lorsque nous dansions, parce que, quand vous avez déclaré être prêt à laisser d'autres hommes me courtiser, je n'ai pas réussi à l'imaginer. En fait, je ne peux imaginer laisser aucun autre homme me toucher de la façon dont vous l'avez fait.

Jonathan était trop tétanisé par l'émotion et la surprise pour répondre. Que dire quand on vous servait le paradis sur un plateau ?

— Donc…, reprit-elle, allez-vous m'accorder ce que je suis venue chercher ? Ou dois-je me montrer encore plus impudente et enlever un à un mes vêtements avant que vous capituliez ?

Tout en parlant, elle défit un bouton supplémentaire. Jonathan tenta de conserver son sang-froid et de ne pas céder à ses instincts. Il se répéta qu'en dépit de sa déclaration d'amour et de sa toute nouvelle connaissance des relations charnelles Marjorie ne savait pas vraiment ce qu'elle faisait.

Et puis ils n'avaient toujours pas discuté de l'avenir. Certes, il avait acheté une maison pour lui offrir le foyer qu'elle voulait, toutefois, ses plans impliquaient d'autres compromis, dont certains qui ne rencontreraient pas son assentiment sans un peu de temps. Il devait résister et attendre, au moins jusqu'au lendemain.

Hélas, elle défit un nouveau bouton et il sentit sa gorge s'assécher. Quand sa robe de chambre s'entrouvrit entièrement pour révéler son décolleté mis en valeur par la Rose de Shoshone, toute idée de patience s'évanouit dans son esprit enfiévré.

— Il faut que vous soyez sûre, Marjorie, car il n'y aura pas de retour en arrière, parvint-il encore à articuler.

— Je sais et je suis sûre.

Elle écarta les pans de sa robe de chambre et cette fois il ne put en supporter davantage. Il la prit dans ses bras et l'embrassa fiévreusement. Ses lèvres douces s'entrouvrirent aussitôt pour l'accueillir et il se perdit dans l'ivresse de leur baiser. Lentement, ses mains remontèrent de sa taille vers son décolleté et, quand il se mit à délacer les liens de sa chemise de nuit, ses doigts effleurèrent les pointes dressées de ses seins. Le souffle court, il s'efforça de réprimer son désir, car cette nuit il savait qu'il devait gagner bien plus que son corps.

Pour reprendre le contrôle, il s'écarta d'un pas, ce qui lui valut un petit cri de frustration. Il posa un doigt sur ses lèvres.

— Si nous faisons ce que vous me demandez, il nous faudra être absolument discrets. Il y a des invités de part et d'autre de ma chambre. Si nous les réveillons, ils sauront que j'ai une femme avec moi. Or, comme vous êtes la seule avec laquelle j'ai dansé, ils devineront votre identité. Nous ne pouvons courir un tel risque, alors pas un bruit.

Elle acquiesça avant de murmurer :

— Du moment que vous n'arrêtez pas.

— Oh non, je ne crois plus pouvoir vous résister, désormais, même si ma vie en dépendait.

Pour autant, il ne la reprit pas dans ses bras et, comme elle voulait revenir se presser contre lui, il la retint d'un bras.

— Je veux faire les choses correctement pour vous. En dépit de vos connaissances toutes neuves sur le sujet, j'en sais un peu plus, alors nous irons à mon rythme, c'est moi qui prends les commandes, c'est d'accord ?

— D'accord, souffla-t-elle avec un sourire irrésistible. Pour le moment…

Jonathan se passa une main dans les cheveux. Sa propre expérience en matière de relations charnelles, il l'avait acquise auprès de femmes qui étaient tout sauf innocentes. Cela faisait dix ans qu'il n'avait pas été près de déflorer une jeune femme. À l'époque, il était un fougueux jeune homme de dix-huit ans sans expérience. Les fiançailles avaient été annoncées à leurs deux familles, et ils s'étaient embrassés et caressés tout habillés dans un large placard sous une cage d'escalier – ce qui n'était vraiment pas le lieu idéal pour faire l'amour en prenant son temps.

Cependant, c'était exactement ce qu'il devait offrir à Marjorie cette nuit – un amour tendre et doux. Seulement, après avoir passé des semaines torturé par le désir, il avait besoin d'un moment pour retrouver un peu de sang-froid.

Après une profonde inspiration, il fit lentement glisser la robe de chambre sur ses épaules et elle tomba en un murmure à ses pieds, révélant par transparence les auréoles plus sombres de ses seins sous la fine batiste de sa chemise. Avec une nouvelle inspiration, il passa la paume sur les rondeurs délicieuses. Aussitôt, elle mit les bras autour de son cou en respirant plus vite. Quand il prit son sein en coupe, son souffle chaud et haletant lui brûla le cou.

Il joua avec les pointes dressées de désir pour la faire gémir. Quand elle ondula des hanches contre lui, ce fut à son tour d'émettre un grondement sourd. Il voulut s'écarter un moment, seulement, elle ne lui en laissa pas l'occasion, ses bras se refermant plus fort autour de lui, avant de glisser sous sa veste pour l'en débarrasser. Le cœur battant à tout rompre, Jonathan lui saisit les poignets.

— Je te rappelle que c'est moi qui suis censé prendre les choses en main.

— Je veux te voir, murmura-t-elle en rougissant délicieusement avant de l'embrasser.

Vaincu, il la libéra et la laissa lui retirer sa chemise. Lorsqu'elle posa les paumes à plat sur son torse nu, il ferma les yeux, savourant la douce agonie de ses caresses sur ses épaules et sa poitrine. Quand ses mains glissèrent vers son ventre, il ne put en supporter davantage.

— Si tu continues à me torturer de la sorte, tout sera fini très bientôt, la prévint-il.

Elle lui jeta un regard de séductrice.

— Serait-ce mal ?

— Oui. Je te l'ai dit, c'est moi qui commande, pour cette fois. À mon tour de pouvoir te contempler. Lève les bras.

Elle obéit sans discuter et il fit remonter sa chemise de nuit par-dessus sa tête, la dénudant entièrement.

Le souffle coupé et les doigts tremblants, il ne la toucha pas. La seule vue de son corps emplit son esprit d'images enfiévrées. Elle était encore plus exquise qu'il ne l'avait imaginé.

Sa peau rosissait partout où il posait le regard, donnant à sa carnation lumineuse un éclat nacré. Soudain gênée, elle avait baissé son visage, qui était caché derrière sa longue chevelure. Avec tendresse, il écarta les boucles pour poser les lèvres sur ses joues brûlantes, son nez, son front, sa bouche.

— Maintenant que je sais que tu m'aimes en retour, j'ai une autre question à te poser, souffla-t-il en reprenant ses seins dans ses paumes.

— Qu'est-ce que c'est ? balbutia-t-elle en haletant sous ses caresses.

— Veux-tu m'épouser ?

Elle enfouit le visage dans son cou et y posa un baiser.

— Tu as dit tout à l'heure que j'avais tout mon temps pour me décider…

— C'était avant que tu ne te faufiles dans ma chambre au beau milieu de la nuit en avouant que tu m'aimais. Je crois que j'ai désormais le droit à une réponse définitive concernant le mariage, parce que, si tu crois encore que je laisserai un autre homme te toucher après cette nuit, tu te trompes.

— Tu recommences à jouer les tuteurs sévères…

À ces mots, il s'écarta, alarmé, craignant qu'elle ne soit toujours pas prête à s'engager. Puis il vit son sourire mystérieux et il rit tout bas.

— Alors, comme ça, tu veux me taquiner. Nous pouvons être deux à ce jeu, ma belle séductrice.

Il prit sa bouche avec ferveur en passant les mains autour de ses hanches.

— Épouse-moi, dit-il contre sa bouche en refermant les paumes sur le délicieux arrondi de ses fesses.

Elle glissa les doigts sur sa taille comme pour ouvrir son pantalon, mais il ne pouvait la laisser faire. Il la désirait tant que son membre en était douloureux. Si elle commençait à explorer son corps, il craignait de ne plus être capable de mettre un frein à son désir. Or, il ne voulait surtout pas gâcher sa première fois par trop de précipitation. De surcroît, son autre objectif était tout aussi important.

Les mains sur ses hanches, il la repoussa gentiment vers le pied du lit avant de glisser une main entre ses jambes. Il effleura sa féminité du dos de la main.

— Tu n'es toujours pas décidée ?

— Jonathan, gémit-elle en s'accrochant à son cou alors que ses hanches se cambraient contre sa main.

— Je vois… Je vais devoir me montrer plus persuasif, murmura-t-il en retournant celle-ci.

Elle émit un petit cri choqué et ses genoux se dérobèrent sous elle. Il passa un doigt le long de sa fente, encore et encore, jusqu'à la sentir trembler de volupté contre lui. Alors, il retira sa main. Si elle voulait jouer, il allait jouer.

Il prit ses poignets pour les détacher de son cou et l'incita à s'appuyer contre le pied du lit. Elle se laissa faire avec sensualité et il reprit ses caresses. Le visage rejeté en arrière, les yeux clos, les lèvres entrouvertes, son corps nu offert à sa vue, elle lui donnait le plus beau spectacle qu'il ait jamais contemplé. Ses seins magnifiques se soulevaient au rythme de sa respiration saccadée, leurs pointes d'un rose soutenu éclairées par la lueur de la lune.

Jonathan se pencha pour en prendre une dans sa bouche sans cesser de caresser la soie de son intimité. Ses hanches venaient à la rencontre de sa main.

— Tu es nue dans mes bras, ma douce. Je pense que tu devrais faire un choix honorable et accepter de m'épouser.

Elle ne répondit toujours pas et il décida de passer à une autre stratégie. Il se mit à genoux devant elle en déposant un chemin de baisers le long de son ventre, puis, un bras passé autour de ses hanches, il l'attira contre sa bouche.

— Oh ! Jonathan…, gémit-elle.

Elle frémit violemment quand il passa la langue sur sa fente brûlante, mais il la maintint serrée contre lui à l'aide de son bras avant de caresser son sexe de sa langue, tantôt doucement, tantôt profondément, jusqu'à ce qu'enfin elle atteigne l'extase.

Même alors, il la tint encore un moment contre sa bouche, le temps que les dernières vagues de l'orgasme s'apaisent. Ensuite seulement, il se releva et la prit dans ses bras pour la déposer sur le matelas. Son regard dans le sien, il commença à défaire son pantalon.

— Tu devrais m'épouser pour faire de moi un honnête homme, reprit-il d'une voix rauque.

Marjorie était incapable de parler. Elle ne voulait sous aucun prétexte gâcher la magie de ces instants. Cependant, il lui demandait quelque chose qu'elle n'était pas prête à donner. Son corps, oui, son cœur également. Mais il voulait plus encore. Il voulait le reste de sa vie. Il avait dit qu'il leur construisait un avenir, mais si celui-ci ne pouvait lui convenir ?

Jonathan défit les boutons de son pantalon et elle repensa aux paroles de la baronne. Elle devait choisir… Soit elle optait pour la prudence, soit elle profitait de chaque instant. Et, tandis qu'il faisait glisser son pantalon sur ses hanches, elle sut que seul cet instant comptait et elle oublia ses inquiétudes.

Sa chemise suivit le même chemin et il se dressa bientôt nu devant elle. Son souffle se bloqua dans sa gorge quand elle le vit ainsi, dans toute sa glorieuse virilité. Les détails fournis par la baronne ne suffisaient pas à la préparer à un tel spectacle, et elle comprit enfin précisément comment la lettre française devait être utilisée.

Jonathan attendit, la laissant le dévorer du regard sans bouger. Puis il retira le contenu de la poche de velours et la déroula le long de son membre dressé. Marjorie sentit une brusque vague de panique s'emparer d'elle et elle émit un son assourdi en touchant d'instinct son collier comme s'il s'agissait d'un talisman. Il ne devait effectivement pas être dénué de magie, car ses peurs refluèrent. Elle se laissa envahir d'une sensation de plénitude à l'idée qu'il la désirait avec une telle passion.

Jonathan dut percevoir ce changement car il se pencha pour l'embrasser tendrement. Puis, avec une grande douceur, il se plaça au-dessus d'elle, et elle lui ouvrit ses bras avant de perdre tout courage. Elle savait à présent à quoi s'attendre… Mais alors il la prit par surprise en s'arrêtant au-dessus d'elle.

— Marjorie, écoute-moi. Je t'aime et je voulais attendre ton accord pour m'épouser avant de te prendre, seulement je ne peux plus. Je vais devoir te faire confiance sur ce point. Me fais-tu confiance ?

Il lui adressait un sourire un peu inquiet et elle lui caressa la joue sans hésiter.

— Oui, Jonathan. Je ne veux plus patienter non plus.

Elle leva les hanches à la rencontre de son sexe et il serra brusquement les mâchoires.

— Pour l'amour du ciel, ne bouge pas. Écoute-moi.

Il prit une inspiration heurtée, comme s'il luttait pour garder le contrôle.

— Je dois te prévenir. Cela pourrait être douloureux car tu n'as jamais connu d'homme.

Il reprit ses lèvres et son membre vint caresser l'endroit secret qui avait provoqué une explosion de plaisir en elle un peu plus tôt. Elle sentit la tension délicieuse renaître au creux de son ventre, exigeante, presque douloureuse, et elle s'arqua contre lui avec un gémissement.

— Viens, je te veux, supplia-t-elle.

Jonathan émit un grondement de volupté en enfouissant le visage dans son cou. Il arqua les hanches contre elle jusqu'à ce que son membre la pénètre doucement. Prise dans un brouillard sensuel, Marjorie ne s'attendait pas à la douleur brûlante qui irradia soudain dans son ventre. Elle poussa un cri de souffrance qu'il étouffa aussitôt sous ses tendres baisers.

Il se souleva au-dessus d'elle pour embrasser ses cheveux, ses joues, ses tempes en murmurant des paroles de réconfort :

— Tout va bien, Marjorie, je t'assure. Je t'aime.

Apaisée par ses baisers et ses paroles, Marjorie sentit la douleur refluer peu à peu.

— Tout va bien, oui, souffla-t-elle en bougeant légèrement les hanches pour tenter de s'habituer à cette invasion.

Encouragé, il reprit ses mouvements, d'abord lents et doux puis plus profonds. Il gardait les yeux clos, le souffle haletant, en murmurant son nom, et elle ressentit un plaisir indicible à le voir ainsi perdu dans la jouissance de son corps.

Par miracle, la douleur avait disparu et elle sentait son propre désir renaître. Instinctivement, elle se cambra vers lui pour accueillir ses va-et-vient, et il gronda de plaisir en refermant les bras autour d'elle. Peu à peu, leur rythme s'accéléra et une tension merveilleuse monta entre ses reins. Son besoin augmentait à chaque coup de reins, plus exigeant. Brusquement, une nouvelle explosion la secoua, envoyant des ondes de plaisir dans tout son corps.

— Je t'aime… Je t'aime…, haleta-t-elle contre son oreille, les jambes serrées autour de ses hanches.

Ces mots semblèrent déclencher le même plaisir incommensurable en lui car il se raidit soudain et étouffa un cri entre les draps, le corps traversé de tremblements. Puis il s'effondra contre elle, la bouche dans son cou.

Avec tendresse, Marjorie passa les doigts dans ses cheveux, puis sur les muscles durs de son dos. Quand il embrassa son cou en murmurant des mots doux sans suite, un intense sentiment de bonheur monta en elle.

Voilà pourquoi elle était venue ce soir, parce qu'elle voulait profiter de ces instants magiques qu'il lui offrait. Elle se promit que, peu importe ce que l'avenir lui réservait, elle garderait pour toujours intacts le souvenir et la beauté de cette nuit.

Chapitre 23

Après une nuit aussi extraordinaire, retourner au lit était bien la dernière chose que Marjorie voulait. Tandis qu'elle retournait furtivement vers sa chambre, elle n'avait pas le moins du monde sommeil. L'incertitude invivable de ces dernières semaines avait disparue dans son cœur et elle se sentait pleine d'une euphorie joyeuse. Comment aurait-elle pu dormir ?

Les premières lueurs de l'aube perçaient à travers ses rideaux quand elle retrouva sa chambre. Dans moins de cinq heures, elle irait retrouver Jonathan. Il l'emmènerait dans la maison qu'il avait achetée, dans cette demeure dont il voulait faire leur foyer. Ils visiteraient les lieux, planifieraient leur avenir, commenceraient à construire leur vie ensemble. Avec tant de plaisirs à venir, le sommeil lui paraissait une perte de temps.

Elle retira sa robe de chambre, ouvrit la courtepointe et s'allongea avec un sourire rêveur. En moins de trois secondes, elle s'endormit.

Elle se réveilla en sentant Semphill lui secouer l'épaule.

— Miss Marjorie ?

— Hum ? marmonna-t-elle en se retournant pour sombrer de nouveau dans le sommeil.

Sa femme de chambre la secoua encore.

— Je suis désolée, Miss. Lady Galbraith vous attend. Elle dit que vous avez rendez-vous.

Le cœur de Marjorie eut un brusque soubresaut de joie et elle fut debout en un instant.

— C'est vrai, dit-elle en riant. À 10 heures. Quelle heure est-il ?

— Bientôt 9 heures. Lady Galbraith tenait à attendre le dernier moment pour vous réveiller. Cependant, elle a dit qu'il fallait vous dépêcher si vous ne vouliez pas être en retard, précisa-t-elle en ouvrant l'armoire.

— Dans ce cas, autant que je m'habille toute seule. Descendez dire à Lady Galbraith que je serai prête dans quelques minutes, elle peut faire appeler la voiture.

— C'est déjà fait. Elle vous attend dans l'allée. Voulez-vous passer votre robe de laine verte, ou l'ensemble en tweed ?

Dix minutes plus tard, Marjorie descendait l'escalier d'un pas allègre, vêtue de sa robe verte de fin lainage. Elle grimpa prestement dans la voiture dans laquelle Clara était déjà installée.

— Où allons-nous ?

— Je n'ai rien le droit de dire, répliqua Clara en faisant claquer les rênes pour lancer l'attelage. Jonathan a dit que c'était une surprise pour ton anniversaire. Joyeux anniversaire !

Marjorie éclata de rire.

— Eh bien, ce n'est pas vraiment une surprise, parce

que, si je ne sais pas où nous allons, je sais en revanche ce qu'il veut me montrer.

— Vraiment ? demanda Clara avec un sourire de connivence qui la fit rougir. Nous allons à Beaulieu, si cela peut t'éclairer.

Le nom ne lui disait rien du tout et, puisque Clara refusait d'en dire plus, elle ne pouvait qu'endurer le délicieux suspense tandis que la voiture traversait la campagne. Comme la veille, le temps était chaud et ensoleillé, mais une petite brise marine rafraîchissait agréablement l'air.

Marjorie appuya la nuque sur le dossier et ferma les yeux en savourant la caresse du soleil sur sa peau, la délicieuse anticipation qui faisait pétiller de joie son cœur et le bonheur intense d'aimer et de se savoir aimée. Elle ne pouvait imaginer être plus heureuse qu'en cet instant.

Beaulieu se révéla un charmant petit village à quelques miles de Southampton. Après avoir traversé la grand-rue pimpante avec ses magasins, ses pubs et ses cottages au toit de tuiles, Clara engagea la voiture dans une allée pavée. Elles parcoururent encore un mile avant de franchir un superbe petit pont de pierre et de passer sous une grande arche en fer forgé.

Marjorie retint soudain son souffle. Juste devant elle, une allée bordée d'arbres menait tout droit à une demeure de style géorgien, flanquée d'un portique corinthien et d'une rotonde à l'arrière. Derrière l'un des côtés de la maison, elle aperçut une vue splendide de jardins qui menaient vers des champs verdoyants. Plus loin encore, on pouvait voir le port de Southampton et, au-delà, les eaux scintillantes du Solent.

Je suis à la maison, songea-t-elle, le cœur soudain empli d'une joie sauvage. *Je suis enfin à la maison.*

Dans l'allée circulaire, un autre cabriolet était arrêté. En sachant que Jonathan était déjà là, Marjorie put à peine contenir son impatience. Clara n'avait pas encore mis le frein qu'elle sautait au bas de la voiture et s'élançait vers la maison.

— Jonathan ? appela-t-elle en s'arrêtant au centre du grand hall vide.

Son regard avide parcourut les larges escaliers qui menaient à la mezzanine. Au-dessus d'elle, le plafond était une merveille décorée de vitraux.

— Jonathan ?

— Par ici, répondit-il en attirant de nouveau son regard vers la mezzanine, à la rambarde de laquelle il venait de s'appuyer pour la contempler. Bienvenue à Ainsley Park. La maison a été dessinée par Wyatt. Elle n'est pas décorée au goût du jour, je le crains, mais ce ne sera pas compliqué à rénover. Qu'en penses-tu ?

Marjorie éclata de rire.

— Je viens juste d'y mettre les pieds !

— Attends, je descends.

Il recula et disparut à sa vue au moment où Clara la rejoignait.

— Cette maison a des lignes remarquables, s'extasia-t-elle. On voit vraiment bien l'architecture des lieux quand il n'y a pas de mobilier.

Elle n'eut pas le loisir de répondre à son amie car Jonathan reparut dans les escaliers. Il jeta un bref regard à sa sœur, qui toussota :

— Les jardins ont l'air superbes, je vais y jeter un œil.

— Je te suggère les jardins à l'avant, répondit Jonathan avec un regard appuyé dont Marjorie ne comprit pas la signification.

Clara, en revanche, sembla parfaitement saisir le message car elle s'empressa de repartir comme elle était venue. La porte d'entrée s'était à peine refermée sur elle que Jonathan l'attira dans ses bras.

— Comment te sens-tu, ce matin ? demanda-t-il avec une lueur d'inquiétude dans le regard.

— Parfaitement bien, quoiqu'un peu épuisée, dit-elle dans un sourire en rougissant un peu. Et heureuse.

— Moi aussi, souffla-t-il en se penchant pour prendre sa bouche.

Il s'écarta rapidement et lui prit la main.

— Viens, il y a tant de choses que je voudrais te montrer et nous n'avons pas beaucoup de temps.

— En effet, Irene a prévu un déjeuner d'anniversaire avec les dames. Torquil a-t-il organisé quelque chose pour les gentlemans ?

— Ce n'est pas ça. Je vais tout t'expliquer dans un moment.

Il lui montra le premier étage et, comme ils traversaient les deux suites adjacentes qui formeraient leurs appartements d'époux, Marjorie sentit grandir en elle la conviction qu'elle avait trouvé son foyer. Ils tombèrent d'accord que la nursery devait être rapprochée de leurs appartements et qu'au moins quatre chambres parmi les vingt-six que comptait la demeure devraient être transformées en salle de bains.

Ensuite, ils retournèrent au rez-de-chaussée et arrivèrent devant un large couloir où Jonathan précisa :

— Toutes les pièces de réception donnent sur la terrasse. La salle d'étude, la bibliothèque, le salon de musique sont à droite, la salle de billard et de bal, à gauche. Voilà la salle d'étude, conclut-il en ouvrant une première porte.

L'attention de Marjorie se concentra aussitôt sur les immenses portes-fenêtres qui offraient une vue spectaculaire sur la terrasse et les jardins. Elle ouvrit l'une des baies vitrées et sortit sur la terrasse de pierre, Jonathan sur ses talons.

— C'est là-bas que nous sommes arrivés en Angleterre, n'est-ce pas ? Le *Neptune* est passé par ici avant de faire escale. Quand je repense à toute cette pluie et ce brouillard !

— Regarde par là, dit-il en pointant le doigt vers un bras de rivière qui serpentait vers la mer. C'est la rivière Beaulieu. Nous y avons un quai, donc, quand Henry et Irene emmèneront le *Mary Louisa* sur le Solent, ils pourront utiliser notre quai et…

— … nous rendre visite, compléta Marjorie avec enthousiasme.

— Ou venir nous chercher si nous voulons nous joindre à eux. Nous pourrions même avoir un yacht à nous, si tu le veux.

— Je croyais que les yachts étaient une perte d'argent, s'amusa-t-elle en passant le bras autour de sa taille. Si je me souviens bien de ce que tu as dit sur le *Neptune*, je n'ai pas le droit de dépenser mon argent dans de telles frivolités.

Il lui répondit d'un sourire énamouré.

— Bon, j'admets que je vais peut-être changer d'avis à ce propos. Alors ? Aimes-tu la maison ? demanda-t-il en reprenant une expression sérieuse. Si non, nous pouvons chercher autre chose…

— Non, non, c'est…

Elle s'interrompit sous le coup de l'émotion. Elle parvint à articuler malgré sa gorge serrée :

— C'est parfait. Absolument parfait.

Son sourire s'élargit et atteignit ses yeux.

— J'en suis tellement heureux.

— Allons-nous voir le reste ? demanda-t-elle avec enthousiasme. Nous n'avons pas vu les cuisines, ni les quartiers des domestiques…

Il hésita une seconde avant de secouer la tête.

— Pas aujourd'hui. Nous devons aborder un autre sujet, quelque chose d'important, et nous n'avons pas beaucoup de temps.

C'était la deuxième fois qu'il s'inquiétait du peu de temps qu'ils avaient. Quand il fit glisser ses mains le long de ses bras pour prendre les siennes, Marjorie sentit un étrange frisson d'appréhension courir sous sa peau. Elle s'efforça d'oublier la sensation désagréable.

— Pourquoi t'inquiètes-tu du temps aujourd'hui ? As-tu beaucoup à faire ?

— En fait, oui, dit-il avant de s'éclaircir la gorge en gardant le regard fixé sur leurs mains jointes. Te rappelles-tu ce que je t'ai dit au bal ? Pourquoi je voulais t'amener ici ?

— Oui, tu voulais me montrer la maison que tu as achetée pour nous. Et je l'adore.

— Je voulais aussi te parler de ce que je compte faire de ma vie. Tu sais que Clara voulait que je prenne ma place au sein de Deverill Publishing et j'ai refusé car ce n'était plus mon rêve. Je savais que je devais en trouver un nouveau et… je l'ai trouvé.

— C'est merveilleux ! s'exclama-t-elle. Qu'est-ce que c'est ?

— Il y a environ un mois, j'ai rencontré le marquis de Kayne par l'intermédiaire de Rex. Le marquis possède une entreprise, Hawthorne Shipping. Ils construisent des cargos pour traverser l'Atlantique jusqu'à Southampton. Kayne veut également se lancer dans le transport de passagers, mais il ne peut supporter un tel investissement seul. Je l'ai rencontré à nouveau hier et nous nous sommes mis d'accord pour collaborer à un nouveau projet.

— Tu vas construire des navires comme le *Neptune* ?

— Exactement. Nous serons basés juste à côté de Hawthorne Shipping.

Il libéra ses mains pour la saisir aux épaules et la tourner en direction du nord-est avant de pointer le doigt vers le port.

— Là-bas, près de l'endroit où la compagnie Cunard entrepose ses bateaux.

— Donc tu vendras les bateaux à la Cunard ou à la White Star ?

— Pas exactement.

Alertée par l'inflexion de sa voix, Marjorie sentit un nouveau serrement de cœur dans sa poitrine. Et, quand elle se tourna pour lui faire face, l'appréhension se transforma en peur face à son visage tendu.

— Nous allons construire et exploiter nos propres bateaux, nous serons les concurrents de la Cunard ou la White Star. Et, pour ce faire, nous allons devoir négocier de nouvelles routes maritimes, étudier la concurrence… Ce sera mon rôle, conclut-il.

— Qu'es-tu en train de me dire ? demanda-t-elle en sentant l'appréhension lui nouer le ventre.

— Je devrai voyager, Marjorie. Beaucoup, surtout dans les débuts de notre activité.

L'angoisse qui montait en elle de minute en minute lui coupa brutalement le souffle quand elle prit conscience que son instinct ne l'avait pas trompée. Elle lui retira brusquement ses mains.

— Pourquoi ne suis-je pas surprise ? souffla-t-elle d'une voix blanche.

— Marjorie, écoute-moi, s'il te plaît. C'est le premier projet depuis Deverill Publishing qui m'enthousiasme réellement. La première chose en dix ans que j'aimerais véritablement construire et installer.

— Mais tu ne seras jamais installé, toi ! Pas étonnant que ce projet te plaise tant. C'est le meilleur moyen pour toi d'aller où bon te semble et de faire ce qui te chante. Pendant ce temps-là, je serai seule dans cette charmante maison que tu as achetée pour moi, à attendre ton retour exactement comme ma mère attendait mon père ! C'est bien cela, ton plan ?

— Non ! s'écria-t-il en la saisissant par le bras comme elle faisait mine de lui tourner le dos. Je ne serai pas parti constamment, et quand je devrai le faire tu m'accompagneras.

— Pour quoi faire ?

— Découvrir le monde. Pour l'amour du ciel, Marjorie, tu as passé l'essentiel de ta vie enfermée dans une école. Il y a un vaste monde au-delà des murs de la Forsyte Academy et tu n'en as encore rien vu. N'es-tu pas curieuse ? Ne veux-tu pas voir Venise, Gibraltar, le Péloponnèse ? Ne veux-tu pas marcher près de moi dans la médina de Tanger ou profiter de l'ombre des cèdres du Liban, ou naviguer sur le Nil ?

Tout cela semblait évidemment fort alléchant en théorie, seulement, elle savait trop que la réalité risquait de ne pas être aussi romantique.

— Ce que tu décris, c'est la vie de riches touristes qui

parcourent le monde. Et nos enfants ? Que ferons-nous d'eux pendant ce temps-là ? Nous les cloîtrerons dans une école hors de prix en les abandonnant sans un remords ?

Jonathan eut l'audace de sourire.

— Je pense que nous avons les moyens de payer une nourrice pour nous accompagner…

— Ne te moque pas de moi ! s'emporta-t-elle en lui arrachant son bras. Je t'interdis de rire de moi !

Il cessa aussitôt de sourire et son expression se fit tendre.

— Je ne me moque pas, ma douce. J'aimerais simplement que tu te sortes de l'esprit que nous serons de riches vagabonds sans foyer, parce que notre vie ne ressemblera pas à une errance.

— Pourquoi ? Parce que tu as acheté une maison ? Je me demande bien pourquoi tu as pris cette peine si ton plan était de nous faire vivre dans des hôtels aux quatre coins du monde, de toute façon !

— Parce que ce n'est pas du tout mon plan. Nous voyagerons, c'est vrai, néanmoins… Nous rentrerons toujours chez nous, conclut-il en écartant les bras pour englober le décor.

— Et quand tous ces voyages doivent-ils commencer ? articula-t-elle, la gorge serrée.

— Eh bien, te concernant, j'ai pensé que nous pourrions commencer par notre lune de miel. Pour moi, en revanche… Je dois partir ce soir.

— Ce soir ? fit-elle, le cœur déchiré.

Elle ne parvenait pas à croire ce qu'elle entendait.

— Je dois partir pour Gibraltar. Kayne a organisé un rendez-vous, expliqua-t-il très vite. Il devait y aller, mais, puisque je suis désormais son associé et chargé de l'amarrage des navires, nous sommes tombés d'accord que c'était à moi d'y aller. Je pars à 5 heures.

— Tu pars.

Même en prononçant ces mots, elle ne parvenait pas tout à fait à croire à leur réalité. Comment pouvait-il lui offrir une vie parfaite pour l'abandonner aussitôt ?

— Tu as annulé ton voyage en Afrique du Sud pour le remplacer par un autre à Gibraltar, murmura-t-elle d'une voix blanche.

— Je ne serai parti qu'un mois.

Comme si le délai avait une quelconque importance.

— Tu savais hier que tu partais. Tu savais que ce projet t'emmènerait aux quatre coins du monde. Tu savais, et tu ne m'as rien dit.

— Je voulais t'en parler aujourd'hui. J'avais tout planifié. C'est pour cela que je t'ai dit pendant le bal que tu aurais besoin de temps pour décider si j'étais celui qu'il te fallait. Tu te souviens ? Je t'ai dit que j'attendrais que tu sois sûre et que, pendant cette attente, je construirais une vie pour nous deux. Je pensais que pendant mon absence tu pourrais réfléchir et que nous en parlerions à mon retour, que nous trouverions un moyen que cela fonctionne. Et puis tu es venue dans ma chambre…

— Pourquoi ne m'en as-tu pas parlé à ce moment-là ? Avant que je te dise que je t'aimais. Avant que je me jette à ta tête et me donne à toi ! Tu aurais pu me parler de tout cela, pourtant, tu ne l'as pas fait !

Elle se sentait affreusement trahie, manipulée. Son regard se défila et elle y reconnut l'ombre de la culpabilité.

— J'allais te le dire… Et puis tu as commencé à retirer tes vêtements et… j'ai perdu la tête.

Elle lui jeta un regard plein d'incrédulité :

— La nuit dernière, tu as essayé de me persuader de t'épouser en sachant tout cela. Tu m'as forcé la main sans dire un mot de tes projets…

— C'est toi qui es venue la nuit dernière. Pas moi ! J'ai fait tout mon possible pour tenter d'éviter ce qui s'est produit. Pardonne-moi si je n'ai pas réussi à résister davantage. Aurais-tu préféré que nous fassions l'amour sans que je veuille et espère t'épouser ? Est-ce que cela me rendrait plus honorable à tes yeux, ou moins ?

Il s'approcha encore pour couvrir la distance qu'elle avait mise entre eux, et elle vit dans ses yeux non pas la lueur du désir mais celles de la frustration et de la colère.

— T'est-il seulement venu à l'esprit que mon cœur était aussi en jeu hier soir ? As-tu envisagé ce que cela m'aurait fait de te faire l'amour pour découvrir ensuite que tu ne m'aimais pas et que tu ne souhaitais pas m'épouser ni partager ma vie ? Cela m'aurait brisé le cœur !

Blessée et terrorisée par des peurs profondément ancrées en elle, Marjorie ne parvenait pas à se préoccuper davantage de ses sentiments à lui que des siens.

— Alors il t'a semblé préférable d'éviter de me dire la vérité et prendre le risque de briser *mon* cœur ?

— Ton cœur n'est pas brisé et tu fais visiblement de ton mieux pour qu'il ne le soit jamais ! C'est de cela qu'il s'agit ! Tu as peur du jour où je te quitterai comme si c'était une fatalité !

— Sachant tout ce que je sais sur toi, cela me semble être une possibilité, en effet.

— Non, ça ne l'est pas ! Tu sais pourquoi ? Parce que je ne suis pas comme ton satané père. Je ne te quitterai pas.

Il la saisit par le bras et l'obligea à relever le menton quand elle tenta d'éviter son regard.

— Je ne te quitterai jamais, Marjorie.

— Tu me quittes ! Tu me quittes, aujourd'hui même !

— Je reviens dans un mois !

— Et la prochaine fois ce sera deux mois, ou six, ou un an !

— Ou jamais ! Tu vas juste devoir me faire confiance. Ce que je veux savoir, continua-t-il, c'est quand tu cesseras de croire que tu es comme ta mère.

— Qu'est-ce que cela peut bien vouloir dire ?

— Ta mère restait peut-être assise à la maison en pleurant. Seulement, tu n'as pas à le faire, parce que tu n'es pas elle ! Tu es la femme qui était prête à suivre son père pour prendre des photographies de l'Ouest sauvage. La femme qui, quand son premier rêve a été anéanti, en a construit un nouveau et a décidé de changer de pays. La femme qui est montée à bord d'un navire pour me suivre malgré mon interdiction sans hésiter un seul instant. La femme qui était tout feu tout flamme en découvrant un appareil photo dans une vitrine.

Marjorie secoua la tête en se bouchant les oreilles.

— Je ne veux pas entendre ça ! cria-t-elle dans un sanglot.

— Je crois que cette femme a le sens de l'aventure, poursuivit-il impitoyablement. Je crois que cette femme pourrait aimer la vie que je lui propose si elle cessait juste un instant de s'accrocher à un rêve qui était celui de ses amies, pas le sien !

Marjorie prit une inspiration douloureuse.

— Ce n'est pas vrai.

— Je crois que si.

Elle ne répondit pas. Ils s'affrontèrent du regard, le fossé s'élargissant entre eux à chaque instant.

— Pars, cria-t-elle quand elle ne put plus en supporter davantage. Va à Gibraltar, mais ne t'attends pas à me retrouver en train de t'attendre patiemment quand tu te décideras à rentrer.

— Je vais partir, répondit-il en soutenant son regard. Je serai de retour dans un mois et nous parlerons. Nous aurons cette conversation encore une fois. Et une autre, et encore une autre, parce que je n'abandonnerai pas. Je vais continuer à espérer que la femme imprévisible et audacieuse dont je suis tombé amoureux soit toujours aussi amoureuse de moi que la nuit dernière. Et qu'un jour, si je persévère, elle m'aime assez pour m'offrir son cœur, sa confiance, et pour m'accompagner à l'autre bout du monde avant de rentrer avec moi dans cette maison que nous aimons tous les deux.

— Arrête ! Je t'en supplie, arrête !

— C'est mon plan et je m'y tiendrai, parce que, contrairement au jugement que la femme que j'aime porte sur moi, je suis d'une nature à persévérer. Et je jure devant Dieu que je passerai le restant de mes jours à te le prouver si c'est ce qu'il faut pour te convaincre !

Sur ce, il tourna les talons et disparut. Le souffle coupé, Marjorie sentit son cœur se briser dans sa poitrine.

Chapitre 24

Les dames s'étaient déjà toutes réunies sous une tente dans la roseraie pour son déjeuner d'anniversaire quand Clara et elle revinrent à Ravenwood. Comme elles n'avaient plus le temps de se changer, elles se débarrassèrent rapidement de leur chapeau, de leur veste et de leurs gants, rajustèrent leur jupe et arrangèrent leur coiffure dans le miroir du grand hall.

Quand Marjorie rencontra son reflet et vit ses yeux bouffis de larmes, elle eut soudain envie de s'enfuir dans sa chambre. La nuit précédente, elle avait cru vivre tout ce que la vie avait à offrir – le doux et l'amer, l'amour et la peine. Désormais, la séductrice sans peur de la veille avait disparu et elle n'était plus seulement fragile et incertaine mais complètement brisée.

« Je crois que cette femme a le sens de l'aventure. »

L'aventure ? Qui avait dit qu'elle voulait de l'aventure ? Ce qu'elle voulait, c'était un foyer !

Nous reviendrons toujours à la maison.

Brusquement, une image d'Ainsley Park s'imposa à son esprit, avec sa terrasse magnifique, sa vue imprenable sur le port et l'océan à l'horizon.

Marjorie ne pouvait pas être certaine qu'il ne lui

offrirait pas une vie d'errance, quoi qu'il prétendît. D'ailleurs, il n'avait pas non plus dissipé ses inquiétudes concernant les enfants.

Le cœur serré, elle leva le menton, replaça une boucle dans son chignon et se rappela que son père avait au moins eu raison sur une chose. Une vie à parcourir le globe n'était pas faite pour les enfants.

— Marjorie ?

La voix de Clara la tira de ses pensées et elle se raidit aussitôt pour affermir sa résolution. Elle afficha un sourire factice mais, quand elle croisa son regard, elle sut que son amie n'était pas dupe. Comment aurait-elle pu l'être après avoir découvert Marjorie en train de sangloter sur la terrasse ? Par bonheur, elle ne lui avait posé aucune question et elles avaient gardé le silence pendant tout le trajet du retour. La compassion de la jeune femme était toutefois évidente dans les regards inquiets qu'elle lui jetait.

— Pars devant, dit Marjorie en gardant son sourire artificiel. Je te rejoins dans une minute.

Clara hésita avant de hocher la tête et Marjorie reprit son examen dans le miroir. Elle lissa encore un moment ses cheveux avant d'abandonner. Puis elle sortit sur la terrasse et traversa la roseraie en se répétant à chaque pas qu'elle se moquait bien de savoir où il allait et ce qu'il faisait – ce n'étaient de toute façon que des mensonges qu'elle connaissait bien trop pour les avoir entendus quand elle était petite.

Au bout de la roseraie, elle vit la table dressée avec du lin blanc, de l'argenterie et des valets qui servaient des plats de saumon et d'asperges. Voilà où était sa vie, la vie qu'elle avait voulue. Une suite de déjeuners élégants, de bals et d'œuvres charitables. Voilà quel était son objectif :

faire une Saison, épouser un pair du Royaume et diriger une demeure cossue à la campagne. Jonathan avait prétendu qu'il s'agissait du rêve de ses amies… C'était absolument faux !

Elle redressa le menton et avança un peu plus vite en rassemblant son orgueil et sa colère pour s'en servir comme bouclier. Ses amies durent voir la peine sur son visage, mais aucune ne fit la moindre remarque.

— Pardonnez-moi, je suis en retard.

— Tu n'as pas à t'excuser, lui dit gentiment Irene. Pas pour ton anniversaire. Clara nous a déjà expliqué que le cheval s'était mis à boiter.

Marjorie adressa à Clara un sourire de gratitude en s'installant.

— Au moins, il fait beau, déclara joyeusement Dulci. Rien n'est plus agréable qu'une belle journée de l'été anglais.

À ces mots, Marjorie ressentit une brusque irritation, aussi soudaine qu'inexplicable. La moindre conversation devait-elle être systématiquement être ramenée au temps qu'il faisait ?

— Miss Thornton, lança Hetty en se tournant vers Jenna, vous vous mariez bien dans trois semaines, n'est-ce pas ? Savez-vous déjà où le colonel Westcott ira en poste après ?

Jenna poussa un lourd soupir.

— Bombay. Nous partons le lendemain du mariage.

Cette annonce lui valut des glapissements de commisération de plusieurs convives.

— Bombay ? s'exclama Dulci, horrifiée. Oh ! non ! Il y fait atrocement chaud ! Comment feras-tu avec ton teint ?

— J'imagine que votre femme de chambre saura

vous aider à ce sujet, dit Irene, tentant de la rassurer, visiblement sans grand succès.

— Ma femme de chambre refuse de m'accompagner. Elle vient de démissionner. Avec tout ce qu'il me reste à faire avant la cérémonie, comment suis-je supposée trouver une femme de chambre décente ? Et une qui serait d'accord pour parcourir tout ce chemin jusqu'en terre étrangère ?

Ces propos semblèrent à Marjorie quelque peu incongrus dans la bouche d'une Américaine qui avait fait un long chemin pour venir vivre sur une terre étrangère. Elle ne dit rien, cependant, et continua de s'abîmer dans la contemplation de son plat sans y toucher.

— Le colonel affirme que je pourrai trouver quelqu'un sur place. Les hommes ne comprennent rien à ce genre de problèmes !

— Aucune femme de chambre à Bombay n'aura la moindre idée de la mode actuelle, confirma Dulci d'un ton dramatique.

— J'espérais tant que nous puissions rester ici, soupira Jenna, dont les mots éveillaient involontairement une corde sensible chez Marjorie. Je veux vivre à Londres, pas à Bombay. C'est si loin. Je n'imagine pas qu'on puisse y trouver quoi que ce soit d'intéressant.

« Il y a un vaste monde au-delà des murs de Forsyte Academy et tu n'en as encore rien vu ».

Marjorie gigota sur son siège, mal à l'aise en entendant l'écho des paroles de Jonathan dans sa tête.

— En parlant de choses intéressantes, intervint Carlotta, avez-vous entendu les rumeurs à propos de Lady Mary Pomeroy ? Elle est enfin fiancée… à un *vicaire*, souffla-t-elle en se penchant au-dessus de la table comme pour partager un vilain secret.

— Non ! s'écria Dulci. Un vicaire ?

— Est-ce si étonnant ? s'enquit Jenna, qui semblait avoir tout oublié de ses propres soucis au premier ragot. Enfin, après le scandale, elle ne pouvait sans doute pas faire mieux…

Marjorie se revit soudain au milieu des mauvaises langues du cercle de Lady Stansbury, quand les commères parlaient de cette même Lady Pomeroy avec un air de gourmandise réprobatrice. Brusquement, elle prit conscience du changement qui s'était opéré chez Jenna et Dulci depuis qu'elles avaient quitté la Forsyte Academy. Comme elles étaient loin, ses camarades qui avaient rêvé avec elle de romance et d'aventure par-delà les océans ! Était-ce sa mémoire qui lui jouait des tours ? Ou bien y avait-il une autre explication ?

« Si vous voulez évoluer dans la société, vous devez en respecter les règles. C'est aussi simple que cela. »

Marjorie regarda ses amies puis Carlotta en mesurant combien Jenna et Dulci avaient adopté ces règles. Trop bien, peut-être. Combien de temps avant qu'elle aussi soit un pur produit de la bonne société, pétri de convenances et de sainte horreur du scandale ?

— Une femme doit bien finir par trouver un mari. Mieux vaut un vicaire que personne, j'imagine, déclara sentencieusement Dulci.

— Je ne vois pas ce qui n'irait pas chez un vicaire, répliqua Marjorie d'un ton agacé.

— Inutile d'être froissée, Marjorie, rétorqua Jenna, un peu pincée. Tu as rêvé d'épouser un homme titré autant que n'importe laquelle d'entre nous.

— Eh bien, j'étais idiote, dit-elle avec brusquerie.

— J'ai épousé un homme titré, suis-je une idiote ? demanda Dulci d'un air offusqué.

— Ce n'est pas ce que j'ai voulu dire, marmonna Marjorie en se pressant les doigts sur les tempes, brusquement épuisée par tout cela. Je suis désolée si je t'ai offensée. Ne nous querellons pas.

— Il est peut-être temps que Marjorie ouvre ses cadeaux, suggéra Irene.

Tout le monde approuva avec soulagement. Quand Boothby déposa les cadeaux devant elle, Marjorie remit en place son sourire de circonstance. D'Irene, elle reçut un superbe encrier en argent, et de Clara, une collection de plumes incrustées de perles. La baronne était déjà rentrée à Londres, mais elle avait laissé un présent qui reflétait son caractère flamboyant – une énorme traîne en plumes d'autruche, bien plus esthétique que pratique.

Tandis qu'elle ouvrait présent après présent, Marjorie se demanda ce qu'elle écrirait à ses anciennes collègues professeures à la Forsyte Academy. Elles devaient être impatientes d'avoir de ses nouvelles et d'entendre parler de sa merveilleuse vie.

Son sourire vacilla à cette idée et elle serra les mâchoires en prenant le cadeau de Dulci.

— Des mouchoirs brodés, comme c'est charmant.

— Ils viennent d'une boutique de Paris. Ils sont à la dernière mode !

Elle n'était pas certaine de comprendre l'intérêt d'avoir des mouchoirs à la dernière mode, mais elle jugea plus sage de ne pas poser la question.

Elle reçut également un livre de poésie, des fleurs pressées, du matériel de broderie – autant de cadeaux qui convenaient parfaitement à une jeune dame. Même Lady Stansbury avait fait envoyer un présent : une petite serviette brodée de roses.

— Quel magnifique travail d'aiguille, s'extasia Jenna. Le mien n'est jamais aussi réussi, peu importe à quel point j'essaie.

Marjorie se tourna vers elle, interdite.

— Depuis quand t'es-tu mise à la broderie ? Tu détestais coudre. Tu te passionnais pour l'escrime !

Jenna lui répondit d'un sourire un peu contraint.

— Les dames anglaises ne pratiquent pas beaucoup l'escrime, alors j'ai arrêté.

Se conformer de la sorte ne ressemblait pas du tout à l'amie de son enfance. La Jenna d'alors était une jeune fille athlétique et aventurière, prête à tout pour s'amuser, elle ne se préoccupait pas le moins du monde de ce que les autres pensaient.

« Le sens de l'aventure »…

Marjorie s'obligea à ignorer les paroles de Jonathan.

— Depuis quand te préoccupes-tu tant de ce que pensent les gens ? demanda-t-elle très sérieusement à son amie.

Celle-ci se mordilla la lèvre, l'air mal à l'aise.

— La mère du colonel n'approuve pas du tout l'escrime pour les femmes.

Marjorie partit d'un rire sans joie.

— La mère du colonel doit beaucoup ressembler à Lady Stansbury.

— Il se trouve en effet qu'elles sont très bonnes amies, répondit Jenna avec dignité.

Marjorie fut tentée de lui demander si elle pensait trouver un pudding digne de ce nom à Bombay pour satisfaire sa belle-mère, mais elle se retint. En vérité, alors qu'elle observait le visage de son amie, elle se demandait si elle aussi, dans un an ou deux, ne se mettrait pas à la broderie pour se conformer à ce que la société attendait d'elle. Après ce qu'elle avait dit à Jonathan le matin même, cette possibilité semblait tout à fait réaliste.

Heureusement, Boothby secoua sa mélancolie en déposant un autre paquet devant elle.

— Mon Dieu, souffla-t-elle devant la boîte imposante. Encore un ?

— C'est le dernier, Miss McGann. De la part de Mr Deverill.

Un chœur de « ooooh » et de « aaaah » s'éleva autour de la table et tout le monde se mit à spéculer sur le contenu du paquet.

— D'autres bijoux ! proposa Dulci.

Marjorie espérait qu'elle se trompait, car un seul collier l'avait déjà mise dans une situation suffisamment compliquée.

— Si ce sont des bijoux, il est décidément extrêmement généreux, étant donné la taille de la boîte ! s'exclama Hetty.

— Mais, dans ce cas, Marjorie ne devrait-elle pas les rendre ? Les bijoux ne sont pas un cadeau approprié… Après tout, il est son tuteur, pas son mari.

— Oh ! mais peut-être qu'il souhaite le devenir ! s'écria Dulci, faisant rire toutes les autres.

Toutefois, Marjorie n'était pas d'humeur à rire.

— Je pense, commença Irene d'une voix si gentille qu'elle sentit les larmes lui monter aux yeux, que nous devrions abandonner nos spéculations et laisser Marjorie l'ouvrir.

Consciente que tous les regards étaient rivés sur elle,

Marjorie prit les ciseaux et écarta le papier, révélant une boîte en bois toute simple.

— Qu'est-ce que cela peut bien être ? Des œufs de la ferme ? lança quelqu'un.

Ce n'étaient pas des œufs. Pas davantage des bijoux. Ce n'était même pas un autre de ces cadeaux prévisibles et appropriés pour une jeune lady. C'était un objet tout à fait différent et, quand elle le découvrit, Marjorie sentit toutes ses certitudes et ses résolutions s'effondrer brutalement. Ses illusions s'évaporèrent en un instant lorsqu'elle vit l'appareil photo qui se trouvait à l'intérieur de la boîte.

— Êtes-vous sûr de votre décision ?

Jonathan leva un regard surpris sur le marquis de Kayne.

— Je pensais que nous nous étions mis d'accord. Les ingénieurs auront besoin d'ajouter plus de canots de sauvetage.

— Ce n'est pas ce dont je parle. Vous venez d'annuler votre voyage en Afrique du Sud et je vous envoie déjà ailleurs. La duchesse doit m'en vouloir terriblement.

S'il savait… La duchesse n'était pas celle qui le préoccupait ! Jonathan baissa les yeux pour cacher la peine qui lui serrait constamment le cœur depuis qu'il avait laissé Marjorie sur la terrasse d'Ainsley Park quelques heures plus tôt.

— La duchesse n'est pas un problème, je vous assure, marmonna-t-il en s'abîmant dans l'étude du plan étalé sur la table.

— Il n'empêche… J'étais supposé m'y rendre et, bien que je vous sois reconnaissant de prendre ma place, j'ai l'impression de vous imposer une lourde tâche sans sommation. J'ai même été surpris que vous acceptiez.

— Vraiment ?

Jonathan retint un sourire d'amère ironie. La veille, quand ils avaient parlé de ce voyage, il avait immédiatement su que c'était ce qu'il avait cherché, pas seulement parce que le changement et l'aventure lui convenaient et l'excitaient, mais parce qu'il avait aussitôt envisagé de quelle façon ce voyage pourrait réunir les désirs de Marjorie et les siens.

Puis, quand elle avait dit l'aimer, il avait été certain qu'elle accepterait d'écouter ses projets. Hélas, lorsqu'il repensait à son expression blessée, il prenait conscience qu'il s'était montré bien trop optimiste. Pour l'heure, il n'en était toujours qu'à la première étape d'une cour qui s'annonçait longue.

— L'un de nous deux doit y aller, dit-il en se redressant. Il est logique que ce soit moi, puisque j'ai la responsabilité de l'amarrage. Je peux emporter ces plans pour les montrer à Gibraltar ?

Comme Kayne acquiesçait, il les roula pour les ranger dans sa serviette de cuir.

— Puisque je pars d'ici une heure, je ferais mieux d'y aller. Si j'attends davantage, mon valet va s'inquiéter de devoir partir à Gibraltar sans moi.

— Je vais vous accompagner sur le quai.

Les deux hommes quittèrent les bureaux du marquis ensemble, et dix minutes plus tard ils se disaient au revoir et une navette maritime emmenait Jonathan de Hythe à un autre côté de la marina, où un bateau de la Cunard l'attendait pour le conduire à Gibraltar.

Tandis qu'il traversait la foule compacte amassée sur le quai, il ne put s'empêcher de chercher le visage de Marjorie. Après ce matin, il n'y avait pourtant aucun espoir qu'elle vienne jusqu'ici lui dire au revoir. Même si elle venait, que se passerait-il ? La quitter tout à l'heure lui avait été une souffrance atroce. S'il la revoyait maintenant, aurait-il à nouveau la force de s'éloigner ?

D'un autre côté, pouvait-il oublier tous ses projets et abandonner ce qu'il savait vouloir faire de sa vie ? Tiendrait-il dans une existence étriquée de gentleman anglais ?

Alors même qu'il se posait la question, il savait que c'était impossible. Même si c'était ce qu'elle désirait, même s'il l'aimait de toutes ses forces, il ne pouvait se condamner à une telle vie. Il avait besoin d'un monde plus vaste qu'un petit bout d'Angleterre.

Si, par miracle, il l'avait soudain aperçue sur le quai, la seule chose qu'il aurait sans doute faite, aurait été de la jeter sur son épaule sans se préoccuper du scandale avant de l'entraîner à bord. Il faillit sourire en imaginant la scène et en mesurant le chemin parcouru depuis qu'il se comportait comme un tuteur surprotecteur prêt à l'enfermer dans sa cabine.

Il savait désormais que Marjorie ne pourrait jamais être contrôlée, ni par lui ni par un autre. C'était une âme aventurière et libre, pour sa plus grande frustration il y avait encore quelques mois de cela. Désormais, il pouvait seulement espérer que son tempérament fougueux devienne son allié. Sinon…

La corne du bateau résonna, lui offrant une distraction bienvenue et un avertissement qu'il ne devait plus tarder à embarquer. Il rejoignit Warrick à bord.

— J'ai fait charger les bagages, sir, annonça le valet en lui tendant la clé de sa cabine. Dois-je vous conduire ? Il s'agit de la cabine A 18.

Jonathan hésita en jetant un dernier regard par-dessus son épaule.

— Non, décida-t-il finalement. Déposez-y ma serviette et commandez-moi un thé, voulez-vous ? J'arrive tout de suite.

— Très bien, sir.

Warrick parti, Jonathan s'approcha de la rambarde pour regarder le bateau s'éloigner du quai. Il garda les yeux fixés sur le petit port jusqu'à ce que le navire atteigne le Solent avant de rejoindre sa cabine, qu'il trouva vide. Warrick avait posé sa serviette sur le secrétaire et avait déroulé les plans à plat sur la table. Lui, en revanche, n'était nulle part en vue dans la suite.

— Warrick ? lança-t-il en posant son chapeau et ses clés sur la petite console à l'entrée.

La chambre à coucher était vide, elle aussi. Pour se sortir Marjorie de la tête au moins un court instant, Jonathan décida que le meilleur moyen était de se mettre au travail. Il se débarrassa de sa veste et s'apprêtait à retirer ses boutons de manchette quand la porte d'entrée de la suite s'ouvrit.

— Warrick ?

— Oui, sir, je vous apporte votre thé.

Jonathan fronça les sourcils, surpris.

— Pourquoi n'avez-vous pas demandé à un serveur de s'en charger ?

Après une pause, le valet répondit :

— Cela aurait pris trop de temps. Ils ont oublié le lait, je vais en chercher.

— Je ne veux pas de lait, répondit Jonathan, mais la porte s'était déjà refermée.

Avec un haussement d'épaules, il oublia le comportement

étrange de son valet et roula ses manches de chemise avant de se rincer le visage à l'eau froide. Puis il se passa une serviette pour s'éponger le visage en retournant vers le salon… À l'entrée duquel il s'immobilisa brutalement.

Debout à côté du plateau de thé se tenait Marjorie, encore plus belle et adorable que dans son souvenir.

— Que diable…, gronda-t-il, interdit.

Elle partit d'un petit rire.

— Au moins, tu es habillé, cette fois. Enfin, à peu près.

Il avançait vers elle avant même qu'elle ait fini de parler.

— Mon Dieu, souffla-t-il en passant fébrilement les mains sur ses bras pour s'assurer qu'elle était bien réelle. Que fais-tu ici ?

Elle se mordit la lèvre en lui jetant un regard de pitié factice.

— Tu ne sais pas encore à quel point je déteste être laissée derrière ?

Jonathan se mit à rire, brutalement submergée d'une joie folle. Incrédule et euphorique, il la prit fougueusement dans ses bras.

— Oh ! Marjorie, ma chérie, ma magnifique, sauvage et folle petite chérie !

Entre chaque mot, il l'embrassait sur les joues, le nez, la bouche dans une frénésie de baisers joyeux.

— Comment es-tu arrivée jusqu'ici ? As-tu des bagages ? Es-tu seulement réelle ?

— Tout à fait réelle, assura-t-elle en passant les bras autour de son cou pour l'embrasser. Quant à la façon dont je suis montée à bord, tu seras heureux d'apprendre que mes chaperons m'ont déposée au port.

— Déplorables chaperons, si elles t'ont laissée faire une chose pareille, gronda-t-il en entourant sa taille.

— Eh bien, j'ai dû promettre que nous nous marierions. En fait, Clara a dit que si nous allions ensemble à Gibraltar tu avais intérêt à m'épouser, sans quoi elle te retrouverait pour te tirer dessus.

Comme sa sœur le menaçait des pires sévices depuis leur plus tendre enfance, Jonathan aurait pu être amusé, mais la mention du mariage lui ôta toute envie de rire. Il s'écarta légèrement d'elle pour plonger les yeux dans son regard.

— Tu veux m'épouser ? Tu en es sûre ?

— Oui, Jonathan, je n'ai jamais été aussi sûre de quoi que ce soit de toute ma vie.

Elle parlait en effet d'un ton ferme, néanmoins, il n'avait aucune envie de prendre le moindre risque, aussi insista-t-il.

— Tu ne l'étais pas la nuit dernière. Si je me souviens bien, tu n'as jamais voulu me répondre. Et ce matin, quand je t'ai parlé de mes projets, tu étais absolument contre cette idée.

— Je ne dirais pas cela… J'admets que je n'étais pas encore sûre de ma décision la nuit dernière… au début. Mais avant la fin de la nuit tu m'avais fait changer d'avis.

— Pour que tu en changes une fois encore à Ainsley Park. As-tu déjà oublié notre querelle ?

— Bien sûr que non, mais tu m'as asséné toutes ces nouvelles si brusquement ! Une minute, tu me montrais cette adorable maison, la suivante, tu m'annonçais que tu partais. J'ai eu la sensation que tout ce que j'avais toujours voulu m'était enfin donné pour m'être repris aussitôt. C'est allé si vite que je n'ai pas eu le temps de réfléchir.

— Je te promets que je ne voulais ni te manipuler ni te heurter, ma douce. C'était tout à fait l'inverse ! Avant que tu viennes dans ma chambre, la nuit dernière, je me préparais à te faire une longue cour. Je pensais que tu aurais sans doute besoin de plusieurs mois, d'un an, même, avant de te décider. Je pensais que tu voudrais faire ta Saison, rencontrer d'autres hommes, et alors je savais que j'aurais besoin de me tenir occupé pour ne pas perdre la raison. Quand j'ai discuté avec Kayne, j'ai su que j'avais trouvé ce qu'il me fallait mais qu'il te faudrait du temps pour l'accepter. Quand le marquis m'a proposé de faire le voyage à Gibraltar à sa place, j'ai accepté en pensant que ce serait une bonne stratégie.

— Une bonne stratégie, de me quitter ? Quelle brillante idée !

Il lui adressa un sourire contrit.

— Disons que ce devait être un retrait stratégique. Dans mon esprit, cela t'aurait donné l'opportunité de réfléchir à mes projets. Et j'espérais que je te manquerais un petit peu. Avec de la chance, tu aurais compris que tu ne pouvais pas vivre sans moi, confessa-t-il en la serrant plus fort contre lui.

— Seigneur ! Les hommes sont tellement vaniteux.

— Je t'assure que j'étais bien trop incertain de tes sentiments pour moi pour être déçu. J'aurais dû m'efforcer de te chasser de mon esprit depuis le premier jour, car ma conscience me soufflait que je devais te laisser vivre l'existence dont tu rêvais, mais… Que puis-je dire pour ma défense ? Je suis faible dès qu'il s'agit de toi. Quand tu t'es retrouvée nue devant moi et que tu refusais encore de devenir ma femme, comment aurais-je pu résister alors que j'apprenais enfin que tu m'aimais ? Je n'aurais jamais pu te laisser partir.

— Pas plus que je ne voulais partir, de toute évidence,

souffla-t-elle en rougissant légèrement avant de se hisser sur la pointe des pieds pour effleurer ses lèvres.

— Si tu savais comme ce matin a été difficile pour moi après notre nuit d'amour, reprit-il. Quand je t'ai montré la maison, j'avais tellement peur de t'annoncer à quoi je m'étais engagé avec Kayne. J'étais tellement anxieux que j'ai finalement laissé tomber la nouvelle sans précaution. Et puis… Enfin, je me suis retrouvé en enfer.

Il l'embrassa fiévreusement, intensément soulagé de la sentir contre lui.

— Je t'ai accusée d'avoir peur, ce matin mais, la vérité, c'est que moi aussi j'étais terrifié, Marjorie. J'avais peur de tout briser entre nous, J'ai sérieusement songé à ne pas partir mais, si je manquais à ma parole avec Kayne, comment espérer que tu te fies à moi ?

Elle hocha la tête.

— Je le comprends, à présent. Ce matin, j'étais trop choquée pour voir les choses sous cet angle. Puis j'ai eu un peu de temps pour réfléchir, j'ai compris que tu avais raison, que je m'accrochais à de vieilles peurs et à des rêves qui n'étaient pas les miens. Brusquement, j'ai su que je ne voulais plus faire cela, après ce que la baronne m'a dit.

— Encore cette femme, soupira-t-il en levant les yeux au ciel.

— Eh bien, tu devrais la remercier, parce que c'est ce qu'elle m'a dit qui m'a envoyée dans ta chambre et qui m'a fait comprendre que j'étais amoureuse de toi. Ce sont aussi ses paroles qui m'ont fait changer d'avis pour notre vie commune. Elle m'a dit que la vie n'était jamais parfaite et que tout ne fonctionne pas toujours selon les plans qu'on a imaginés.

— Ne m'en parle pas… Aïe ! s'écria-t-il quand elle lui tapa le bras.

— Elle a aussi dit que la vie serait affreusement ennuyeuse si on ne prenait jamais de risques. J'ai alors pris conscience que je ne me pardonnerais jamais d'avoir refusé le bonheur avec toi par peur et besoin de sécurité. Après tout, si j'ai sauté à bord d'un navire pour te suivre en premier lieu, c'était pour échapper à une vie mortellement ennuyeuse et prévisible.

— Et, malgré tous mes efforts pour veiller sur toi, te voilà à nouveau dans ma cabine, sans souci des convenances.

— Oui, vois-tu… J'ai reçu ce magnifique appareil photo comme cadeau d'anniversaire et j'ai décidé que j'en ferais meilleur usage en allant à Gibraltar. D'ailleurs, je ne t'ai pas encore fait part de mes projets d'avenir…

Jonathan cligna des paupières, stupéfait.

— Tu veux faire carrière ?

— Tout à fait. J'attends plus de la vie que des bals et des réceptions. Je ne veux pas d'une vie de luxe et d'oisiveté. Est-ce tellement surprenant ? demanda-t-elle, amusée devant son expression incrédule.

— Depuis que je t'ai rencontrée, ma douce, je suis constamment surpris. Alors, quelle est cette carrière dans laquelle tu veux te lancer ? J'espère que c'est une activité que tu pourras exercer en m'accompagnant dans mes voyages ?

— Figure-toi que je vais travailler comme journaliste et photographe pour Deverill Publishing. Je vais prendre des photos lors de nos voyages et écrire des articles dessus que Clara publiera.

— Quelle idée merveilleuse ! Je l'adore ! s'exclama-t-il en déposant un baiser sur le bout de son nez.

— Je suis tellement heureuse… Parce que je t'aime, Jonathan, et je veux être là où tu es.

Elle quitta son ton sérieux pour éclater de rire.

— Tu as l'air autant sous le choc que la première fois que tu m'as découverte dans ta cabine à bord du *Neptune*.

— C'est que je suis bouleversé, mon amour. Il y a moins d'une heure, je me désespérais d'avoir définitivement tout gâché entre nous, et te voilà. Tous mes rêves se réalisent.

Il prit ses mains dans les siennes et les serra avec émotion.

— Je t'aime de tout mon cœur, Marjorie, et je te promets que je ne te quitterai jamais, ni ne te laisserai derrière moi. Peu importe à quel rythme nous voyageons, nous aurons toujours notre foyer, pour nous et nos enfants.

— Ainsley Park ?

— Si c'est le foyer que tu souhaites.

— Bien sûr, que ça l'est. J'ai adoré cette maison à l'instant où je l'ai vue et j'ai hâte d'y construire notre vie. Mais d'abord…, dit-elle en passant les bras à son cou pour se presser contre lui, je veux une lune de miel. Une longue, très longue lune de miel, alors j'espère que Lord Kayne ne verra pas d'inconvénient à ce que nous rallongions un peu ce voyage d'affaires…

— Je suis sûr qu'il en sera ravi, du moment que je sécurise quelques ports pour nos navires. Mais concernant notre mariage, ma chérie, je suis plus qu'inquiet, étant donné que nous sommes au milieu de l'océan.

— Hélas, Irene m'a appris que les capitaines ne pouvaient pas réellement célébrer les mariages. Néanmoins, elle a vérifié : nous pouvons nous marier à Gibraltar. De la sorte, le scandale provoqué par notre fuite se dissipera rapidement.

— Décidément, tous mes efforts pour devenir un tuteur digne de ce nom auront échoué, soupira-t-il. J'imagine qu'il est inutile d'essayer de te convaincre de rester dans ta cabine pour le reste du voyage ?

— Aucune chance de succès, confirma-t-elle avant de lui donner un langoureux baiser plein de promesses d'avenir et d'aventures.

Retrouvez en juillet 2020,
dans votre collection

Victoria

Julia London
Vint un Highlander
Série : Les mariés écossais

Écosse, 1758

Si Nichol – l'homme missionné par sa famille pour la surveiller – a accepté de l'accompagner pour qu'elle subtilise le collier qu'on lui a injustement ravi, Maura peut obtenir bien plus de lui. *Elle en est persuadée.* Peut-être pourrait-elle même se dérober au mariage arrangé que l'horrible famille Garbett entend lui faire accepter en lui signifiant ce qu'elle ressent à son égard ?

Maya Rodale
Ce doux parfum de liberté
Série : Les ambitieuses de l'Âge d'Or

New-York, 1895

Daisy est scandalisée. Sa mère veut faire d'elle l'épouse de Theo Prescott, le fieffé libertin qui l'a humiliée lorsqu'elle n'avait que treize ans. Comment pourrait-elle sauver sa réputation avec pareille alliance ? Pour rester libre et poursuivre ses rêves ambitieux, elle désobéira… Même si cela lui coûte de ne jamais faire son entrée dans le monde…

Composé et édité par HarperCollins France.

Achevé d'imprimer en avril 2020.

CPi
BLACK PRINT

Barcelone

Dépôt légal : mai 2020.

MIXTE
Papier issu de sources responsables
FSC® C108412
FSC
www.fsc.org

Pour limiter l'empreinte environnementale de ses livres, HarperCollins France s'engage à n'utiliser que du papier fabriqué à partir de bois provenant de forêts gérées durablement et de manière responsable.

Imprimé en Espagne.